Ilja Ehrenburg
Das bewegte Leben des Lasik Roitschwantz

Roman

Aus dem Russischen von
Waldemar Jollos

Verlag Volk & Welt
Berlin

Titel der russischen Originalausgabe
Burnaja žizn Lazika Rojtšvaneca

Die Übersetzung erschien erstmals im Rhein-Verlag
Basel–Zürich–Leipzig–Paris–Straßburg 1928, sie wurde von
Thomas Reschke durchgesehen.

I

Man kann sagen, daß Lasiks bewegtes Leben mit einem unvorsichtigen Seufzer begann. Es wäre besser gewesen, er hätte nicht geseufzt!

Aber man weiß noch nicht, von welchem Lasik die Rede ist. Es gibt viele Lasiks, nehmen wir nur jenen Lasik Rochenstein, der im Klub »Roter Durchbruch« den Zaren Paul verkörpert und dabei unnatürlich gegrunzt hatte (wobei er übrigens die Hose verlor, die eigentlich Shurawljow gehörte); oder Lasik Ilmanowitsch, den Sekretär des Kreisparteikomitees, einen Vielfraß, wie es deren wenige gibt. Hatte der nicht im vorigen Jahr ohne jede Angst vor einer Parteisäuberung Mazze mit Eiern gefressen und sich dabei noch, der Frechdachs, auf die Gesundheitsbehörde des Gouvernements berufen, weil doch der Nährwert groß sei? Außerdem würden keine Gase gebildet!

Auch in Odessa gibt es einen Lasik. Ich hatte dort einen Vortrag über französische Literatur zu halten. Wie das so der Brauch ist, türmten sich die Fragezettel: »Welcher Klasse gehören Sie an« und »erzählen Sie uns lieber von der Expedition des Genossen Koslow« und »steh Rede, du Hundesohn, für wieviel Pfund du gekauft bist« – und auch so ein Zettel: »Schapiro, schau mal, Lasik pennt schon«. Ich heiße zwar nicht Schapiro, doch ich wurde neugierig. Aber es war proppenvoll, und ich konnte den schläfrigen Lasik nicht aufstöbern. Ich weiß nicht einmal, wer er ist, nur eines ist klar, es ist ein unwissender Bursche. Die andern lernen alle, und er schläft.

Nein, so tief ist Lasik Roitschwantz nie gesunken.

Ich weiß, man wird sofort sagen: »Aber einen Namen hat der …« Ich will es nicht bestreiten, es gibt schönere Nachnamen, selbst unter den Herrenschneidern von Homel, ganz zu schweigen vom rechtgläubigen Klerus.

Zum Beispiel Rosenblum oder Apfelbaum. Aber wer achtet schon auf Familiennamen?

Schließlich, was hätte es Lasik gekostet, in unseren Zeitläuften zu einem Spartacus Rosaluxemburgski zu werden? Hatte sich doch der Rechnungsführer des Belorussischen Holztrusts Onissim Afanassjewitsch Kutschewod in einen Apollo Entusiastow verwandelt. Das ist eine Sache von zwei Rubeln und einem entsprechenden Einfall. Wenn Lasik Roitschwantz sich von keinem Obstbaum in Versuchung führen ließ, so hatte er dafür natürlich seine Gründe. Er hielt an seinem unansehnlichen Familiennamen fest, obschon so manches Fräulein aufkreischte: »Wai geschrien.«

Der Name war ein Bestandteil seines wohlüberlegten Lebensplanes. Wessen Bilder schmückten die Wand über Lasiks winzigem Bettchen? Die Antwort fällt nicht leicht. Wieviel Bilder – so habe ich zu fragen. Nun, keineswegs weniger denn hundert. Jedermann weiß, daß die Schneider von Homel ihre Wände mit unbekleideten Schönheiten aus Spanien zu schmücken pflegen. Aber Lasik war kein Dummkopf. Die holde Weiblichkeit pflegte er zu betrachten, wenn er zu Besuch war, seine Wände dagegen bedeckte er mit Photographien, die er aus der Zeitschrift »Das Feuer« herausschnitt.

Jener Mann, zum Beispiel, mit den Krebsaugen – wissen Sie, wer das ist? Der Vertreter von Pensa im »Chemieaufbau«. Und der Jüngling im Badeanzug, der die Schenkel der Sonne entgegenreckt – das ist der berühmte proletarische Barde Schurka Besdomny. Zur Rechten befinden sich die internationalen Abteilungen. Erkennen Sie nicht? Die Geißel von Portugal, Miguel Trakanza. Zur Linken? Pst... Ein erprobter Kämpfer, Genosse Schmurygin, Vorsitzender der Homelschen ... Haben Sie verstanden?

Freilich, unter diese hinreißenden Photographien hatte sich auch die der verstorbenen Tante Lasiks verirrt, der

Chassja Roitschwantz, die in Gluchow frische Eier feilbot. Zwischen Marmorsäulen stand die arme Tante Chassja und blickte erschrocken und gespannt, mit leicht geöffnetem Mund auf den Beschauer wie ein Huhn, das ein Ei legen will. Indessen, auch auf sie wies einmal Lasik hin, als der amtliche Feldmesser Pfeifer bei ihm war, und sagte:

»Das ist die Führerin aller proletarischen Zellen von Paris. Sie kann auf eine so lange Zugehörigkeit zur Partei hinweisen, daß man möchte verrückt werden. Schauen Sie nur diese Augen! Welch unerbittlichste Entschlossenheit darin liegt ...«

Tagsüber schützten alle diese Kämpfer Lasik. Nachts schreckten sie ihn. Selbst die Geißel von Portugal mischte sich während der unheildrohenden Stille in Roitschwantz' Privatleben ein: »Du hast dem Finanzinspektor Pfeifers Hose verheimlicht, dazu den bestellten Covercoat und Sjomkas Reithose, zu der er selbst den Stoff geliefert hat. Weißt du denn, was die Solowki-Inseln sind? Soll das heißen, daß ein Schneiderlein aus Homel vielleicht ins Kloster möchte? Du hast achtzig statt hundertfünfzehn angegeben. Vortrefflich! Auf den Solowki-Inseln sind aber vielleicht hundert Grad Kälte. Ja, Lasik Roitschwantz, das ist dort nicht Portugal!« Und die Geißel schnalzte voll Sarkasmus.

Schurka Besdomny schrie schreckliche Worte, wie im Klub »Roter Durchbruch« bei den Kleingewerbetreibenden. Kein Zweifel, daß er auf Pfeifers Hose so gut wie auf die Solowki-Inseln anspielte: »Ein Feigenblatt willst du dir vorbinden, du hündischer Lord? Wir werden es dir schon zeigen, du verrückter Pol.«

Selbst die Tante, die gute Tante Chassja, die am Chanukka-Tag dem kleinen Lasik ein Zehnerstück zu schenken pflegte, selbst sie gackerte vorwurfsvoll: »Wie konntest du? Ach!« Lasik wühlte sich in die Bettdecke.

Trotz alledem hängte er die Bilder nicht ab. Er verstand

es, bis zum Schluß standhaft zu bleiben, so wie der Genosse Schmurygin. Als ob er um seiner Grundsätze willen noch nicht genug gelitten hätte, werden Sie sagen. Er hatte doch auch sechzehn Gedichte von Schurka Besdomny auswendig gelernt, in denen von anormalen Brigadekommandeuren die Rede war, die »mit siegreichem Lächeln auf der Stirn in den Tod gingen«.

Er schreckte auch nicht vor der Hand des Barbiers Ljowka zurück, der binnen einer Minute sein gutmütig-ängstliches Gesicht in das scheußliche Antlitz eines verstockten Bösewichts verwandelte. Was blieb ihm übrig – im Klub »Roter Durchbruch« sollte ein Stück des Genossen Lunatscharski aufgeführt werden. Sabotage trieb Lasik nun einmal nicht. Ein Bösewicht? Von ihm aus! Er fuhr sogar auf Sonitschka Zwibil los und gab sich den Anschein, als wolle er sie beißen, wie ekelhaft ihm das auch war. Sagen Sie selbst, was hat ein Schneider aus Homel mit einem tollwütigen Hund zu tun? Hinzu kam, daß Sonitschkas Mann in der Miliz diente. Lasiks Hundesprünge waren zwar eine streng staatliche Angelegenheit, doch er wußte nicht so recht, wie sich der Bürger Zwibil zu derartigen Simulierungsstückchen stellen würde. Aber er wollte nicht hinter seinem Jahrhundert zurückbleiben. Mutig bellte er, fletschte die Zähne. Und verbeugte sich dann tief vor den Kleingewerbetreibenden, die aus dem Lachen nicht herauskamen: »Oh, was ist dieser Roitschwantz für ein Dummkopf!« Er lispelte noch: »Genossen, merci von ganzem Herzen.« Alles konnte er ertragen.

Aber sein Name … Weshalb hatte Rajetschka ihm den Abschied gegeben? Wegen eines Pickels? Fragen Sie Lasik, er wird Ihnen erwidern: »Pickel – dummes Zeug, Pickel kommen und gehen wie irgendein Kommissar in Homel. Doch der Name … Kann man denn Arm in Arm mit einem Menschen lustwandeln, der so einen dummen

Namen sein eigen nennt?« – »Mit wem geht Rajetschka?« – »Mit Roitschwantz doch …« – »Hihihi.«

Schadet nichts! Sollen sie lachen! Lasik ist schlauer als sie. Als Lasik vorgeladen wurde, den siebenundvierzigsten Fragebogen auszufüllen, fragte ihn der rothaarige Genosse Gorbunow von der Kommunalwirtschaft:

»Familienname?«

»Roitschwantz.«

»Wie?«

»Roitschwantz. Verzeihen Sie, aber das ist ein Name, der auf bestimmte Eigenschaften hinweist. Heute wird an viele Namen ein ›Rot‹ angepappt, als wär das schon immer so gewesen. Sie sind nicht von hier, also kann ich Ihnen verraten, daß das Speisehaus ›Rote Zuflucht‹ früher eine gewöhnliche ›Zuflucht‹ war. Und hier die Straße des ›Roten Banners‹, die hieß sogar unanständigerweise einfach ›Wladimirstraße‹. Wenn Sie meinen, das ›Rote Badehaus‹ wär immer rot gewesen, so irren Sie sich, mit Verlaub gesagt. Es ist erst genau vor einem Jahr errötet. Es war ein übles Familienbad. Ich aber heiße von Geburt an Roitschwantz, da können Sie den amtlichen Rabbiner fragen. In meinem Namen ist mir ein unaufdringlicher Fingerzeig auf den Lebensweg mitgegeben worden. Jedoch ich sehe, daß Sie nichts begreifen, und so will ich's Ihnen erklären: ›Roit‹ – das bedeutet ›rot‹.«

Der Genosse Gorbunow lachte auf und fragte aus lauter Langeweile:

»Soso … Und was bedeutet ›schwantz‹?«

Lasik zuckte geringschätzig die Achseln.

»Es genügt wohl, wenn eine Hälfte etwas bedeutet. ›Schwantz‹, das bedeutet gar nichts. Das ist ein hohler Laut.«

2

Nein, nicht seines Namens wegen sollte Lasik untergehen. An allem ist nur der Seufzer schuld. Aber vielleicht auch gar nicht der Seufzer, sondern das Sparsamkeitsregime oder das heiße Wetter oder gar irgendwelche erhabenen Probleme. Wer weiß, weshalb Schneider aus Homel untergehen müssen?

Die Hitze war an dem fraglichen Tage in der Tat ganz ungewöhnlich. Der Fluß Sosh versandete vor den Augen der Homeler. Dafür saß der Untersuchungsrichter Kugel da wie aus dem Wasser gezogen.

Gegen sieben Uhr abends beschloß Lasik, sich auf den Weg zur Kantorstochter Fenitschka Herschanowitsch zu machen.

Fenitschka sang im Klub »Roter Durchbruch« internationale Weisen. In den Klub war sie eigentlich durch eine List hineingekommen. Was war denn Herschanowitsch schon für ein Kleingewerbetreibender? Was stellte er her? Er beschnitt unwissende Knäblein, für drei Rubel per Stück. Die Zelle hätte ohne Mühe feststellen können, daß Fenitschka schmählicherweise auf Kosten eines Kultdieners lebte.

Der alte Herschanowitsch sagte zu seiner Tochter: »Dieser Schazman blickt mich geschlagene zehn Minuten an, ohne mit der Wimper zu zucken. Eins von beiden – entweder will er dich heiraten, oder er will, daß ich mich nach dem nördlichen Narym verziehe. Ich bitte dich, singe ihnen hundert internationale Weisen. Vielleicht vergessen sie dann, daß ich ebenfalls singe. Wenn Daniel echte Löwen zu beruhigen gewußt hat, warum solltest du nicht diese Juden beruhigen können? Du wirst sehen, sie schlagen mich noch tot, und ich bedaure nur, daß ich sie einst beschnitten habe.«

Ich weiß nicht, ob Fenitschkas Gezwitscher die Herzen

des Homeler Gouvernementsparteikomitees erweichte, aber jedenfalls hörte Lasik sie, und er verliebte sich, verliebte sich heiß und ohne Gegenliebe. Zwar war sein Name für Fenitschka kein Hinderungsgrund – sie neigte zu modernen Anschauungen. Aber mit Lasiks kleiner Figur konnte sie sich beim besten Willen nicht befreunden. Was kann eine Kantorstochter heutzutage schon machen? An eine Laufbahn wie die der Mary Pickford denken und mit Parteilosen Foxtrott tanzen. Mit Lasik? Ich will nicht verhehlen, Lasiks Kopf zappelte genau unter Fenitschkas Achselhöhle. Gewiß, er versuchte auf Zehenspitzen zu gehen, aber er holte sich nur Hühneraugen dabei. Wie sollte er da seine flammenden Gefühle ausdrücken? Wie in einer verschwiegenen Allee unversehens Fenitschkas zarte Wange küssen? Selbst mit einem kleinen Sprung hätte er sie nicht erreicht.

Ihm war zweifach heiß: auch sein Herz stand in Flammen. Er hatte Pfeifers Beinkleid gerade fertiggebügelt, und als er das Haus verließ, sagte er für alle Fälle zu seinen Nachbarn: »Ich gehe jetzt zum Politunterricht. Wenn ihr nur wüßtet, was allein die chinesische Frage ist! Das ist noch schwieriger als das Buch Sohar. Wäre ich Schazman, ich würde den Kleingewerbetreibenden verbieten, sich mit solchen zentralen Problemen zu beschäftigen. Das sollte überhaupt eine Sache des Nachdenkens für irgendein oberstes Komitee sein, aber nicht für Schneider von Homel ...«

Er seufzte, aber nicht dieser Seufzer war es, der ihn ins Verderben stieß, auch nicht der nächste, den die Gedanken an Fenitschkas Unerreichbarkeit aus ihm hervorlockten. Heute wollte er ihr alles sagen. Ihr sagen, daß David klein war, Goliath dagegen ein ungeschlachter Kerl, ähnlich wie dieser Schazman. Er würde ihr sagen, daß die Nachtigall viel kleiner sei als ein indianischer Truthahn. Er würde ihr sagen, und dies schon ganz im Sinne der gegenwärtigen

Geschichte, daß eine kleine organisierte Minderheit den Sieg davontrage oder vorübergehend dahinwelke. Er würde ihr sagen …

Sicherlich wäre ihm etwas eingefallen, was selbst die leichtsinnige Fenitschka zu überzeugen vermocht hätte, aber plötzlich wurde seine Aufmerksamkeit von dem einäugigen Natik angezogen, der emsig ein riesiges Plakat an den Zaun der ehemaligen bischöflichen Schule klebte.

Was mochte in der Welt geschehen sein? War vielleicht ein Moskauer Operettentheater zu Gastspielen in Homel eingetroffen? In diesem Fall würde er nicht umhinkönnen, sein ganzes Geld für die besten Plätze auszugeben: Fenitschka war eine musikalische Natur. Sollten sie sich irgendwelche neuen Abgaben zugunsten dieser chinesischen Totschlägerei ausgedacht haben? Oder wollte der Gauner Dyschkin einfach unter dem Vorwand eines Aufklärungsfeldzugs seine dummen Liebesbriefsteller aus dem vorvorigen Jahrhundert losschlagen?

Das Plakat war auf Bürger mittleren Wuchses berechnet, und Lasik mußte sich auf die Zehenspitzen stellen, gleich als stände Fenitschka Herschanowitsch in eigener Person vor ihm. Kaum hatte er den ersten Satz gelesen, als er zusammenzuckte und sich nach allen Seiten umsah. Neben ihm stand nur eine ihm persönlich unbekannte Bürgerin. Ein Mitglied der Moskauer Operette? Oder eine Bevollmächtigte zum Einzug der Abgaben?

Je weiter Lasik las, um so heftiger zitterte er. Es zitterte die getupfte Halsbinde, es zitterte das Köpfchen über dem unverwüstlichen Kautschukkragen, es zitterte in der Hosentasche der herrliche amerikanische Sprühflakon mit seinem wunderbaren »Orchideenduft«, den Lasik seiner Fenitschka darzubringen gedachte. Es zitterte die Hose, diese ungewöhnliche Hose aus englischem Stoff (ein Defraudant hatte ihn dalassen müssen, er war nach der zweiten Anprobe ohne Hose von einer Streife geschnappt worden). Es zitterten die gewaltigen Buchstaben. Es zitterte der Gartenzaun. Es zitterte der Himmel.

»Der erprobte Führer des Homeler Proletariats, Genosse Schmurygin, ist gestorben. Sechs Jahre lang ließ das rote Schwert in seinen schwieligen Händen alle internationalen Banditen erzittern. Aber wenn auch die großen Gestalten dahingehen, die Ideen bleiben lebendig. Statt des einen kommen zehn neue Kämpfer, die entschlossen sind, mitleidlos alle verborgenen Feinde der Revolution zu strafen ...«

Und an dieser Stelle war es, daß Lasik aufseufzte, kläglich, laut, sagen wir's frei heraus, aus vollem Herzen. Hatte er Mitleid mit dem Genossen Schmurygin, der an einer Darmverschlingung gestorben war? Oder packte ihn die Angst vor den zehn neuen Kämpfern? Wo sollte er ihre Porträts hernehmen? Und welche Haltung würden sie den nur halbklassenbewußten Kleingewerbetreibenden gegenüber einnehmen? Und die Hose, die er dem Finanzinspektor verheimlicht hatte, Pfeifers Hose!

Nach diesem Seufzer ging Lasik weiter. Aber er sollte Fenitschka nichts vom schimpflichen Ende Goliaths erzählen, er sollte sie nicht mit den Orchideendüften aus dem amerikanischen Zerstäuber besprengen.

Der Untersuchungsrichter, Genosse Kugel, sagte ihm düster:

»Sie haben das leuchtende Andenken des Genossen Schmurygin öffentlich beschimpft.«

»Ich habe nur geseufzt«, seufzte Lasik demütig. »Ich habe geseufzt, weil es sehr heiß war und weil das Schwert seinen schwieligen Händen entfallen ist. Ich seufze immer so. Wenn Sie mir nicht glauben, können Sie die Bürgerin Herschanowitsch fragen, und wenn die Bürgerin Herschanowitsch nicht die richtige Zeugin sein sollte, weil sie die Tochter eines Kultdieners ist, können Sie den Boten des Finanzinspektors fragen. Er weiß genau, wie laut ich immer seufze. Ich will Ihnen sogar sagen, daß man mich im vorigen Frühjahr zwingen wollte, aus unserem Genossenschaftshaus auszuziehen wegen meiner unerträglichen Seufzer. Ich beschäftigte mich in den Nächten mit dem politischen Lehrbuch und seufzte natürlich für mich, die Pfeifers aber haben behauptet, daß ich ihren werktätigen Schlaf störe.«

Genosse Kugel unterbrach ihn:

»Seien Sie vor allem nicht so weitschweifig. Die Bourgeoisie hat gleichzeitig mit dem Taylorsystem den berüchtigten Aphorismus erfunden: ›Zeit ist Geld.‹ Darin hat sich die Verehrung der absterbenden Klasse für das klägliche Produkt des Mehrwerts ausgedrückt. Wir dagegen sagen: ›Zeit ist nicht Geld. Zeit ist mehr als Geld.‹ Sie haben soeben mir und folglich dem gesamten Arbeiterstaat fünf kostbare Minuten geraubt. Zur Sache also! Die Bürgerin Matilda Furzina sagt aus, daß Sie nach der Lektüre des Ihnen bekannten Aufrufs an die Werktätigen von Homel in ein triumphierendes Gelächter ausgebrochen wären und einen unpassenden Ruf ausgestoßen hätten.«

Hier hielt Lasik nicht an sich und lächelte höflich.

»Ich weiß nicht, wer das ist, diese Bürgerin Furzina. Vielleicht ist sie taubstumm oder vollkommen anormal. Ich will Ihnen nur eines sagen: Ich kann gar nicht triumphierend lachen. Als ich in der Tragödie des Genossen Lunatscharski triumphierend lachen sollte, blieb ich plötzlich an der frischen Leiche der Herzogin stehen und verstummte völlig, obwohl mir der Souffleur Ljowka zuschrie: ›Lachen sollst du, du Idiot!‹ Ich versichere Ihnen, Bürger Kugel, wenn ich Rufe ausstoßen und am hellichten Tage triumphierend lachen könnte, noch dazu auf der Hauptstraße, dann wäre ich kein unglücklicher Schneider, der ein Weniges zusammenschneidert aus mitgebrachten Stoffen, dann läge ich entweder in einem stummen Grab, oder ich säße in Moskau auf dem prächtigsten Volksposten ...«

»Sie simulieren klassenmäßige Rückständigkeit, aber das wird Ihnen schwerlich helfen. Ich stelle Sie unter Anklage auf Grund des Artikels siebenundachtzig des Strafgesetzbuchs, der Beleidigungen der Flagge und des Wappens unter Strafe stellt.«

Als Lasik dies hörte, wollte er aufseufzen, aber er hielt rechtzeitig an sich.

3

Ein Seufzer, auch wenn er aus tiefster Seele kommt, kann noch den traurigen Zufällen zugerechnet werden, Lasiks Betragen im Verlauf des Gerichtsverfahrens aber verdient uneingeschränkte Zurechtweisung. Da war's, wo es sich offenbarte, das drückende Erbe der Vergangenheit! Nicht immer und ewig hatte ja Lasik sich der chinesischen Frage und sonstigen lichten Ideen gewidmet. Bis zu seinem dreißigsten Jahre hatte er, sich das spärlich behaarte Kinn kneifend, über den Lächerlichkeiten eines gewissen Talmud gebrütet.

Wenn zwei Juden einen Talles finden – wem soll er gehören? Dem, der ihn zuerst erblickt, oder dem, der ihn zuerst aufgehoben hat? Versuchen Sie mal, diese Aufgabe zu lösen. Lasiks Kinn brannte von seinem Kneifen. Was ist wichtiger, die Hand oder die Augen? Die Entdeckung oder die Arbeit des Aufhebens? Die Erleuchtung oder der Wille? Gäbe man ihn dem, der ihn zuerst erblickt hat, so wäre der Kopf beleidigt: »Ich habe es so angeordnet, daß die Hand den Talles aufhebt.« Gäbe man ihn dem, der ihn zuerst aufgehoben hat, so wäre das Herz beleidigt: »Ich hab's den Augen zugeflüstert, daß ein Fund ihrer wartet.« Ließe man ihn auf der Straße liegen, so ginge ein schöner Talles verloren, der jedem Juden beim Gebet nötig ist. Schnitte man ihn in zwei Teile, so wäre er niemandem mehr nötig. Gebrauchte man den Talles umschichtig, so würden sich zwei Juden nicht mehr riechen können. Denn für nur einen Menschen ist selbst ein Fischmagen geräumig genug, zwei aber finden es auch im wunderbarsten Paradies zu eng. Was soll man also anfangen mit diesem tückischen Talles? Was mit den beiden Juden? Was mit der Wahrheit?

Am besten ist es, man findet keinen Talles, und man denkt nicht über die Wahrheit nach. Aber ein Talles kann mitten auf deinem Wege liegen, und ein Mensch braucht nur mit sich allein zu bleiben, sei es in der hintersten Ecke eines Galanteriewarengeschäftes oder auf einem schmutzigen Abort, schon beginnt er, über die Wahrheit nachzudenken.

Längst hatte sich Lasiks Kinn mit krausem Haarwuchs überzogen, längst auch war dies Gekräusel wieder gefallen, abgemäht von der flinken Hand des Barbiers Ljowka, längst auch hatte er den Stock des Lehrers vergessen und die Geschichte von den zwei Juden, die einen Talles gefunden hatten, geblieben aber war die Gewohnheit, nachzudenken, über was man besser nicht nachdenkt.

Es wäre lächerlich, Lasik des Aberglaubens zu verdächtigen. Er war noch nicht dreizehn Jahre alt, als er schon verstanden hatte, daß ein Talles niemandem nötig und daß es besser ist, auf der Straße zweihunderttausend oder wenigstens drei Rubel zu finden. Er hatte verstanden, daß der Mensch aus dem Affen geschaffen ist und nicht aus einem fragwürdigen »Ebenbilde«, daß eine Operette viel interessanter ist als ein Synagogenchoral, daß Herschanowitsch ein großer Gauner ist, daß Schinken mit Erbsen nicht schlechter schmeckt als Rindfleisch mit Dörrpflaumen und daß überhaupt jetzt das richtige zwanzigste Jahrhundert war.

Lasik hatte sogar einmal Gelegenheit, den alten Herschanowitsch zu erledigen, und konnte dabei seine Verehrung für die reine Wissenschaft beweisen. Das geschah eines Abends. Fenitschka schaute zum Sternenhimmel auf, Lasik aber, den das blasse Gesichtchen des Mädchens bezauberte, stand dabei und wagte nicht zu atmen. Hier geschah es, daß der schlaue Herschanowitsch auf den Gedanken kam, Lasik in die Falle zu locken:

»Für mich ist es geradezu lächerlich, nur zu denken, daß du bis heute behauptest, die Sonne stände still und die Erde drehte sich. Ich sage dir nicht, blick zum Himmel in der Stunde des Sonnenuntergangs, denn vielleicht bist du überhaupt blind wie ein Maulwurf und unfähig, etwas zu sehen. Ich frage dich nicht, wie denn Josua die Sonne stillestehen lassen konnte, wenn sie sich überhaupt nicht bewegt, denn du wirst mir antworten: ›Ich bin nicht dabeigewesen‹, wie alle Narren antworten. Beiläufig, es wäre doch interessant, zu hören, ob du dabei warst, als der Affe den Menschen erzeugte? Aber ich will dir doch beweisen, daß die Erde auf der Stelle steht, und du wirst mir gar nichts erwidern können. Zwar stellst du dich, als wärst du ein naiver junger Goi aus Moskau, doch du hast dereinst den Talmud studiert und weißt, daß man den Scheidungsbrief der Frau nicht zustellen kann, wenn die Frau sich von der Stelle bewegt. Man kann ihr die Scheidung weder im Zug oder auf dem Schiff aushändigen noch wenn sie auf der Straße spazierengeht. Wenn die Erde sich bewegte, würden sich auch alle Frauen bewegen, denn die Frauen, sollt ich meinen, leben auf der Erde. Dann könnte man sich nie scheiden lassen: demnach steht die Erde ruhig auf ihrem Platz.«

Lasik war zwar geschwächt durch die Nähe Fenitschkas und die Herrlichkeit des Sternenhimmels, trotzdem erwiderte er Herschanowitsch fest:

»Das sind Betrachtungen, entschuldigen Sie, wie sie einem kleinen Jungen anstehen. Blickt man aus einem fahrenden Zug auf einen andern fahrenden Zug, so scheint es, daß beide Züge stillstehen. Wer gibt der Frau die Scheidung? Ihr Mann. Drehte er sich in entgegengesetzter Richtung, so würde er bemerken, daß auch seine Frau sich dreht, aber da sie sich beide in der gleichen Richtung drehen, so scheint es natürlich dem Manne, daß seine Frau sich gar nicht dreht. Scheiden lassen aber, um das noch zu sagen, kann man sich auch auf einem amerikanischen Dampfer, wenn nur auf ihm eine Mitarbeiterin des Standesamts sitzt, das kostet nicht mehr als sechzig Kopeken. Hauptsache, Bürger Herschanowitsch, daß heiße Liebe vorhanden ist und die Sterne verschwenderisch glitzern, alles andere ist soviel wert wie eine Stempelmarke.«

Lasik hatte das alles mit Festigkeit hervorgebracht, obwohl er wußte, daß es jetzt für ihn noch schwerer sein würde, Fenitschkas Wangen zu erreichen, selbst wenn er sich auf die Zehenspitzen stellte. Aber was will man, Lasik war ein Mensch des zwanzigsten Jahrhunderts!

Gewiß, aber das Kneifen des Kinns, aber das listige Lächeln, aber die Logik, die Logik um jeden Preis – sie waren es, die den ehrlichen »Herrenschneider« verderbten.

Statt auf die erste Frage des Gerichtsvorsitzenden knapp zu antworten, daß er von proletarischer Abstammung sei, und sodann die schändliche Verleumdung der Bürgerin Furzina zurückzuweisen, antwortete Lasik doppelsinnig:

»Schuldig? Wenn ich an etwas schuld bin, so nur daran, daß ich lebe. Aber daran bin ich auch nicht schuld. Daran sind lächerliche Vorurteile schuld und die schreckliche Cholera. Wäre nicht die Cholera gewesen, so gäbe es überhaupt keinen Lasik Roitschwantz, und ich möchte Sie fragen, Bürger Vorsitzender, was täte dann diese anormale Bürgerin Furzina? Ich bin zur Welt gekommen, weil es lächerlich war, den Friedhof mit dem Meßstab auszumessen, denn es war ein solches Unglück, daß man es mit keinem Meßstab hätte ausmessen können. Sie begreifen nicht, wovon die Rede ist? Ganz einfach. Damals war eine große Cholera, so groß, daß fast alle Juden gestorben sind, und die nicht gestorben sind, die wollten natürlich nicht sterben. Heute gibt es dafür die Gesundheitsabteilung des Gouvernements und sogar den Genossen Semaschko in Person. Damals aber glaubten die unwissenden Juden, daß der Friedhof nicht weiterwachsen würde, wenn sie ihn nachmaßen. Und sie maßen und maßen, der Friedhof aber wuchs und wuchs. Da erinnerten sie sich, daß man den Tod, wenn nicht überlisten, so doch aufheitern könnte. Sie fanden den unglücklichsten aller Juden, den Motel Roitschwantz. Der hatte keine Kupferkopeke im Sack. Er besaß nur seinen trübseligen Namen. Er wusch jede verächtliche Wäsche, und an Purim trug er für fünf Kopeken kostbare Geschenke von Haus zu Haus. Kurz und gut, er hätte ruhig an der Cholera sterben können, und kein Mensch hätte ihn beklagt. Aber gerade er starb nicht. Reiche Juden stöberten diesen Motel Roitschwantz auf, und sie fanden dazu das allerunglücklichste Mädchen. Sie sagten: ›Wir geben euch dreißig Rubel, wir geben euch Huhn und Fisch, aber eure Hochzeit wollen wir auf dem Friedhof begehen, um den Tod ein wenig aufzuheitern.‹ Ich weiß nicht, ob der Tod und die Juden aufgeheitert wurden, der Bräutigam hatte ja außer seinem trübseligen Namen auch noch einen riesigen Buckel, die Braut aber hinkte, um es offen zu sagen. Ich weiß nicht mal, ob die Cholera aufhörte, aber eines weiß ich, nämlich, daß ich, Lasik Roitschwantz, zur Welt kam, und darin scheint mir meine einzige Schuld zu bestehen.«

»Vielleicht sagen Sie uns, was Sie am elften Juli abends um sieben Uhr gemacht haben?«

»Ich war auf dem Weg zu einem Mitglied des Klubs ›Roter Durchbruch‹, der Genossin Fenitschka Herschanowitsch. Vorher hatte ich eine Hose gebügelt, und hinterher bin ich wie ein richtiger Übeltäter im vergitterten Gefängnis gesessen.«

»Indessen haben Sie, nachdem Sie den Aufruf an die arbeitende Bevölkerung gelesen hatten, Ihre konterrevolutionären Gefühle demonstrativ ausgedrückt.«

»Wie konnte ich Gefühle ausdrücken, wenn ich nie welche ausdrücke? Sie glauben vielleicht, daß ich feierlich gelacht hätte, als die Ketten der Selbstherrschaft fielen und der Polizeiwachtmeister Bogdanow bei uns im Hof unterm Zuber saß? Nein, ich habe mir auch damals gesagt: Mag Ljowka, der Barbier, Schreie ausstoßen, er versteht sowieso nichts anderes. Ich habe gar nichts ausgedrückt, obwohl damals alle Welt etwas ausdrückte; sogar dieser Bogdanow kroch unter dem Zuber hervor und drückte etwas aus. Ich bin ein vollständiges Rätsel, und weder die Bürgerin Furzina noch Sie, Bürger Staatsanwalt, kein Mensch auf Erden weiß, welche Gefühle vielleicht in meiner Seele schlummern. Wen interessiert schon, was drinnen in einem kleinen Schneider vorgeht? Sollten Sie aber darauf bestehen, so sage ich Ihnen: Man kann den Rock umkrempeln, aber nicht die Seele. Ich ging zur Genossin Herschanowitsch, und ich habe buchstäblich nichts ausgedrückt. Sie werden fragen, weshalb ich geseufzt habe, als ich diesen ›Aufruf an die arbeitende Bevölkerung‹ las? Wie hätte ich denn nicht seufzen sollen? Das war ja ein Aufruf zum Seufzen. An meiner Wand hing das Bild des Genossen Schmurygin. Ich versenke mich in den politischen Aufklärungsunterricht. Ich könnte Ihnen auf der Stelle alle Werke des Genossen Schurka Besdomny auswendig hersagen. Wenn aber das Unglück einmal geschehen ist und ich, Lasik Roitschwantz, auf diese schwarze Bank für die Angeklagten geraten bin, so will ich Ihnen gestehen, daß ich dem Bürger Finanzinspektor Pfeifers Hose verheimlicht habe. Ich habe achtzig angegeben, wo es einhundertfünfzehn heißen sollte. Das ist ein Unterschied von genau fünfunddreißig Rubeln. Dafür kann man mir eine Strafe zudiktieren, und ich will nur leise seufzen, wie damals am

Baum. Aber man darf mich nicht für eine Beschimpfung von Flagge und Wappen verurteilen, wenn dort weder Flagge noch Wappen vorhanden war, sondern nur die Bürgerin Furzina, und auch sie habe ich mit nichts beleidigt.«

Indes wiederholte Matilda Furzina, eine Frau mit melancholischen blaßgrünen Augen und einer Parteizugehörigkeit von neun Monaten, die Angaben, die sie in der Voruntersuchung gemacht hatte: Der Angeklagte sei zum Aufruf hingelaufen, habe ihn gelesen und sei in ein unverschämtes Gelächter ausgebrochen. Der schamlose Ausruf, den er ausgestoßen habe, könne im Hinblick auf die Kampagne gegen das Rowdytum nicht einmal wiederholt werden. Lasik hörte sich das alles an und zwinkerte dann dem Vorsitzenden zu.

»Ich habe ja gesagt, sie muß entweder nicht normal oder taubstumm sein. Natik hat in der Tat das Plakat angeschlagen. Ich bin in der Tat herangetreten, um es zu lesen. Weshalb werden denn Plakate angeschlagen? Doch wohl, damit man sie lesen soll. Hierauf habe ich geseufzt. Woher wollen Sie wissen, vielleicht hat mir der Genosse Schmurygin leid getan? Als ob das eine Kleinigkeit wäre, an Darmverschlingung zu sterben. Und sodann verstehe ich sehr gut, was die Leichentrauer für eine Gouvernementsstadt wie unsere bedeutet. Wenn man einst auf dem Friedhof hat Hochzeit abhalten können, so ist das ja vor zwei Jahrhunderten gewesen, außerdem war damals die Cholera, während wir jetzt keine Cholera haben, sondern nur die wirtschaftliche Neugeburt und die chinesische Frage. Im alten Cheder habe ich den Talmud studiert. Das ist natürlich offener Betrug, und ich habe seither schon die ganze ›Kommunistische Fibel‹ durchgelesen. Aber selbst in diesem unanständigen Talmud heißt es, daß du lachen sollst, wenn alle lachen, und weinen, wenn alle weinen, und wenn alle die Bibel lesen, so laß es dir nicht einfallen, den Talmud zu lesen, und wenn alle den Talmud lesen, so vergiß, daß es auf der Welt die Bibel gibt. Meinen Sie wirklich, daß ich, Lasik Roitschwantz, der ich acht verschiedene Regierungen überstanden habe, eine so einfache Wahrheit nicht weiß? Die Nähmaschinen mußten abgeliefert werden, und ich habe meine abgeliefert. Gefreut hat man sich über die Erfolge des erwachenden Türken, und ich habe mich mitgefreut. Dieser Aufruf ist angeschlagen worden, und ich habe geseufzt. Was wollen Sie denn da noch von mir mit dieser verrückten Furzina?«

Ich wiederhole, Lasik stürzte sich selbst ins Verderben, und man versteht jenen Beisitzer aus dem Volk, der seinem Nachbar finster zubrummte:

»Er ist dumm, aber schlau. Er redet einen blöd.«

Die Rede des Staatsanwalts Genossen Gurewitsch war kurz und eindrucksvoll:

»Der Bürger Roitschwantz ist das verfaulte Produkt der Kastration der Persönlichkeit durch den Klerikalismus. Er versucht, mit leeren Worten neuen Wein in alte Schläuche zu gießen, aber das ist natürlich typischer Egoismus. Das unerwartete Geständnis eines böswilligen Betrugs an einem Organ der staatlichen Inspektion wirft ein neues Licht auf diesen verkleideten Wolf. Seine Beteuerungen, daß der Aufruf für Seufzerzwecke angeschlagen worden sei, fallen vollinhaltlich mit den Insinuationen der weißgardistischen Presse zusammen, während die uneigennützigen Angaben der Bürgerin Furzina ausschließlich von ihrem Klassengewissen diktiert sind. Auf Grund aller dieser Tatsachen halte ich es für geboten, den Bürger Roitschwantz, ohne diesen kranken Zweig gleich abzuhauen und ohne die Frage aufzuwerfen, ob eine soziale Gefahr vorliegt, einer Korrektionsstrafe zu unterwerfen.«

Der Verteidiger Genosse Landau dagegen zeichnete sich durch hemmungslosen Redefluß aus. Eine geschlagene Stunde redete er. Nur Lasik hörte ihm wohl wirklich zu.

»Unsrer heutigen Wissenschaft sind Gehörhalluzinationen bekannt, akustische Luftspiegelungen gewissermaßen. Die Araber sehen Oasen. Der Gefangene hört den Gesang der Nachtigall. Ich will keinen Schatten auf die Bürgerin Furzina werfen. Aber ich unterziehe ihre Worte einer streng wissenschaftlichen Analyse. Gewiß, Lasik Roitschwantz ist ein degenerierter Typ. Ich bestehe darauf, daß ein ärztliches Gutachten eingeholt wird. Das, was er ›Seufzer‹ nennt, ist eine rein pathologische Erscheinung. Vielleicht haben wir es mit schwerer erblicher Belastung zu tun. Die auf dem Friedhof vollzogene Ehe ist, wie die Eugenik lehrt, geeignet, anormale Nachkommenschaft zu liefern. Ich wäge alle Tatsachen ab, und in die Waagschale fällt seine ungewöhnliche Entstehung. Sie müssen die jüdische Bourgeoisie anklagen, die die Talmudschulen erfunden hat und sonstige Mittel zur Versklavung des Proletariats wie die beleidigende Trauung inmitten von Gräbern, aber diesen unglücklichen Kleingewerbetreibenden müssen Sie als siegreiche Klasse in einem Ausbruch von Großherzigkeit freisprechen!«

Der Vorsitzende fragte Lasik behutsam, ob er dem, was er vorher gesagt habe, noch etwas hinzufügen wolle. Vom Redefluß des Genossen Landau ermüdet, fürchtete er die Gesprächigkeit des Angeklagten. Aber Lasik hatte verstanden, daß seine Sache verloren war. Er bestritt die Aussagen der Genossin Furzina nicht länger.

»Was soll ich nach so vielen klugen Reden noch sagen? Wenn der Löwe mit dem Tiger spricht, ist es wohl für den Hasen am besten, wenn er schweigt. Ich möchte nur einen kleinen Vorschlag einbringen. Genosse Gurewitsch gehört der Partei an und Genosse Landau ebenfalls, und zwischen ihnen ist eine kleine Diskussion entstanden, so wie bei uns im Klub der Kleingewerbetreibenden. Ich schlage Ihnen einen Vergleich vor. Wenn zum Beispiel der Genosse Gurewitsch möchte, daß ich auf sechs Monate eingesperrt werde, und der Genosse Landau möchte, daß man mich überhaupt nach Hause gehen lassen soll, so schlage ich vor, eine genaue Teilung vorzunehmen und mich auf drei Monate einzusperren. Dann werden alle zufrieden sein, selbst die Bürgerin Furzina. Und wenn ich nicht zufrieden sein werde, so habe ich ja Pfeifers Hose verheimlicht und bin sowieso, wie der Genosse Gurewitsch meint, ein verfaultes Produkt. Natürlich würde ich es vorziehen, wenn Sie auf den Genossen Landau hören und mich nach Hause lassen. Ich verspreche sogar, niemals wieder zu seufzen und mein ganzes nicht endloses Leben allein mit dem Studium des chinesischen Problems zuzubringen. Aber andrerseits habe ich Sorge, Sie könnten auf den Genossen Gurewitsch hören. Das ist ja die reinste Lotterie! Und dann geht's mir schon ganz schlecht. Darum schlage ich Ihnen vor, einem Vergleich zuzustimmen, alles Für und Wider genau zu berechnen und mir möglichst wenige Monate zuzudiktieren, denn bestimmt warten schon kleine Aufträge auf mich und außerdem die Hoffnung auf die Gegenliebe der Genossin Fenitschka Herschanowitsch. Ohne Hoffnung aber und ohne Bestellung kann ich leicht sterben. Und das will ja nicht einmal der Genosse Gurewitsch, denn alle Bürger, mit Ausnahme einiger abgehauener Zweige, müssen leben und einig miteinander blühen, so wie die verantwortungslosen Bäume blühen am hohen Ufer unseres schiffbaren Sosh!«

4

Lasik besaß eine ungemein zarte Haut, und nur der Barbier Ljowka verstand, ihn sauber zu rasieren. Aber Ljowka war kein gewöhnlicher Barbier, sondern eine Weltberühmtheit. Es hieß, er habe einmal den Nacken eines ausländischen Dämchens von der Komintern so kunstgerecht rasiert, daß besagtes Dämchen in Tränen der Rührung ausbrach und rief: »Was für ein gewaltiges Land ist das!« Und Ljowka einen Dollar schenkte, auf dem eine amerikanische Kuh abgebildet war. Vielleicht war's auch gelogen, ich weiß es nicht, aber Lasik rasierte er jedenfalls meisterhaft: keine Schnitte, keine abscheuliche Rötung, kein Brennen, nur Frische, Entspannung, Besprühung mit dreifacher Eau de Cologne, dazu als Beigabe am Ohr eine eingeschmuggelte neue Melodie, etwa: »Kaufen Sie Bananen, damit Sie Liebe ahnen« ... Dagegen bei Ziperowitsch hing überall Watte heraus (gelbe, wie man sie zwischen die Doppelfenster legt) und sonstige Pseudowissenschaft, aber wer wollte auch Ziperowitsch mit Ljowka in einem Atem nennen!

Im Gefängnis war es vor allem Ljowka, der unserm Lasik fehlte. Als Kind unsrer bewegten Zeitläufte gewöhnte er sich rasch an alle Formen des Lebens. Natürlich gab's im Gefängnis auch keine Fenitschka Herschanowitsch und kein verschwendrisches Glitzern der Sterne und keine Gastspiele der Moskauer Operette. Dafür aber auch keine Finanzinspektoren. Wenn er nur Ljowka da gehabt hätte! Dem Gefängnisbarbier mochte er sich nicht anvertrauen, das gäbe nur Kratzer und Geschimpf und hinterher Pickel. Was würde in sechs Wochen Fenitschka Herschanowitsch dazu sagen? Auf Lasiks Kinn begann schon langsam rötliches Gekräusel hervorzuwachsen. Es ging nicht um den Anblick, den er bot – vor wem sollte er sich hier schämen? Doch nicht vor den acht unrasierten Bösewichtern? Es ging um das geistige Jucken, das mit dem Bärtchen zur Welt kam.

Lasik wußte wohl, was ihn vor Gericht ins Unglück gestürzt hatte. Er hatte sich das Versprechen gegeben, möglichst wenig zu denken. Im Gefängnis ist es natürlich schwer, nicht zu denken, wenn täglich vierundzwanzig Stunden zum kostenlosen Philosophieren und der Anblick zerreißenden menschlichen Schicksals zur Verfügung gestellt werden. Noch schwerer wird der Verzicht, wenn am Kinn bereits ein Büschelchen verdächtigen Wergs hervorstarrt, denn wie groß ist die Versuchung, es um den Finger zu wickeln und sich in seine Gedanken zu vertiefen. Nichts stimmt so sehr aufs Philosophieren ein wie ein krauses Bärtchen, und dies Bärtchen ist es gewesen, das so manchen Talmudisten zu den verrücktesten Schlußfolgerungen getrieben hat.

Stellen Sie sich vor, da liegt ein winziges Erbslein. Ein Mäuschen frißt das Erbslein. Eine Katze – schwupp – das Mäuschen. Ein großer Hund beißt die Katze tot. Den Hund frißt natürlich ein Wolf und den Wolf ein Löwe. Der Mensch kommt, und was tut er – er tötet den Löwen. Man könnte denken, daß der Mensch der Herr der Schöpfung wäre. Aber der Mensch geht nach Hause und stolpert über ein winziges Erbslein, fällt auf einen Stein und stirbt. Und da kommt das Mäuschen und macht sich lustig über den Menschen, und das Mäuschen frißt das Erbslein, und die Katze frißt das Mäuschen, und so könnte man fortfahren ohne Ende. Jetzt sagen Sie selbst, hätten etwa bartlose Männer zu derartigen Überlegungen gelangen können?

Lasik saß trübselig auf seiner Pritsche, zupfte an seinem Bärtchen und dachte, wenn nicht an das Erbslein, so doch an die uns bekannte Bürgerin Furzina. Plötzlich piepste er glücklich: In die Zelle trat der Barbier Ljowka. Das war keine Luftspiegelung in der Wüste oder Nachtigallensang, wie ihn der Eingekerkerte vernimmt. Nein, Ljowka, der lebendige Ljowka stand vor ihm!

Trotz seiner großen Freude mußte Lasik als durchaus politisch bewußter Kleingewerbetreibender aufseufzen:

»Wer ist denn noch gestorben, Ljowka? Etwa die portugiesische Geißel?«

»Was hat die portugiesische Geißel hier zu tun, wo wir doch wohl in Homel leben? Und gestorben ist niemand außer dem alten Schimanowitsch, aber der hat sowieso sterben müssen mit seinen zweiundachtzig Jahren. Und Chassin hat ein Töchterchen gekriegt, damit er weiß, wie man angefeuchteten Zucker verkauft. Aber ich bin nicht hier, weil Schimanowitsch gestorben ist und weil Chassin ein Töchterchen gekriegt hat. Das ist ja alles nur Familienkleinkram. Ich bin hier wegen eines Falls von außerordentlicher Wichtigkeit für den Staat. Ich bin reingeschlittert wegen ...«

Man kann der erste Barbier der Welt sein und dabei ein verwegener Prahlhans bleiben, eins tut dem andern keinen Abbruch. Ljowka plusterte sich feierlich auf wie ein junger Sperling.

»Ich bin reingeschlittert wegen der bewußten Tonne.«

An dieser Stelle muß ich erläutern, daß es in Homel ungeachtet all unsrer gewaltigen Errungenschaften bis zum heutigen Tage noch keine entsprechenden Abflußröhren gibt. Von der finsteren Vergangenheit haben die Bewohner von Homel unanständige, durch die Hauptstraße polternde Tonnen geerbt. Ich bitte, Homel deswegen nicht zu verachten. Immerhin gibt es in Homel eine Menge kultureller Stätten, zwei Theater, einen Zirkus, vom Kino gar nicht erst zu reden. Im Museum hängt ein holländischer Fisch von solcher Pracht, daß jeder Jude Gott danken müßte, wenn er ihn zum Schabbes bekäme. Im Park, der ehedem nach Paskewitsch benannt war, sitzt an der Kette ein richtiger Wolf und schreckt mit seinem durchdringenden Geheul die arglosen Kinderchen. Und der Klub »Roter Durchbruch« der Kleingewerbetreibenden? Und das in allen Teilen ausgearbeitete Straßenbahnprojekt? Und die Wandzeitung der lokalen Abteilung des Chemietrusts mit den menschenfreundlichen Karikaturen des Genossen Pinkes? Nein, in kultureller Beziehung unterscheidet sich Homel gar nicht so sehr von der Hauptstadt. Was die Röhren betrifft, so ist das eine Nebensache, die keine Beachtung verdient. Athen ist doch wahrlich berühmt genug; selbst aus Amerika, sollt ich meinen, kommen die Fremden dorthin, dabei gibt es in Athen ebenfalls keine derartigen Röhren, so daß man gar keinen Grund hat, Homel mit seinen unanständigen Tonnen aufzuziehen.

Selbstverständlich beschützt die Kommunalwirtschaft die Nasen der Bürger auf die mannigfachste Weise. Die Tonnen dürfen nur bei Nacht durch die Straße gefahren werden, überdies nur in geschlossenem Zustand. Indes unterwerfen sich nicht alle Menschen selbst noch so strengen Verboten. Ich spreche hier nicht von dem Gauner Herschanowitsch – der weiß alle Vorschriften auswendig wie die zehn Gebote: wo man ausspucken darf und wo nicht, an welcher Stelle man den Marktplatz zu überqueren hat, an welchen Tagen Fahnen herausgesteckt werden müssen und sogar, von welcher Seite in die Straßenbahn einzusteigen ist, die allerdings in Homel erst als Projekt existiert. Aber es gibt ja in der Welt Bürger, die etwas wichtiger als Herschanowitsch sind, und so fährt denn die Tonne einer Behörde am hellichten Tage durch die Straße, sogar ohne den vorgeschriebenen Deckel. Was kann man dagegen tun? Es kommt, wie man in Homel zu sagen pflegt, vor, daß auch ein Spuckebatzen Ehrerbietung verdient.

An einem heißen Sommertag braucht nur jemand zu rufen: »Sie kommt«, dann fragen die Bewohner von Homel gar nicht erst, wer – sie wissen es, verschließen sofort ihre Fenster luftdicht, verkriechen sich in ihre Ecken und nähern ihre Finger dem empfindlichen Geruchsorgan.

Und eben wegen dieser Tonne sollte Ljowka, der Barbier, hineinschlittern. Das Unglück ereilte ihn auf der Straße, und er fand keine Zeit, in den nächsten Laden zu springen. Er preßte die Nase zu und schrie entrüstet:

»Krepieren sollen sie mit dieser unerträglichen Tonne!«

Auf der Straße zu schreien ist natürlich töricht. Aber Lasik hatte sich nicht grundlos auf Ljowka berufen. Der Barbier besaß in der Tat ein loses Mundwerk. Während der »Gottlosen«-Kampagne hatte er so geschrien, daß er heiser geworden war. Auch in die Synagoge war er mit dem Ruf eingebrochen: »Nieder mit dem verfaulten Schabbes! Es lebe, wolln mal sagen, der Montag!« Im Kino konnte er nicht ruhig auf seinem Platz sitzen und hatte wiederholt hinausgeführt werden müssen. Wird da zum Beispiel ein Lord gezeigt, der ein unschuldiges Mädchen willfährig machen will, schon verliert Ljowka die Besinnung: »Ich werde dir, du frecher Feudalherr, schon die Birne scheren!« Kurz, Ljowka war als Schreihals stadtbekannt, und daher hätte sein Ausruf bezüglich der Tonne niemanden überraschen sollen. Lasik fragte ihn mißtrauisch:

»Wenn du nur diesen Schrei ausgestoßen hast, weshalb hat man dich dann ins Gefängnis gesetzt? Das tust du doch immer. Ich denke, Ljowka, daß es sich hier keineswegs um die Tonne dreht.«

Ljowka kniff ironisch die Augen zusammen, als scherte er den Lord.

»Wer sagt dir denn, daß es sich um die Tonne dreht? Natürlich dreht es sich nicht um die Tonne, die fährt jeden lieben Tag. Nein, es dreht sich um eine Bürgerin Furzina. Sie hat angezeigt, ich hätte eine ganz aufrührerische Rede gehalten.«

Lasik verfiel in Nachdenken:

»Ich bin ja auch wegen der Bürgerin Furzina hineingeschlittert. Das muß ein ganz schreckhaftes Weibsbild sein. Aber ich frage mich, wenn sie noch lange in den Straßen von Homel spazierengeht, wie werden wir uns überhaupt noch rühren können? Noch sind wir erst neun, aber morgen können wir schon hundertneun sein. Ich werde jetzt die ganze Nacht denken, worum es sich eigentlich hier dreht und wovor sie Angst hat, diese Bürgerin Furzina:

vor einer Einmischung Rumäniens oder irgendwelchem Ärger mit den Kulaken. Hör mal, Ljowka, wenn du schon hier bist, rasier mich bitte gleich, damit ich nicht soviel denke.«

Aber ach, man hatte Ljowka zwar mitsamt seinen Produktionswerkzeugen aufgegriffen, denn er befand sich gerade auf dem Wege zu dem kranken Ossja Saizew, den er rasieren sollte, aber sein Rasiermesser war er losgeworden. Offenbar hatten sie doch Angst, er könnte sich ein Leid antun. Lächerlich! Mir nichts, dir nichts soll sich Ljowka wegen so einer Furzina den Hals durchschneiden!

»Aber wenn du willst, Lasik, kann ich dich einseifen, denn sie haben nichts dagegen eingewandt, daß ich den Pinsel behalte. Den Bart behältst du natürlich, aber du kannst dann denken, daß du keinen Bart mehr hast.«

Lange seifte er Lasiks Kinn ein. Dann stieß er etliche entsetzliche Flüche aus, die ich lieber unbeachtet lasse, und fiel, von dieser Anstrengung ermüdet, in Schlummer. Lasik aber schlief nicht. Er wickelte sein Bärtchen um den Finger und dachte. Mitternacht war längst vorüber, als er den unverschämt schnarchenden Ljowka weckte.

»Ich habe alles begriffen. Weißt du, worum es sich dreht? Um das wohlbekannte Sparsamkeitsregime. Sie hat keine Angst vor den Rumänen oder vor den Kulaken, sie hat nur Angst, abgebaut zu werden, denn jetzt werden schwerfällige Mitarbeiter überall mitleidslos abgebaut. Das ist ganz begreiflich, und ich meine, wir sollten ihr nicht zürnen, nein, wir sollten ihr ein prima Zeugnis ausstellen, wie auf einer landwirtschaftlichen Ausstellung.«

5

Beim Anblick des einäugigen Natik war Lasik gerührt.

»Großartig, daß sie dich auch eingesperrt haben, Natik. Erstens ist jetzt keiner mehr da, der Aufrufe anschlägt, und die Bürgerin Furzina wird sich ein neues Kunststückchen ausdenken müssen. Zweitens sind wir jetzt hier genau zehn Mann, und wenn heute einer vor Sehnsucht nach der unverfälschten Freiheit sterben sollte, so kann man ihn unter Beobachtung aller rückständigen Mätzchen begraben – wir sind ja dann genau zehn Juden. Ihr werdet fragen: ›Wieso zehn, wenn doch einer stirbt?‹ Der zehnte ist der Aufseher. Obwohl er beteuert, ein transkaukasischer Georgier aus einem halbselbständigen Staatenbund zu sein, denke ich, daß er am ehesten mein Neffe zweiten Grades aus Mosyr ist und in Wirklichkeit Kapelewitsch heißt. Übrigens, wenn vor Sehnsucht nach der unverfälschten Freiheit und nach Fenitschka Herschanowitsch gerade ich, Lasik Roitschwantz, sterben sollte, so bitte ich, sprechet über mir keine traurigen Gebete. Lieber soll Ljowka das eingeschmuggelte Liedchen von den ausländischen Bananen über mir trällern. Ich habe diese erfundenen Früchte nie probiert, aber ich weiß, was eine schreckliche Leidenschaft bedeutet. Und ich bitte euch, sprecht über mir keinen ›Kaddisch‹. Ich bitte euch, sagt: ›Er war vielleicht ein verfaultes Produkt, und er hat ganz bestimmt Pfeifers Hose verheimlicht. Aber er hat die unverfälschte Freiheit geliebt, das üppige Blühen der Bäume am Ufer des Sosh, die Sterne, die irgendwo im leeren Horizont sich drehen, und er hat ein Mädchen aus Homel geliebt, dessen Name in tiefstes Geheimnis gehüllt bleibe.‹ Ich bitte euch, dies alles zu sagen, wenn ich sterbe, aber natürlich denke ich gar nicht daran zu sterben, und ich gedenke sogar dir, Natik, sogleich zu beweisen, daß du, wie der Genosse Gurewitsch es ausdrückt, eine kastrierte Persönlichkeit bist. Wenn ich selbst Herschanowitsch in Grund und Boden geredet habe, beweise ich dir in fünf Minuten, daß die Erde sich keineswegs auf drei Stützpfeilern hält und daß es viel besser ist, an einer netten chinesischen Rätselaufgabe zu tüfteln, als sein Leben lang ein und dieselben traurigen Phrasen zu wiederholen, die schon allen Katzen in Homel, von den Hunden gar nicht zu sprechen, bekannt sind.«

Aber Lasik hatte kaum mit seinem aufklärenden Vortrag begonnen, als seine Aufmerksamkeit durch einen neuen Gefangenen, genauer gesprochen, durch einen Anzug abgelenkt wurde. Lasik betrachtete die Welt mit den Augen eines gewissenhaften Kleingewerbetreibenden, er nahm als erstes immer den Schnitt eines Anzugs wahr. Mit den Augen betastete er den Stoff des Ankömmlings: Das war erstklassige Schmuggelware, vielleicht achtzig Rubel das Arschin. Zugeschnitten nicht besonders, sicherlich von Zimach. Der war ja auch kein Schneider, sondern ein Schuster. Solch einen Stoff zu verschneiden! Aber auf vierzig Tscherwonzen würde ihn das Stück schon zu stehen gekommen sein. Ist der Spruch etwa töricht: »Alles ist eitel.«? Sie werden sehen, was in einer Woche von diesem himmlischen Stoff noch vorhanden sein wird, wenn die Pritsche dermaßen splitterig ist. Wer ließ sich denn einen so verräterischen Anzug machen?

Lasik blickte schließlich auf zum Gesicht des Stutzers. Vor ihm stand der berühmteste Gauner von Homel, Mitja Raikin; er verkaufte Schreibmaschinen, kaufte Zündhölzer und Mandate, führte die Bahnhofswirtschaft und baute einen Bauernkiosk, in dem an die Dorfkorrespondenten Limonade ausgeschenkt und gottlose Schriften verteilt werden sollten; mit größtem Vergnügen fraß er jeden Tag, den Gott werden ließ, ein Huhn. Eigentlich hätte Mitja sich nicht zu wundern brauchen, daß er hier gelandet war, aber Mitja wunderte sich aufrichtig. Er zuckte die Achseln, nieste naiv, um seine Empörung auszudrücken, und zog die

Hose in die Höhe, damit sie nicht den Gefängnisboden berührte. Er redete Lasik als erster an:

»Na, was sagen Sie dazu?«

Lasik fand Mitjas Frage außerordentlich taktlos. Mochte er doch Zimach fragen, der ihm seinen Anzug so wunderbar gebaut hatte. Mitja war doch wohl kein Untersuchungsrichter. Wieso war Lasik verpflichtet, ihm auf törichte Fragen Antwort zu geben?

»Ich? Ich sage gar nichts.«

»Ach, Sie können auch nichts dazu sagen? Das ist ja der reinste Witz! Mich wie einen gewöhnlichen Banditen hinter Schloß und Riegel zu setzen! Ich habe ganze fünf Tscherwonzen zugunsten dieser Chinesen gezeichnet. Ich will ja wohl kein Café chantant bauen, sondern den Aufklärungskiosk, den die Zentrale schon viermal gebilligt hat. Wenn man beispielsweise Sie eingesperrt hat, haben Sie bestimmt eine gesetzwidrige Handlung begangen.«

Beim Anblick der Seelenqualen Mitjas ließ Lasik sich dazu herab, ihm zu erwidern:

»Ja, ich habe etwas begangen. Ich habe in Anwesenheit der Bürgerin Furzina geseufzt.«

»Na bitte, das ist bestimmt eine restlose Verletzung der guten Sitten. Sie sind für Ihre Handlung ins Gefängnis gekommen. Wofür aber ich? Man hat sich mit mir eine so komische Geschichte ausgedacht, daß ich mich totlachen würde, säße ich nicht selbst in diesem unerträglichen Gefängnis. Hören Sie zu: Will ich, daß die ›Ukrainzündholz‹ bei mir Rechenmaschinen kauft und nicht bei Schwarzberg, so muß ich dem Geschäftsführer zwanzig Prozent geben. Das ist ein ganz gewöhnliches Geschäft. Und was geschieht? Zuerst verlangt er vierzig Prozent, als ginge das nicht in einer Gouvernementsstadt vor sich, sondern draußen vor den Toren. Als ich taktvoll ›Nein‹ sage, kauft er die Rechenmaschinen bei dem erbärmlichen Schwarzberg. Aber ich werde verhaftet, als hätte ich einen lebendigen Menschen erstochen, und in dies unerträgliche Verlies geworfen. Und als ich frage: ›Wofür solche Quälereien?‹, antworten sie mir: ›Sie, Raikin, sind ein Bestecher.‹ Ist es nicht dumm, einem gewöhnlichen Geschäft so strafbare Bezeichnungen zu geben? Ich bin keineswegs dumm, und ich verstehe gut, worum es sich dreht. Der Geschäftsführer der ›Ukrainzündholz‹ ist ein irrsinniger Antisemit. Dies wäre Nummer eins. Der Untersuchungsrichter ist fähig, alle Juden lebendig zu verzehren, mögen sie noch so bewundernswerte Erklärungen abgeben. Das wäre Nummer zwei.«

Hier versuchte Lasik, Einspruch zu erheben.

»Aber der Genosse Kugel ist doch genau so ein Jude wie Sie und ich, nur langerprobtes Parteimitglied.«

Mitja gab sich indes nicht zufrieden:

»Das ist ganz gleich. Wenn ich's Ihnen sage, sie sind vollständige Antisemiten. Das ist ein zweiter Fall Beilis. Aber für Beilis hat sich Amerika eingesetzt. Und wer wird sich für mich einsetzen? Niemand. Und was bleibt mir übrig? frage ich Sie. Nur sitzen und seufzen.«

»Sitzen können Sie natürlich. Aber seufzen, das würd ich Ihnen nicht raten. Wollen Sie unbedingt Ihren Unmut ausdrücken, so niesen Sie lieber, wie Sie jetzt niesen, nur seufzen Sie nicht. Der Genosse Landau hat mir erklärt, daß Seufzen eine rein pathologische Erscheinung ist. Ich kann Ihnen versichern, wenn ich zur Hälfte freigesprochen worden bin, so lediglich wegen meiner außergewöhnlichen Abstammung. Ihre unvergeßlichen Eltern aber sind doch sicherlich nicht auf dem Friedhof getraut worden, sondern unter einem üppigen Baldachin, und so könnten Sie für jeden Seufzer mehrere unendliche Monate aufgebrummt bekommen. Nein, Bürger Raikin, selbst wenn Sie ein zweiter Beilis sind – sitzen Sie ruhig und niesen Sie, und wenn Sie vom Niesen genug haben, können wir uns über die große chinesische Frage unterhalten.«

Drei Tage später machte Lasik Bekanntschaft mit einem neuen Bewohner der Zelle Nummer sechs, dem Geschäftsführer des Homeler Büros des Belorussischen Holztrusts, Bürger Tschebyschew. Der Anzug, den Tschebyschew trug, war dürftig, zwanzig Rubel das Arschin, ein normaler Preis. Freilich, in Tscherbyschews Kleiderschrank hingen vier erstklassige englische Anzüge und sogar ein Smoking, aber davon wußten die wenigsten. Um die Kleinen dieser Welt nicht in Versuchung zu führen, zog Tschebyschew einen englischen Anzug nur zu Hause an, nachdem er die Fensterläden fest verschlossen hatte, im Smoking aber wagte er nicht einmal, vor seinen auserwählten Freunden zu erscheinen, im Smoking führte er nur bei Nacht seine allzu phlegmatische Gattin in Versuchung. Wie konnte denn ein so umsichtiger Mann ins Gefängnis kommen?

Nachdem Tschebyschew die ihm vom Schicksal zugewiesenen Mitbewohner beaugenscheinigt hatte, fiel seine Wahl auf Lasik. Er legte ihm den Arm um den Hals – Lasik ging ihm kaum über die Knie – und leitete eine lyrische Unterhaltung ein:

»Ich spreche nicht von Ihnen. Sie sind ein sympathischer Jude. Aber nicht alle sind so. Ich selbst habe seinerzeit die Gleichberechtigung verfochten. Aber wer konnte das damals ahnen? Ich kann noch begreifen, daß der jüdische Ansiedlungsbezirk abgeschafft wurde. Aber was sehen wir? Man nimmt uns das Land und gibt es Leuten, die irgendwoher kommen. Wo? In Sibirien, wohin man uns jetzt verbannt? Nein. Auf der Krim, wohin wir einst reisten, um den Anblick des azurblauen Meeres zu genießen. Vielleicht gar an der Küste bei Jalta. Sagen Sie, ist das etwa nicht empörend?«

Lasik hatte Mitleid mit Tschebyschew.

»Sie besaßen also am Ufer des azurblauen Meeres ein hübsches Gärtchen?«

Tschebyschew war beleidigt.

»Ich, mein Lieber, habe das Universitätsexamen bestanden. ›Gärtchen‹? Ich bin in dies Jalta nur zur Frühjahrssaison gereist. Vor der Revolution habe ich mich ausschließlich mit Römischem Recht befaßt. Das ist etwas anderes, als Kohl zu pflanzen. Das ist eine Kultur, die Sie nicht begreifen ...«

»Na ja, obschon ich mich jetzt mit chinesischen Rätseln befasse, aber das ist für mich ...«

»Unterbrechen Sie mich nicht! Ich sage Ihnen alles. Das ist keine Gleichberechtigung, das ist jüdische Gewalt. Das ist die Vernichtung der eingesessenen Bevölkerung durch das zugewanderte Element. Urteilen Sie selbst: Ich sollte für den Belorussischen Holztrust Büromöbel kaufen. Natürlich ist das mit Ausgaben verbunden. Den Kostenanschlag einzuhalten ist nicht so einfach. Kommt so ein schäbiger Pechvogel von Kommissar und bietet Möbel an zum dreifachen Preis. Ich suche ihm begreiflich zu machen: Zu solchem Preis ist der Kostenanschlag kaum einzuhalten. Was wird die Arbeiter-und-Bauern-Inspektion dazu sagen? Wieviel Mäuler müssen hier gestopft werden? Ich sage ihm: Minimum vierzig Prozent. Er aber fängt an zu feilschen wie auf dem Markt. Verzeihen Sie mir, aber es ist eine schmierige Rasse. Ich mußte die Möbel bei seiner Konkurrenz erstehen. Und das Ergebnis? Gefängnishaft, eine zerstörte Existenz, Verzicht auf die Überbleibsel kulturellen Lebens, weiß der Teufel was. Wie soll ich denn leben, ich Einfaltspinsel, ich naiver Russe, inmitten dieses frechen Judenhaufens? Sagen Sie mir das!«

»Sehr einfach. Während Sie sprachen, habe ich gedacht. Und einen guten Gedanken gefunden. Ein junger Mann muß ein hübsches Mädchen finden wie Fenitschka Herschanowitsch, der Schlüssel muß sein Schloß finden, dann beginnt auch ein unverlierbares Glück. Wenn Sie hier eine Weile gesessen haben, wird man Sie wieder freilassen, denn früher oder später werden alle freigelassen. Würden sie uns nicht freilassen, wo wollten sie dann die neuen einsperren? Sie werden freigelassen, weil eine kleine Amnestie kommt oder eine Räumung angeordnet wird oder weil die einfach Ihr, verzeihen Sie mir das Wort, ewig beleidigtes Gesicht satt haben werden. Und dann werden Sie irgendwo Geschäftsführer, wenn nicht im Holztrust, so im Ukrainzucker. Schließlich gibt es nicht so viele Leute, die das echte Römische Recht kennen. Aufs neue werden Sie in einem prächtigen Arbeitszimmer sitzen. So will ich Sie denn jetzt mit Mitja Raikin bekannt machen. Er hat Schreibmaschinen verkauft, aber wenn Sie Möbel brauchen sollten, so geb ich Ihnen mein Wort, daß er Ihnen flugs welche herbeischafft: Er ist unser oberster Spitzbube in Homel. Sie haben, glaube ich, Zeit genug – vierundzwanzig Stunden am Tag, und Sie können sich mit ihm über alles verständigen: sagen wir, auf dreißig Prozent. Dann wird ihm keiner mehr vorhalten, daß er gibt, und Ihnen, daß Sie nehmen. Das wird das einfachste Geschäft von der Welt, und Sie beide werden vollauf befriedigt sein. Hat der Schlüssel sein Schlüsselloch gefunden, so kann man Wein trinken, die Flasche zu zwei Rubel, und lachen, wie nur die Engel im Himmel lachen. Sie werden sehen, Bürger Tschebyschew, daß die echte und mir unzugängliche Kultur Sie erwartet. Nur ich, verzeihen Sie, bleibe unglücklich, denn ich besitze nicht den Schlüssel, und ich werde die Augen von Fenitschka Herschanowitsch vielleicht nie wieder sehen, die ebenso azurblau sind wie das Meer Ihres unvergeßlichen Jalta.«

6

Lasiks Haft sollte am zehnten August ablaufen. Am Abend des sechsten wurde Lasik ins Gefängnisbüro gerufen. Rechtzeitig unterdrückte er einen Seufzer.

»Man kann mich noch nicht hinauslassen, und man kann mich nicht schon erschießen. Folglich wollen sie, daß ich den neunundvierzigsten Fragebogen ausfülle. Aber sagen Sie selbst, woher soll ich wissen, wieviel Kubikmeter Luft mein seliger Vater verschluckt hat?«

Lasik irrte. Der Vorsitzende der »Kommission zur Entlastung der Gefängnisse«, Staatsanwalt Wassiljew, hatte ihn in menschenfreundlicher Absicht herzitiert.

»Wir wollen Sie vor Ablauf der Frist gehen lassen.«

Lasik wurde nachdenklich.

»Diesmal begreife ich tatsächlich nichts. Glauben Sie, ich hätte nicht meine kleinen Erkundigungen eingezogen? Mein Neffe zweiten Grades, der unbefleckte Parteikandidat Kapelewitsch, hat mir erzählt, daß vorfristige Entlassungen zum Jahrestag der Oktoberrevolution und zum gewaltigen Feiertag des Ersten Mai vorgenommen werden. Aber leider hat die Bürgerin Furzina gehört, daß ein Stellenabbau im Juli stattfinden soll. Das ist ein ganz leerer Monat. Gewiß, einzelne Bürgerinnen werden am achten März zum Weltfrauentag freigelassen, aber jetzt ist natürlich nicht März, und außerdem bin ich ganz und gar keine Bürgerin. Aus welchem Grund wollen Sie mich also freilassen?«

Der Genosse Wassiljew konnte kaum die ersten Worte sagen:

»Die Kommission zur Entlastung ...«

Als Lasik ihn schon triumphierend unterbrach:

»Ich habe ja diesem Gauner Raikin gesagt, daß wir nicht genügend Platz haben werden! Natürlich begreife ich, daß es nicht anständig ist, allzulange den Gast zu spielen, und ich bin bereit, Sie sogleich von meiner ganzen trübseligen Anwesenheit zu entlasten.«

Der Genosse Wassiljew war indessen ein ehrlicher Staatsanwalt. Er blickte Lasik prüfend an und sagte:

»Ich finde keinen Geschmack an Ihren Späßen. Das ist alles fades Kleinbürgergeschwätz. Bevor ich Sie entlassen kann, muß ich mich davon überzeugen, ob Sie sich wirklich gebessert haben. Ehrliche Arbeit – das ist die Grundlage unsrer freien Gesellschaft. Wenn ein Kulak gegen die Flagge und das Wappen als die kennzeichnenden Symbole unserer schwielhändigen Republik auftritt – das ist vollkommen begreiflich. Aber ein Kleingewerbetreibender sollte das Emblem des Friedens und der Arbeitsprozesse abgöttisch lieben. Versprechen Sie mir, nicht wieder gegen die Gesetze aufzutreten, die die Arbeiter-und-Bauern-Regierung erlassen hat, und ich will sofort eine Verfügung unterschreiben, daß Sie vorfristig entlassen sind.«

»Merci, nein«, erwiderte Lasik standhaft. »Heute ist doch wohl der sechste August. Natürlich will ich Ihnen nicht verbergen – vier Tage bedeuten schon etwas. Wir leben ja keine zweihundert Jahre wie die Patriarchen oder die Elefanten, um vier strahlende Tage achtlos fahrenzulassen. Um ganze vier Tage eher die flatternden Vöglein im ehemaligen Paskewitsch-Park zu sehen sowie die Genossin Fenitschka Herschanowitsch – das wäre ja das vollkommenste Glück! Aber ich kann Ihnen dies Unglücksversprechen nicht geben, weil ich die Gesetze der Arbeiter-und-Bauern-Regierung nicht gelesen habe und daher nicht weiß, ob die Bürgerin Furzina noch durch die Straßen Homels lustwandelt. Nein, lieber will ich noch vier Tage sitzen inmitten von heißen Tränen und jahrhundertealten Spinnweben.«

»Sie werden mich nicht übers Ohr hauen, Bürger Roitschwantz. Ich habe schon mehr als einen Simulanten entlarvt. Sie haben ein geringes Bewußtsein. Das will ich zugeben. Aber was ehrliche Arbeit und gesetzesfeindliche Demonstrationen sind – das wissen Sie recht gut. Also, ich frage Sie zum letztenmal – bereuen Sie Ihr Vergehen, und sind Sie entschlossen, in Zukunft Ihr individuelles Verhalten den Interessen der Allgemeinheit unterzuordnen?«

»Gewiß, ich bereue Pfeifers Hose. Das war die denkbar schlimmste Missetat. Ich habe es in diesem Sinne auch vor Gericht dem Bürger Vorsitzenden gesagt. Später habe ich, offen gestanden, nicht mehr daran gedacht. Ich habe eher an die Bürgerin Furzina gedacht und an die Augen der Genossin Fenitschka Herschanowitsch. Wenn Sie also annehmen, daß ich bereute, als ich mit dem Bürger Raikin auf splittrigen Bänken saß, irren Sie sehr. Ich habe vor Gericht offen bereut, und damit genug. Wie lange kann man an so eine Hose denken? Setzen Sie in Ihr Büchlein ein entsprechendes Kreuzchen: ›Roitschwantz hat bereut‹, und dann wollen wir diesen verflossenen Moment nicht weiter erörtern. Aber dies unheilvolle Versprechen kriegen Sie nicht von mir. Abgesehen von der Geschichte mit Pfeifer bin ich ein ehrlicher Schneider, und wenn ich verspreche, eine Bestellung bis zum Freitag auszuführen, führe ich sie auch aus. Woher kann ich wissen, was morgen mit mir sein wird? Der Mensch ist ja ein winziges Holzscheit inmitten der schäumenden Wogen unseres Sosh. Warum habe ich dem Finanzinspektor fünfunddreißig Rubel verheimlicht? Weil in den Fenstern der rückständigen Wohnung des Kultdieners die wahnsinnigen Augen einer unnahbaren Bürgerin aufgeleuchtet sind. Mich reizen weder die leckersten Speisen noch Krimweine, weder üppige Schlipse noch Brillanten. Aber ich habe diese Augen erblickt und in einem einzigen Moment mein Klassengewissen verloren. Ich bin herumgegangen und habe geseufzt, sie aber stand da und lachte. Ich schrie ihr zu: ›Mein Herz zerbricht in Stücke‹, sie aber sang kaltblütig ihre internationalen Weisen: Und da habe ich mich zu einer schwarzen Tat aufgerafft. Ich habe dem Finanzinspektor die Hose verheimlicht, und für diese drei Rubel fünfzig habe ich einen amerikanischen Zerstäuber gekauft, der mit den Düften der Orchidee geladen ist. Ich gedachte mit ihm, wie mit der Poesie meines Herzens, diese unnahbare Bürgerin zu besprühen. Doch da erfolgte die Intervention der Ihnen bekannten Person, von der ich jetzt lieber nicht sprechen will. Der Zerstäuber ist in dem grausamen Büro zurückgeblieben und ist bestimmt schon leer. Wie soll ich jetzt der Genossin Fenitschka Herschanowitsch unter die Augen treten? Ich habe weder duftende Ströme noch Gelächter oder feierliche Töne. Vielleicht werde ich mich in die tiefen Wogen des Sosh werfen oder in das ferne Sibirien fahren, um ein trügerisches Glück zu suchen. Ich kann Ihnen kein so unheilvolles Versprechen geben. Ich bin kein Heiliger, sondern nur ein halbbewußter Kleingewerbetreibender. Sie glauben mir nicht? Ich will Ihnen eine schöne Geschichte erzählen. Sie werden natürlich Zeit verlieren, die teurer als Geld ist, aber dafür werden Sie die echte Wahrheit zu hören bekommen, und Wahrheit ist nach meiner Meinung noch teurer als Zeit. Ich bin fast ebenso ein Marxist wie Sie, und ich verstehe sehr gut, daß das alles Klassendinge sind. Aber unter dem rückständigen Gehrock vor zwei Jahrhunderten klopfte doch ein echtes menschliches Herz, und wenn wir beide auch echte Marxisten sind, so sind wir außerdem, Verzeihung, auch echte Menschen, und das ist der Grund, weshalb ich Ihnen diese hübsche Geschichte erzählen will.

Das ereignete sich nämlich mit jenem Zaddik, der sich eingeschlossen hatte und sein ganzes Leben hindurch nach einer ausgeklügelten Wahrheit suchte. Er hatte auf allen Reichtum gespuckt und auf sein Weib und seine Ehre. Auf alles hatte er gespuckt. Er saß im engen Kämmerlein, aß trocken Brot, las unerträgliche Bücher, in der Art der chinesischen Frage, und sann vierundzwanzig Stunden täglich über diese Bücher nach. Er muß wohl der stärkste Mensch gewesen sein, den man sich nur vorstellen kann, und natürlich sagte alle Welt, daß dieser Zaddik auch nicht die kleinste Schwäche besitze und überhaupt kein Mensch sei, sondern ein einziger hehrer Gedanke.

Aber kurz vor seinem Tode sagte der Zaddik zu seinem Lieblingsschüler: ›Du weißt nicht, mein Lieblingsschüler, was ich all mein finsteres Leben hindurch getan habe? Ich habe mich mit einer gewaltigen Sünde abgegeben: Ich habe Weibersingen gehört.‹

Hier muß ich Ihnen sagen, Bürger Staatsanwalt, daß ein gottesfürchtiger Jude unter keinen Umständen Weibersingen hören darf. Das ist natürlich ein wissentliches Vorurteil, aber alle Menschen denken sich ja mit Vorliebe die verschiedensten Verbote aus: dann lebt es sich für sie etwas fröhlicher. Der Gauner Raikin etwa ist parteilos und darf seelenruhig bei sich zu Hause Foxtrott tanzen; Ihnen aber, Bürger Staatsanwalt, ist das ohne Einschränkung verboten, demnach werden Sie gut begreifen, daß es rückständige Juden geben kann, die kein Weibersingen hören dürfen.

Und nun stellen Sie sich vor, wie der Zaddik gesteht, er hat sein Leben lang, wenn er in seiner engen, nur von Büchern und Gedanken erfüllten Kammer saß, weiblichen Gesang gehört. Er enthüllte sein Geheimnis dem Lieblingsschüler:

›In meinem Zimmer stand eine alte Schlaguhr. Ein unglücklicher Uhrmacher aus Proskurow hatte sie angefertigt. Bald darauf war er wahnsinnig geworden. Seine wunderschöne Braut war gestorben, und der Schlag dieser Uhr erinnerte mich an eine Frauenstimme. Er klang so schön und so traurig, daß ich lächeln und weinen mußte, wenn ich ihn hörte. Ich wußte, daß es Sünde war, daß ich sitzen und über die Wahrheit grübeln mußte, aber ich trat an die Uhr heran und redete mir ein: ›Sie geht ein wenig nach‹ oder ›Um ein weniges geht sie vor‹. Ich bewegte den

Zeiger, und die Uhr schlug, und mit mir redete aus ihr eine wunderschöne Frau, sie redete mir von Liebe und Leid, von den Sternen, den Blumen, von meinem erstorbenen Frühling und von dem lebendigen Frühling des wahnsinnigen Uhrmachers, in dem die Vögel sangen und der Regen herabrauschte.‹

Der Lieblingsschüler erschrak natürlich um seinen winzigen Glauben und redete auf den Lehrer ein:

›Was soll ich denn jetzt tun, Rebbe?‹

Der Zaddik aber sagte ruhig zu ihm:

›Hast du keine Uhr, so kannst du hören, wie der Regen rauscht, denn den Regen können dir die Bücher nicht wegnehmen, auch nicht das Lächeln und die Sünde und die Liebe.‹

Bürger Staatsanwalt, er hatte begriffen, worum es ging, dieser rückständige Zaddik. Jetzt sagen Sie mir, wie soll ich Ihnen solch ein Versprechen geben können? Und wenn Sie mich statt der restlichen vier Tage vier Jahre hierbehalten, gestehe ich Ihnen offen: ›Ich habe diese Uhr sogar im engen Gefängnis hinter dem hintersten Gitter gehört, und ich würde eher auf der Stelle unter einer kalten Kugel sterben, als das ganze Leben ohne einen Schlag dieser unerlaubten Uhr zu verbringen‹.«

7

Seit Stunden standen die Bewohner von Homel am hohen Ufer des Sosh und stritten sich. Pfeifer war schon heiser.

»Ich sage euch, dieser ›Kommunist‹ sitzt fest, und wir können schlafen gehen.«

(Gut, daß die Bürgerin Furzina nicht in der Nähe war! Erkläre ihr mal hinterher, daß der »Kommunist« ein ganz gewöhnlicher parteiloser Flußdampfer war, der eine

Ladung Eier und Kiewer Schauspieler für ein Gastspiel bringen sollte.)

»Er sitzt fest!«

Ossja Salkin schüttelte sich empört:

»Möge es meinen Feinden so gut gehen, wie er festsitzt! Er fährt, und er wird bald eintreffen. Wenn nicht schon in einer Stunde, dann in zwei, aber ankommen wird er ganz bestimmt, und Sie, Pfeifer, sollten sich schämen, die Wissenschaft zu leugnen oder diese großartigen Schöpfkellen, bloß weil mal so trockenes Wetter ist ...«

Wer weiß, wie lange sie am Steilufer des Sosh gestanden wären, wenn nicht von hinten ein dünnes Stimmchen gesagt hätte:

»Er sitzt fest und sitzt auch nicht fest. Ihr aber versteht nicht die kürzeste Dialektik. Man könnte denken, daß Ihr hundertprozentige Idioten seid und den Dampferfahrplan lest. Wer von euch weiß denn nicht, daß die Sonne brennt, daß die Schöpfkellen Wasser schöpfen, daß die Wissenschaft Wissenschaft ist und daß der ›Kommunist‹ jeden Tag auf der Sandbank festsitzt? Hinterher wird ihm das natürlich langweilig, er geht von der Sandbank wieder runter und läuft in seinem heimatlichen Homel ein. Und dann tutet er vor Freude an die hundertmal. Wenn ich eine Tute hätte, würde ich jetzt auch tuten, denn ich saß auch auf der Sandbank, bin wieder runter und an dies Steilufer zurückgeschwommen. Mein Herz aber, das Herz eines Kleingewerbetreibenden, möchte vor Entzücken in Stücke springen, wenn ich die freien Bäume sehe, die organisierte Masse dieser mir so teuren Persönlichkeiten und sogar Ihre verdammte Hose, mein unvergeßlicher Bürger Pfeifer.«

Beim Anblick Lasiks verstummten die Streitenden. War er wieder draußen? Und wenn schon. Man konnte ja nicht gut unter freiem Himmel einem Menschen um den Hals fallen, der wegen Beleidigung der Flagge und des Wappens verurteilt worden war! Pfeifer sagte:

»Das Schiff trifft immer ein, wenn laut Vorschrift Schöpfkellen vorhanden sind sowie ein Sommerfahrplan, das wissen wir auch ohne Ihre gefährlichen Redensarten.«

Lasik brach in Gelächter aus.

»Was hat der Fahrplan dabei zu tun? Der Dampfer soll doch wohl frühmorgens ankommen, er trifft aber immer erst spätabends ein, und ich habe gar nichts dagegen. Man kann auf der Hauptstraße spazierengehen und ebenfalls auf eine Sandbank auffahren: So sind nun einmal die Gesetze der Natur. Aber weshalb spielen Sie, Bürger Pfeifer, hier die Rolle eines britischen Diplomaten, während ich vor unerhörtem Glücksgefühl zittere? Vielleicht ist es mir gerade wegen Ihrer Beinkleider schlecht ergangen, doch es tut mir nicht im geringsten etwa leid darum. Ich hatte sie herrlich genäht, nicht so, wie Zimach aus bestem Stoff irgend so 'n Stück für den Gauner Raikin zusammengenäht hat, nein, ich hatte sie genäht wie ein verspotteter Gott. Sehen Sie sich nur diese Falte an, sieht sie etwa nicht wie ein Lächeln aus?«

»Sie, bester Roitschwantz, sind offenbar erblindet in Ihrem wohlverdienten Gefängnis. Ich trage, will mir scheinen, graue Hosen, und genäht hat sie niemand anders als Genosse Zimach, der seine Hosen ehrlich zuschneidet, nicht aber das Wappen beleidigt. Sie wollten mich mit dieser Hose, verdammt soll sie sein, hineinziehen in Ihre finstere Verschwörung. Als ob ich nicht wüßte von Ihrer gemeinen Rede vor Gericht, wo Sie ohne Grund und Ursache meinen sauberen Namen in den Mund genommen haben. Sechsmal ist man wegen dieser Hose, verdammt soll sie sein, bei mir gewesen, und wenn mich etwas gerettet hat, so nur meine reinrote Vergangenheit. Weggeworfen habe ich sie, diese Hose, verdammt soll sie sein, weggeworfen, wie die schmutzigste Verleumdung, wenn sie mich auch fünfunddreißig Rubel gekostet hat, die nicht ich, sondern Sie verheimlicht haben. Ich sage Ihnen: Das

Schiff wird rechtzeitig eintreffen, Sie haben zu Recht gesessen, ich bin ein richtiger Kandidat im Parteiaufgebot, und darum bitte ich Sie, Roitschwantz, nicht mehr mit mir zu sprechen, zumindest nicht an so öffentlichen Orten.«

Dies gesagt, entfernte sich Pfeifer eilig. Die Homeler warteten nicht mehr auf den Dampfer und trollten sich nach Hause. Lasik blieb allein unter den freien Bäumen.

»Pfeifer ist ganz einfach toll geworden. Das kommt bei Hitze vor, wenn der Sosh seicht wird, und dagegen hilft keine Schöpfkelle. Zimach hat ihn mit seinem Genähe dem Gespött ausgesetzt. Jedermann kann sehen, daß die Falte gar nicht an der richtigen Stelle sitzt. Kandidat im Parteiaufgebot kann ich auch werden, und von der lichten chinesischen Frage verstehe ich mehr als Pfeifer. Einstweilen aber muß ich nach Hause gehen und wenigstens das nötige Hemd wechseln, wenn ich atemlos vor Glückserwartung zur Genossin Fenja Herschanowitsch eilen will.«

Aber als Lasik sein Haus ins Auge faßte, fühlte er, wie sich etwas in ihm zusammenzog und erstarb. War's denn möglich, daß er schlief? War es nicht einem anormalen Zaddik so gegangen, daß er häufig schlief, wenn er nicht schlief, und daß er dann verzweifelt zu schreien pflegte: »Kneift mich, damit ich sehe, ob ich schlafe oder nicht.« Kneift den unglücklichen Lasik! Nein, er schläft nicht. Das ist die Clara-Zetkin-Straße. Das ist das dritte Haus von der Ecke. Das ist Lasiks Herz, dies unruhige Herz, erfüllt von Liebe für Fenitschka Herschanowitsch. Warum aber schwingt da über dem linken Fenster, wo sonst so prächtig »Herrenschneider L. Roitschwantz« zu lesen stand, jetzt eine windige Tafel mit der unheilverkündenden Aufschrift: »Anfertigung von vorschriftsmäßigen Fahnen sowie die besten Pioniertrommeln des Moissej Reichenholz«?

Für alle Fälle entblößte Lasik ehrerbietig sein Haupt; an die fünf Minuten stand er so da, zitternd und sich verbeugend; schließlich faßte er sich ein Herz und kratzte leise an der Tür wie ein schuldbewußtes Hündchen. Die Tür wurde von Pfeifer geöffnet:

»Ach, Sie sind es, unglückseliger Roitschwantz? Aber zu welchem Zweck kommen Sie hierher? Sehen Sie nicht, daß Sie nicht hier sind? Hier wohnt jetzt der Bürger Reichenholz. Und er ist gar kein Schneider. Er fertigt sogar...«

Lasik erzitterte.

»Im Namen alles dessen, was verspottet wird, sagen Sie in meiner Gegenwart lieber nicht solche strafbaren Worte! Ich beleidige ja keinen Menschen. Ich möchte Sie lediglich fragen – wo befindet sich denn in einem solchen Falle mein elendes Hab und Gut, wenigstens ein Hemd, das mir jetzt so bitter not tut?«

»Sicherlich trägt er es auf dem Leibe, der Reichenholz. Ist es vielleicht ein Grund, keine Hemden zu brauchen, wenn er die vorgeschriebenen Fahnen anfertigt? Und um ganz aufrichtig mit Ihnen zu reden, einen größeren Grobian als ihn gibt es nicht, und seine Beziehungen sind unerhört. Was bedeutet ihm Ihr Hemd, wenn er gleich bei seinem Eintritt bei mir fünf hartgekochte Eier auf dem Tisch erblickt und sie im Nu alle fünf aufgefressen hat? Es war ihm nicht einmal die Mühe wert, mir zu sagen, daß sie ihm aus irgendeinem Grund besonders gemundet hätten. Er hat Ihren gesamten kläglichen Hausrat an sich genommen und Ihnen nur zwei bittere Erinnerungen gelassen: diese Ladenaufschrift und das Porträt der portugiesischen Geißel.«

Lasik vergoß keine Tränen über sein verlorenes Hemd. Er klagte nicht einmal die Grausamkeit des Schicksals an.

»Leben Sie wohl, Pfeifer! Sie waren ein wunderbarer amtlicher Landvermesser, und Sie dürfen es mir nicht übelnehmen, daß ich vor Gericht Ihren sauberen Namen in den Mund genommen habe. Das war nur ein Ausbruch unerwarteter Reue, und ich bereue jetzt selbst das. Aber in einem haben Sie unrecht: Sie haben sie ganz umsonst weggeworfen. Es war wirklich eine ausgezeichnete Hose, sicherlich die letzte, die ich gemacht habe, oder, wie Fenitschka Herschanowitsch zu singen pflegt, mein Schwanengesang. Ich bin jetzt, scheint's, kein Herrenschneider mehr, sondern eine nicht feststellbare Persönlichkeit. Sollte ich in einer Viertelstunde das erträumte Glück finden, so werde ich am hohen Ufer des Sosh leben inmitten der Bäume und mich von zufälligen Beeren nähren. Dann werde ich glücklicher sein als dieser Reichenholz, mag er noch so viele Beziehungen haben. Sollte ich aber umgekehrt in einer Viertelstunde nichts finden, dann fahre ich weit weg – nach Mosyr vielleicht oder in das verbrecherische Palästina.«

Lasik mußte lange an die Tür des Kultdieners klopfen; niemand öffnete. Schließlich flatterte Herschanowitschs greiser Bart aus dem Fenster.

»Mit Verlaub, wie kommst du dazu, hier solchen Krach zu machen? Hat man dir im Gefängnis nicht genug beigebracht? Wenn man dir die Tür nicht öffnet, so heißt das, daß man sie nicht öffnen will. Ich bin natürlich ein rückständiger Bürger, aber kein Bandit. Ich bete für das Gedeihen unserer unermeßlichen Union und will mich keineswegs mit einem abgestempelten Bösewicht unterhalten.«

»Verzeihen Sie mir, Bürger Herschanowitsch, wenn ich nicht geziemend geklopft habe, aber heiße Gefühle sind stärker als jede Vernunft, und auf diese Minute habe ich sechs endlose Wochen gewartet. Ich möchte Sie nur darum bitten, diesen grausamen Riegel zurückzuschieben, damit ich die himmlischen Augen Ihrer teuren Tochter erblicken kann.«

»Ich nehme an, daß meine Tochter auch nicht mit einem so furchtbaren Verbrecher reden will, da sie internationale Weisen singt und sich schon die ganze Zeit mit dem verehrten Genossen Schazman unterhält.«

Ungeachtet seines kleinen Wuchses und seiner dünnen

Stimme war Lasik doch eifersüchtig. Kaum hörte er den Namen Schazman, als er noch stärker gegen die Tür klopfte und kreischte:

»Machen Sie auf! Wenn die eiserne Gefängnistür sich vor mir geöffnet hat, wird sich auch diese lächerliche Pforte vor mir öffnen. Fenitschka kann sich nicht mit Schazman unterhalten, denn Fenitschka besitzt eine schwanenweiße Seele, und Schazman ist dumm wie ein indianischer Puter. Öffnen Sie die Tür, sonst begehe ich ein Verbrechen! Ich werde diesen Schazman beleidigen, und wer weiß, ob dieser Schazman nicht auch eine Flagge oder ein Wappen ist ...«

In seiner Angst öffnete Herschanowitsch die Tür. Er beeilte sich, Lasik zu beruhigen:

»Weshalb versteifst du dich gerade auf Fenitschka? Kannst du nicht ein andres Mädchen heiraten? Und was soll das Geschrei, wo sie doch schon zu einem Drittel seine richtige Frau ist? Ich sage, zu einem Drittel, denn ich bin ein rückständiger Kultdiener. Damit eine Frau eine Ehefrau werde, muß er ihr in Gegenwart von zwei guten Juden den Ring auf den Finger streifen. Das wäre das erste Drittel. Und das hat Schazman natürlich nicht getan. Er muß den Heiratskontrakt unterschreiben. Das wäre das zweite Drittel. Das hat er auch nicht getan. Er hat statt dessen die Bescheinigung unterschrieben, daß ich Arbeitsinvalide bin und nicht in die nördlichen Sümpfe verschickt werden darf. Aber das letzte Drittel: Er muß mit ihr eine Nacht als mit seiner richtigen Frau verbracht haben. Und das hat er ganz bestimmt getan. Er hat mit ihr nicht nur eine Nacht verbracht, sondern vielleicht zwanzig Nächte. Folglich ist sie für mich seine Frau zu einem Drittel. Für ihn aber ist sie seine Frau zu allen drei Dritteln.«

Lasik verlor die Beherrschung. Vor Erbitterung erzitterte auf seinem kleinen Köpfchen der flaumige Haarschopf. Er piepste:

»Ich werde ihn mit einem Messer durchbohren, wie man's vor zweihundert Jahren getan hat.«

Das Geschrei lockte Fenitschka hervor. Sie trug ein lila Kapotthütchen. Beim Anblick ihres weißen Hälschens fiel Lasik auf die Knie und streckte seine zitternden Ärmchen nach ihr aus.

»Sie sind wie der schönste Flieder und der himmlischste Schwan aus Ihren Liedern. Sie können nicht Schazmans Frau sein. Schazman hat nur ein hohes Amt und eine freche Seele. Ich habe es Ihnen nie gesagt, aber jetzt will ich Ihnen etwas Furchtbares verraten – ich liebe Sie mit der allerrückständigsten Liebe, und ich könnte von diesen übertriebenen Gefühlen auf der Stelle des Todes sein.«

Fenitschka brach in Gelächter aus.

»Auch ein ... Anbeter! Sie sollten lieber das Hemd wechseln, es ist so schwarz, als ob Sie zum Begräbnis gekommen wären.«

»Das kann ich nicht, denn meine Hemden sind nicht mehr meine Hemden. Ein Bürger hat sie an sich genommen, der nichtnennbare Gegenstände anfertigt. Aber ich bin nicht zum Begräbnis gekommen. Wenn Sie wollen, bin ich am ehesten zur Hochzeit gekommen, denn wenn ich auch das billige Opium Ihres geschätzten Vaters verachte, so bin ich doch bereit, auf der Stelle alle seine drei Drittel zu erfüllen, um nur eines einzigen Kusses von Ihnen teilhaftig zu werden ...«

»Glauben Sie wirklich, daß ich mich mit so einem traurigen Knirps küssen könnte? Ich habe den Genossen Schazman gewählt, und Sie kommen mir geradezu lächerlich vor. Wenn einer in ein freies Verhältnis mit mir treten will, muß er zunächst ein Geschlecht besitzen. Und Sie besitzen überhaupt kein Geschlecht. Zehnmal sind Sie mit mir im Park spazierengegangen, und nicht ein einziges Mal ist es Ihnen in den Kopf gekommen, daß man mich frech küssen könnte. Sie sollten nicht eine Frau heiraten, sondern vielleicht ein Marienkäferchen. Zweitens muß man Geld haben. Was haben Sie mir in der ganzen Zeit geschenkt? Eine Portion Eis vom fliegenden Händler und dumme Unterhaltung. Drittens muß man eine Stellung bekleiden. Was für eine bemerkenswerte Persönlichkeit – ein ehemaliger Schneider, der im Diebsgefängnis gesessen hat! Viertens brauche ich geistige Entzückungen. Wollen Sie vielleicht behaupten, daß Sie so klug wie Trotzki sind? Wollen Sie vielleicht behaupten, daß Sie Foxtrott tanzen? Sie haben mich nicht einmal in das amerikanische Kino ausgeführt. Sie sind nur neben mir hergegangen, seufzend wie eine Güterzuglokomotive. Ein reizender Liebhaber! Was schweigen Sie denn?«

Fenitschka lachte nicht mehr, sie war empört. Ihre Stimme klang streng und unerbittlich wie die Rede des Bürgers Staatsanwalt. Lasik überlegte und antwortete:

»Sie haben vollkommen recht, Genossin Herschanowitsch, und ich werde sogleich in tiefer Nacht verschwinden. Ich will Ihnen nur erklären, warum ich Sie beim Spaziergang im Park nicht frech geküßt und warum ich Ihnen nicht die kostbarsten Toiletten geschenkt habe. Das geht unter der Überschrift Komische Geschichte von einer Kuh. Vielleicht habe ich sie irgendwo im Talmud gelesen, vielleicht hat sie mir auch der Barbier Ljowka erzählt, er liebt ja solche schmählichen Witze.

Ein Jude brauchte zum Schabbes Kerzen, doch er besaß kein Geld, sie zu kaufen. Da verkaufte er seine Kuh dem Nachbarn. Aber kaum waren ein oder zwei Tage vergangen, als der Nachbar in ungewohnter Empörung schrie:

›Deine Kuh gibt keine Milch ...‹

Aber der Jude antwortet ihm seelenruhig:

›Ich begreife nicht, weshalb du dich so erzürnst. Sie gibt doch nicht deshalb keine Milch, weil sie nicht will, sondern deshalb, weil sie nicht kann. Weißt du, was ich dir sage – sicherlich hat sie gar keine Milch.‹

Das ist alles, Genossin Fenitschka Herschanowitsch. Wohl war ich erfüllt von heißer Liebe und sonstigen vorgestrigen Gefühlen, aber die kann jetzt keiner gebrauchen. Ich wünsche Ihnen ein herrliches Glück an der Seite dieses nichtzubenennenden Schazman, und ich bitte Sie, dem verspotteten Knirps nicht zu zürnen.«

Die Nacht verbrachte Lasik am Steilufer des Sosh, früh am nächsten Tag aber begab er sich zu seinem ehemaligen Hause. Er belästigte Pfeifer nicht erst und wandte sich geradezu an den Bürger Reichenholz:

»Ich komme zu Ihnen nicht wegen der Hemden. Sie dürfen sie bis zu Ihrer vollständigen Beruhigung tragen. Was soll ich mit Ihnen reden von den Hemden, wenn Sie mit mir davon sowieso nicht reden werden? Ich weiß ja, daß Sie über unerhörte Beziehungen verfügen. Aber ich bitte Sie, mir für vier armselige Rubel dies prächtige Ladenschild abzukaufen. Es wird Ihnen sicherlich gute Dienste leisten. Vielleicht fällt es Ihnen noch ein, Herrenschneider zu werden. Das ist eine viel ruhigere Beschäftigung. Für die Beleidigung von Beinkleidern kommt ja niemand vor Gericht. Aber auch wenn Sie nicht Schneider werden sollten, könnte es Ihnen vielleicht einfallen, Ihren Namen zu ändern. Ich gebe Ihnen die Versicherung, daß ›Roitschwantz‹ in einem viel näheren Verhältnis zu den gegenwärtigen Zeitläuften steht als das üppige ›Reichenholz‹. In diesem Fall überpinseln Sie die obere Zeile, und Sie haben ein prächtiges Schild. Schließlich können Sie ja auch alles überpinseln und die ungewöhnlichsten Dinge draufschreiben. Es ist gutes Vorkriegsmaterial, und es hat acht voneinander völlig verschiedene Regimes überstanden. Die lächerliche Orthographie aus der alten Zeit stand noch drauf, und sogar ein Petljura-Schnörkel. Geben Sie mir vier Rubel, und ich schwimme im Nu davon in unbekannte Länder. Ich nehme mit mir nur das Porträt der portugiesischen Geißel und meine schreckliche Lage. Wenn Sie aber das Schild nicht kaufen, so könnte ich an der Tür meines ehemaligen Hauses tot hinfallen, und dann wird es Ihnen sicherlich unangenehm sein, die Hemden eines frischen Selbstmörders zu tragen.«

Das Schifflein fuhr gemäß dem Sommerfahrplan ab. Keck pfiff es los, aber nach einer halben Stunde lief es auf die Sandbank. Teilnahmsvoll klopfte ihm Lasik auf die Bordwand.

»Macht nichts. Kommt vor. Das geht vorüber. Wir werden schon noch eins pfeifen, mein liebes Schifflein! Ich hab mein Schild und mein Glück verloren. Ich hab sogar Fenitschka Herschanowitsch verloren. Aus purem Zufall bin ich nicht gestorben. Das heißt also, ich muß leben. Na was, in einer Woche werde ich schon als hervorragender Kandidat herumstolzieren ...«

8

Schiffe fahren aufs hohe Meer hinaus, und Schneider aus Homel werden historische Persönlichkeiten. Im Vergleich zum Dnepr ist der schiffbare Sosh nur ein klägliches Flüßchen. Was würde wohl Fenitschka Herschanowitsch gesagt haben, wenn sie im »Proletarierpark« die Mäntel aus Crêpe de Chine erblickt hätte? Und diese Reden! Der Genosse Landau könnte da einpacken! Und da donnern Autobusse, da funkeln Lichter, und durchs drahtlose Telephon werden flammende Aufrufe verbreitet.

Lasik Roitschwantz hatte sein Versprechen gehalten. Gleich nach seiner Ankunft in Kiew war er ein braver Parteikandidat, ja sogar diensthabendes Mitglied des Angestelltenklubs »Wohlschmack« geworden. Er ging jetzt die ganze Zeit auf Zehenspitzen. Und ich will's im Vertrauen sagen, trotz seiner schmächtigen Leibesbeschaffenheit rüstete er, wie es einem großen Schiff zukommt, zu einer großen Fahrt.

Indes erwarteten ihn auch hier schwere Prüfungen. Mischka Mintschik war Parteikandidat wie er, und dazu war er ein großer Faulpelz. Lasik murmelte noch im Schlaf: »Tschang Kaischek, Zhang Zuolin, Song Zhongfang.« Mischka Mintschik wollte sich nicht mit solchem Gebüffel belasten. Nein, er lächelte nur voll Entzücken, wenn er mit der mannhaften Physiognomie des Sekretars der Kontrollkommission, des Genossen Serebrjakow, zusammenstieß.

An den Abenden pflegten die jüngeren Mitglieder im Angestelltenklub »Wohlschmack« zu tanzen, und daran war selbstverständlich nichts Anstößiges. Lasik verstand sehr gut, daß die Fußbewegungen der Imperialisten in Paris nichts anderes waren als das letzte Röcheln eines bereits in Verwesung übergehenden Leichnams. Dort tanzte man auf einem Vulkan, und schon irrten unterm Fenster die Gespenster und lenkten durch wahnwitziges Fahnenschwenken die Aufmerksamkeit auf sich. Ganz anders natürlich, wenn kommunistische Jugend die Füße bewegte, das war nur eine winzige Atempause, ja, die Entwicklung kämpferischer Energie für die kommenden Auseinandersetzungen. Lasik pflegte als Klubdiensthabender zärtlich auf die tanzenden Pärchen zu blicken und zu murmeln: »Dreh dich, dreh dich, du prächtige Jugend.« Er selbst tanzte nicht, weil er das fliederfarbene Hütchen von Fenitschka Herschanowitsch nicht vergessen konnte und weil niemand von der weiblichen Jugend mit ihm tanzen mochte, da er viel zu klein für sie sei und ein allzu empfängliches Gemüt habe. Alles wäre glatt gegangen, wenn nicht Mischka Mintschik eine Rede gehalten hätte:

»Ich möchte wissen, warum der Diensthabende seinen direkten Verpflichtungen nicht nachkommt. Niemand wird etwas dagegen einwenden, wenn die Jugend echten Walzer tanzt oder einen der Tänze unsrer großen Minderheiten. Aber meiner Ansicht nach tanzen einige Genossen ganz offen Foxtrott, allen strengen Dekreten zum Trotz. Wenn das so weitergeht, werde ich genötigt sein, die Sache dem Genossen Serebrjakow vorzutragen.«

Lasik war verwirrt.

»Ich kann selbst im Schlaf den rosafarbenen Verräter Tschang Kaischek von dem unzweifelhaften Schlächter Zhang Zuolin unterscheiden, aber ich kann nicht unterscheiden den verbrecherischen Foxtrott von dem durchaus erlaubten Walzer, und so weiß ich nicht, was ich jetzt tun soll!«

Mischka Mintschik erwiderte beflissen:

»Das ist doch sehr einfach, Genosse Roitschwantz. Sie könnten natürlich die musikalischen Arien erlernen, aber das wird Ihnen gar nichts helfen, denn das junge Volk hört mit seinen Ohren etwas ganz anderes, als was es mit den Füßen wirklich ausführt. Folglich müssen Sie Unterricht in diesem unerlaubten Gehüpfe nehmen. Begeben Sie sich einfach in die Karl-Marx-Straße sechs, dort wird Ihnen der junge Parasit Paul Violon für lumpige fünf Rubel auf der Stelle das Nötige beibringen, und dann können Sie Ihre direkten Verpflichtungen als Diensthabender getreulich erfüllen.«

Lasik mußte auf manches Abendbrot verzichten, um die fünf Rubel herauszuschinden. Aber Paul Violon, anders ausgedrückt, Ossip Katz, erklärte Lasik stolz:

»Für lumpige fünf Rubel kann ich Ihnen wohl den rückständigen Walzer beibringen, der amerikanische Foxtrott hingegen kostet zehn Rubel, denn das ist verbotene Literatur, und ich muß mich dabei mit Ihnen in einen isolierten Winkel mit kostbaren Teppichen zurückziehen.«

Lasik mußte infolgedessen auch auf das Mittagessen verzichten. Das Tanzen machte ihm Mühe. Ossip Katz flüsterte:

»Ich flehe Sie an, zucken Sie mit dem anderen Füßchen, das ist viel schicker!«

Lasik schwitzte, zuckte mit dem Füßchen und sprach zur Beruhigung seines Gewissens vor sich hin:

»Ich beschäftige mich damit keineswegs, um schick zu sein, sondern wie mit der gewöhnlichen chinesischen Frage, nur weil ich mich als Parteikandidat nicht irren darf.«

Nach Beendigung seiner Studien konnte Lasik die tanzende Jugend mit ganz neuen Augen betrachten. Das da schadet nichts. Jenes da war schon verdächtiger. Aber dies gar … Dies!

Schon eilte er zum Klavierspieler.

»Was für provokatorische Melodien spielen Sie da, geehrter Genosse?«

»Den Walzer ›Sehnsucht‹!«

»Ein netter Walzer!«

Und Lasik drängte sich durch die Tanzenden hindurch und stürzte mutig auf ein verbrecherisches Paar zu. Er packte den hochgewachsenen Mann um die Hüften, da er höher zu greifen nicht imstande war.

»Kommen Sie zu Besinnung, wahnwitziger Bürger! Wissen Sie überhaupt, was Sie tun? Sie begehen ein Verbrechen. Meinen Sie, ich sehe nicht, wohin Sie mit Ihrem linken Fuß vordringen? Er spielt einen Walzer aus dem vorletzten Jahrhundert, aber Sie spucken darauf. Sie gehen vor den Augen der gesamten Jugend in Verwesung über, als ob Sie nicht wären im Klub ›Wohlschmack‹, sondern auf einem Vulkan in New York. Ich habe es mich zehn sauer verdiente Rubel kosten lassen, diese ungesetzlichen Ausschreitungen beurteilen zu können. Ich werde Sie hier nicht weglassen. Ich werde Sie zum Genossen Serebrjakow bringen, denn ich bin ein makelloser Parteikandidat. Ich habe mir gesagt: ›Steige auf, Lasik‹, und ich steige auf …«

Der hochgewachsene Mann machte sein Bein frei und erwiderte Lasik finster:

»Erstens bin ich Serebrjakow. Und zweitens wollen wir

uns gleich mal darüber unterhalten, wofür Sie zehn Rubel ausgegeben haben und wie Sie über die Obliegenheiten eines Klubmitglieds denken.«

(Mischka Mintschik hatte offenbar den Genossen Serebrjakow rechtzeitig in Kenntnis gesetzt.)

»Ein Parteikandidat verbringt seine Abende in widerlichen Spelunken inmitten von bourgeoisem Abschaum! Schämen Sie sich, Genosse! Statt für die gewaltigen Probleme der Weltbewegung oder unseres wirtschaftlichen Aufbaus interessieren Sie sich für ungesunde Vergnügungen, erotische Exzesse und den Abschaum der NÖP. Wofür vergeuden Sie Ihre Zeit?«

»Entschuldigen Sie, Genosse Serebrjakow, ich habe dafür sogar zehn Rubel ausgegeben, und obschon ideologisch gesehen Zeit kostbarer ist als Geld, bedeutet mir Geld ein bißchen mehr als Zeit, weil ich überhaupt kein Geld besitze, während ich unlängst in Homel sechs Wochen dieser mir völlig unnötigen Zeit zur Verfügung hatte. Sie fragen mich, wofür ich diese sauer verdienten zehn Rubel ausgegeben habe? Ich werde es Ihnen sagen: für das Traktat über das Ei. Das ist ein Stückchen aus dem dummen Talmud. Als ich dreizehn war, habe ich dieses Traktat Tag und Nacht gebüffelt. Gesetzt, ein Huhn hat am Schabbes ein Ei gelegt: darf man es essen oder nicht? Einerseits hat das Huhn gesündigt, denn am Schabbes soll man ausruhen von der Arbeit, trotzdem nimmt es sich heraus, Eier zu legen, aber andrerseits hat es doch dies Ei zu den verschiedensten Tagen ausgetragen, während es am Schabbes nur sein Herz erleichtert hat. Ich sage Ihnen, Genosse Serebrjakow, es gibt zwei Fraktionen unter den Talmudisten; die einen meinen, daß ein Schabbes-Ei rein ist, die andern lehren, daß es unrein ist, und so sind über dies Ei mindestens hundert ganz unmögliche Seiten vollgeschrieben worden. Ich habe niemals verstehen können, weshalb man diskutiert soviel über ein Ei, das dann bestimmt ein uralter Narr gegessen hat. Aber jetzt verstehe ich, wieviel Weisheit in diesem Fall enthalten ist. Sie fragen mich, womit ich mich bei dem jungen Parasiten beschäftigt habe? Mit dem Ei. Biegt man nämlich den Fuß ein klein wenig nach links, so ist es ein unerhörter Skandal, geht man aber dabei etwas in die Knie, so ist es eine höchst ehrbare Beschäftigung. Ich fürchte, Genosse Serebrjakow, daß ich Ihrer unbezweifelbaren Parteizugehörigkeit zu nahe treten könnte, aber es kommt mir so vor, als wäre Ihr Fuß gar nicht dorthin gerutscht, obschon ich noch darüber nachdenken will: Vielleicht ließe sich ein so kompetenter Schritt auch noch anders auslegen. Das hängt sicherlich davon ab, welcher Schule man angehört hinsichtlich des Eies. Wenn zu der, die ...«

»Jetzt ist es aber genug! Weiß der Teufel, womit Ihr Kopf vollgepfropft ist! Ich gebe Ihnen den guten Rat, beschäftigen Sie sich lieber mit ...«

»Verzeihen Sie, ich beschäftige mich bereits. Es kommt alles auf Hongkong an. Jetzt habe ich nur noch ...«

»Ja, ja, darüber wäre auch noch zu reden. Nicht genug, daß Sie in der Spelunke eines gewissen Katz der Unzucht frönen, nicht genug, daß Sie mit Ihren törichten Ausfällen einen feindlichen Geist in unsere kameradschaftliche Atmosphäre hereinbringen, legen Sie außerdem in Ihrem Verhältnis zur Partei einen stumpfen Egoismus an den Tag. Was bedeuten diese Worte: ›Steig auf, Lasik‹?«

»Sehr einfach. Ich bin der lichten Idee mit Leib und Seele ergeben, und ich steige auf zu ihr. Bei uns in Homel sagt man: ›Kann man nicht springen, so muß man steigen.‹ Sie sind natürlich im Besitz von Klugheit und Parteizugehörigkeit, und es hat Sie nichts gekostet zu springen. Und Sie sind gesprungen. Aber ich? Sie sagen doch selbst, daß mein Kopf weiß der Teufel womit vollgepfropft ist. Also bleibt mir nichts andres übrig, als zu steigen, und so steige ich denn sachte. Ich bitte Sie, mir zu vergeben, wenn ich Sie an

Ihrem kompetenten Fuß angepackt habe. Mir war ja nur Ihr verhängnisvoller Name bekannt. Ich werde Ihre Atmosphäre nicht länger verdüstern. Ich habe ja jetzt begriffen, daß man gelegentlich diese Eier essen kann, wenn sie nur ...«

Serebrjakow hielt es nicht länger aus. Laut schlug er mit der Faust auf den Eichentisch.

»Sie dürfen jetzt gehen, Genosse. Ich habe zu wenig Zeit...«

Lasik verbeugte sich höflich und verließ das Arbeitszimmer. An der Tür hatte er das letzte Wort:

»Na ja, Sie haben zu wenig Zeit, um sie zu verlieren, wie beispielsweise ich meine sauer verdienten zehn Rubel verloren habe.«

Im Korridor begegnete er Mischka Mintschik.

»Nun, was für einen Eindruck haben Sie nach der Unterredung mit dem Genossen Serebrjakow? Wie gefällt Ihnen solch unerbittliche Disziplin?«

»Ich kann nur sagen, das ist viel schwieriger als der Talmud. Trotzdem will ich versuchen aufzusteigen. Noch bin ich Parteikandidat, wenn auch jetzt ein wenig beschattet.«

9

Mischka Mintschik gab keine Ruhe. Aufs neue stieß er Lasik in eine wahnwitzige Tat. Anlaß dazu gab ein Rundschreiben, das die Beseitigung ideologisch schädlicher Bücher aus den Klubbibliotheken vorschrieb. Lasik war der Bibliothekar des Klubs, und als er die Verfügung las, geriet er in ernstliche Aufregung. In dem Rundschreiben wurden eintausendzweiundsiebzig Werke aufgezählt, in der Bibliothek des Klubs »Wohlschmack« aber gab es alles in allem drei Bücher: »Spinnen und Fliegen«, das Rechenbuch von Jewtuschewski und eine Monographie über den dichterischen Stil von Demjan Bedny. Keins von diesen drei Büchern war in der zugesandten Liste angeführt.

»Jetzt sehe ich, daß die Talmudisten lächerliche junge Hunde waren. Was haben sie sich ausgedacht? Ein Jude darf zum Beispiel kein Störfleisch essen. Vielleicht weil Stör teuer ist? Nein. Oder weil das Fleisch schlecht schmeckt? Nein. Sondern weil der Stör ohne geeignete Schuppen schwimmt und folglich unrein sein muß und weil die Juden ihren auserwählten Magen beschmutzen könnten, wenn sie von ihm essen. Andere, niedrige Völker mögen das essen. Ich sage Ihnen, Genosse Mintschik, diese jungen Hunde haben sich über Speisen unterhalten. Nun aber, da endlich das richtige zwanzigste Jahrhundert gekommen ist und die Menschen klüger geworden sind, steht statt des dummen Störs vor uns ein Kant und mit ihm eintausendeinundsiebzig Verbrechen. Mögen die Franzosen auf ihrem Vulkan alle diese unreinen Dingelchen lesen, wir haben auserwählte Gehirne, die wir nicht mit frechen Verirrungen beschmutzen können. Ja, das ist wunderbar erdacht, und ich verstehe nur eines nicht: Wie kann ich diese Bücher beseitigen, wenn sie hier nicht vorhanden sind?«

»Wenn befohlen ist zu beseitigen, muß man sie eben beseitigen. Ich rate Ihnen, Genosse Roitschwantz, durchsuchen Sie dies ganze große Haus.«

»Verzeihen Sie, Genosse Mintschik, aber wo finde ich denn diese unzugänglichen Bücher? Ich begreife, daß man das ganze tadellose Haus säubern muß. Es ist wie vor Ostern. Da wird auch gesucht, ob nicht eine Rinde unreinen Brotes unter dem Schrank liegt. Aber in diesem tadellosen Hause gibt es, glaube ich, überhaupt keine Bücher. Ich kann im Büfett nachsehen, doch da wird sich natürlich nur niedrigprozentiges Bier und durchaus erlaubte Wurst finden. Gewiß, ein guter Jude, wenn er unter dem Schrank keine Rinde findet, legt absichtlich eine drunter, damit es etwas zum Verbrennen gibt. Der eine Jude legt sie drunter, der andere findet sie, und natürlich wissen sie beide, daß das lächerlich ist, aber dafür beten sie dann großartig und erfüllen die strengen Vorschriften ihres Rundschreibens zu hundert Prozent. Hätte ich daheim den Talmud, ich würde ihn hierherbringen und ihn von hier beseitigen, denn der Talmud ist ganz bestimmt in diesem todbringenden Verzeichnis aufgeführt. Aber ich besitze keinen Talmud, ich habe den Talmud nur im Kopf, und meinen unglückseligen Kopf kann ich nicht beseitigen.«

»Wozu seinen Kopf beseitigen, wenn man nur fremde Bücher beseitigen muß? Das ist doch ganz einfach. Man muß nur in allen möglichen Winkeln stöbern, beispielsweise in dieser anonymen Aktentasche, vielleicht finden Sie darin solche ansteckenden Bücher.«

»Es wird allmählich unerträglich für mich, zu meinem leuchtenden Ziel aufzusteigen. Leichter scheint es mir, in dem schäumenden Ozean, der aus irgendeinem Grunde ›Dnepr‹ genannt wird, zu ertrinken, als nach fremden Füßen zu greifen oder die Hände in fremde Aktenmappen zu stecken. Aber ich steige zu meinen Idealen, ich will steigen und aufsteigen.«

Der Genosse Serebrjakow traf Lasik über einem geöffneten Buche an.

»Erstens lesen Sie weiß der Teufel was. Zweitens aber ... zweitens ... zweitens haben Sie sich unterstanden, meine Aktenmappe zu durchsuchen!«

»Ich lese diesen lächerlichen Roman keineswegs, um zu lesen, ich lese ihn lediglich zur Beseitigung, und ich verstehe Ihren gerechten Zorn nicht, Genosse Serebrjakow. Ich meine, Sie sollten mir dankbar sein, daß ich Ihre kompetente Aktenmappe von dieser aufgezählten Ansteckungsgefahr gereinigt habe. Sie müssen mir jetzt die Verirrung mit Ihrem linken Fuß verzeihen. Sie hatten ja Angst, ich könnte mich an diesem Störfleisch vergiften, aber Sie trugen es in Ihrer Aktenmappe mit sich, und Sie haben sich sicherlich daran vergiftet, obschon es völlig ohne Schuppen ist. Weshalb sind Sie denn schon wieder ärgerlich auf mich? Sie schreien schon wieder ›erstens‹ und ›zweitens‹. Ich bitte Sie inständig, quälen Sie nicht meine kraftlose Seele. Schreien Sie schon ›drittens‹, dann werde ich wissen, was ich zu tun habe. Dann werde ich vielleicht eiligst damit beginnen, an allen Blumen zu riechen oder zu den nutzlos verschwendeten Sternen aufzublicken.«

Der Genosse Serebrjakow sagte indes kein »drittens«. Er stieß nur ein unheilverkündendes Lachen aus.

10

Genosse Triwas erteilte den Angestellten der »Wohlschmack« Unterricht nach dem neuesten System. Statt langweiliger Vorträge gab es zwanglose Unterhaltung. Er begann stets mit einem freundschaftlichen Meinungsaustausch oder mit der Antwort auf nicht eingelaufene Fragezettel.

So auch diesmal. Genosse Triwas betrachtete Lasiks begeistertes Gesichtchen und sagte:

»Also! Stellen Sie Fragen.«

Lasik erzitterte.

»Ich bin mir noch nicht ganz klar, wonach ich hier zu fragen habe: nach der reinen Vernunft bei den Ameisen oder der schimpflichen Livree etwa eines Metzgers in Amsterdam.«

»Dann will ich Ihnen eine kleine Frage stellen. Welches ist zum Beispiel Ihre Ansicht, Genosse, über die Geschlechtsfunktionen im Licht der Ethik eines vorbildlichen Parteizellenmitglieds?«

»Verzeihen Sie, aber darauf bin ich noch nicht vorbereitet. Vielleicht fragen Sie mich doch nach etwas anderem, zum Beispiel nach Zhang Zuolin oder sogar nach dem Stockholmer Kongreß? Ich kenne ja keinerlei geschlechtliche Errungenschaften. In Homel freilich, da bin ich mit der Tochter eines Kultdieners zusammengekommen, der ehemaligen Genossin Fenitschka Herschanowitsch. Aber wir waren beide vollkommen parteilos und hatten nicht die geringsten Funktionen, von meinen rein pathologischen Seufzern abgesehen. Gewiß, jetzt hat sich an die ehemalige Genossin Herschanowitsch ein richtiges Mitglied einer Parteizelle herangemacht, sagen wir, Genosse Schazman, aber ich denke, das ist ein aufgezählter Foxtrott oder gar eine räuberische Konzession, denn Fenitschka Herschanowitsch liebt rauschende Kleider und das Geschlecht, Schazman aber besitzt gar keine Ethik, dafür jedoch eine hundertprozentige Stellung, und das alles zusammen sind ausschließlich Funktionen wie bei den unwissenden Parasiten, dagegen fehlt die heiße Liebe ebenso wie der echt proletarische Flieder, der mein hingebendes Herz zu solchen öffentlichen Tränen zwingt.«

Und in Erinnerung an das lila Hütchen der Fenitschka Herschanowitsch brach Lasik zur allgemeinen Heiterkeit der gelangweilten Angestellten des »Wohlschmack« in Tränen aus.

Und obwohl Lasik sein Beinkleid mit den allergewöhnlichsten Tränen bewässerte, rief Genosse Triwas begeistert aus:

»Da haben wir es, das typische Rosenwasser der kleinbürgerlichen Einstellung. Wir müssen Schluß machen mit solchen schimpflichen Vorurteilen. Das Geschlecht ist in seinem Kern nichts anderes als das nackte Mittel zur Fortpflanzung, und solange sich nicht der Kapitalismus von Malthus und sonstige Trennwände hineinmengen, können wir die sogenannte ›Liebe‹ als einen reinen Produktionsprozeß von zwei Kleingewerbetreibenden betrachten. Je kürzer er ist, um so mehr Zeit bleibt dem Proletariat für die

Gewerkschaften und Genossenschaften. Und was die Tränen des Genossen betrifft, der hier gesprochen hat, so sind sie ein charakteristisches Überbleibsel aus der Zeit des Privateigentums, als der Fabrikbesitzer die Genossinnen als seine Aktien ansah. Es ist höchste Zeit, solchem Unfug eine Grenze zu setzen. Ich sage nichts gegen die Funktionen an sich, soweit Sie ein kräftiger junger Genosse sind, aber solches Liebesgirren, wie wir es eben gehört haben, ist verbrecherische Augenwischerei, und wie ein räudiges Schaf müßt ihr jeden von hinnen jagen, der es sich einfallen lassen sollte, den eisernen Materialismus durch solchen Liebesbrei ersetzen zu wollen.«

Lasik putzte demütig sein Näschen. Mintschik gestand er:

»Das ist zehnmal so schwer wie im Cheder. Dort haben wir lernen müssen, daß es auf Erden sehr viele wohlschmeckende Dinge gibt, die man nicht essen darf. Das ist dumm, aber wenigstens deutlich. Hier sagt man uns: ›Ihr dürft die von Ljowka erfundenen Bananen essen, aber ihr müßt sie essen wie gewöhnliche Kartoffeln, ihr dürft nicht lächeln oder gar weinen über dieses durchgeschmuggelte Glück, nein, ihr müßt sie mit gewöhnlichem Salz bestreuen.‹ Ich fürchte, ich werde zeit meines Lebens nur ein trauriger Kandidat bleiben, denn ich könnte leichter sterben inmitten von Splitterpritschen und Gefängnisspinnweben als vergessen, wie der verrückte Flieder duftet.«

Am Abend führte Mintschik den trübseligen Lasik in den Park. Das war ein höchst grausames Vergnügen. Lasik erblickte am Himmel die Sterne und auf Erden Blumen, üppig wie Überbleibsel. Parteilose Pärchen küßten sich unter den Sträuchern. Plötzlich hieß Mintschik Lasik stehenbleiben.

»Siehst du das zersetzungsreife Mädchen dort? Das ist niemand anders als die Genossin Gorenko, die unserem

Klub ›Wohlschmack‹ als Mitglied angehört. Sie ist heute beim Vortrag des Genossen Triwas dabeigewesen, aber man kann sagen, daß sie nicht dabei war, denn sie führt sich auf wie das allerräudigste Schaf. Ich denke, es wird nötig sein, daß du einschreitest, teurer Genosse Roitschwantz.«

»Ich will kein übler Spanner sein. Ich will diese rückständige Seele nicht verderben. Sie liebt, wie ich selbst, den ganz veralteten Flieder.«

»Wer sagt denn, daß du sie verderben sollst? Du sollst sie vor den schlimmsten Folgen retten. Du mußt sie und mit ihr diesen Unglücksmann vor einer mitleidlosen Kommission bewahren. Und dann muß ich dich streng fragen: Bist du Parteikandidat, Genosse Roitschwantz, oder bist du schon ein livrierter Abtrünniger?«

Lasik trat schüchtern an das Pärchen heran. Die Gesichter konnte er nicht sehen. Er hörte nur das leidenschaftliche Geflüster:

»Ich liebe Sie, Anja! Wir fahren auf die Krim. Ihre Lippen, wie eine Rose ...«

Lasik polterte dazwischen:

»Ich beschwöre Sie, beenden Sie sofort diese gesetzwidrige Demonstration! Vielleicht habe ich selbst von ähnlichen Einleitungen geträumt, obschon ich nicht die Rosen liebe, sondern den Flieder oder sogar die nicht existierende Orchidee. Aber ich kann Ihren grausamen Selbstmord nicht mit ansehen. Meine teuren Kleingewerbetreibenden, ich bin auch ein Kleingewerbetreibender, noch dazu ein einzelner. Ich will Ihnen in aller Eile sagen, Sie müssen sich mit geschlechtlicher Produktion befassen, aber statt des nackten Geschlechts kommt bei Ihnen jene längst abgeschaffte Krim heraus. Im Namen der Kontrollkommission ersuche ich Sie dringend, ersetzen Sie auf der Stelle diese engelhafte Unterhaltung durch eine vollkommen erlaubte Funktion.«

Diesmal brach der Genosse Serebrjakow nicht in

Lachen aus, sondern blickte Lasik nur an, und Lasik verstand schlagartig alles. Er wandte sich schleunigst zur Flucht. Bis zum Morgen lief er in den verlassenen Alleen des Parkes herum, am Morgen aber erschreckte er den Barbier »George«, will sagen, Simcha Zucker, mit einer rätselhaften Bitte:

»Rasieren Sie mich gründlich, Genosse George, rasieren Sie mich bis auf den Grund, ein für allemal, für sechs Wochen, vielleicht für sechs Jahre! Zhang Zuolin ist natürlich vernichtet, und wir dürfen lächeln. Aber geblieben ist noch immer die mir unerreichbare Funktion. Jetzt sagt er bestimmt ›drittens‹, und ich, Lasik Roitschwantz, verstumme inmitten jahrhundertealter Spinnweben.«

II

»Sie haben Ihre dunkle Vergangenheit und den Paragraphen siebenundachtzig des Gesetzbuches verschwiegen. Sie haben versucht, Ihre Lage mit Hilfe von einfältigen Verleumdungen zu verbessern. Sie haben eine uns fremde Ideologie an den Tag gelegt: Antisemitismus, Mystizismus und krankhafte Erotik. In Ihren Gesprächen mit einem jüngeren Genossen haben Sie unsere vernünftige Disziplin mit gewissen mittelalterlichen Überlebtheiten gleichgesetzt. Antworten Sie!«

»Darf ich vielleicht, wie es der Genosse Triwas in seinen weltbewegenden Vorlesungen tut, Ihnen nicht in vollem Chor antworten, sondern ein paar kleine Fragen an Sie richten? Das wird unsern gegenwärtigen Moment zur erhabenen Dialektik führen. Ich frage Sie zum Beispiel: Weshalb sollte ich wohl den Paragraphen siebenundachtzig verschweigen? Das ist ja nicht Pfeifers Hose! Ich habe so viel von meinen sechs ewigen Wochen erzählt, daß es selbst der Wurst im Büfett zuviel geworden ist. Wenn ich nur den Mund geöffnet habe, ist das junge Volk vom ›Wohlschmack‹ vor mir davongelaufen wie vor einer gewissen Tonne in Homel und hat gerufen: ›Dieser Roitschwantz will sich schon wieder über sein splittriges Gefängnis beklagen.‹ Eine andre Frage: Wem gegenüber soll ich, entschuldigen Sie den häßlichen Ausdruck, laute Verleumdungen ausgesprochen haben? Ich habe nur ganz leise einem kompetenten Mitglied ein paar Worte betreffs seines eigenen Fußes zugeflüstert. Wenn ich aber die Funktionen der Genossin Gorenko und dieses unbenennbaren Kleingewerbetreibenden beunruhigt habe, so ausschließlich in einem Ausbruch bedingungsloser Disziplin. Dritte Frage: Wie kann ich ein grauenhafter Antisemit sein, wenn ich selbst ein hundertprozentiger Jude aus Homel bin? Vierte und ganz kleine Frage: Was ist krankhafte Erotik? Wenn das gewisse Funktionen sind, so habe ich mich leider überhaupt nicht mit ihnen befaßt, weder in gesundem noch in krankem Zustand, wofür ich vom Genossen Triwas bei einer Zusammenkunft des kräftigen jungen Volks zu Recht beschimpft wurde. Ich kann noch hundert Fragen an Sie richten, ich möchte Ihnen aber Ihre berühmte Zeit nicht rauben. Ich will Sie nur fragen, Genosse Serebrjakow: Weshalb haben Sie nicht, wenn Sie schon nachts im duftenden Park spazierengehen, Ihre kompetente Brust mit einem Signallaternchen geschmückt? Warum haben Sie nicht Ihre Aktentasche mit einem schreienden Siegel zugesiegelt? Warum haben Sie nicht, wenn Sie schon Ihren linken Fuß vorschieben, durch das Sprachrohr verkündet, daß Sie es sind, der ihn vorschiebt, und nicht ich oder sonst ein Roitschwantz? Warum haben Sie meine ungefestigte Seele mit Ihrem lautlosen Mystizismus in Verlegenheit gebracht?«

Der Genosse Serebrjakow kniff ironisch die Augen ein.

»Ist das alles?«

»Nein, das ist noch nicht alles. Ich will Ihnen noch etwas

sagen zu Ihrem jüngeren Genossen. Ihm gebührt natürlich Dank. Und ich sage ihm: Merci im Namen des Volkes, teurer Genosse Mintschik! Du wirst jetzt natürlich anstelle des bebenden Kandidaten ein durchaus standfestes Mitglied werden, und da schlage ich dir vor, auf der Stelle eine kostbare Person zu heiraten. Sie hat zwar einen unglückseligen Namen, doch der könnte nur einer Koloratursängerin schaden, sie aber ist gar keine Sängerin, nein, sie geht nur in den Straßen von Homel spazieren, und falls du sie heiratest, teurer Genosse Mintschik, so könnt ihr zusammen spazierengehen, und das wird eine echte internationale Melodie ergeben!«

Der Genosse Serebrjakow machte ein finsteres Gesicht. »Ist das alles?«

»Nein, noch nicht ganz. Da ich nun einmal so unerhörte Kühnheit aus meinem krachenden Zusammenbruch geschöpft habe, will ich Ihnen jetzt einen Gedanken äußern, der so kraus ist wie das Bärtchen, das mir wieder wachsen soll. Sie wissen natürlich, daß die rückständigen Juden an die Thora glauben. Die Thora ist ein Gesetz, das geradenwegs vom Himmel herabgefallen ist, und nun hätscheln sie diese Thora, so wie Sie Ihre bedingungslose Disziplin hätscheln. Jeden Morgen danken sie Gott, daß er ihnen diese unerträgliche Thora geschenkt hat. Sie lesen und lesen sie immer wieder, aus einem Gesetz machen sie tausend, und sie dürfen am Sonnabend nicht rauchen und keine Fleischklöße in Sahne essen, sie dürfen überhaupt nichts, sie sind hundertprozentige Esel, was jeder Marxist begreifen wird. Aber einmal im Jahr sind sie aufrichtig mit ihrem erfundenen Gott. Sie sprechen dann mit ihm so, wie ihnen ums Herz ist, so wie ich augenblicklich mit Ihnen spreche. Die Juden sind verpflichtet, sich über den Auszug aus Ägypten zu freuen, obwohl sie vielleicht gerade jetzt sehr gern in diesem verlorenen Ägypten sein möchten, und sie freuen sich, weil das Gesetz es verlangt; sie essen gestoßene Nüsse und trinken süßen Wein. An diesem Tag nun sprechen sie ohne Umschweife mit Gott. Gewiß, sie schimpfen nicht, sie sprechen wie großartige Diplomaten; denn wenn man schon die Höflichkeit von vorgestern in der Unterhaltung mit irgendeinem estnischen Gesandten wieder zulassen muß, müssen die Juden erst recht jedes ihrer Worte in einen lächerlichen Frack stecken, wenn sie ihrem auserwählten Gott recht unangenehme Dinge zu sagen haben. Sie beginnen von weit her, um Gott nicht zu kränken. Sie machen Kratzfüße vor ihm: ›Wenn du uns nur aus Ägypten herausgeführt und sonst nichts getan hättest, wäre es auch gut.‹ Sie kommen von einer andern Seite heran: ›Hättest du uns nur das Manna gegeben und sonst nichts getan, wäre auch das schon gut.‹ Aber dann haben sie genug davon und sagen mit unverschämter Verzweiflung: ›Aber wenn du uns herausgeführt und uns das Manna gegeben und uns diese Thora nicht gegeben hättest, wäre es wunderbar schön.‹ So etwas kann man natürlich nur einmal im Jahr sagen, wenn es hier in der Kehle sitzt, und so habe ich Ihnen das gesagt, Genosse Serebrjakow.«

»Ist das endlich alles?« schrie Serebrjakow drohend.

»Das ist beinahe alles, aber noch nicht alles. Ich habe einen Rubel und achtzig Kopeken zugunsten der Gesellschaft ›Hände weg von China‹ beigesteuert, obschon ich durchaus nicht darauf aus bin, diese dreisilbigen Chinesen mit meinen Händen zu packen, mein schwacher Kopf geht von ihnen auch so schon in Stücke. Aber ich habe doch mit Vergnügen meinen einen Rubel und siebzig Kopeken beweint. Möge niemand nach ihnen greifen. Wozu die eigenen Hände in so ein gewaltiges China stecken? Und sodann verstehe ich, daß ein Angestellter der ›Wohlschmack‹ die Wiedergeburt des allerhintersten Ostens stürmisch begrüßen muß. Dagegen erhebe ich keinen Widerspruch. Nein, mich beschäftigt eine verhängnisvolle Frage: Wie nun, wenn ich eine freiwillige Gesellschaft begründe: ›Hände weg vom unglücklichen Roitschwantz‹, mit Statuten und einem schreienden Siegel, sagen Sie mir, wird das Wirkung haben oder nicht? Ich werde Sie, Genosse Serebrjakow, natürlich um keinerlei begeisterte Beiträge ersuchen, in der Art meines beweinten einen Rubels und siebzig Kopeken. Nein, jetzt interessiert mich nicht das Geld, sondern die Zeit, das heißt die mir bevorstehenden sechs Wochen oder gar sechs Jahre. Ich möchte wissen, wie sich ein neuer Mintschik zu dieser neuen mächtigen Gesellschaft verhalten wird und ob man nach so begeisterten Losungen mit uneigennützigen Händen nach mir greifen wird.«

Hier hielt es der Genosse Serebrjakow nicht länger aus. Nach Atem ringend, schrie er:

»Ist das alles? Ist das alles?«

»Ja, das ist wohl alles. Nein, noch nicht ganz. Ich muß Ihnen noch eine intime Neuigkeit mitteilen: Sie brauchen mit mir keine langen Umstände zu machen, da ich Sie sowieso seit heute morgen überlistet habe. Sie haben vorerst nur dagesessen und nachgedacht, was Sie mit Roitschwantz tun könnten, ich aber habe bereits alles begriffen, und ich habe mich augenblicks rasieren lassen.«

12

Einige Wochen waren vergangen. Im »Proletarischen Garten« hatten die Bäume ihr Laub verloren, die Genossin Anja Gorenko war statt auf die Krim ins Krankenhaus übergesiedelt. Paul Violon war irgendwohin nach dem Osten verbracht worden. Nur der Dnepr glitzerte wie eh unterhalb des gefährlichen Steilufers. Eines Morgens klopfte Lasik, dem ein stattliches rotes Bärtchen gewachsen war, an der Tür von Mischka Mintschik.

»Du hast also die Furzina doch nicht geheiratet? Schade!

Du bist jetzt wenigstens ein immerwährendes Mitglied geworden. Aber sie? Sie hat nichts bekommen. Im Vertrauen gesagt, ich fürchte, daß sie zeitlebens kinderlos bleiben wird, diese hervorragende Bürgerin. Solche Melodien sollten doch nicht spurlos verklingen. Übrigens will ich deine freien Funktionen durchaus nicht vergewaltigen. Ich komme in einer ganz andern Angelegenheit. Ich muß Kiew verlassen, so wie ich dereinst meine Heimatstadt Homel verlassen habe. Das sind Naturgesetze; ich spüre, daß mir ein andauerndes Unterwegssein bevorsteht. Hätte der selige Motel Roitschwantz sich je vorstellen können, daß seinem überm Grab gezeugten Sohn ein so bewegtes Leben bevorstand? Aber ich weine nicht. Ich tröste mich mit den Worten eines klugen Zaddiks. Er sagte, sich bewegen heißt leben, und auf einem Fleck sitzen heißt sterben. Die schlechteste Schindmähre ist besser als der prächtigste Palast. Ich finde, ein Jude, der sich nicht bewegt, das ist geradezu unanständig, das ist wie eine kaputte Lokomotive. So verlasse ich denn Kiew. Ich habe verlernt, wie man Hosen zuschneidet, und ich kann kein erstaunlicher Fachmann werden, weil ich die staatliche Sprache nicht kann. Ich habe ein Dutzend Wörter auswendig gelernt, die Namen unsrer Größen nicht eingerechnet, aber es hat sich herausgestellt, daß das gar nicht ukrainische, sondern belorussische Wörter waren. Jusja der Klavierstimmer hat sie mir beigebracht, und der hat mich natürlich reingelegt. Ich habe mich entschlossen, in ein kleines Städtchen zu reisen, wo es weder stürmische Ströme noch donnernde Foxtrotts noch auch solche staatlichen Sprachen gibt wie etwa deine Sprache, Mintschik. Du meinst, ich komme, um Abschied von dir zu nehmen und deine täglich rasierten Wangen zu küssen? Wie dürfte ich dich mit derartigen Dummheiten von deinen erhabenen Sorgen abhalten? Nein, ich komme, um dich vor allem zu fragen, ob bald eine richtige Welt eingerichtet wird, das heißt erst nach unserm Tod oder schon vor unserm Tod?«

Mischka Mintschik spuckte kräftig aus.

»Was kann es da für Zweifel geben? Natürlich vorher. Das hängt von ein, zwei Ernten ab und von der vollständigen Vernichtung Zhang Zuolins. Das ist eine Sache von wenigen kotzunwichtigen Minuten.«

Lasik lächelte glückselig.

»Sehr schön, daß du so denkst, Mintschik. Sag mir jetzt – wird in dieser richtigen Welt jeder seinen Anteil haben, und werden alle diese Anteile gleich sein, ja oder nein?«

»Ja, natürlich, mit Ausnahme der Parasiten, die es dann überhaupt nicht mehr geben wird.«

»Jetzt hör mich an, Mintschik, ich komme zu dir mit einem sehr günstigen Angebot. Ich will dir meinen Anteil für lumpige zehn Rubel verkaufen. Das ist doch kein Betrag! Der Parasit Paul Violon hat mir für den Unterricht in schändlichen Körperbewegungen auch zehn Rubel abgenommen. Das ist doch kein Betrag! Der Parasit Paul Violon hat mir meinen frischen Anteil an dieser künftigen Friedenswelt abgenommen, und ich bin bereit, eine formelle Quittung auszustellen.«

»Du, Roitschwantz, hast du den Verstand verloren nach all deinen bösartigen Sprüngen? Wie kannst du es wagen, mit mir, einem geprüften Marxisten, so einen mystischen Spaß zu treiben?«

»Weshalb wirst du böse? Das ist ein ganz gesunder Warenaustausch. Ich will dir nicht verbergen, daß ich den Aaron Kagan reingelegt habe, aber ich habe nicht die Absicht, dich reinzulegen. Aaron Kagan hat mir etwas ganz andres abgekauft. Wie jedes rückständige Produkt hat auch er an das Leben nach dem Tode geglaubt. Er wollte sich nicht damit begnügen, daß er in Homel Bauaufseher war und jeden Tag ein Huhn essen konnte, er wollte auch im Himmel Huhn essen, und da er ein unerhörter

Vielfraß war, so hatte er sicherlich Angst, daß man ihm dort zu wenig, na, nur ein Pfötchen oder ein Flügelchen, geben würde. Jedem Juden ist im künftigen Leben sein Teil bereitet, und da habe ich dem Aaron Kagan mein Teil verkauft. Ich habe ihn zweifach reingelegt. Erstens hatte ich diesen Teil schon vorher einmal verkauft, als Knabe im Cheder, ich habe ihn verspielt, als ich mit anderen Jungen um Knöpfe spielte. Natürlich habe ich dem Kagan davon nichts gesagt, denn man kann eine schon verkaufte Sache nicht nochmals verkaufen. Zweitens aber wußte ich, daß ich klüger war als er und daß es gewöhnliches Gas oder traurige Knochen gibt, doch keinerlei jenseitige Speisen. Kagan habe ich also reingelegt, mit dir aber führe ich ein vollkommen sachliches Gespräch. Ich biete dir den allerwirklichsten Anteil an der richtigen Welt an. Bist du ein überzeugtes Parteimitglied, und glaubst du an unsern lichten Triumph? Wie magst du mir dann nicht zehn Übergangsrubel mit Rücksicht auf ein so nahes Glück geben?«

»Ich habe keine Zeit, deine lächerlichen Phantasien anzuhören, Roitschwantz. Geh lieber in die Redaktion einer satirischen Zeitschrift, wenn du so ein üppiges Talent besitzt. Ich will dir einen Rubel geben, damit du mich sofort verläßt.«

»Nein, du wirst mir geben außer diesem einen noch neun weitere Rubel. Die Fahrkarte kostet ja einen Tscherwonez, und ich muß abreisen. Wenn ich in Kiew bleiben muß, bleibe ich bei dir, Mintschik. Ich werde mir vielleicht den Hals mit deinem proletarischen Messer durchschneiden, oder ich hänge mich an deinen ehrlichen Hosenträgern auf. Wir wollen doch mal sehen, was du dann mit deiner staatlichen Sprache sagst! Du wirst zittern wie die allerkleinste Bruchzahl. Gib mir noch neun Rubel, und ich fahre weit weg von hier, um das stille Leben eines ehemaligen Kandidaten in irgendeinem ehemaligen Park zu führen, inmitten von ehemaligen oder auch nicht ehemaligen Blumen.«

Groß ist die Kraft der menschlichen Rede: Zwei Stunden drauf trat Lasik erhobenen Hauptes an die Bahnhofskasse. In der Hand preßte er zehn Rubel.

13

Im Waggon war es warm, verraucht, behaglich. Lasik kaute Jagdwurst und war selig. Plötzlich blickte einer der Mitreisenden ihn scharf an und fragte ihn:

»Verzeihen Sie, Bürger, sind Sie nicht Pyskis aus Belgorod?«

Lasik erzitterte.

»Das heißt, wieso denn Pyskis? Ich bitte Sie, derartige Anspielungen zu unterlassen. Ich bin alles in allem immer noch Roitschwantz, zudem nicht aus Belgorod, sondern aus Homel. Ich weiß überhaupt nicht, wer dieser Pyskis ist. Vielleicht ein schlimmer Defraudant? Vielleicht hat er auf jemanden geschossen? Was geht mich das an, wo ich eine Fahrkarte bis Tula habe und mein Arbeitsbuch in der Tasche?«

»Sie brauchen doch nicht gekränkt zu sein! Dieser Pyskis ist kein Mörder, sondern ein Zahnarzt. Gewiß, meinem Arbeitskollegen Jegorow hat er vier gesunde Zähne gezogen, und Jegorow hat geschworen, ihn zu verprügeln. Aber das ist eben Jegorow und nicht ich. Ich habe doch nur aus Neugier gefragt. Diese Ähnlichkeit! Sonderbares Naturspiel ...«

»Aber gefährlich! Bei uns in Homel gab es einen Schuster Schaikewitsch. Er trank das ganze Jahr hindurch Pessachschnaps und schimpfte seinen Nachbar Wulf einen ›gestreiften Floh‹. Nun, die Weißen kamen und erklärten plötzlich, dieser Schaikewitsch wäre der verkleidete Kommandeur der Reiterarmee, dabei wußte jedermann in Homel, daß Schaikewitsch vor Angst gestorben wäre, wenn man ihn selbst im tiefsten Frieden auf ein lebendiges Pferd gesetzt hätte; trotzdem wurde er als Kavalleriekommandeur erschossen. Reicht Ihnen das noch nicht? Dann kann ich Ihnen noch erzählen, daß der Lieferant Sacks getötet wurde, weil er irgendeinem Denikinschen General ähnlich sah, dabei wußte auch hier alle Welt genau, daß Sacks Poch spielte und eifersüchtig auf seine Frau war, während der General sicherlich mit Kanonen schoß oder wie wahnsinnig auf dem lodernden Schlachtfeld herumsprengte. Sie müssen nämlich wissen, daß Sacks ein verdächtiges Kinn besaß. Und nach alledem sitzen Sie mir in diesem braven, ungepolsterten Eisenbahnwagen gegenüber, trinken Ihren Tee, ich kaue meine Wurst, und Sie sagen laut vor sich hin, daß ich nicht ich wäre, sondern ein rätselhafter Pyskis. Ich könnte ja des Todes sein, wenn nicht wegen meines Kinns, so doch wegen meiner Nase!«

»Das kommt vor! Wie sagt man doch – Justizirrtümer. Bei uns in Belgorod ist der Doktor Rostowzew für einen Rostowzew von der Sarapuler Tscheka gehalten worden. Und Sense. Zufälle! Die Zeiten sind natürlich so. Da darf man nicht gleich gekränkt sein. Wo gehobelt wird, fallen nun mal Späne. Als ob wenig Leute gestorben wären, werden Sie sagen. Dafür ist alles in Ordnung gekommen. Ohne das stellt man nichts auf die Beine.«

Die Reisenden gähnten faul. Lasik hielt es nicht aus. Lange redete er sich selber zu: Schweig still, Lasik! Er hatte auch den ganzen Morgen schweigend seine Wurst gekaut. Dafür geriet er jetzt in um so größeren Eifer.

»Natürlich, wenn dieser Doktor ein ebenso wichtiges Tier ist wie, sagen wir, Lasik Roitschwantz, hätte er sich von vornherein ins fertige Grab legen können, denn wenn die schiere Weltgeschichte durch die Straßen zieht, bleibt einem gewöhnlichen Menschen nichts anderes übrig, als mit überströmender Begeisterung im Blick zu sterben. Das ist das chinesische Einmaleins und jedermann begreiflich. Aber Sie und ich, wir sind doch nicht die Weltgeschichte. Wir sind nur unglückliche Reisegefährten in einem der vielen harten Eisenbahnwaggons, und wir können doch fragen: Weshalb hat der anonyme Doktor für die große Phase bezahlen müssen? Besaß dieser Doktor vielleicht sogar liebe Kinderchen? Hat er vielleicht einfach noch fünfundzwanzig Jahre leben wollen? Ich habe ihn nie von Angesicht gesehen, aber ich begreife eines: Er war sicherlich ein gewöhnlicher Mensch, keineswegs aber ein kleiner Geldschein, den man in den Fahrkartenschalter hineinschiebt. Warum also trinken Sie grausamerweise Ihren Tee und wollen diese einfache Tragödie nicht verstehen? Sie meinen wohl, wenn man einen Menschen tötet und ihm dann ein schreiendes Siegel aufdrückt, als wäre er kein lebender Leichnam, sondern das Einmaleins einer wunderbaren Zukunft, daß Blut dann kein Blut mehr ist? Ich würde lieber neben diesem erledigten Doktor liegen als solch seelenlose Multiplikation mit anhören. Ich verstehe nicht, aus meinen Gefühlen ein donnerndes Referat zu machen, aber ich will Ihnen eine abergläubische Geschichte erzählen.

Ich habe sie in meiner Geburtsstadt Homel von dem alten Bettler Berka gehört. Es ist die Geschichte vom Zaddik aus Berditschew, aber es könnte ebensogut die Geschichte vom Hersch oder sogar von einem Doktor sein. Sie sind gar nicht verpflichtet, an gewisse überlebte Vorstellungen zu glauben, Sie dürfen bewußt annehmen, daß Gott eine ebenso finstere Mutmaßung ist wie das chinesische Einmaleins.

Nun denn, in Berditschew lebte ein berühmter Zaddik. Ich muß vorausschicken, ein Zaddik ist ein durchaus strenggläubiger Mann, der wahre Führer seiner kleinen Gemeinde. Der Zaddik von Berditschew aber galt nachgerade als heilig, so groß war seine Güte und seine Klugheit. Sodann pflegte er mit Gott ganz ohne Umstände zu sprechen, unter Verzicht auf jede Diplomatie. Er unterhielt sich mit ihm nicht in jener unerträglichen Sprache, in der alle möglichen alten Bücher geschrieben sind, nein, er sprach mit Gott im allergewöhnlichsten Jargon, so wie ein Jude mit einem andern redet. Er war ärgerlich auf Gott und redete ihm gut zu, er argumentierte ihm vernunftgemäß, er zählte mit ihm an den Fingern ab, und er brachte ihn zum Lachen, brachte ihn derart zum Lachen, daß die ganze Welt von Gottes Gelächter erschallte und in Berditschew die Fenster erklirrten von diesem himmlischen Lachen. Kurz und gut, er verstand es, nötigenfalls Gott auch in Grund und Boden zu reden, nur um irgendein jämmerliches Menschenleben zu retten. Sie können sich vorstellen, wie der weise Zaddik in Berditschew verehrt wurde, verehrt und geliebt, weil er, wie ich Ihnen schon sagte, der beste Mensch auf Erden war. Er hätte sich beinahe gefürchtet, über ganz gewöhnliches und lächerliches Gras zu gehen, nur um das Gras nicht weinen zu lassen.

Berditschew ist natürlich eine große Stadt, und außer dem Zaddik wohnten dort noch andere Juden, zum Beispiel ein gewisser Maisel. Ich weiß nicht einmal, als was ich ihn bezeichnen soll. Am ehesten war er ein ausgemachter Parasit. Er war ein hundertprozentiger Spekulant, und unser Raikin in Homel ist im Vergleich zu ihm ein blindes junges Hündchen. Er raffte Geld zusammen, ohne sich um irgendwelche gesetzlichen Vorschriften zu kümmern. Er gewährte Darlehen auf Pfänder, und er zog die Einfaltspinsel in Berditschew bis aufs Hemd aus. Er kaufte Häuser zusammen, und wer weiß, wie viele Juden er ohne Obdach gelassen hat, so daß sie nicht einmal wußten, wo sie an Schabbes ihre Kerzen anstecken sollten. Aber doch hat auch jedes Insekt seine eigenen Sonderbarkeiten. Dieser Maisel wich einmal im Jahr von der schwarzen Linie ab.

Bei den Juden gibt es den Jom Kippur – das ist der Tag des höchsten Gerichts; an diesem Tage muß man eilends bereuen, und jedes Jahr nun weinte dieser niederträchtige Maisel an Jom Kippur ganz aufrichtige Tränen. Keineswegs drückte er nur des Anstands wegen ein paar Tropfen aus sich heraus, nein, sein ganzes Antlitz war tränennaß, denn er sah sehr gut, daß er der allerschlimmste Übeltäter war. An Jom Kippur gab er sein ganzes Geld den Bettlern. Er schlug sich die Brust mit Fäusten und stöhnte entsetzlich. An diesem Tag hatte er Angst, dem Zaddik ins Gesicht zu sehen, denn die Augen des Zaddik versengten ihn wie Kohlen, und er krümmte sich unter ihnen. Aber dann brach der folgende Tag an, und er erwachte in der Frühe, als ob nichts gewesen wäre. Nach dem Fastentag verzehrte er zwei Hühner. Aufs neue raffte er Geld zusammen, und wenn er gestern einem armen Teufel hundert Rubel, die er ihm gestohlen haben mochte, zurückgegeben hatte, beeilte er sich heute, sie mit Hilfe irgendeiner neuen List wieder an sich zu ziehen. Und wenn er dem Zaddik begegnete, senkte er nicht die Augen, nein, er steckte sogar die Hände in die Taschen.

›Heute ist doch wohl nicht mehr Jom Kippur. Wenn der Tag wiederkommt, werde ich vielleicht wieder bereuen. Vorläufig aber muß ich ans Geschäft denken. Es wird behauptet, daß nicht einmal Gott die Armen liebt. Weshalb soll ich sie dann lieben? Ich liebe nur gutes Geld, und Sie könnten mich in Ruhe lassen mit Ihren fragenden Blicken.‹

Der weise Zaddik konnte sich mit Gott unterhalten, aber er konnte nicht eindringen in Maisels Herz. Maisel blieb der schreckliche Bösewicht, der er war, und alle Leute in Berditschew hatten Angst vor Maisel, hatten Angst vor ihm und haßten ihn.

Jetzt muß ich noch etwas von einer dritten Person sagen, vom alten Hersch, aber ich weiß nicht, was man von ihm sagen kann. Er war so alt wie unsere Erde. Er war so häßlich, wie das Leid häßlich ist. Er war so unglücklich, wie nur ein alter Jude unglücklich sein kann, der weder Weib noch Kind hat, keinen Winkel und keine Kopeke. Er war, glaube ich, sechzig Jahre alt. Aus seinen kranken Augen rannen fortwährend Tränen. Wenn er es mit dem Sterben nicht eilig hatte, so vielleicht nur deshalb, weil er kein Geld für ein Leichenhemd hatte. Vielleicht aber auch nicht deshalb. Vielleicht wollte er einfach noch leben, so wie Sie und ich noch leben wollen, so wie dieser erledigte Doktor noch leben wollte. Kurz und gut, er hatte es nicht eilig mit dem Sterben. Er wusch, ebenso wie mein seliger Vater, die widerlichste Wäsche. Wenn im Hause was zu waschen war, was der Magd zu geben man sich geschämt hätte, kam der alte Hersch, nahm die Wäsche und trug sie irgendwohin zum Stadtrand.

Der Zaddik wurde von allen geliebt, Maisel von allen gehaßt, den alten Hersch aber beachtete niemand. Er hätte sterben können, und kein Mensch würde auch nur geseufzt haben; die widerliche Wäsche hätte man einem andern Alten gegeben – dem Leib oder dem Elias. Aber er starb nicht. Er lebte still für sich, und nur der Zaddik blickte manchmal in seine tränenden Augen. Dann erglühten die Augen des Zaddik wie Kohlen.

Jetzt wissen Sie, wer gelebt hat in Berditschew, und ich kann mitteilen, daß Maisel schließlich doch starb. Natürlich kann man sagen, er starb an Gottes Zorn, aber ich denke, er starb an Überfüllung des Magens, denn er allein, dünkt mich, hat alle Hühner von Berditschew aufgegessen. Man begrub ihn, wie es sich gehört, das heißt, die Armen lachten glücklich in sich hinein, laut aber weinten sie vor pflichtgemäßem Schmerz, denn für ihre Seufzer erhielten sie die alten Kleider und noch ein Stück Fleisch mit Sauce darüber.

Da nun mußte der Bösewicht Maisel vor Gottes Angesicht erscheinen. Sie wissen natürlich, wie sich die Menschen von vorgestern das vorstellten. Gott sitzt also, nehmen wir einmal an, da und hält Gericht über den toten Menschen. Er muß darüber beschließen, wohin dieser verzweifelte Leichnam zu gehen hat – ins Paradies oder in die Hölle, als ob der Mensch nicht mal nach seinem Tode ruhig im Grabe liegen darf. Aber was soll man machen, die Menschen lieben es sehr, jemanden zu richten. Mich hat man auch in Homel gerichtet auf Grund eines verrückten Paragraphen wegen einer Fahne, die sie sich eingebildet haben, und ich weiß, daß es für den Menschen nichts Angenehmeres gibt, als sich einen Arschin höher als die andern zu setzen und ein unmögliches Gesetzbuch zu lesen. Als die Menschen in irgendeiner alten Kommission den lieben Gott erfanden, haben sie ihn natürlich nach ihrem eigenen bewundernswerten Vorbild gemacht. Sie wollten ihm gefällig sein: ›Du wirst uns richten wie der unerträglichste Richter.‹

Maisel erschien also vor Gottes Angesicht, und das war gerade an Jom Kippur. Die lebenden Juden in Berditschew fasteten und bereuten wie alljährlich. Der Zaddik sang in der Synagoge sein herzzerreißendes Gebet, und aus den Augen des alten Hersch rannen unaufhörlich die Tränen. Sie wußten natürlich nicht, daß der Herr gerade in dieser Minute den Gauner Maisel richtete. Am Himmel aber war die Arbeit schon in vollem Gange. Eine riesige Waage wurde herbeigeschleppt, und alle schwatzten nach Herzenslust. Schade, daß der Genosse Landau von unserem Homeler Gericht nicht dabeigewesen ist – hier hätte er seine ganze verstummte Beredsamkeit zeigen können. Zuerst sprach natürlich der Staatsanwalt, das heißt, ich muß Sie inständig bitten, suchen Sie hierin keinerlei Anspielung auf die Gegenwart – das war der Teufel in eigener Person, und er führte alle Abschnitte des Gesetzbuches ins Feld. Er verlangte, der nunmehr verstorbene

Parasit solle ihm für irgendein höchstes Strafmaß ausgeliefert werden. Danach sprach der Rechtsbeistand, und er redete und kramte seine ganze Herkunft hervor und schlug sich die Brust mit dem Flügel, bis es Gott schließlich zu viel wurde. Gott ergriff natürlich eine Klingel, und da klang es allen Juden zu Berditschew in den Ohren:

›Genug! Jetzt ist's Zeit die Werke dieses toten Maisel abzuwiegen.‹

Die Engel warfen rasch verschiedene berüchtigte Missetaten in die eine Waagschale, so die Tränen der Armen und die Klagen der Witwen, die Schreie der hungernden Kinder, und alles erstklassig, so daß die schwarze Waagschale mit schrecklichem Gekrach auf eine Wolke stieß. Da legten die Engel in die andre Schale ganz lächerliche Tränen. Nein, sie legten nicht die guten Werke des Maisel hinein, obwohl er an Jom Kippur das Geraubte unter die Armen verteilt hatte, nein, nur diese winzigen Tröpfchen. Maisel stand niedergeschlagen dabei: Was konnte es hier noch für Zweifel geben? Auf der einen Seite der Haufen Missetaten, vielleicht für hunderttausend Rubel, auf der andern Seite aber ein Krüglein salziges Wasser. Aber was sah er da? Die helle Schale senkte sich allmählich zu Boden. Natürlich, wenn es Tränen um des bloßen Anstands willen gewesen wären, hätten sie ein geringes Gewicht gehabt, aber ich sagte Ihnen ja, daß es echte Tränen waren, aus dem Herzen selbst geflossen, und sie wogen ein Pud, wenn nicht gar hundert Pud. Die Schalen blieben stehen – eine konnte die andre nicht herüberziehen. Gleich viele gute wie böse Handlungen hatte also der tote Maisel in seinem Leben begangen. Da waren die Engel, ja Gott selbst, doch recht betreten. Niemand wußte, was weiter zu tun sei; Maisel aber stand da und zitterte, und in seinem Kopf gärte eine neue Freveltat. Dieser Gauner Maisel paßte einen Moment ab, da Gott sich abwandte, um nachzusehen, was irgendwo vielleicht in Amerika geschehen mochte, griff von der schwarzen Schale eine der schlimmsten Handlungen und ließ sie rasch in seiner Tasche verschwinden. Aber sicherlich war Maisel nicht der erste, der so etwas versuchte, und Gott hatte die Waage so eingerichtet, daß sie derartige Betrügereien sofort anzeigte. Maisel hatte kaum seinen niederträchtigen Totenstreich gespielt, als auch schon die schwarze Schale mit zweifachem Krachen auf eine Wolke stieß, so daß alle verstanden, daß Maisel Gott hatte reinlegen wollen, nachdem er gut tausend Menschen reingelegt hatte.

Hier verzichtete sogar der Verteidiger auf seine üppige Beredsamkeit, er wollte eine derartige Missetat nicht verteidigen. Aber der erfundene Gott muß doch in etwas besser sein als gewöhnliche Menschen, denn er sagte zu den Engeln:

›Ich will diesen Maisel nicht ohne ein Schlußwort in die Hölle schicken. Sagt mir denn, wer von euch will ein solches nicht zu überbietendes Verbrechen verteidigen?‹

Die Engel aber sind anerkannte Feiglinge, und sie fürchteten sich, die himmlische Disziplin zu verletzen.

›Wir wollen einen derartigen Bösewicht nicht noch verteidigen, willst du aber durchaus, daß ihn jemand zum Schein verteidigen soll, so kannst du den Berditschewer Zaddik hier heraufbitten, denn es hat noch nie einen Fall gegeben, da er es abgelehnt hätte, auch den allerschändlichsten Menschen zu verteidigen.‹

In der Synagoge sahen die Juden, wie der Zaddik noch vor dem Schluß seines herzzerreißenden Gebets mit einemmal einschlief. Sie verwunderten sich natürlich, versuchten aber nicht, ihn aufzuwecken; wenn der weise Zaddik eingeschlafen war, mußte es wohl so sein. Und sie fuhren im Gebet fort.

Sie dachten, daß der Zaddik eingeschlafen sei. In Wirklichkeit hatte er sich in die Luft erhoben. Er trat vor Gottes Angesicht und begann, ohne sich nach beiden Seiten umgesehen zu haben, wo welcher Engel saß, sofort mit der Verteidigung des toten Maisel. Er zählte nicht seine guten Werke auf und wies nicht auf das Krüglein mit salzigem Wasser. Nein, er begann sofort, auf Gott einzureden. Er packte Gott sofort bei seiner empfindlichen Stelle:

›Die Frage ist doch, wofür willst du ihn richten? Dafür, daß er hier noch eine Missetat begangen hat? Ich denke, eine Missetat mehr oder weniger, das interessiert niemanden. Wenn er unschuldige Kinder reingelegt hat, so ist das ein wenig schlimmer als die lächerliche Geschichte mit deiner Waage, denn sie hat er wirklich reingelegt, während er es bei dir nur versucht hat, noch dazu in seiner vollkommenen Unschuld, so wie ein Kind den Vater reinzulegen versucht. Richtest du ihn aber dafür, daß er schlecht auf Erden gelebt hat, so will ich dir erwidern, daß daran gar nicht der tote Maisel schuld ist. Daran bist am ehesten du selbst schuld. Hättest du den Menschen zuerst das Paradies gezeigt, so wären sie alle so vortrefflich wie diese erfundenen Engel, aber du hast ihnen ja zuerst die wirkliche Hölle gezeigt, denn du wirst nicht leugnen wollen, daß das Leben eine Hölle, ja, eine zweifache Hölle ist. Was wunderst du dich also, daß sie in der Hölle so gelebt haben, als wären sie in der Hölle? Du willst noch jetzt diesen toten Maisel nehmen und abermals in die Hölle setzen. Wo bleibt denn da die Gerechtigkeit, und weshalb sagst du, daß du die Menschen richtest? Eher müßte man dann sagen, daß du sie folterst, und das kann man auch ohne Waage tun, wie es die Menschen auf der Erde machen. Folglich mußt du diesen toten Maisel auf der Stelle freisprechen.‹

Gott konnte natürlich gegen so kluge Worte nichts einwenden, und er wurde verlegen.

›Gut!‹ rief er. ›Bringt diesen toten Maisel in das üppigste Paradies.‹

Jetzt hätte der Berditschewer Zaddik nach Berditschew

heimkehren können, aber er bemerkte, daß Gott heute gut gelaunt war und schon ein wenig gerührt von seinen feurigen Beweisgründen. Er dachte: Ich muß mir diese Minute zunutze machen und Gott beweisen, daß er die menschliche Geduld schon genügend auf die Probe gestellt hat, daß die Menschen in Berditschew und auch anderwärts sehr unglücklich sind und daß es endlich Zeit wäre, einen erfundenen Messias auf die Erde zu schicken, auf daß er sogleich das ganze große Menschengeschlecht errette. Der Zaddik stieg also nicht hinab. Er fuhr fort, Gott zu beschämen und ihm zuzureden. Und Gott begann nachzugeben. Schon lächelte er zerstreut, und er beruhigte den Berditschewer Zaddik:

›Weshalb regst du dich so auf? Ich habe doch nicht gesagt, daß ich den Messias nicht schicken will. Im Gegenteil, ich habe gesagt, daß ich ihn unbedingt schicken werde. Vielleicht hast du auch recht, wenn du meinst, daß die Zeit gekommen ist. Laß uns diese Frage miteinander erörtern. Welches Jahr haben wir jetzt auf der Erde?‹

Ich sage Ihnen, Gott war schon bereit, sein Einverständnis zu geben, aber da trat ein Hindernis ein. Die Juden in der Synagoge sahen natürlich nicht den Zaddik, der sich mit Gott unterhielt, der Zaddik dagegen sah vom Himmel sehr gut alle Juden in der Synagoge. Er sah, daß wegen seines Gesprächs mit Gott das Gebet kein Ende nahm und folglich auch das Fasten nicht enden konnte. Man fastet leicht mit zwanzig Jahren, aber nicht mehr mit sechzig. Und da sah der Zaddik mit einemmal den alten Hersch ohnmächtig zu Boden fallen. Keine Kleinigkeit, seit dem gestrigen Tag hatte er nichts gegessen und nichts getrunken. Der Zaddik erkannte, daß der alte Hersch sterben würde, wenn das Gebet nicht sogleich ein Ende fände. Und so sagte er zu Gott:

›Ich handle jetzt vielleicht sehr töricht. Ich müßte dich davon überzeugen, daß länger warten nicht geht. Dann würdest du das ganze große Menschengeschlecht erretten. Aber ich kann im Augenblick nicht länger mit dir sprechen, weil ich keine Zeit habe: Bleibe ich noch eine einzige Stunde im Himmel, so muß der alte Hersch, der in Berditschew die widerliche Wäsche wäscht, unweigerlich sterben. Wo aber steht geschrieben, daß ich das Recht habe, das Glück des ganzen großen Menschengeschlechts mit dem Leben des alten Hersch zu bezahlen?‹

Und ohne das Gespräch zu beenden, stieg er vom Himmel herab. Er beeilte sich, sein bereits nutzloses Gebet zu Ende zu singen und das Fasten zu beenden. Gewiß, vielleicht ist Hersch ein Jahr darauf gestorben, aber er ist nicht an jenem Abend gestorben. Der Zaddik hat ihn nicht, wie eine Fahrkarte, in irgendeine Bahnhofskasse geschoben.

Das ist's, was ich Ihnen erzählen wollte, meine armen Mitreisenden. Sie können natürlich Ihren Tee trinken und das schwarze Herz einer erhabenen Weltgeschichte zu rechtfertigen versuchen. Ich sage Ihnen nur eines: Gut, der Doktor liegt schon in der stummen Erde, und nicht nur dieser Doktor. Aber sagen Sie, was hat man Ihnen in Ihrer wunderbaren Kasse ausgehändigt?«

14

Lasik wußte Beinkleider artistisch zuzuschneiden. Mochten Pfeifer und sonstige mißgünstige Menschen sagen, was sie wollten, ich bleibe dabei: Zimach mit seiner angeblich englischen Fasson kam da lange nicht mit! In Tula aber gab es genug Schneider; wenn die Bürger an ihren glitzernden Ladenschildern vorbeigingen, wandten sie melancholisch den Blick ab. Nur in Altweibergeschichten schmiedet Tula seine Samoware und bäckt seine Honigkuchen, in Wirklichkeit wird in Tula Personal abgebaut. Mit Hilfe seiner Schneiderschere hätte Lasik hier keinen Tag durchgehalten. Ihn rettete die berühmte Dialektik: Wird abgebaut, so muß auch wieder eingestellt werden. Das ist ein Naturgesetz: Der eine wird aus seinem Zimmer gejagt, an seine Stelle kommt ein andrer, der Verjagte muß aber natürlich auch essen. Hat man ihn aus einem Zimmer hinausgeworfen, so kann er in ein andres einziehen, denn dem törichten Talmud zum Trotz dreht sich die Erde, und auf ihr drehen sich die geplagten Angestellten aller möglichen Unterabteilungen.

Es war noch keine Woche vergangen, als Lasik die passende Tür gefunden hatte. Er wurde Mitarbeiter der Gouvernementsabteilung für Tierzucht, und zwar mit dem Auftrag, die Vermehrung von Rassekaninchen im ganzen Gouvernement Tula zu beobachten, denn die Zentrale hatte festgelegt, daß man darin eine der gewinnbringendsten Abarten der bevorstehenden Landwirtschaft zu sehen habe.

So schritt denn Lasik beherzt durch die vor ihm geöffnete Tür, warf einen Blick auf sein künftiges Tätigkeitsfeld, das in einem Tisch mit einem verschmierten Löschblatt bestand, und fragte die Botin Dunja:

»Verzeihung, Genossin, wo sind sie denn?«

Dunja gähnte.

»Wo sollen sie jetzt schon sein? Zu Hause, beim Tee. Oder bei Maria Ignatjewna.«

»Pst! Ich frage Sie nicht nach dem Genossen Leiter. Nach ihm wollte ich Sie durchaus nicht fragen. Ich habe in Kiew schon genug nach kompetenten Beinen greifen müssen. Nein, ich frage Sie nur nach den völlig unschuldigen Kaninchen.«

»Solche gibt es hier nicht, aber wenn Sie Kaninkow sehen wollen, der ist in der Buchhaltung.«

Lasik guckte in den Schubkasten, aber dort fand sich nur eine leere Zigarettenschachtel. Er setzte sich und harrte pflichtgetreu bis fünf Uhr aus, dann trollte er sich heim. Er nahm sich fest vor, nicht zu philosophieren. Am andern Morgen wagte er dennoch, den Leiter zu fragen:

»Verzeihung, Genosse Petrow, ich möchte Sie nur fragen, wo sie denn sind, die mir anvertrauten Kaninchen, hier oder irgendwo im Gouvernement?«

Petrow brummte:

»Weiß der Teufel! Ich glaube, in dem Schrank dort. Kramen Sie mal in den Papieren.«

Lasik arbeitete den ganzen Tag. Sorgfältig, wie es sich gehörte, durchwühlte er wie ein Langhaarterrier die Kästen, vom beißenden Staub immerfort niesend. Endlich entdeckte er zwar nicht die Kaninchen, wohl aber die Abschrift eines ausgehenden Schreibens Nummer 2178, das von dem traurigen Geschick eines aus der Zentrale in das gesegnete Tula versandten Rassepaars handelte. Lasiks Amtsvorgänger, ein gewisser Roshkow, nunmehr in der Unterabteilung für Musik angestellt, meldete nach Moskau: »In Bestätigung des Empfangs der Rasseladung teilen wir mit, daß die übersandten Exemplare bei der Tulaer Empfangsstelle nicht eingetroffen sind infolge der Besonderheit hiesigen Klimas, der Verpflegungsschwierigkeiten sowie der Unkenntnis der Ortsbevölkerung hinsichtlich der Aufzucht von Rassekaninchen, insofern sich im Transportkasten bei der Prüfung nur tote Zuchtexemplare fanden und nach dem Zeugnis des örtlichen Veterinäramts der Tod entweder infolge des starken Frostes eingetreten ist oder wegen ungenügender Zufuhr von Stickstoffnahrung oder auch infolge des Benehmens der Bürger auf dem Bahnhof, die den Kasten eigenmächtig geöffnet und es zugelassen haben, daß eine unorganisierte Jagd unter Beteiligung der herrenlosen Hunde der Stadt Tula stattfand.« Mehr als dreimal überlas Lasik dies traurige Schreiben, und da die Botin gerade abwesend war, seufzte er vernehmlich auf.

»Armes Rassepärchen – das ist alles, was von eurem

begeisterten Herumgehüpfe irgendwo unter amerikanischen Palmen geblieben ist – die Abschrift eines ausgehenden Schreibens Nummer 2178! Indessen fragt sich, was ich denn tun soll? Wie kann ich in dem umfangreichen Gouvernement diese grausame Erinnerung zum Fortpflanzen bringen?«

Lasik hielt die ermüdende Leere des Schreibtischs und des Gouvernements Tula nicht aus und wandte sich zwei Tage später an den Genossen Petrow:

»Was soll ich denn jetzt tun, wenn sie unwiederbringlich tot sind und sogar durch diese Abschrift beglaubigt?«

»Was heißt das, was tun? Arbeiten, Genosse, arbeiten! Fortpflanzen! Produzieren! Intensivieren! Verstanden? Sehen Sie diese vergleichende Tabelle? Erstens – Fleisch. Zweitens – Fell. Drittens – Anspruchslosigkeit. Viertens – Zeitersparnis. Am Schluß des Berichtsjahrs werden wir mindestens dreißigtausend Exemplare zählen.«

»Verzeihung, Genosse Petrow, aber wie soll dies prächtige Fell oder gar das Fleisch zustande kommen, wenn die stummen Vorfahren von unorganisierten Hunden zerrissen worden sind? Ich kann lediglich den hier verewigten Kummer fortpflanzen, aber davon werden wir keinerlei schöne Tabelle erhalten, weil sie doch, verzeihen Sie, wie zum Trotz krepiert sind.«

»Krepiert? Haha! Ja gewiß, sie sind krepiert. Nun, unter uns, wie soll es hier auch Kaninchen geben? Schweine, das versteh ich noch. Aber, Genosse, Sie können Sie trotzdem fortpflanzen. Moskau wird uns neue schicken, und da können Sie vorläufig wenigstens Instruktionen für die Landwirtschaft ausarbeiten. Oder veranstalten Sie eine Vorlesung mit nebelhaften Bildern. Kurz, schürfen Sie nicht in die Tiefe. Verstanden? Da haben wir übrigens von der Zentrale einen Fragebogen zugeschickt bekommen. Sie haben siebzehn der Fragen zu beantworten.«

Lasik blieb allein mit seinen siebzehn Fragen und mit schweren Zweifeln. Was hieß das – »schürfen Sie nicht in die Tiefe«? Die Kaninchen als Kaninchen ansehen? Von ihm aus. Aber da wurde ihm in Paragraph elf die Frage vorgelegt: »Welchen Einfluß hatte die Entwicklung der Rassekaninchenzucht auf die wirtschaftliche Lage der Landbevölkerung? Auf ihr kulturelles Leben? Auf ihre Familienbeziehungen? Ist im Zusammenhang mit ihr eine Erhöhung der Geburtenziffer zu beobachten? Stellen Sie in runden Ziffern das Verhältnis zwischen der Zahl der Kaninchen und dem Verbrauch von Seife pro Bauernhof fest.« Wenn die Kaninchen Kaninchen sein sollten, waren sie überhaupt nicht vorhanden. Freilich, man konnte annehmen, daß die Kaninchen nur das eindrucksvolle Symbol irgendeiner prächtigen Elektrifizierung waren. Im Talmud gab es viele solcher verrückten Späße. So war da zum Beispiel von »Lämmerzitzen« die Rede, in Wahrheit aber handelte es sich um heilige Gefäße bei den Leviten. Ob unter dem Wort »Kaninchen« eine gewöhnliche Parteizelle zu verstehen war? Aber der Genosse Petrow hatte ihm doch gesagt: »Schürfen Sie nicht in die Tiefe.«

Nach langem Zögern beschloß Lasik, sich jeder Allegorie zu enthalten. Auf die erste Frage: »Wie groß ist im Gouvernement Tula die Kopfzahl der Kaninchen am Tage der Ausfüllung des Fragebogens«, antwortete er standhaft: »Ein Grabdenkmal in Form eines mein Herz zerreißenden ausgehenden Schreibens«, und bei den sechzehn übrigen setzte er einen tragischen Strich hin: weder Seife noch Geburtenziffer noch Familienbeziehungen – vollkommene Leere, Jammer, Nichtexistenz.

Für alle Fälle zeigte er das Blatt seinem Leiter. Und da begann der Genosse Petrow, in dem langen Korridor herumzulaufen und zu heulen:

»Sind Sie verrückt geworden? Wissen Sie, was das heißt, Personalabbau?«

»Und wie! Sechs Wochen hab doch ich absitzen müssen, nicht die Bürgerin Furzina.«

»Gar nichts wissen Sie! Sie wollen uns alle verderben! Wie kann man einen Fragebogen so ausfüllen? Man muß die Frage in die Tiefe schürfen. Man muß die Errungenschaften herausstreichen. Tabellen, Voranschläge, Diagramme. Wenn Sie diesen Schwachsinn abgeschickt hätten, kämen wir alle vor Gericht. Geben Sie dem sofort eine neue Fassung! Sie haben kein bißchen Verständnis für die Staatsnotwendigkeiten. ›Ein Grabdenkmal!‹ Soll das vielleicht witzig sein?«

Für Lasik begannen Tage voll Plage. Der Genosse Petrow ging um drei Uhr heim, die Botin Dunja um fünf. Nur Lasik wußte nicht, was die Uhr geschlagen hatte: Über einen Tisch gebückt saß er da, rechnete und überlegte und gruppierte sein Material.

Am Schluß des fünften Tages hatte er die Arbeit beendet. Alle siebzehn Fragen waren jetzt beantwortet. So stand jetzt zu lesen:

»Da das verstorbene Pärchen am 18. November 1924 nach Tula geschickt worden ist, läßt sich die Kaninchenbevölkerung des Gouvernements am heutigen Tag mit 11726½ Köpfen ansetzen. Im Hinblick auf die intakten Funktionen und das Nichtvorhandensein von rosa Wasser ist zum 1. Januar 1930 die Zahl der Köpfe im Gouvernement mit 260784 veranschlagt. Schädlinge wie Ziesel oder Rebläuse sind nicht beobachtet worden. Was sonstige Krankheiten betrifft, so können wir, abgesehen von dem Unglücksfall mit dem ersten Paar und der Möglichkeit eines nichts weiter bedeutenden Schnupfens, dank der heldenmütigen Haltung des Gouvernementsgesundheitsamts über nichts klagen. Die Kaninchen werden in Plantagen unter Palmen und in sonstigen Schränken gehalten. Die Geburtenziffer der Bevölkerung brodelt im Zusammenhang damit unheimlich, die Seifenproduktion aber kann nur mühsam mit ihr Schritt halten, weil man, wenn auch nur ein elendes Stückchen pro Bauernhof kommt, noch dazu schon halbverbraucht, in runden Ziffern sagen kann, daß das eine nackte Null ist im Vergleich mit der prächtigen Befiederung unserer in die Tausende gehenden Kaninchen.«

Dies geschrieben, beschloß Lasik, den Genossen Petrow, der ohnehin mit Maria beschäftigt war, nicht zu behelligen, und schickte das Schriftstück nach Moskau ab. Zwei Wochen lang genoß er Frieden und Stille. Die Botin Dunja gähnte, einsam erkaltete der Tee im Glase, der Genosse Petrow glänzte durch fruchtbringende Abwesenheit, und der Verweser der Kaninchenzucht konnte nichts anderes tun, als die Ohren seiner unvergeßlichen Großeltern aufs Löschpapier zu malen. Aber da erfüllte den Korridor der Lärm fröhlich krachender Stiefel: Aus Moskau war eine Kommission zum Studium des vorbildlichen Standes der Kaninchenzucht im Gouvernement Tula eingetroffen.

»Vor allem müssen wir Ihnen unsere Glückwünsche aussprechen, Genosse, in Ihrem Gouvernement ist die Zahl der Kaninchen größer als in der ganzen Sowjetunion. Offenbar haben Sie eine besonders günstige Futternahrung entdeckt. In England sind derartige Ergebnisse durch Phosphorpräparate erzielt worden. Aber wir werden sie übertrumpfen. Womit füttern Sie sie denn?«

Lasik senkte bescheiden die Augen.

»Ausschließlich mit dienstlicher Phantasie.«

Die Herren aus Moskau begriffen nicht. Sie sagten taktvoll:

»Na, das werden wir an Ort und Stelle sehen. Morgen fahren wir hinaus zu den Landwirtschaften. Sagen Sie uns, in welchem Kreis sind die Kaninchen vornehmlich zu finden?«

»Wo sie zu finden sind? Nicht im Kreis und nicht im Schrank, sondern hier.«

Und voll Stolz wies Lasik auf sein winziges Köpfchen.

Da erfüllte den Korridor abermals das Krachen von Stiefeln, aber diesmal klang es unheilverheißend. Der Genosse Petrow vergaß Maria gänzlich und brüllte:

»Sie haben alle an der Nase herumgeführt! Ins Gefängnis! Vor Gericht!«

»Weshalb schreien Sie mich so an, Genosse Petrow? Als ich schrieb, daß man von Verstorbenen schwerlich eine üppige Vermehrung erwarten kann, haben Sie mit den Füßen auf den Boden gestampft. Darauf habe ich meine schwache Brust mit einer Vermehrungstabelle gequält und ein dienstliches Wunder zustande gebracht: Ich habe diese Abgeschiedenen gezwungen, sich zu vermehren. Jetzt stampfen Sie wieder mit den Füßen auf den Boden, und da versteh ich gar nichts mehr. Sie erinnern mich, entschuldigen Sie den unanständigen Vergleich, an einen römischen Kaiser, denn es hat mal so ein verrückter Götze Adrian gelebt, und als ein Jude sich bei seinem Anblick nicht gleich verbeugte, rief er: ›Schlagt ihm schnell den Kopf ab! Wie kann der unverschämte Jude es wagen, sich vor dem römischen Kaiser nicht zu verbeugen.‹ Aber danach erblickte er einen zweiten Juden, der sich tief vor ihm verbeugte, und trotzdem schrie er: ›Schlagt noch schneller auch diesem Juden den Kopf ab! Wie kann der unverschämte Kerl es wagen, sich vor mir zu verbeugen.‹ Ich frage Sie, Genosse Petrow, was soll ein Kaninchenzüchter machen, wenn er weder die Wahrheit sagen noch komisch lügen darf?«

»Sie spielen den dummen August, aber wir werden ja sehen, was Sie sagen, wenn man Sie ins Gefängnis setzt.«

»Gar nichts, ich bin's schon gewohnt, ich werde dort höchstwahrscheinlich schweigen oder beschämende Geschichten erzählen. Ich habe nur eines nicht gern: daß man mich holen kommt. Ich kriege dann schreckliches Herzklopfen. Lieber gehe ich gleich selbst zum Gefängnistor und bitte, daß man mich, sagen wir, eine Stunde vorher einläßt. Das geht dann viel ruhiger ab. Leben Sie wohl, Genosse Petrow! Leb wohl, du Schreibtischstille in der Abteilung Tierzucht, leb wohl, du Tee im Glase der Botin Dunja, und lebet wohl, ihr traurigen Schatten der zwei umgekommenen Vorfahren. Tag und Nacht seid ihr herumgesprungen in dem vom Pech verfolgten Haupt eines durchaus willigen Spezialisten!«

15

Lasik saß auf einer Bank des Twerskoi-Boulevards und dachte, wie gut Kaninchenfleisch schmecken müsse. Sicherlich so ähnlich wie die Bananen, von denen Ljowka gesungen hatte, oder wie Orchideen; doch nein, Orchideen aß man wohl nicht, an ihnen roch man nur, aber Lasik wollte vor allem was essen. Er hätte gar nicht auf Kaninchenbraten bestanden, er wäre auch über ein Stückchen längst verklungener Wurst froh gewesen. Kunststück, seit drei Tagen begnügte er sich damit, um alle möglichen Speiseanstalten und Bierkneipen herumzuschnuppern, aus denen Düfte wie die der geheimnisvollen Orchideen kamen. Geld hatte er nicht, und er besaß auch weder Freunde noch Empfehlungsschreiben oder zuverlässige Adressen. Moskau empfing Roitschwantz in Gala und sehr sachlich: »Na ja, das Puschkindenkmal, na ja, zehntausend Seitengäßchen, na gewiß, ein Sowjet aller möglicher und unmöglicher Kommissare! Und was weiter? Man kann doch nicht immer nur schnuppern, wie es an den Türen von Restaurantküchen riecht.«

Lasik suchte einen Unterschlupf. Aufmerksam betrachtete er seine Umgebung. Überall stießen seine Augen auf die erbauliche Warnung: »Hüte dich vor den Autos!«

»Ausgerechnet davor soll man sich hüten! Erstens gibt

es hier so viele Autos wie bei uns in Homel Orchideen, zweitens bewegen sie sich viel langsamer als beispielsweise der alte Herschanowitsch, wenn er von der Synagoge nach Hause zum Abendessen geht, und drittens, wenn mich ein Auto überfahren sollte, wäre das wenigstens ein echt amerikanischer Tod, wie er dem zwanzigsten Jahrhundert zukommt; das wäre immerhin anständiger als ein Hungertod wie in längst vergangenen Zeiten. Nein, laßt mich eine kleine Warnung schreiben: ›Hüte dich vor den momentanen Augen der Genossin Fenitschka Herschanowitsch! Hüte dich vor dem Duft der Kaninchen und überhaupt vor allzustarkem Appetit!‹ Aber wer beachtet schon selbst die weisesten Verhaltensmaßregeln?«

Neben Lasik saß ein kräftiger Kerl, der mit einer Turnhose und rötlich verfärbten Stiefeln, sonst aber mit nichts bekleidet war. Auf Brust und Beinen kräuselte kräftiger Haarwuchs. Er hielt eine Aktenmappe unterm Arm, pfiff einen Militärmarsch vor sich hin und tappte von einem Bein aufs andre wie ein Pferd, das zu lange gestanden hat. Lasik beachtete ihn nicht, schließlich gab's genug Menschen in Moskau. Daß er nackt war? Von ihm aus! Er war ja nicht Fenitschka Herschanowitsch. Dafür aber ließ der entblößte Bürger unter fortwährendem Pfeifen kein Auge von Lasik: Was mochte der suchen bald auf den Dächern der Häuser, dann wieder am Himmel oder unter der Bank? Sein Interesse wuchs schließlich so an, daß er Lasik fragte:

»Haben Sie etwas verloren?«

Da blickte Lasik mißtrauisch zu den behaarten Schultern seines Nachbarn auf: Hätte sich jener Mintschik nicht auch eins-zwei-drei ausziehen können?

»Verloren? Nein, ich habe nichts zu verlieren, es sei denn unsere Homeler Hoffnung, aber die habe ich noch nicht verloren. Man kann natürlich seine Frau verlieren oder Geld oder gar den eigenen Namen. Das sind lauter Kleinigkeiten. Heute verliert der Mensch seine Zähne, morgen setzt ihm ein amerikanischer Zahnarzt neue ein. Aber die Hoffnung darf man nicht verlieren. Das wäre so, als wenn man zwanzig Jahre vor seinem eigenen Tod sterben wollte. Worauf soll ich hoffen, wenn ich keinerlei Protektion genieße und wenn ganz Moskau so lieblich duftet wie nur ein Ragout aus nicht vorhandenen Kaninchen? Aber ich hoffe trotz alledem. Vielleicht geht im nächsten Moment jemand hier auf dem Boulevard vorüber und läßt eine nette kleine Beziehung fallen. Dann würde ich Leiter der Moskauer Ananasplantagen werden oder gar der Zuchtschulen zur Kreuzung bewußter Bürger mit unterdrückten Affen.«

»Donnerwetter! Sie beschäftigen sich also auch mit Literatur, Genosse? Darf ich mich vorstellen: Archip Stoiki. Haben Sie in der Komsomolskaja Prawda den Auszug aus dem Roman ›Brodelnder Seifensud‹ gelesen? Das nenn ich ein Epos! Produktion, ohne jeden Seelenkäse. Wo sind Sie denn gedruckt worden?«

Lasik überlegte. In der Tat, war er nicht eigentlich auch ein Schriftsteller? Wenn man dazu sein Hemd ausziehen mußte, das konnte er auch tun. Hauptsache war doch die Phantasie, und Pfeifer hatte wiederholt zu ihm gesagt: »Sie, Roitschwantz, lügen, als wären Sie kein lebendiger Mensch, sondern eine Zeitung.« Natürlich, im Innern war Lasik ein Schriftsteller! Das war's, weshalb er nach Moskau gekommen war.

Bis zu dieser Minute hatte Lasik offen gestanden weniger an Literatur gedacht. Er wußte nur, daß Puschkin eifersüchtig auf seine Frau gewesen war, genau wie der Unternehmer Schaikewitsch, und daß Lew Tolstoi einen wunderschönen Bart wie Karl Marx gehabt hatte, nur daß er bei Marx schaufelförmig war und bei Tolstoi spatenförmig. Aber jetzt begriff er, daß er, Lasik Roitschwantz, keineswegs ein »Herrenschneider« war, nicht einmal ein Spezialist, sondern vielmehr ein aufsehenerregender

Schriftsteller. Familiär zwinkerte er dem eifersüchtigen Puschkin zu.

»Gedruckt? Wo Sie wollen, und ich hatte wohl an die vierzig Stück hübsche Pseudonyme. In Homel hat man mich zum Beispiel fast für einen Puschkin gehalten, aber natürlich ohne den Eigentumsinstinkt, wie ihn ein Unternehmer hat. Sie haben doch schon von unserm Homeler Barden Schurka Besdomny gehört? Er schreibt ausschließlich Gedichte über anormale Brigadekommandeure. Ich habe ihm geraten: ›Setz noch ein Lächeln aufs Haupt, mein teurer Schurka Besdomny.‹ Und er hat's draufgesetzt.«

»Alles veraltet, Genosse. Puschkin und Schurka Besdomny, alles Seelenkäse. Ich werde Ihnen mal zeigen, wie man jetzt bei uns in Moskau schreibt.«

Archip Stoiki zog aus seiner Mappe ein paar Blätter, ließ das nackte Bein hochzucken und donnerte los:

»Achtundneunzigster Auszug. Die Seife brodelte wie eiserne Bienen. Senka Puwak schüttelte munter den Kopf. ›Tja, Kameraden, ihr habt euch brav gehalten.‹ An seiner Seite lächelte Dunja. Voll Stolz blickte sie auf die Treibriemen, und der rote Stern wogte auf ihrer Brust, die voll war von gesundem Enthusiasmus. Die Seife kochte. ›Wir werden die ganze Sowjetunion beliefern‹, sagte Senka. Er blickte jetzt auf den Stern des Mädchens. ›Komm, Dunja, gehen wir! Der Weg der jungen Klasse zur Sonne ist unser. Vergessen wir die schmutzigen Zerstreuungen jener, denen einst diese Fabrik gehörte. Laß dich von meiner schwieligen Arbeitshand an mich drücken!‹ Dunja gab sich dem Pochen des neuen Lebens hin und flüsterte sanft errötend: ›Du siehst, wir haben die Vorkriegsnorm überboten. Brodle, Seife, brodle! Wenn wir einen Sohn bekommen, nennen wir ihn einfach ‚Brodelnder Seifensud'.‹«

Archip Stoiki warf stolze Blicke über den Twerskoi-Boulevard. Auf seinem Haarwuchs glitzerten jetzt große Schweißtropfen.

»Klasse, was? So sollten Sie's auch anpacken! Man könnte zum Beispiel etwas über die Seidenraupen. Hauptsache – auf der Linie bleiben. Wer schreibt in den Zeitschriften? Degenerierte Bourgeois! Wir werfen sie zur Tür hinaus, und sie kommen zum Fenster wieder rein. Da muß man höllisch die Augen offenhalten! Von mir sind erst sechzehn Auszüge gedruckt, und es sind im ganzen zweihundertvierzehn. Höchste Zeit, damit Schluß zu machen. Ich rate Ihnen, Genosse, treten Sie gleich unsrer Gruppe ›Sei wachsam!‹ bei. Wir wachen, daß nicht alle möglichen Leichen in die Verlage kriechen. Wenn Sie in unsrer Gruppe sind, werden Sie überall gedruckt. Abgemacht?«

Lasik stimmte gerne zu.

»Nach den toten Kaninchen habe ich vor nichts mehr Angst. Also: ›Sei wachsam!‹ Aber sagen Sie mir, was habe ich sofort zu tun? Das Hemd ausziehen ist natürlich eine Sache von zwei Minuten, aber ich besitze beispielsweise keine prächtige Aktenmappe.«

»Lappalien! Das ist unverbindlich. Ich freilich stehe auf Sonnenbräune. Das ist gesund und unterscheidet uns schon äußerlich von all den blassen Mißgeburten in den Kompromißgruppen. Ich lasse mich braun brennen. Ich esse Schwarzbrot und trinke artesisches Brunnenwasser. Ich bin einfach, streng und unerbittlich. Ich bin ein echter ›Wachsamer‹, und Sie sind jetzt ebenfalls ein ›Wachsamer‹.«

Bei der bloßen Erwähnung so wenig auserlesener Speisen wie Schwarzbrot seufzte Lasik melancholisch.

»Besser schmeckt es natürlich, wenn auf diesem rauhen Brot ein Scheibchen Kompromißwurst liegt. Wenn aber ein ›Wachsamer‹ nur trockenes Brot essen darf, will ich im Moment nicht widersprechen, ich bitte Sie nur um eines: Sagen Sie mir, wo ich es momentan finden kann, dies unerbittliche Brot, denn an der frischen Luft bin ich ein klein wenig hungrig geworden.«

Archip Stoiki zwinkerte Lasik vergnügt zu und führte ihn in ein bescheidenes Bierlokal. Bald erschienen auf dem Tisch Fleischklöße mit Zwiebeln und vier Flaschen Bier. Nach dem ersten Glas bekam Lasik schon einen Rausch und piepste begeistert:

»Wenn das hier rauhes Wasser und artesisches Brot ist, fragt sich, wer denn eigentlich ich bin und wer Sie sind. Ich denke, Sie sind Lew Tolstoi und ich bin Puschkin, obwohl ich gar keine Frau habe, es sei denn Fenitschka Herschanowitsch, die aber eher die Frau des Gockels Schazman ist, und Sie keinen Bart, das heißt, Ihr Bart wächst Ihnen unter der Achsel. Sagen Sie mir, wie heißt dies verrückte Gericht? Fleischklöße? Sie sagen, das wären gewöhnliche Fleischklöße, ich aber sage Ihnen nach drei Tagen strengsten ›Jom Kippurs‹, daß das keine Fleischklöße sind, sondern Kaninchen, vielleicht auch Bananen.«

Archip Stoiki trank, was das Zeug hielt. Neue Flaschen wurden aufgetragen, die Fleischklöße dampften, fröhlich klangen die Gläser.

»Wir wollen sie überall ausräuchern! Es leben die ›Wachsamen‹!«

Der schwer gewordene Lasik konnte kaum noch die Zunge bewegen.

»Natürlich, sie sollen leben, wenn einmal auf dem Tisch solch ein üppiges Kaninchen steht. Sie sagen, Leichen kriechen in die Verlage? So was von Frechheit! Eine Leiche hat unter einer rührenden Inschrift zu liegen. Durchs Fenster zu kriechen ist für eine Leiche geradezu unanständig. Das ist doch keine Seife, die ewig brodelt. Ich möchte Ihnen etwas vorschlagen. Ich habe von der Wiege an schwache Augen. Einmal habe ich aus Versehen sogar das falsche Bein erwischt. Ich könnte, wie man in Homel sagt, einen ausländischen Elefanten mit dem Zigarettenhändler Moschka verwechseln. Und Sie sind ein vollauf beschäftigter Mann. Sie lassen sich braun brennen, und Sie trinken artesisches Wasser, von Dunja gar nicht erst zu reden, die sicherlich die ganze Zeit über brodelt. Kurz, wir werden mit unseren eigenen Mitteln nicht zu Rande kommen. Deshalb schlage ich Ihnen vor, in unsre Gruppe noch eine Person aus Homel aufzunehmen. Sie hat allerdings einen peinlichen Namen, aber wir schenken ihr ein stolzes Pseudonym. Sie könnte ganz bestimmt eine Dichterin sein. Sie brauchte nur einen Blick auf Ihre offene Brust zu werfen, und sofort würden ihrem Mund lauter Verse entfahren.«

Bei ihren literarischen Gesprächen merkten die Freunde nicht, wie die Zeit verging.

»Es macht acht Rubel zwanzig Kopeken.«

»Nun, ich will das nicht bestreiten. Also dann, heute zahlen Sie. Das nächste Mal fahre ich eine Batterie auf.«

»Ich bestreite auch nichts. Wozu? Ich bin doch wohl keine Leiche. Aber ich habe in meiner Tasche nur das Bild der portugiesischen Geißel und vielleicht noch ein Loch. Ich sagte Ihnen ja, daß ich drei Tage gefastet habe, und es ist doch wohl klar, daß das kein Opium ist, sondern nur eiserner Materialismus.«

Archip Stoiki erhob sich, hickte und bemerkte philosophisch:

»Hol's der Teufel, nicht mal Taschen hat man, in denen man zum Schein herumwühlen könnte! Heda, Bürger! Ein Witz, aber leider Tatsache: Ich hab meinen Rock mitsamt der Brieftasche zu Hause vergessen. Da kann man nichts machen – moderner Sport. Na, bis dann ...«

Und er trat schwankend auf die Straße. Der Wirt versuchte, den auf seinem Platz weiter hockenden Lasik am Kragen zu schütteln, überzeugte sich aber, daß außer einer Photographie nichts bei ihm herauszuschütteln war, und begnügte sich mit einem Faustschlag.

Lasik fand sich auf dem Boulevard mit einem leicht geschwollenen Auge wieder. Aber er ließ den Mut nicht sinken, denn hinter ihm lag ein üppiges Abendessen, und vor ihm winkte der Ruhm Puschkins. Ihr werdet noch sehen, wie man ihm im Paskewitsch-Park ein hübsches Denkmal setzt! Er wird in bronzener Hose dastehen und von oben herab lächeln. Und dann wird Fenitschka Herschanowitsch zu dem Denkmal kommen und in Tränen ausbrechen: »Warum habe ich diesen Gockel Schazman ohne jedes Denkmal geliebt und nicht diesen Helden, dessen Ruhm durch ganz Amerika geht?« Und trotz seiner bronzenen Hose wird es Lasik nicht aushalten, wird vom Sockel springen und sagen: »Ich liebe Sie sogar nach meinem Tode, und wenn Sie wollen, können wir auf der Stelle zu allen drei Dritteln heiraten.« Unter solchen Träumereien schlief Lasik ein.

16

Am folgenden Abend begab sich Lasik in den »Literarischen Klub«. Würdevoll trug er sich am Eingang als »Roitschwantz – Wachsamer« ein. Jemand fragte ihn: »Genosse, sind Sie Dichter oder Kritiker?«

Lasik antwortete unbeirrt:

»Ein unerbittlicher Kritiker von der Kontrollkommission. Was ist das heute bei Ihnen für ein Lärm? Tänze der nationalen Minderheiten oder ein Vortrag über die sexuelle Frage?«

Als Lasik hörte, daß ein literarischer Disput »Muß man drucken und wen?« anstand, freute er sich. Hier würde er sich zeigen!

Der Referent war ein »Wachsamer«. Lange sprach er davon, daß »die roten Meßgewänder weiß sein müssen«. Die »Weggefährten« seien ein Überbau über der Basis. Solange der Leser grün war, habe man ihm noch verdächtige Bücher zuschieben können, aber jetzt sei er reif geworden und verlange, daß sein Gehirn vor faulender Produktion geschützt werde. Könne man denn nach solchen Weltmeisterwerken wie dem »Brodelnden Seifensud« noch greisenhaftes Genuschel verschiedener Degeneraten drucken, noch dazu in Auflagen von zwanzigtausend Stück? Nieder mit der Vogel-Strauß-Politik, es lebe die schreibende Jugend!

Lasik klatschte wie rasend. Er wollte schon den Vorschlag machen, ein Doppeldenkmal für Archip Stoiki und Lasik Roitschwantz zu errichten – so wie für Minin und Posharski –, aber der Vertreter eines Verlages kam ihm zuvor:

»Ich möchte die Aufmerksamkeit des Referenten auf einige nackte Ziffern lenken. Genossen, wir sind an die wirtschaftliche Rechnungsführung gebunden. Bedauerlicherweise kaufen die Leser noch nicht die Werke der ›Wachsamen‹. Der Roman ›Die große Brüderschaft‹ ist nur in sechs Exemplaren verkauft worden und die Erzählung ›Der Kuß der Arbeitenden‹ in vier. Man muß sich bemühen, die marxistische Linie mit der schweren wirtschaftlichen Lage in Einklang zu bringen. Wir geben in zwanzigtausend das Gift eines ›Weggefährten‹ heraus, um die Möglichkeit zu haben, die gesammelten Werke des Genossen Archip Stoiki in einer Luxusausgabe erscheinen lassen zu können, das ist ein erprobtes Gegengift.«

Archip Stoiki knirschte empört:

»Dummes Zeug! Wenn man nur uns herausgibt, wen werden sie denn kaufen? Genug der Kompromisse!«

Aber der Vertreter des Verlags gab nicht auf. Er schläferte den Saal mit Ziffern ein. Nun fand Lasik, daß die Stunde gekommen war, sich zu äußern. Zärtlich blickte er den Referenten und Archip Stoiki und den Verlagsleiter an.

»Sie sind alle sehr sympathische Marxisten, und ich werde Sie gleich mit einer kleinen Dialektik versöhnen.

Archip Stoiki, das ist ähnlich wie Lew Tolstoi, er muß noch heute gedruckt werden. Was kann es da noch für lange Reden geben, wenn er gedruckt zu werden wünscht? Geld, scheint mir, spielt dabei keine Rolle. Wenn uns gestern ein kleiner Eigentümer mit Kaninchenbraten bewirtet hat, ohne noch so große Ausgaben zu scheuen, muß meiner Ansicht nach der Staat auf der Stelle alle Auszüge dieses ›Brodelnden Seifensuds‹ drucken lassen, weil doch, wenn sie nicht gedruckt werden, Genosse Archip Stoiki aufhören wird, sich braun brennen zu lassen, und eine kriechende Leiche werden muß. Aber es bleibt noch die zweite Frage betreffs dieser unanständigen ›Weggefährten‹. Einerseits darf man sie nicht drucken, weil das kein völlig bewährter Geist ist, andrerseits muß man sie aber drucken, weil sonst in den Verlagen ein einziges großes Loch wäre und nicht mal das kleinste Wechselgeld. Wie soll man einen solchen Widerspruch lösen? Ganz einfach. Unsere Juden in Homel, die noch an Gott glauben und den fortschrittlichen Schinken ablehnen, sind doch wahrlich große Dummköpfe, aber sogar sie haben eine Lösung gefunden. Ich werde Ihnen beispielsweise erzählen, daß ein Jude vor dem Pessachfest sein gesamtes Geschirr verkaufen muß und daheim nur das Pessachgeschirr behalten darf. So haben es sich die Spezialisten in der talmudischen Unterkommission ausgedacht. Doch wem in der Stadt soll man das ganze Geschirr verkaufen? Außerdem verkaufst du einen Topf für zehn Kopeken, ein neuer aber kostet einen Rubel. So ruft denn der Jude vor Pessach einen Russen zu sich, sagen wir, einen Gepäckträger oder Nachtwächter, und sagt zu ihm: ›Ich verkaufe dir all mein Geschirr für fünf Kopeken‹, und er antwortet: ›Gut, ich kaufe es.‹ Natürlich wissen beide, daß das nur so gesagt ist, und der Nachtwächter kriegt für die seelische Stärkung einen halben Rubel, um sich Schnaps dafür zu kaufen. Sehen Sie, das heißt, einen Ausweg aus einer unabänderlichen Lage finden!

Ich sehe, Sie haben nicht in Homel gelebt und begreifen noch nicht, wie man so etwas macht, und so will ich Ihnen die Geschichte von den Taschentüchern erzählen. Am Schabbes darf ein Jude nichts tragen, nicht einmal das notwendige Tüchlein, außer bei sich auf dem Hof. Ein Schnupfen kommt aber doch auch am Schabbes vor. Man kann doch nicht den ganzen Tag zu Hause sitzen. Aber in der Synagoge, zum Beispiel, gibt es absolut nichts, wohinein man sich schneuzen kann. Glauben Sie vielleicht, die Juden wären auf ihre zwei Finger angewiesen? Nichts dergleichen! Sie dachten nach, und sie fanden die Lösung. Wenn man nämlich rings um Homel einen Draht spannte, konnte man das ganze Homel für einen einzigen Hof ansehen, und dann konnte man in ganz Homel herumspazieren, meinetwegen mit einem Dutzend Taschentücher. Sie legten also zusammen und kauften einen Draht und hatten in zehn Minuten ganz Homel umwunden. Ich sage Ihnen, die Hauptsache ist, sich vorher zu verständigen. Vielleicht sind diese ›Weggefährten‹ das eine und das andre die Tüchlein und das Geschirr und weiß der Teufel was noch. Wir verkaufen sie dem Nachtwächter, und wir umwinden sie mit dem Draht. Wir sagen, daß sie bei uns im Hof sind, dann kann man sie drucken mit irgendeinem betäubenden Vorwort. Einer schreibt, daß Schurotschka eine große Liebe hat, wir aber verkaufen ihn im Vorwort wie hundert Töpfe: ›Schurotschka ist nicht Schurotschka, und die Liebe ist nicht die Liebe, sondern alles nur ein Klassengehüpfe.‹ Von dem Buch werden zwanzigtausend Stück verkauft, und in der Kasse wird Geld sein, und Archip Stoiki bekommt am Ende für den ›Brodelnden Seifensud‹ einen Haufen Tscherwonzen ausbezahlt.«

Archip Stoiki legte mißtrauisch die Stirn in Falten.

»Sind Sie ein ›Wachsamer‹ oder nicht? Sie schmeicheln! Unsern und Ihren Leuten. Mit wem haben Sie sich schon alles beschnuppert?«

Indes konnte Lasik ihn rasch beruhigen:

»Das ist doch alles nur, um dem dort mit der Brille den Mund zu stopfen und damit man Ihnen endlich ein paar Tscherwonzen ausbezahlt, denn der Streich im Bierlokal wird kein zweites Mal glücken, und ich bin inzwischen wieder ordentlich hungrig.«

Obschon Archip Stoiki eine Bluse mit Taschen anhatte, war in den Taschen doch kein Geld. Lasik mußte sich süßen Erinnerungen hingeben: Wie göttlich hatten sie geduftet, die Kaninchenbananen! Plötzlich trat ein wohlgenährter Bürger von sehr anständigem Aussehen an ihn heran. Mit einem Vergebung heischenden Lächeln sagte er:

»Verzeihung, könnte ich Sie kurz sprechen? Sie reden geradezu wie Trotzki. Ein glänzender Gedanke nach dem andern. Ich denke, wir beide werden uns schon verstehen. Ich suche nämlich einen nachsichtigen Marxisten.«

Lasik war gerührt.

»Ich verstehe Sie. Ich habe in Homel ebenfalls ein nachsichtiges Mädchen gesucht. Aber Fenitschka Herschanowitsch hat sich als unaufschließbar erwiesen, wie zwei amerikanische Schlösser. Gewiß, später ist sie nachsichtig geworden, jedoch nicht zu mir, sondern zu Schazman, und da hat sie natürlich aufgehört, ein Mädchen zu sein. Das nennt man Glück von Homel! Aber sagen Sie mir, wozu brauchen Sie einen nachsichtigen Marxisten? Sollte es Ihnen gar eingefallen sein, Karl Marx zu verbessern?«

»Psst! Was reden Sie da? Und an einem solchen Ort! Ich habe etwas sehr Heikles zu besprechen. Wollen wir nicht zusammen hinausgehen? Darf ich mich vorstellen – Rurik Abramowitsch Solitair.«

Lasiks Nasenflügel blähten sich, der Mund wurde naß, ihn schwindelte. Er entschloß sich, alle Rücksicht beiseite zu lassen:

»Wissen Sie auch, Rurik Abramowitsch, mit wem Sie

reden? Ich bin ja ein großer Schriftsteller. Morgen schon stehe ich vielleicht in bronzener Hose da. Ich bin ein gnadenloser Kritiker. In meinem Innern ruhen tausend Fragebögen. Aber wir wollen zusammen hinausgehen. Wir wollen auch zusammen in irgendein Paradies hineingehen. Man sieht sofort, daß Sie in den Taschen nicht bloß Löcher haben, und so dürfen Sie mich zu diesen Kaninchen einladen, will sagen, zu feinen Fleischklößen in Rahmsauce.«

Rurik Abramowitsch legte zärtlich den Arm um Lasiks Hals.

»Gewiß, gewiß. Wir gehen jetzt in das Restaurant ›Venedig‹. Dort gibt es Haselhühner und Bier, wie es sich gehört.«

Nachdem das zweite Haselhuhn vertilgt war, sagte Lasik:

»Merci. Nach diesen Kaninchen bin ich so nachsichtig geworden, daß ich gleich zu weinen anfangen könnte. Wenn Sie aber wünschen, daß ich Karl Marx verbessere, darauf gehe ich unter keinen Umständen ein. Ich rasiere mich gern jeden zweiten Tag und möchte meine Tage nicht in einer Besserungsanstalt verbringen.«

»Aber ich bitte Sie! Bin ich vielleicht ein Räuber? Ich bin doch nur ein unglücklicher Jude aus Kryshopol. Möchten Sie noch so ein Vögelchen? Sauce? Nein, es handelt sich um eine literarische Angelegenheit. Wir sind ja beinahe Landsleute, und Sie werden mich verstehen. Ich muß dem Hausknecht das Geschirr verkaufen. Sie sind aus Homel und ich aus Kryshopol. Das sind zwei Früchte von einem Baum. Aber Sie sind Marxist, und ich bin ein nichtarbeitendes Element, voll von Tränen und Unglück. Womit habe ich nicht schon gehandelt! Ich könnte davon sogar in Versen reden wie Ihr Puschkin: Saccharin und Aspirin, englische Pfunde und Rosinen und weiß der Teufel was nicht noch. Achtmal bin ich verbannt worden: minus sechs und Narym und Solowki-Inseln und sonst noch wohin, als wäre ich Nansen und sollte den Nordpol entdecken. Alles habe ich ertragen. Aber jetzt gibt's keine Geschäfte mehr. Man könnte den Verstand verlieren von ihrer Preissenkungspolitik! Hundert Tscherwonzen habe ich allein am Covercoat verloren. Ich habe nicht gewußt, was ich mir noch ausdenken könnte. Ich habe in der Petrowka gestanden wie an der Klagemauer in Jerusalem. Wenn aus meinen Augen nicht Tränen geflossen sind, so nur infolge meiner guten Erziehung. Plötzlich kommt Fuchs angehüpft und sagt mir: ›Gib Bücher heraus! Ich gebe Bücher heraus, das bringt was.‹ Ich greife ihn natürlich beim Kragen. ›Hast du vielleicht faulen Fisch gegessen? Bin ich vielleicht ein staatliches Komitee, daß ich Bücher herausgebe?‹ Er aber lacht. ›Du sollst ja nicht irgend so eine Propaganda herausgeben. Nein, du sollst Romane herausgeben mit Pariser Geschichtchen, und du wirst verdienen hundert auf hundert.‹ Nun ja, er ist gar nicht so dumm, dieser Fuchs. Ich habe mir schon alles zurechtgelegt. Ich habe einen Firmennamen: Verlag ›Roter Diwan‹. Ich habe auch schon ein Manuskript. Das ist so ein Roman, daß ich ihn nicht ruhig lesen kann. Ich habe ihn schon achtmal gelesen und kann mich noch immer nicht beruhigen. Die Augen werden immer größer. Na, dies Paris ist vielleicht ein Städtchen, sag ich Ihnen! Sie werden's selbst lesen. Zuerst schläft ein Knabe mit einem Mädchen. Schön, das kommt auch bei uns in Kryshopol vor. Aber dann schläft der Knabe mit einem Knaben und das Mädchen mit einem Mädchen, und jedes für sich, und alle zusammen, und auf Seite zweihundert komme ich schon nicht mehr mit, denn da ist es schon kein Bett mehr in einem Einfamilienhaus, sondern eine Art Windmühle. Ich weiß nicht, vielleicht hat auch der Übersetzer was dazugeflunkert, denn er ist Este, Klavierstimmer. Er hat von zehn Worten fünf verstanden, und er hat mir selbst gesagt, daß er für vierzig Rubel nicht alle Worte verstehen kann, für mich reichte auch die Hälfte. Aber geht es um Worte? Dies Buch wird sich glänzend verkaufen, vertrauen Sie meinem Spürsinn. Ich scheu mich nur, es einfach so herauszugeben. Ich habe fürs erste genug von den Polarausflügen. Ich möchte, daß Sie dazu ein echt marxistisches Vorwort schreiben. Dafür gebe ich Ihnen fünfzig Rubel. Nach Ihrer feinsinnigen Rede weiß ich, daß Sie das Vorwort wie der geschickteste Diplomat schreiben werden. Einverstanden? Hier haben Sie einen kleinen Vorschuß. Noch ein Gläschen Bier? Kaffee?«

Das Vorwort bereitete Lasik nicht weniger Kopfzerbrechen als der denkwürdige Fragebogen über die Kaninchenzucht. Elfmal las er das Manuskript durch, ohne das mindeste zu verstehen.

»Hier bestieg Valentin die Straßenbahn, und er sah Angélique tanzen zwischen den Limousinen. Da erwachte in ihm die Leidenschaft zu den Schatten, und unwillkürlich nahm er seinem Nachbar das Tennisracket weg. Er sagte ihm: ›Du willst doch mit mir liegen, nach dem ‚Boeuf sur le toit‘, im Bois de Boulogne oder sogar in der Loge der tauben Pförtnerin?‹«

Lasik stöhnte leise. Ja, der mußte faulen Fisch gegessen haben. Na, mochten sie auf dem Dach herumliegen oder sogar in der tauben Loge, das war ihre Familienangelegenheit. Aber welche Rolle spielte das Racket dabei? Nein, offenbar war es leichter, tote Kaninchen zu vermehren. Indes war Roitschwantz ein Mann von eisernem Willen. Er entschloß sich, die bronzene Hose zu erarbeiten, und er mühte sich wie ein Ochse. Nach einigen Tagen hatte er ein kurzes, aber inhaltsreiches Vorwort zustande gebracht:

»Der französische Schriftsteller Alfonse Curose, dessen Buch dem proletarischen Leser vorzulegen wir uns beeilen, ist nicht so einfach, wie es auf den ersten flüchtigen Blick scheinen könnte. Unter dem Vorwand des Zusammenstoßes der Geschlechter geißelt er in Wahrheit kräftig die französische Bourgeoisie, die wie verrückt zwischen

Lüstern und Limousinen herumtanzt. Valentin ist der typische Degenerat, der sichtlich unser Erdöl will und vorläufig seine taube Pförtnerin exploitiert. Die Lage der unterdrückten Klasse ist vom Verfasser schon in den folgenden Worten dieser angeblich stimmberechtigten Sklavin ausgedrückt: ›Herr, sagte sie, treten Sie die Füße ab, wenn's gefällig ist.‹ Wieviel sklavische Ergebenheit verbirgt sich hier unter der Maske einer erlogenen Freiheit!

Gewiß, Alfonse Curose schwankt zwischen beiden Lagern, und es will ihm nicht gelingen, eine feste Plattform unter die Füße zu bekommen. Wir wissen vom Standpunkt des erbarmungslosen Marxismus, daß er ein vollkommen deklassierter Typ ist und schaudernd am Scheideweg steht. Aber sein Talent flüstert ihm zu, daß es bald keinerlei Schatten mehr geben und das Tennisspiel in die schwieligen Fäuste munterer Pioniere übergehen wird. Wenn im Boudoir das massive Waschbecken zu Boden fällt, schrickt er symbolisch zusammen, verbirgt die schmutzige Wäsche seiner Vergangenheit in der Kommode und schreit unerträglich: ›Er naht, er naht.‹ Unser proletarischer Leser wird lachen: Ja, er naht in der Tat, der neue Herr des Lebens, und es ist Zeit für euch, ihr haltlosen Curoses, unter die erhabene Flagge festgelegten Aussehens zu treten!«

Man begreift leicht, wie Lasik zitterte, als er dies Vorwort zu Ende schrieb: Erinnerte er sich doch bestens an den Paragraphen siebenundachtzig. Aber die Erleuchtung besiegte die Angst. Solitair las das Vorwort laut vor, las es voll Pathos und spuckte und gestikulierte dabei.

»Keine Frage, das ist erste Klasse. Ich kann mir vorstellen, wie neidisch diese Bestie Fuchs auf mich sein wird ...«

Nach Empfang des Honorars war Lasik sehr stolz. Er begab sich ins »Venedig«, leerte eine kleine Karaffe Wodka und prahlte:

»Ich kann alles vom Standpunkt des Marxismus zerschneiden. Sogar einen Bauchnabel. Ich bin ja doch ein Genie, und ich muß lachen, wenn ich denke, daß vor mir lebendige Menschen sitzen und nicht allein das ewige Gedenken. Na, Fenitschka, hast dich verrechnet, wie? Ich öffne wissenschaftlich dein fliederfarbenes Hütchen und sage: Du schwankst zwischen zwei Plattformen. He, Sie, Beethoven, spielen Sie mir was Hübsches! Und wer sind Sie? Der Kellner? Kenn ich nicht. Sind Sie vielleicht Maxim Gorki? Kurz und gut, helfen Sie mir aufzustehen, denn meine Beine wollen sich nicht bewegen. Die sind wohl schon zu Bronze geworden.«

Lasik wurde auf die Toilette geführt. Er vergaß seinen Weltruhm und erstarrte kläglich über der Sitzmuschel. Was tun – er hatte doch noch nie so viel getrunken.

17

Zwei Wochen später kannte das ganze literarische Moskau Lasik. Er besuchte wie einer, der dazugehört, die Zeitungsredaktionen, saß da, plauderte, verlangte bei den Verlagen Vorschußzahlungen auf die verschiedensten Projekte, ja, er sprach sogar in öffentlichen Disputen. Alle gewöhnten sich schnell an seine unvorstellbar kleine Gestalt und an sein dünnes Stimmchen, das eher dem Piepsen eines Mäuschens glich. Freilich wußte kein Mensch, worin seine Berühmtheit bestand, aber für alle Fälle hieß es jedesmal: »Wir müssen auch diesen Roitschwantz einladen.« Wenn Lasik gefragt wurde: »Arbeiten Sie?«, pflegte er stolz zu antworten: »Und ob! Ich bin dabei, den sechsten Band einer marxistischen Kritik jeglicher Schatten abzuschließen.«

Das weckte bei den einen erregte Andacht, bei den anderen Neid. Eines Tages saß Lasik im »Literarischen Klub«

und wartete auf Gelegenheiten: Es konnte ja ein neuer Solitair auftauchen. Da redete ihn ein bebrilltes Subjekt an, das andauernd schrecklich gähnte:

»Langweilig der Vortrag heute ...«

»Wann ist ein Vortrag nicht langweilig? Wir sind hier nicht im ›Venedig‹ mit seiner Musik ...«

Der Bebrillte lachte auf.

»Sind Sie Lyriker? Oder schreiben Sie Prosa?«

»Ich? Ich bin ein Marxist am siebenten Band. Ja, ich schreibe nicht drum herum, sondern bin ein hundertprozentiger Kritiker. Und Sie?«

»Ich bin ein gelehrter Sekretär der Akademie.«

Lasik gab es einen Ruck: Das war ein Ding! Der bekam sicherlich hundert Rubel für ein Vorwort bezahlt und überhaupt donnernde Ehrungen. Womit mußte zum Beispiel so eine akademische Größe gefüttert werden! Bestimmt mit den reinsten Orchideen. Weshalb konnte Lasik nicht auch Sekretär der Akademie sein? Das war sicherlich ein gewöhnliches Haus, wenn nicht in der Lubjanka-, so auf der Petrowka-Straße. Und von der Gelehrsamkeit brauchte man gar nicht zu reden. Noch was Gelehrteres war schwer vorstellbar. Als ob ihn der Genosse Serebrjakow nicht genug gelehrt hätte, vom Cheder ganz zu schweigen!

Beim nächsten Disput »Über die heutige Sprache« begann Lasik seine Rede so:

»Ich spreche nicht nur als erbarmungsloser Kritiker, sondern auch als sehr gelehrter Sekretär der obersten Akademie. Ich kenne Ihre gewaltige Sprache kreuz und quer, und ich behaupte, daß das ein Todesritt ist, denn wenn der Klassenozean in Aufruhr gerät ...«

Er kam nicht zu Ende.

Ein Unglück zog das andre nach sich. Solitair war wieder einmal zur Entdeckung des Nordpols verreist, und als unbescheidene Leute die Geschäfte des Verlags »Roter

Diwan« untersuchten, interessierten sie sich auch für den Verfasser des pathetischen Vorworts. Nach dem Skandal während des Disputs beeilten sich die »Wachsamen«, sich von Roitschwantz zu distanzieren, und Lasiks literarische Laufbahn endete mit folgender nicht ganz literarischen Unterhaltung:

»Name? Geburtsjahr? Angemeldet? Schön. Jetzt erklären Sie mir, wer Sie eigentlich sind.«

»Ich? Der Überbau.«

»Wie?«

»Ganz einfach. Wenn Sie die Basis sind, bin ich der Überbau. Ich spreche mit Ihnen als ein eingefleischter Marxist.«

»Wissen Sie was, lassen Sie diese Narreteien! So leicht können Sie mich nicht nasführen. Ich durchschaue Sie. Antworten Sie ohne Dummheiten, was sind Sie für ein Vogel?«

»Wenn ich ein Vogel sein soll, dann ein Uhu. Wie? Sie kennen diese schmähliche Geschichte nicht? Aber ganz Homel kennt sie doch! Dann will ich sie Ihnen gleich erzählen. Zwei Juden unterhalten sich: ›Was ist ein Uhu?‹ – ›Ein Fisch.‹ – ›Warum sitzt er dann auf einem Zweig?‹ – ›Weil er verrückt ist.‹ Also bin ich höchstwahrscheinlich ein Vogel oder ein Fisch, mit einem Wort, etwas Verrücktes.«

»Ach so! Sie wollen sich verstellen? Ich bin, nebenbei gesagt, Spezialist für Simulanten. Hier war mal so ein Spitzbube, der hat an der schwarzen Börse mit Dollars gehandelt. Der wollte so in Ihrer Art Komödie spielen. Er erklärte, er wäre ein Hund. Kroch auf allen vieren herum, bellte, hob sogar das Hinterbein. Na, da hab ich zu ihm gesagt: ›Ein Hund verdient einen Hundetod!‹ Er sprang wie der Blitz auf beide Füße und schrie: ›Schön, ich bin kein Hund mehr, ich bin Ossip Bejtschik, bitte behandeln Sie mich auf menschliche Art!‹ Also, Sie sind ein Fisch?«

»Nein, ich bin kein Fisch. Ich möchte nicht in kaltem

Wasser schwimmen. Ich habe versucht, mit Ihnen in gehobenem Ton zu sprechen, wie man das in den feinsten Disputen tut, aber wenn Ihnen das mißfällt, kann ich auch einfach mit Ihnen reden. Wer ich bin? Ein ehemaliger Herrenschneider. Das Ganze hat mit Pfeifers Hose angefangen und mit dieser Bronzehose aufgehört. Die Größe der Geschichte hat mich zermalmt. Ich habe beispielsweise drei Tage gefastet, danach traf ich den Genossen Archip Stoiki. Sein Bart ist an der falschen Stelle gewachsen, und er hat mir derartige Dummheiten vorgelesen, daß auch die letzte Schindmähre in Homel sicherlich vor trockenem Sarkasmus krepiert wäre, wenn sie sie zu hören bekommen hätte. Da habe ich mir gedacht, wenn dieser Archip Stoiki ein großer Schriftsteller ist, warum soll ich nicht auch auf ein fertiges Piedestal steigen? Ich bin nicht schuld, wenn ich von dem Roman des Bürgers Curose nichts verstanden habe. Sie hätten auch nichts verstanden, und Ehrenwort, nicht mal die chinesischen Generäle würden hier etwas verstehen. Wenn ich mich aber einmal im ›Venedig‹ habe vollaufen lassen, so ist das noch kein Staatsverbrechen. Bei uns in Homel sagt man: ›Der Mensch ist natürlich aus Erde entstanden, und er kehrt natürlich in die Erde zurück. Das ist vollkommen begreiflich. Aber in der Zeit zwischen seinem Austritt und seinem Wiedereintritt in die Erde darf er wohl mal ein Gläschen kippen.‹ Ich weiß nicht mehr, was ich in diesem lärmerfüllten ›Venedig‹ gesagt habe, denn mir war dort einfach übel. Jetzt bin ich entthront wie ein nichtexistierender Gott. Was tun, ich widerspreche nicht. Sie wollen nicht, daß ich der neue Puschkin sein soll, und so werde ich es nicht sein. Ich lege diese Bronzehose wieder ab, und ich verabschiede mich von den leckeren Orchideen. Ich verspreche Ihnen, stiller zu sein als kurzgeschorenes Gras. Nur schicken Sie mich nicht zu Solitair! Ich habe keinen Pelz, und er gibt sicherlich keine Vorworte mehr in Auftrag. Martern Sie nicht den unglückseligen

Roitschwantz! Nein, lieber lassen Sie ihn nach allen fünfzehn Himmelsrichtungen laufen!«

18

Zum Herbst hatte Lasik ein Plätzchen gefunden und konnte wieder Fleischklöße essen. Sein neuer Dienst enthielt zwar nichts, was die Seele hätte erheben können. Aber, von allzu bitteren Erfahrungen gewitzigt, träumte er nicht mehr von Weltruhm. Ein gewisser Boris Samoilowitsch Cheifez bekam aus Minsk geschmuggelte Kleiderstoffe zugeschickt. Lasiks Obliegenheiten bestanden darin, die Ware den privaten Schneidern ins Haus zu tragen. Dafür bekam er im Monat sechs Tscherwonzen. In Moskau war es natürlich wärmer als am Nordpol, trotzdem zitterte Lasik beständig. Er trug das Tuch wie eine arme Mutter ihr Kind, das sie aussetzen will, wobei sie sich ängstlich nach allen zwitschernden Spatzen umschaut. Er beneidete sogar Solitair – der saß nun geborgen, hatte sich eingelebt, sich vielleicht ein dickes Fell wachsen lassen wie bei einem Eisbären, während ihm, Lasik, dieser fieberhafte Ausflug erst bevorstand.

Lasiks einziger Trost waren seine beiden Nachbarinnen. Er begegnete ihnen manchmal im Korridor oder auf der Treppe. Dann blieb er stehen, seufzte andächtig und ließ sein Tuch auf den Boden fallen. Die Zeit forderte ihr Recht – im stillen betrog er Fenitschka Herschanowitsch. Fenitschka war letzten Endes ein Äpfelchen rückständiger Abkunft, Lasiks Nachbarinnen dagegen arbeiteten im »Leintrust«, besuchten Theater, in denen geschossen wurde, und drückten sich gelehrt aus. So sagte eine von ihnen, als sie mit Lasik in der Tür zusammenstieß: »Solche Kerle sollten überhaupt keine Wohnfläche haben.« Lasik verliebte sich in beide auf einmal, und das verwirrte ihn ein wenig. Er wußte, daß die eine, die üppig und rosig war, »Genossin Njussja« gerufen wurde, die andre, eine spitznasige Brünette, »Genossin Lilja«. In wen war er nun verliebt, in Lilja oder in Njussja? Übrigens beschäftigte ihn diese Frage nur ganz abstrakt, da er eher bereit gewesen wäre, den eisumgebenen Solitair zu besuchen, als eine der reizenden Nachbarinnen anzusprechen.

Eines Abends kehrte Lasik nach einem anstrengenden Tag (Cheifez hatte eine große Partie Covercoat erhalten) heim und erblickte in der Tür zu seinem Zimmer die Genossin Njussja. Leise piepste er vor Entzücken. Njussja ergriff als erste das Wort:

»Warum starren Sie mich dauernd an, ohne zu grüßen?«

Lasik schwieg.

»Ja sind Sie denn stumm?«

Da machte Lasik eine heroische Willensanstrengung und zwang sich zu sprechen:

»Nein, ich bin nicht stumm. Stumm ist die Furzina. Und ich heiße Roitschwantz. Aber wie darf ich mir erlauben, mit Ihnen zu sprechen? Ach, wenn ich Ihnen früher begegnet wäre, als ich noch für Puschkin kandidierte oder wenigstens für die Partei! Was bin ich jetzt? Ein hoffnungsloser Laufbursche in einem total privaten Unternehmen, will sagen, bei Boris Samoilowitsch. Sie dagegen sind eine bronzene Gottheit.«

Njussja lachte.

»Eine Gottheit bin ich nicht, sondern Sachbearbeiterin, aber Ihr Zimmer ist schön. Sie wohnen doch allein darin? Wie haben Sie das nur gekriegt?«

»Durch Boris Samoilowitsch. Er hat wunderbare Beziehungen. Aber warum sprechen Sie von diesem dummen Zimmer, wo Sie doch nicht mal eine Stoßabteilung sind, sondern ein bronzener Schatten?«

»Was haben Sie nur mit Ihrer Bronze? Ich bin nicht aus Bronze. Ich bin doch wohl ...«

Njussja sprach nicht zu Ende, sondern ließ nur ihre nicht bronzenen Formen spielen. Lasik kniff die Augen zu. Kaum daß er lispeln konnte:

»Welch übernatürliches Feuerwerk!«

Njussja trat ans Fenster, beschaute sorgfältig die bescheidene Einrichtung. Lasik ließ kein Auge von ihr: ein Trugbild, eine wundersame Vision!

Es sei zugegeben, daß sich Lasik durch übergroße Begeisterungsfähigkeit auszeichnete. Njussja war zwar ein stattliches Weibsbild, aber keineswegs eine Schönheit: Kartoffelnase, statt der Augenbrauen weißlicher Flaum, kurzer dicker Hals. Das einzige, womit sie sich brüsten konnte, war der Überfluß an Material. Neben Lasik erschien sie in der Breite als stürmischer Ozean und in der Höhe als Wolkenkratzer.

Das Schweigen dauerte eine ganze Weile. Endlich sagte Njussja:

»Sie glotzen mich noch immer an? Gefall ich Ihnen?«

»Oh! Oh!«

Lasik fand keine Worte. Er fuchtelte mit den Ärmchen und atmete stoßweise.

»Ob Sie mir gefallen? Was für ein erbärmliches Wort! Warum bin ich nicht Puschkin? Warum bin ich nicht wenigstens Schurka Besdomny? Ich muß lachen, wenn ich jetzt an meine jüngsten Zweifel denke. Hören Sie, wie entsetzlich ich lache?«

Njussja zuckte nur die Achseln: Lasik lachte ja gar nicht.

»Hören Sie's nicht?«

Und laut schrie er: »Haha!«

»Haben Sie jetzt gehört? Ich lache, weil ich Zweifel hatte im Zusammenhang mit dieser Genossin Lilja. Aber sie hat ja nichts außer ihrer Nase. Sie ist nicht einmal wert, mit Ihnen in einem Zimmer zu schlafen. Wenn ich Sie von allen vier Seiten ansehe, fliegt mir Elektrizität in die Augen. In diesem Moment thronen Sie über der Welt wie eine bronzene ...«

»Pfui! Schon wieder Bronze? Aber so fühlen Sie doch mal, ich bin nicht kalt.«

Durch Lasiks Kopf wirbelte es: Fenitschka Herschanowitsch, Schazman, Kuh, Zwerg ... Hier muß ich wirklich tapfer sein! Ich gehöre ja zur munteren Klasse! Aber wie soll ich sie küssen, wenn sie steht? Auf den Hocker steigen? Mutiger! Zum wievielten Male spornte sich Lasik mit dem geliebten Zuspruch: »Steig auf, Lasik, steig auf!« und sprang auf den Hocker. Mit einem Schlag ward er groß und kühn. Mit seinen dünnen Ärmchen umschlang er den massiven Hals. Er küßte Njussja mitten auf den Mund, so wie der freche Valentin seine Angélique in Paris geküßt hatte. Aber da erfolgte etwas Unvorhergesehenes: Ihm schwindelte, und unter Njussjas Gelächter fiel er auf den Boden.

Aufstehen? Aber sie lachte ja ... Er war nicht schuld. Er war kühn in die Schlacht gezogen, und wenn er blessiert war – das konnte dem fehlerlosesten Helden geschehen. Aber sie verstand das nicht. Demnach war es besser, nicht aufzustehen. Lieber auf dem Fußboden liegen, als sei man schon gestorben vor überflutendem Glück.

»Hihi ... Warum stehen Sie denn nicht auf? Haben Sie sich verletzt?«

»Nein, verletzt habe ich mich nicht, aber vielleicht bin ich endgültig gestorben von solchen verbrennenden Gefühlen. Vielleicht liegt vor Ihnen nur der kalte Leichnam eines Toreadors oder gar Eugen Onegins.«

Als Njussja sich satt gelacht hatte, zwang sie Lasik aufzustehen. Seelenruhig sagte sie:

»Lilja hab ich auch satt. Sie steckt ihre Nase in Dinge, die sie nichts angehen. Ich kann nie einen Mann einladen, gleich macht sie ihn mir abspenstig. Sie sind zwar, was den Wuchs betrifft, nicht ganz geraten, aber alles in allem geht es. Kurz – wollen wir heiraten? Gleich morgen früh gehen wir zum Standesamt, und wenn ich vom Dienst heimkomme, bring ich meinen Kram hier herüber. Wir werden zusammenleben.«

Statt einer Antwort fiel Lasik auf die Knie. Zusammenhanglos rief er:

»Sie sind süßer als Bananen! Sie schäumen wie hundert Dneprs. Wenn ich von Cheifez sechs Tscherwonzen bekomme, kaufe ich Ihnen einen Tennisschläger. Ich liebe Sie wie ein ausgegrabener Gott.«

Njussja zauste ihm den Kopf, sagte: »Also, bis morgen« und ging wie eine vernünftige Braut aus früheren Zeiten bei sich schlafen. Aber Lasik konnte nicht schlafen. Er vergaß die strengen Vorschriften der Wohngenossenschaft und tigerte vor Angst, vor Leidenschaft, vor Glück durchs Zimmer. Er redete mit sich selbst: »Lasik, begreifst du auch, was geschehen ist? Du hast zweiunddreißig Jahre wie ein Maulwurf gelebt. Wem außer Tante Chassja wäre es in den Sinn gekommen, dich zu küssen? Und jetzt bist du ein glücklicher Liebhaber geworden. Du kannst dich in allen Theatern sehen lassen. Morgen wirst du ins Paradies eingehen. Warum soll dein Zimmer schlechter sein als die Loge einer tauben Pförtnerin? Über dich wird man Pariser Romane verfassen. Brülle, Lasik, lache, tanze! Du bist kein Botengänger von Cheifez mehr, sondern ein Stier, der zum Sprung ansetzt.«

Am andern Morgen stieß Lasik das Paket mit dem Covercoat verächtlich mit dem Fuß von sich und erklärte Cheifez:

»Heute arbeite ich überhaupt nicht. Ich habe einen höheren Plan für mich entdeckt. Vielleicht werde ich morgen die ganze Ware dem Suchatschewski in die wilde Schabolowka hintragen. Heute aber will ich nicht einmal mit Ihnen sprechen, denn Sie leben auf der Erde mit Ihrem hündischen Covercoat, während ich zwischen vollkommenen Schatten herumflattere.«

»Was ist mit Ihnen los? Haben Sie schon am Morgen einen gehoben, oder haben Sie einen komplizierten Grippeanfall?«

»Ich habe einen komplizierten Liebesanfall. Morgen komme ich wieder zu Ihnen, aber heute heirate ich, und zwar keine gewöhnliche Frau, sondern einen erträumten Schatten.«

Auf dem Standesamt hielt sich Lasik voll Würde. Nur daß es ihm gar nicht gelingen wollte, Njussja einzuhaken, so sehr er sich auch mühte. Sich im Büro auf den Stuhl zu stellen, hielt er für unpassend, während Njussja ihrerseits um nichts in der Welt in die Kniebeuge gehen wollte.

Ich will nicht lange erzählen, wie Lasik in seinem dreiunddreißigsten Lebensjahr ein triumphierender Liebhaber wurde. Es tagte schon, als er Njussja weckte. In überquellendem Gefühl sagte er:

»Weißt du, wir haben in Homel die Tragödie des Genossen Lunatscharski gespielt. Damals habe ich nichts verstanden. Ich war blind wie eine bronzene Ratte. Ich hatte die Herzogin zu beißen, aber ich habe nur verständnislos geächzt. Jetzt verstehe ich, was für eine wunderbare Tragödie das ist! Wäre ich ein richtiger Klassenherzog, ich würde dich, wie früher üblich, vor Begeisterung beißen. Aber ich bin kein Herzog, und ich will nur noch einmal diese Nichtbronze küssen.«

Njussja sagte zänkisch:

»Geh zum Teufel! Ich will schlafen.«

Am Morgen stand Njussja auf, zog sich gähnend an, trank Tee und sagte dann zu Lasik:

»So, jetzt gehen wir aufs Standesamt.«

»Da waren wir ja gestern …«

»Gestern! Gestern haben wir geheiratet, und heute gehen wir uns scheiden lassen.«

Lasik setzte sich auf den Hocker – hier hatte er das Glück zum erstenmal erfahren – und begann leise zu weinen.

»Njussja! Schatten! Weshalb willst du dich denn auflösen? Ich begreife nichts. Wir sind ja nicht verpflichtet, uns scheiden zu lassen. Wir können sogar bis zum Grabe zusammenleben. Bei den vorsintflutlichen Juden gibt es so einen Brauch, daß junge Eheleute sich am Morgen scheiden lassen müssen, wenn sie nicht miteinander geschlafen haben. Natürlich ist das eine Vergewaltigung des freien Gewissens, aber immerhin verständlich. Wozu heiraten denn die Menschen? Gibt es etwa ein Gesetz, daß junge Leute, die miteinander geschlafen haben, verpflichtet sind, sich am Morgen scheiden zu lassen?«

»Ich hab dich satt, du Piepser! Nu, wir haben geschlafen. Und sind aufgestanden. Damit genug! Ich kann mich doch unmöglich jede Nacht mit so einer Wanze abgeben. Bei uns herrscht jetzt Freiheit. Wähl dir, wen du magst. Kommst du aber nicht mit zum Standesamt, so geh ich allein hin, es liegt am Wege. Laß uns lieber die Zimmerfrage besprechen. Teilen geht nicht. Und zurück zu Lilja kann ich nicht. Ich habe mich deinetwegen mit ihr verzankt. Und dann hat sie gesagt, sie geht heute auch zum Standesamt, mit Garin. Die beiden werden in ihrem Zimmer wohnen. Na, und du bist der Mann, du findest leichter was Neues. Demnach behalte ich das Zimmer. Deinen Kram aber schaff hier weg, und alles auf einmal, damit es kein Hin und Her gibt. Das habe ich nicht gern. Und daß es dir nicht einfallen soll, zu Besuch zu kommen. Ich war vierzehnmal auf dem Standesamt. Wenn alle ehemaligen Männer zu mir kommen wollten, wo sollte ich den Platz hernehmen.«

Lasik putzte sich still die Nase.

»Ich weiß, daß ich unglücklich bin. Tante Chassja pflegte zu sagen, ich wäre mit dem Kopf an einen Topf gestoßen. Für mich geht eine Fata Morgana zu Ende, und du sprichst von der lächerlichen Zimmerfrage. Hätte ich eine Akademie, ich würde dir die ganze Akademie hingeben. Verzeih, wenn ich dich in der Nacht geweckt habe mit einem theatralischen Beifall. Ich gehe jetzt in die weite Welt, wie es dem verfluchten Roitschwantz bestimmt ist. Auf der Erde gibt es Quadratmeter und Standesämter und sogar etwas, was nicht aus Bronze ist. Aber es gibt kein Glück auf der Erde. Das ist nur ein rückständiges Wort einer mächtigen Sprache.«

Als Cheifez Lasik erblickte, mußte er lachen.

»Verheiratet? Gratuliere!«

»Geben Sie mir den Covercoat für Suchatschewski und rühren Sie nicht an meine wunden Stellen. Ich habe nicht nur geheiratet, ich bin auch schon geschieden. Warum mußten Sie mir diesen grausamen Wohnraum geben? Ich hätte besser auf einer Bank des Boulevards genächtigt! Ich könnte gleich alle und jeden totbeißen wie ein rasendes Kaninchen. Ich leugne Ihre organisierte Welt! Sie wollen nur Tscherwonzen. Die Frau wollte nur Quadratmeter. Ich wollte etwas anderes, wovon ich mit Ihnen überhaupt nicht sprechen werde. Aber ich frage Sie – wer will denn überhaupt nichts? Wer will nur Liebe nach dem Tode und ein paar Tropfen Freudentränen über ein fremdes Glück?«

19

Lasik fand Unterkunft in Cheifez' Küche zusammen mit der alten Magd Dascha. Dascha galt als Cheifez' Tante, Lasik als sein Neffe. In den Nächten beweinte Lasik sein kurzes Glück. Tagsüber trug er wie bisher die Ware aus, zog Geld ein oder besserte Cheifez' Hose aus. Sie werden vielleicht fragen, warum Cheifez sich nicht neue aus bestem englischem Cheviot machen ließ. Für ihn wäre das doch eine Lappalie gewesen! Übrigens wußte Lasik sehr genau, was eine Hose ist …

Seine Tage verbrachte Cheifez in Konzentration wie ein

Mensch, der sich einer erhabenen Idee verschrieben hat. Er liebte zum Beispiel Truthähne oder Kapaune, aber in der Wohnung befand sich der Bürger Tytschenko, und dieser Tytschenko hätte den verdächtigen Duft wittern können. Darum aß Cheifez Suppenfleisch. Und er trug die von Lasik geflickte Hose.

»Du, Roitschwantz, warst doch wenigstens eine Nacht verheiratet, ich aber muß mich schon das zweite Jahr mit zerknitterten Erinnerungen begnügen. Hierher kann ich keine mitbringen, Tytschenko würde es mitkriegen. ›Wer, wozu, was ist das für ein üppiges Leben?‹ Und außer Haus ist's auch gefährlich: womöglich fällst du einer Razzia in die Hände. Marjantschik hat erzählt, daß in Nikolskoje drei nackte Däninnen ein Unterseekabel darstellen, und das Telegramm kostet nur einen Tscherwonez. Das wär ja geschenkt! Ich hatte richtiges Herzklopfen. War schon unterwegs. Und bin wieder umgekehrt. Wenn sie mich erwischen, ist's aus.«

Eines Nachts holte Cheifez Lasik in sein Zimmer, schloß die Tür ab, stellte fest, ob Tytschenko nicht im Korridor herumschlich, und holte schließlich unter schmutziger Wäsche ein kleines Bild in kostbarem Rahmen hervor. Lasik erblickte einen Jagdhund, der ohne viel Federlesens den Rock einer Bäuerin zerriß. Cheifez flüsterte andächtig:

»Siehst du? Das hat mir Sapjolow für zehn Tscherwonzen verkauft. Sapjolow hat nicht nur ein Waffenmuseum besessen, sondern auch ein Gestüt. Er hat mir geradezu gesagt: ›Das Risiko, daß man's Ihnen wegnimmt, ist groß. Doch wenn Sie's bis zum Ende behalten, stellt es ein Vermögen dar. Die Ausländer geben dafür mindestens hunderttausend, denn das ist das Werk eines großen Meisters. Repin oder Raffael oder beide zusammen.‹ Da hab ich's denn riskiert. Ich denke nicht mal an das Geld. Ich seh's mir nachts heimlich an und freu mich. Welcher Ausdruck in dem Rock! Das nennt man Kunst! Du, Roitschwantz, läßt zwar nichts in der Welt gelten, aber ich sage dir, Freundchen, es gibt wunderbare Schönheit.«

Die Tage gingen dahin, voll von Gefahren. Lasik klapperte alle Schneider ab. Manchmal, wenn er Schere und Plätteisen sah, bekam er Gewissensbisse: »Weshalb habe ich dafür diese Wanderschaft eingetauscht? Aber was hätte ich tun sollen? Nicht ich habe mich um mein Ladenschild und mein Glück gebracht. Zu spät, sich zu beklagen! Jetzt bin ich wie ein armes Blättchen, das ein hundertjähriger Sturm vor sich hertreibt!«

Für die Tscherwonzen wechselte Cheifez englische Pfunde ein, die er von Zeit zu Zeit zählte. Dann mußte Lasik auf dem Abtritt sitzen und verzweifelt mit Papier rascheln, um Tytschenko zu verwirren.

Nach dem Zählen seufzte Cheifez melancholisch. Er ging auf Zehenspitzen in die Küche und sagte der Magd:

»Tante Dascha, vielleicht heizen Sie mir den einfachen proletarischen Samowar an?«

»Keine Mädchen hat man, im ›Moskowskaja‹ kann man nicht essen, die Operette kann man nicht besuchen«, klagte er Lasik. »Ich bin ja ein Märtyrer! Ein Heiliger! Nach meinem Tode werde ich sicherlich nicht verwesen, nein, dann werde ich anfangen zu duften. Aber womit soll ich mich vorläufig zerstreuen?«

»Sie können zum Beispiel denken, daß Sie Ihren Tod schon hinter sich haben, und nach Herzenslust duften, wenn Ihnen das Spaß macht.«

Aber so leicht war Cheifez nicht zu amüsieren. Er flüsterte:

»Verstehst du Holzkopf nicht, daß ihr ganzer Kommunismus nichts weiter ist als eine plombierte Narretei?«

Lasik erwiderte ausweichend:

»Bei uns in Homel sagt man: Ein Hering kann für zehn Menschen reichen, aber ein großes Huhn fressen auch zweie auf. Das ist sehr wahr. Sie essen natürlich gern Huhn, ich auch, alle essen das gern. Ein Hering im Mund, das ist ein ganz anderes Thema. Aber alles in allem ist das gar nicht Ihr einsamer Zorn, wenn Sie mit den Papierchen rascheln, sondern genaue Arithmetik. Ich begreife ohne jeden politischen Anfangsunterricht, daß wir beide sind zwei erbitterte Klassen. Jedermann wird einsehen, daß Sie der gepolsterte D-Zug-Wagen sind und ich die harte Holzklasse. Vorläufig zieht uns die gleiche zerstreute Lokomotive. Aber was morgen sein wird, weiß ich nicht.«

Eines Abends kehrte Lasik nach Hause zurück und fand Cheifez in einen Baschlyk gewickelt und hinkend.

»Wo sind Sie hingefallen, Boris Samoilowitsch? Womöglich auf der Chaussee der Enthusiasten? Dort ist's wirklich glatt ...«

»Still! Ich bin nicht mehr Boris Samoilowitsch, sondern Oskar Sacharjewitsch, und ich hinke von frühester Kindheit an. Erstens nimm mal dies Päckchen. Aber Vorsicht – meine ganze Zukunft liegt darin. Zweitens haben sie Tytschenko geschnappt, und es hat sich herausgestellt, daß er gar nicht in der Partei ist, sondern mit Marjantschik zusammengearbeitet hat. Das heißt also, das geht über Minsk, und heute werden sie mich schnappen. Wenn ich nach Narym müßte, würde ich es mir überlegen. Aber das riecht nach einem Prozeß. Roitschwantz, ich habe mich entschlossen, nach Łódź abzuhauen. Ich habe dort einen Neffen. Nicht so einen wie dich, einen richtigen. Wenn Gott will, komm ich durch. Wenn ich nur dies Päckchen rüberbekomme. Und nun ist die Frage, was du machst.«

»Ich? Nichts. Ich bin's gewöhnt. Das Äußerste, was ich in dieser Situation machen kann, wäre, zu einem Friseur zu gehen.«

»Du bist dumm, Roitschwantz! Wenn ich mich aus dem Staub mache, wirst du festgenommen. Dann beweise ihnen mal, daß du nicht mein Neffe bist. Und wen hat man mit den Stoffen gesehen? Dich. Willst du zehn Jahre aufgebrummt kriegen? Willst du wirklich? Idiot! Und wenn sie dich gar erschießen?«

»Wozu soll ich vorausschauen in meine blutige Zukunft? Lieber geh ich jetzt für alle Fälle meine Wäsche wechseln.«

»Wart doch! Weißt du was, ich nehm dich mit. Du bringst dies Päckchen rüber. Alles Weitere findet sich. Faigelson aus Minsk lotst uns rüber. Hast du noch Bedenken? Aber du bist ja, milde ausgedrückt, ein Idiot, ein Holzklotz. Ich besorg dir was in Łódź.«

»Ich verstehe nicht, warum ich fliehen soll. Sie wollen natürlich Ihren Raffael und die weißen Scheine retten. Aber was soll ich retten? Wenn nur mich selbst, deswegen lohnt es sich nicht, nach Łódź zu reisen, ich kann auch auf dem Friedhof von Dorogomilowo ruhig sterben. Und wenn nicht mich, wen denn dann? Meine ehemalige Gattin oder Tytschenko oder vielleicht Ihr unzugängliches Päckchen? Schön, Sie haben dort einen Neffen, aber ich habe dort keinen Neffen, und Ihnen vertraue ich wie dem Schnee vom vorletzten Jahr. Ich hatte eine Tante in Gluchow, aber sie lebt nicht mehr. Weshalb soll ich also davonlaufen oder auch nur meine Schritte beschleunigen? Und bin ich bereit, mit Ihnen eilends in Ihr verdammtes Łódź zu fliehen. Schon bin ich kein aufrecht stehender Bürger mehr, sondern nur Gerenne und Ungewißheit. Ich kann nicht mehr anhalten. Eilen wir, Oskar oder Boris oder Repin mit dem Pinsel, eilen wir! Wir sind Blätter, und ringsum wütet der Sturm. Aber halt, ich muß noch leidenschaftliche Tränen weinen. Ich verabschiede mich von meiner versunkenen Jugend. Ich verabschiede mich von Homel und von meinem Fingerhut. Ich verabschiede mich von Iwan dem Großen und vom Hocker meiner ehemaligen Gattin. Ich stehe wie angewurzelt da, ich schluchze, und ich kann doch nichts gegen ein derartiges Erdbeben tun – ich laufe, laufe, laufe …«

20

»Sehen wir der Wahrheit ins Auge, Roitschwantz. Du bist ein großer Philosoph und zitterst nicht um dein Leben. Du wolltest sogar auf dem Friedhof von Dorogomilowo sterben. Du hast auf der ganzen Welt keinen Angehörigen. Ich aber habe den Neffen in Łódź. Ich möchte so ungern sterben, daß ich Magenstiche verspüre, wenn ich auf der Straße ein fremdes Leichenbegängnis erblicke. Folglich bist du es, der das Päckchen nehmen muß. Sollten sie dich schnappen, nun, dann stirbst du wenigstens eines interessanten Todes; bringst du aber dies Päckchen über die Grenze, so will ich dich vergolden. Du bringst es bestimmt hinüber. Du bist ja so ein Knirps, daß kein Mensch dich überhaupt bemerken wird. Außerdem bist du schließlich als mein Angestellter verpflichtet, meine Päckchen zu tragen.«

»Ich sage nicht ›nein‹, aber ich möchte einen Trauermarsch anstimmen, denn auch ich würde noch gern ein bißchen leben, wenigstens ein Jahr noch, und auch ich verspüre Magenstiche, als sähe ich schon mein eigenes Leichenbegängnis.«

Die Flüchtlinge kamen wohlbehalten an den Grenzposten vorbei. Als Cheifez von weitem die Mütze des polnischen Gendarmen erblickte, rief er Lasik zu:

»Na, jetzt kannst du das Päckchen hergeben.«

Lasik knöpfte die Hose auf und zog das verborgene Päckchen hervor. Als er es Cheifez aushändigte, fragte er nur:

»Und wann fangen Sie mit meiner Vergoldung an?«

Aber Cheifez gab ihm keine Antwort. Er lächelte vertraulich dem Gendarmen zu und reichte ihm eins der knisternden Papierchen hin.

»Da, Pan, hast du den Paß.«

Der Gendarm feilschte, das sei zu wenig; das reiche für einen, aber nicht für zwei. Worauf Cheifez verständnislos die Achseln zuckte und meinte:

»Der gehört nicht zu mir. Den kenn ich gar nicht. Das ist bestimmt ein Bolschewik. Schon an der Visage sieht man, was für ein psia krew er ist.«

Lasik wurde verhaftet. Er stritt nicht, verteidigte sich nicht. Er flüsterte Cheifez nur zu:

»Ich hab's Ihnen ja schon in Moskau gesagt, daß ich Ihnen vertraue wie dem Schnee vom vorletzten Jahr. Grüßen Sie Ihren teuren Neffen von mir und vergolden Sie sich selbst. Sie werden dann so schön aussehen, daß alle Polinnen eine einzige drahtlose Telegraphie einrichten werden. Roitschwantz aber wird auf ausländischen Splittern sitzen und denken, daß es auf der Welt nicht einmal unter Gaunern Gerechtigkeit gibt.«

Bevor das Verhör des Verhafteten beginnen sollte, entschied sich der Rittmeister für eine kleine Magenstärkung: Er verzehrte ein Stück geräucherte Wurst und leerte ein Karäffchen Wodka. Seine Beine wurden schwer, sein Kopf aber leicht; in kindlicher Heiterkeit johlte er unschuldig und begrüßte Lasik:

»Guten Tag, du Strolch! Was bist du, ein roter Spion?«

»Ich? Nein! Ich bin höchstwahrscheinlich der arme Roitschwantz.«

»Stell dich nicht dumm. Was für Pläne wolltest du klauen, die von Warschau oder von Wilna? Oder wolltest du gar unserm Großväterchen Piłsudski eins in die Fresse geben?«

»Er ist nicht mein Großväterchen, und ich wollte niemandem eins in die Fresse geben. Ich wollte nicht einmal diesem Cheifez eins in die Fresse geben, obwohl er versprochen hatte, mich zu vergolden, und nachher davongehüpft ist. Pläne brauche ich auch nicht, ich bin kein Kunstzeichner und besitze nicht den Pinsel Repins. Eine Nacht habe ich freilich im siebten Himmel mit meiner ehemaligen Gattin verbracht, aber das hat mit einer einfachen Wohnungsfrage geendet.«

»Das ist ja kein Mensch! Das ist die reinste Cholera! Hier ist nicht die sowjetische Verwesung, daß du solche Dummheiten reden dürftest. Antworte, weshalb bist du nach Polen gekommen?«

Lasik überlegte. Diese vernünftige Frage zu beantworten fiel ihm in der Tat schwer.

»Am wahrscheinlichsten deshalb, weil der Wind mir in den Rücken blies. Wenn Sie ein Stündchen oder zwei Zeit haben, kann ich Ihnen natürlich alles der Reihe nach erzählen. Begonnen hat es mit der taubstummen Furzina. Ich war damals in Fenitschka Herschanowitsch verliebt, und Sie wissen, die Liebe ist kein gewöhnliches Gemüse ...«

»Schuft! Wie redest du mit einem polnischen Offizier? Hier ist nicht euer Asien. Hier ist Paris. Wir haben den Völkerbund. Wir haben in Wilna eine schicke Universität. Wir haben Kopernikus erzeugt. Bei uns gibt es Luxuskokotten in den Cafés. Die Fresse schlag ich dir breit! Antworte, wie's sich gehört: Wer bist du?«

»Ein ehemaliger Herrenschneider.«

»Aha! Ein Krawiec!«

»Ich heiße nicht Krawiec, sondern Roitschwantz, aber bei uns in Homel gibt's viele Krawiec. Einer war sogar Kommissar und knackte Typhusflöhe, ein anderer machte aus ungarischem Terpentin Pessachschnaps, darauf hat man ihn natürlich dahin geschickt, wo der Pfeffer wächst...«

»Halts Maul, Holzkopf! Wo kommst du her?«

»Ich sagte doch schon, aus Homel.«

Der Rittmeister war müde und nickte ein. Die Schritte der Ordonnanz weckten ihn auf. Kaum, daß er bei Besinnung war, als er auch schon schrie:

»Noch eine Flasche! Wo kommst du her, du Hundesohn? Aus Homel? Sieh an! Dann bist du ja ein Pole. Das Homelland gehört uns. Steh stramm vor einem Offizier, du alte Schraube! Du bist zwar ein räudiges Jüdchen, aber ein Pole mosaischen Bekenntnisses, denn das Homelland werden wir euch demnächst abjagen. Ihr Homeler seid in Wirklichkeit alle Polen.«

Der Rittmeister schlürfte jetzt den Schnaps aus einem Teeglas. Lasik sah ihn nachdenklich und zärtlich an.

»Ihnen wird es noch so gehen wie mir im ›Venezia‹, nur gibt es hier kein Waschbecken. Sie sagen, ich bin ein Pole? Mag sein. Ich habe noch nicht darüber nachgedacht. Aber ich war ein gelehrter Kandidat der Akademie. Warum soll ich nicht auch ein Pole werden? Mit Pfeifer würden Sie's schwerer haben, der ist störrisch wie ein Esel, außerdem ist er augenblicklich im polnischen Homel, während Sie hier sind. Er könnte zum Beispiel behaupten, daß er kein Pole ist, sondern zorniger Angehöriger einer Parteizelle. Ich aber stehe hier, und ich streite nicht. Setzen wir zehn Punkte dahinter und nehmen wir an, daß ich ein vollblütiger Pole bin …«

Der Rittmeister hörte nicht mehr auf ihn. Er kläffte:

»Steh auf, du Cholera!«

(Obwohl Lasik schon stand.)

»Steh auf und sing unsere heldenhafte Hymne: ›Noch ist Polen nicht verloren‹!«

Lasik wollte etwas einwenden.

»Halts Maul, du Aas! Du solltest frohlocken, die Trommel schlagen, die Trompete blasen, auf dem Kopf gehen, statt dessen piepst du was! Ich mache Kompott aus deinem Kopf. Aus dem Fenster schmeiß ich dich! Dir zeig ich, was die polnische Rzeczpospolita ist! Nicht so 'n roter Mist!«

»Ich weiß es schon. Ich glaube, es ist Zeit, daß ich in ein polnisches Gefängnis gehe, Ihnen kann's aber nicht schaden, nachzusehen, ob hier kein bequemes Waschbecken ist, sonst beschmutzen Sie noch mein wertvolles Geständnis, das Sie auf diesem kostbaren Blatt Papier niedergeschrieben haben. Ich sehe selbst, daß ich nicht daheim in Homel bin, sondern im herrlichen Polen. Dort hat man mich zwar nach den Kubikmetern meines seligen Erzeugers gefragt, dafür wollen Sie hier aus mir eine Süßspeise kochen. Erzeugen Sie doch weiter Ihre schicken Cafés und nehmen Sie mir meinetwegen hundert Pfeifer weg, aber lassen Sie uns jetzt diesen singenden Monolog abschließen.«

Hier stand der Rittmeister mit einiger Anstrengung auf, versetzte ihm nochmals eine Ohrfeige und begab sich, offenbar von Lasiks Beredsamkeit überwältigt, auf die Suche nach dem Abtritt. Lasik wurde in die Gefängniszelle abgeführt.

Nach einigen Tagen brachte man ihn nach Grodno. Dort wurde er einem neuen Verhör unterzogen. Der Offizier, der ihn befragte, war ausnehmend höflich, er sagte sogar »Pan Altgläubiger«, und Lasik rief gerührt:

»Wär's nicht möglich, daß ich immer am Morgen verhört werde, wenn die Herren Rittmeister Kaffee mit Milch trinken und nicht Wodka?«

Der Rittmeister gab ihm keine Antwort. Er hielt nur taktvoll die Hand vor den Mund. Was tun, er trank gelegentlich gern auf nüchternen Magen ein Gläschen Sliwowitz.

»Sie haben also gestanden, daß Sie illegal die Grenze überschritten haben zwecks verbrecherischer Propaganda unter den angeblich weißrussischen Bauern.«

»Er hat wohl kein Waschbecken gefunden, der erste Rittmeister, und das Papier beschmutzt, und Sie glauben Buchstaben zu lesen, die nicht drauf sind. Ich habe nur gestanden, daß ich Roitschwantz heiße und ein vollblütiger Pole bin. Über Bauernpropaganda und angeblich haben wir überhaupt nicht gesprochen. Wir haben von den verschiedensten Dingen geredet, zum Beispiel davon, daß einer kommen und Großväterchen Piłsudski eins in die Fresse geben könnte oder ein ganzes Wilna mit allen seinen Plänen stehlen, von den Bauern aber hat der Pan erste Rittmeister keinen Ton gesagt.«

»Sie widerrufen also Ihre eigenen Angaben? Jetzt behaupten Sie, Pole zu sein?«

»Eigentlich behaupte nicht ich das, sondern Sie oder sogar Ihr trauter Gewerkschaftskamerad. Er hat mir ja selbst gesagt, daß Homel vollblütiges Polen sei und ich nur ein lumpiger Moses polnischen Bekenntnisses.«

»Gewiß, Homel ist eine polnische Stadt. Wir sind dort gewesen, und es gehört rechtmäßig uns.«

Lasik lebte auf.

»Pan Rittmeister, Sie waren in Homel? Das ist doch eine Stadt ersten Ranges, nicht wahr? Allein der Paskewitsch-Park ist schöner als alle Pinselchen von Raffael. Und das Theater, ist es vielleicht schlecht? Und der Sosh, ist das nicht ein sehenswertes Meer? Solche Bäume wie in Homel habe ich noch nirgends gesehen und auch solche Frauen nicht, denn wenn ich jetzt aus historischer Höhe Fenitschka Herschanowitsch mit Njussja, zeitweiliger Roitschwantz, vergleichen wollte, so hielte der Vergleich nicht stand. Aber wozu sage ich Ihnen das, wenn Sie selbst in Homel waren! Wo haben Sie dort gewohnt? Wenn im ersten städtischen Hotel, so ist dort die Lage natürlich etwas Besonderes, weil man vom Balkon auf alle vorübergehenden Bekannten herabschauen kann, aber dafür gibt es dort unverschämte Wanzen.«

»Sie haben mich nicht ganz verstanden. Persönlich war ich nie in Homel, aber wir Polen waren dort, folglich gehört es moralisch uns.«

»Sie sind so sympathisch, Pan Rittmeister, daß ich Ihnen ein blumiges Angebinde reichen möchte. Sie schreien mich nicht an, daß ich ein altes Möbel bin, und Sie halten Ihre

Hände in den dafür vorgesehenen Taschen. Hören Sie also – ich habe in Tula tote Kaninchen gezüchtet. Das ist eine sehr schöne Stadt mit Personalabbau. Nun, in Tula gab es auch einen Polen, mein Ehrenwort. Er leitete in der Kommunalabteilung die anrüchigen Tonnen, und er pflegte zu unsrer Botin Dunja zu kommen und die ganze Zeit zu schmatzen: ›Was ist das bei Ihnen, geliebte Genossin, für ein göttlicher Parfümgeruch?‹ Mein teurer Pan Rittmeister, da haben Sie noch eine Stadt. Im Ernst! In fünf Minuten sind Sie unerhört reich geworden. Sie haben das Homelland und nun auch das Tulaland. Schreiben Sie eine Postkarte an Rurik Solitair, und er wird Ihnen sicherlich das ganze Narymland dazuschenken. Dann wird aus Ihnen eine ganze Halbkugel werden. Ich aber bitte Sie nur um eins: Lassen Sie mich frei! Ich könnte doch einem polnischen Moses einen Anzug aus seinem eigenen Stoff anfertigen. Ich bin es müde, auf splittrigen Pritschen zu sitzen, ich bin hinten schon gar nicht mehr Roitschwantz, sondern ein Sieb.«

»Leider kann ich Sie nicht freilassen. Sie sind ein russischer Spion, und man kann Ihnen jeden beliebigen Fall anhängen, zum Beispiel die Verschwörung in Lwow, die Bomben in Wilna, die Proklamationen in Grodno, die Stempelfälschungen in Łódź, den Anschlag auf den Marschall in Kraków, das Waffenlager in Lublin …«

»Ich flehe Sie an, halten Sie ein! Ich weiß ja, daß Sie viele Städte besitzen. Bei solcher Gangart werden Sie schnell bis Tula kommen. Aber ich möchte nicht, daß mir was angehängt wird. Ich habe mich schon Ihnen angehängt, und ich bin ein vollblütiger Pole. Wenn Sie aufstehen, singe ich Ihnen die Heldenhymne: ›Noch ist die Furzina nicht verloren!‹ Ich selbst will einen neuen Kopernikus erzeugen! Ich will mir endlich einmal diese Cafékokotten ansehen!«

Lasik saß vier Monate im Gefängnis. Von Grodno wurde er nach Wilna gebracht, von Wilna nach Lomsha, von Lomsha nach Lwow. Nicht ohne Stolz sagte er zu seinen Mitgefangenen:

»Ihr seid Dreck! Ich aber bin ein Pan gelehrter Sekretär. Ich habe ja dies Polen entdeckt wie ein neuer Nansen. In mir drinnen ist jetzt kein Eingeweide mehr, sondern ein polnischer Plan mit ausführlicher Getränkekarte. Aber ich verzage nicht. Ich habe bereits gemerkt, daß es bei euch hier noch enger ist als bei uns. Kunststück, wo ihr den ›Völkerbund‹ habt und jede Pritsche von zehn Stück vollblütiger Polen eingenommen werden muß. Ich bin zwar ein Moses unbedeutenden Wuchses, aber ich kann doch über meine Quadratmeter verfügen, die Pans Rittmeister hingegen zetteln die ganze Zeit wilde Verschwörungen an. Folglich kommt einmal der Tag, da man mich freiläßt und ich gewaltig die Trommel schlage.«

21

Endlich gelangte Lasik nach Warschau. Der zwölfte Rittmeister sagte liebenswürdig:

»Bald werden Sie aus Polen ausgewiesen.«

Lasik seufzte befreit auf.

»Gott sei Dank! Nicht umsonst haben Sie einen Kopernikus erzeugt! Aber was wollen Sie ausweisen: die Ohrfeige für Pan Piłsudski oder nur den Aufstand der paar hundert Galizier in Wilna? Übrigens frage ich aus bloßer Neugier. Merci, Pan Rittmeister, merci! Ich sitze ja die ganze Zeit auf der splittrigen Pritsche und denke, was für eine erstaunliche Freiheit bei Ihnen herrscht! Ich habe zehn Gefängnisse kennengelernt und kann wohl sagen, daß das kein Land ist, sondern ein Kinderfest. Ich verstehe, daß Sie den Pan Piłsudski Großväterchen nennen. Das hat nichts mit dummer Verwandtschaft zu tun. Ich habe einen Onkel Boris Samoilowitsch, aber wie könnte er's mit Pan

Piłsudski aufnehmen! Wie atmet es sich hier bei Ihnen aus voller Brust! Man braucht nur dem blödesten Aas ein mißverständliches Wort zu sagen, und sofort wird es auf Staatskosten verbessert. Und was für üppige Stadtränder gibt es bei Ihnen! Anderswo findet man da nur nicht weggefegten Dreck. Der Verbrecher Archip Stoiki hat mir gesagt, bei uns am Stadtrand wohne das irre Volk der Mordwinen, und es schreie sogar auf mordwinisch. Bei Ihnen aber und in Homel gibt es nur Polen. Und natürlich singen sie alle, um nicht zu verfaulen. Ich verstehe, daß es sich, wie mir der siebente Pan Rittmeister sagte, lohnen würde, zweihundert Jahre lang zu sterben, um eine so unerhörte Freiheit zu bekommen.«

Der Rittmeister machte ein freundliches Gesicht.

»Schön, daß Sie unsre Freiheit schätzen gelernt haben. Polen versteht es wie schon zu Zeiten des großen Mickiewicz, selbst die widerspenstigsten Herzen zu erobern. Jetzt also, in einem Monat, werden wir Sie ausweisen. Sie werden frei in einem jener unfreien Staaten herumlaufen können. Dort gedenken Sie dann der polnischen ›Defensive‹. Und ergriffen werden Sie sagen: ›Die Rzeczpospolita ist nicht nur ein Hort der Freiheit, sondern auch ein Bollwerk der Gerechtigkeit‹.«

Nach solch pathetischer Rede schloß der Rittmeister erschöpft die Augen und gab sich einem angenehmen Schlummer hin. Lasik aber hatte es nicht eilig, in seine Zelle zurückzukehren, und er beschloß, die Unterhaltung fortzuspinnen:

»Ich möchte Ihnen nur noch schnell eine Geschichte von Kleinvieh erzählen. Obwohl ich Ihren edelwerten Atem nicht spüre, Pan Rittmeister, weiß ich doch, daß Sie weder Żubrówka trinken noch Starka, weder klaren Wodka noch echten Sliwowitz. Sicherlich denken Sie ständig an irgendeinen ›Völkerbund‹. So wird es Ihnen vielleicht Spaß machen, diese alte Geschichte anzuhören. Als ich noch kein Pole mosaischen Bekenntnisses war, sondern ein gewöhnlicher Jude aus dem nicht bestimmbaren Homel, lernte ich im Cheder, und dort hat man mir diese lustige Geschichte erzählt. Sie kennen natürlich Alexander den Großen. Das war der alleroberste Marschall. Irgend jemand muß ihn erzeugt haben, so wie Sie den Kopernikus. Dieser Alexander der Große also fuhr, ähnlich wie ich, in der ganzen Welt herum, und so kam er einmal zu einem wilden Zaren. Sie können sich denken, was für ein Unterschied zwischen Alexander dem Großen und so einem ausgemachten Wilden war! Der eine von ihnen hatte sicherlich eine prächtige Uniform an, so wie Sie, und der andre allenfalls Hosen aus schlechtestem Zellstoff. Alexander der Große kam gerade während einer Gerichtssitzung an, und der wilde Zar befragte seine Wilden vor seinen Augen. Sehen Sie, einer der Wilden hatte bei einem andern Land gekauft, hatte emsig gegraben und ein Päckchen gefunden, vielleicht mit englischen Banknoten. Die Frage war, wem das Päckchen gehören sollte: dem, der das Stück Land verkauft hatte, oder dem, der es erworben hatte? Der wilde Zar sagte:

›Hast du vielleicht einen Sohn?‹

›Ja.‹

›Und hat er vielleicht gerade eine Tochter?‹

›Ja.‹

›Dann verheirate deinen Sohn mit seiner Tochter, und das Päckchen gebt ihr den Neuvermählten.‹

Alexander der Große hörte das mit an und zuckte überrascht die Achseln: Was für ein wilder Einfall! Die haben ja keine Ahnung von ordentlicher Rechtsprechung! Und da fragte ihn der wilde Zar:

›Hätte denn das Gericht in deinem großen Land anders geurteilt?‹

Da mußte Alexander der Große so laut lachen, daß allen Wilden das Trommelfell platzte. Übrigens, ich würde gern mal hören, wie Pan Piłsudski lacht. Das muß auch eine starke Musik ergeben. Aber Alexander der Große, meine ich, hat doch noch lauter gelacht. Endlich, als er genug gelacht hatte, sagte er dem wilden Zar:

›Bei uns? Aber bei uns gibt es ja keine solchen Wilden, wie du einer bist. Bei uns würde man ihnen beiden, um jeder Feuersgefahr vorzubeugen, die Köpfe abschlagen. Vielleicht haben sie Verschwörungen angezettelt oder Bomben geworfen. Und das Päckchen? Das Päckchen wird bei der Staatsbank abgeliefert, weil man immer Geld gebrauchen kann, wenn man täglich Köpfe abschlagen und außerdem ein schickes Gefolge unterhalten muß.‹

Nun, da war es an dem wilden Zaren, die Achseln zu zucken. Er konnte nicht so lachen wie Alexander der Große: dazu muß man einen richtigen Staat haben, so wie Sie, mit einer prächtigen Universität. Nein, der wilde Zar fragte Alexander den Großen nur bescheiden:

›Aber sag mir doch, scheint in deinem großen Land die Sonne?‹

›Aber gewiß. Wenn die Sonne am Himmel steht, scheint sie auch.‹

›Und regnet es auch in deinem großen Land?‹

›Was für Fragen? Wenn es regnet, dann regnet es.‹

›Und gibt es auch Kleinvieh in deinem erhabenen Staate?‹

›Möge Gott dir so viel Kleinvieh bescheren, wieviel in meinem Land ist.‹

Da dachte der wilde Zar ein Weilchen nach und sagte dann:

›Weißt du was, Alexander, wenn in deinem großen Land die Sonne noch scheint und wenn es noch regnet, geschieht das nur wegen des Kleinviehs.‹

Ein nettes Histörchen, Pan Rittmeister, wie? Aber warum sehen Sie mich so an? Sie sind doch nicht Alexander der Große! Oh, Pan Rittmeister, was haben Sie für eine

Faust! Das ist ja die leibhaftige Artillerie! Sie haben eine Faust wie der Pan Rittmeister Nummer sechs. Ich habe auch ihm eine alttestamentarische Tatsache erzählt, und er hat mir mit blutigem Trommeln geantwortet. Noch zwei oder drei solcher Pane Rittmeister, und von Roitschwantz bleibt nichts mehr übrig, nur ein einziger blauer Fleck auf der Pritsche.«

22

Mit dem dreizehnten Rittmeister sollte sich Lasik in Poznań unterhalten. Er betrat dessen Arbeitszimmer und stellte sich fröhlich vor:

»Ich bin der bewußte Roitschwantz. Heute ist ein herrlicher Morgen! In diesem Gefängnis kann man die Spatzen nicht hören, aber heute zwitschern sie bestimmt wie die Stars in der Operette, denn das ist ein internationaler Frühling. Bei uns in Homel schmilzt zur Zeit das mächtige Eis, Pfeifer schimpft natürlich, weil seine Galoschen Löcher haben, aber Fenitschka Herschanowitsch wirft mit ihrem Lächeln um sich wie bei der ersten Liebe, auch wenn neben ihr Schazman geht oder auch nicht Schazman. Was auf Erden ist schöner als solch ein Tag! Es freut mich sehr, Sie kennenzulernen. Sie sind zwar, um die Wahrheit zu sagen, nicht meine erste Liebe, sondern meine dreizehnte, aber dafür ist das eine Glückszahl, das Teufelsdutzend.«

»Verbrecherischer Moskowiter, weinen sollst du, nicht Späße machen. Soeben habe ich die Verfügung unterschrieben, durch die du ausgewiesen wirst, und morgen mußt du unser herrliches Polen verlassen.«

Hier ereignete sich mit Lasik etwas Unvorstellbares: Vor Glück verlor er vollkommen den Kopf. Er hüpfte aus einer Ecke in die andre, summte wie eine Hummel, hieb sich mit den Händen auf die unbezeichenbarsten Stellen.

Schließlich erinnerte er sich an die Unterrichtsstunden des Parasiten von Kiew und tanzte vor dem bestürzten Rittmeister einen echten Foxtrott.

»Bist du verrückt geworden?«

Aber Lasik konnte kein Wort hervorbringen. Er fuhr nur fort, Trompetentöne von sich zu geben. Da ließ der perplexe Rittmeister den Arzt kommen.

»Der Gefangene ist vor seelischer Erschütterung in schreckliche Krämpfe verfallen. Ist das vielleicht Veitstanz oder Apoplexie? Wie drückend ist es, einen Menschen leiden zu sehen, selbst wenn es sich um einen bolschewistischen Bösewicht handelt!«

Und der gute Rittmeister holte ein großes Foulardtuch hervor und schneuzte sich auf tragische Weise. Der Arzt untersuchte Lasik.

»Zeigen Sie die Zunge. Sagen Sie dreiunddreißig. Atmen Sie. Atmen Sie nicht. Ich denke, Pan Rittmeister, das hat nichts Schlimmes auf sich. Ich werde ihm Rizinusöl verschreiben und eine Wasserbehandlung von sechs Monaten.«

Kaum hörte Lasik diese Worte, als er im Nu still wurde.

»Ich will meinetwegen eine Tonne Rizinus trinken, Pan Doktor, aber erlauben Sie mir, die Kur irgendwo im Ausland zu machen. Mein Ehrenwort, ich finde Wasser auch in andern Ländern, eine solche Seltenheit ist es nicht.«

Der Rittmeister hielt es nicht länger aus: er weinte.

»Ist das nicht schrecklich? Er könnte noch sechs Monate in einem polnischen Gefängnis zubringen, und nun muß er morgen abreisen. Wieviel Leid gibt es auf Erden! Ich sehe ihn an, und mein Herz bricht in Stücke. Geben Sie ihm, Pan Doktor, wenigstens das Rizinus, sonst stirbt er unterwegs am Herzschlag. Warum weinst du nicht, du Räuber? Erleichtere dich durch Tränen. Bedenke, morgen geht die Sonne auf, in den Straßen spazieren wunderschöne Damen, in den Flaschen spielt unser berühmter ›Perlówka‹

in allen Regenbogenfarben, selbst hinter den Gefängnisgittern rieselt unsere singende Sprache, aber du fährst um diese Stunde irgendwohin in düstere Länder ...«

Lasik wurde unruhig.

»Was nennen Sie ›düstere Länder‹? Den Nordpol? Oder Rumänien?«

»Du wirst über die nächste Grenze abgeschoben. Trink Rizinus! Bete zu Gott! Schluchze! Morgen früh ...«

»Früh ...«

Lasik stieß abermals einen unangemessenen Laut aus.

»Wieder ein Anfall?«

»Aber nicht doch, Pan Rittmeister. Wie Ihr ältester Urahne gesagt hat, ich blase nur die Posaune. Hätte ich Geld, ich ließe vor Freude gleich eine Flasche dieses berühmten ›Perlówka‹ auffahren.«

»Wahnsinniger! Von was für einer Freude redest du? Hätte ich ein hartes Herz, so würde ich mich freuen: Noch so ein Asiat, der unsern heiligen Boden verläßt! Noch so einen Bolschewik, Tartaren, Moskowiter, Schänder, Henker, Barbaren werfen wir vor die Tür! Vergiß nicht, daß ihr euch noch mit zwei Fingern geschneuzt habt, als bei uns schon Sienkiewicz lebte. Ja, ich könnte mich freuen. Aber du solltest dich voll Schmerz an die Brust schlagen. Oder aber du bist geisteskrank, und dann muß ich dich einer ärztlichen Untersuchung zuführen.«

»Nein, führen Sie mich nicht zu! Lieber trinke ich das Rizinus. Und schlage mich an die Brust. Ich könnte Ihnen erklären, warum ich Trompete blase, ich habe nur Angst, daß Sie morgens Gymnastik treiben. Nein? Sie schreiben morgens Ihre Berichte? Das trifft sich wunderbar. Dann kann ich Ihnen auch erzählen, worum es sich handelt. Wenn ich meine Habseligkeiten zusammenbinde, entbindet sich im Nu meine Zunge. Fangen wir an mit Pharao. Das war ein hoher Beamter, der zuoberst saß, während unten die Juden die Pyramiden bauten. Er knallte mit der

Peitsche, und sie mußten bauen. Wollen mal sagen, sie waren lauter Mosesse pharaonischen Glaubensbekenntnisses, obwohl es Moses damals noch nicht gab, und als er dann erschien, entschieden sie unter sich, wieviel kann man denn bauen, na, zehn Pyramiden sind genug, und so verließen sie zu Fuß Ägypten. Hier beginnt die Diskussion. Die einen sagen, die Juden hätten sich gefreut, daß sie aus Ägypten türmten, obwohl sie gewisse Kleinigkeiten vom Himmel essen mußten, andere versichern, daß der Pharao sich freute, weil man mit den Juden, wie Sie wissen, so schrecklich viele Scherereien hat, man muß sie erschlagen oder aufhängen oder gratis im Gefängnis verköstigen mit singenden Gesprächen. Und da fand sich denn ein kluger Mann, der die Sache mit einem Schlag erhellte. Er sprach so: ›Wenn ein wohlbeleibter Mann auf einem kleinen Eselchen reitet, ist es ihm unbequem, und dem Esel ist es unbequem, und wenn sie endlich angekommen sind, sind sie beide froh. Frage: Wer freut sich mehr, der Reiter oder der Esel?‹ Demgemäß können wir uns beide freuen. Stecken Sie Ihr tränennasses Tüchlein ein und hören Sie auf, sich zu schneuzen wie Sienkiewicz. Tanzen Sie lieber Foxtrott. Ist es vielleicht keine Freude, einen solchen Roitschwantz loszuwerden? Was mich betrifft, so meine ich, daß der Esel sich mehr gefreut hat …«

Damit endete die Unterhaltung zwischen Lasik und dem Offizier in Poznań. Das Folgende will ich nicht weiter beschreiben. Es genügt, zu sagen, daß der dreizehnte Rittmeister Lasik hinters Licht geführt hatte: Er verbrachte seine Morgen nicht nur mit der Abfassung von Berichten.

Anfangs freute sich Lasik: Es kam ihm so vor, als spräche alles ringsum jiddisch, wenn auch in einer etwas verdorbenen Weise. In seiner Begeisterung flüsterte er sogar dem Stationsvorsteher zu: »Wus macht a Jid?«, aber der knurrte ihn so finster an, daß Lasik sich eilends aus dem Staube machte. Er schlenderte im Städtchen herum und sah sich die Gesichter aufmerksam an.

»Sicherlich wohnt hier irgendein Moses deutschen Bekenntnisses.«

Und in der Tat, sehr bald tauchte eine unmißverständliche Nase vor ihm auf. Voll Freude lief Lasik zu ihrem Besitzer.

»So habe ich Sie denn gefunden! Guten Tag, guten Tag, wie geht es Ihnen hier, und möge Gott Ihnen alle zwölf Söhne schicken, dann kann's nicht fehlen, daß jemand da ist, der einen hübschen ›Kaddisch‹ an Ihrem baldigen Grabe sagt! Sie müssen mir natürlich beistehen, denn Sie sind ein Jude, und ich bin ein Jude, und auf Wiedersehen nächstes Jahr in Jerusalem. Ich brauche ein paar lumpige Mark, um bis Berlin zu kommen, und selbstverständlich ein bißchen was zu essen. In Polen habe ich viel gehungert. Bedenken Sie, gewiß haben Sie Eltern gehabt, und gewiß leben sie nicht mehr. Ich will ein Leben lang für sie beten. Sollten Ihnen meine frommen Tränen nicht genug sein, so kann ich Ihnen beispielsweise auch eine Reithose in Tarnfarben schneidern. Ich kann sogar ...«

Herr Rosenblum unterbrach Lasik streng:

»Ich verstehe Sie nur deshalb, weil ich nicht weit von der Grenze wohne. Ich bin jedoch kein Hebräer, sondern ein echter Deutscher. Natürlich bekenne ich mich zum mosaischen Glauben, aber das ist meine Privatangelegenheit. Für die Totengebete habe ich bereits jemanden gemietet, und ich bin nicht reich genug, um zwei anzustellen, die für meine teuren Eltern beten. Ich pflege keine Reithosen zu tragen. Ich lasse mich vom Schneider Spiegel einkleiden, der auch für die Herren Kommerzienräte und sogar für den Herrn von Krinkenbauer arbeitet. Aber wenn Sie meinen Wintermantel kürzer machen, einen Anzug wenden, die gesamte Garderobe bügeln und die Kleider der Kinder ausbessern, will ich Ihnen fünf Mark geben, obschon Sie ein Ostjude sind, voll von Cholera, Typhus und Bolschewismus, ja, will ich Ihnen fünf Mark geben, weil Sie auch mosaischen Glaubens sind.«

»Schon sind wir uns einig! Und ich setze meine Flicken so auf, daß die Leute es auf hundert Kilometer sehen und vor Entzücken schreien. Was aber die Eltern betrifft, so ist für so einen Kommerzienrat ein einziger Mann zu wenig – es müssen schon zweie beten. Ich möchte doch wetten, daß Sie zwei Eltern hatten und nicht nur eine. Ich zum Beispiel wähle Ihre unbestreitbare Mama. Kurzum, wir werden einander gut verstehen. Hauptsache, Sie sind privatim mosaisch, alles andere ist dummes Zeug, ein Kinderkleidchen …«

Kleider müssen ausgebessert werden: Lasik verbrachte zehn Tage in dem Städtchen, wendete, kürzte, flickte. Er ging kurzerhand auf eine Haustür zu.

»Ach, Sie sind auch ein Glaubensbruder? Was soll ich denn bei Ihnen kürzen?«

Am Ende waren alle Beinkleider gekürzt oder geflickt. Lasik schlug sich nach Königsberg durch. Hier erblickte er das Denkmal Kants, und er ward traurig:

»Glück von Homel! Was soll ich mit ihm anfangen? Ich kann ihn doch nicht kürzer machen. Wenn ich ihn nur damals im Klub ›Wohlschmack‹ gefunden hätte! Wie hätte sich der Genosse Serebrjakow gefreut, wenn ich so einen steinernen Stör mit einem Schlag entfernt hätte. Übrigens, was soll jetzt das Gerede? Ich muß entweder ein Stück Brot finden oder auf der Stelle sterben.«

Er blieb vor der Auslage eines Wurstgeschäfts stehen und flüsterte, während ihm das Wasser im Mund zusammenlief:

»Welch schönes Bild! Wie ist das gemalt!«

Aber der Besitzer jagte ihn weg:

»Gehn Sie weg! Hier binden die Kundinnen ihre Dackel an.«

Er wollte die Straße überqueren, aber der Schutzmann schnauzte ihn an:

»Sie hätten von einem Auto überfahren werden können. Heute fahren hier keine Autos, aber gestern abend sind zwei vorübergekommen. Sie haben kein Recht, Ihr Leben zu riskieren.«

Er setzte sich auf eine Parkbank, aber schon wuchs ein unermüdlicher Wächter aus der Erde.

»Hier nur für Ammen und für blinde oder halbblinde Soldaten.«

Da seufzte Lasik verzagt:

»Ich glaube, ich verliere den Verstand.«

»Mittwochs und freitags von neun Uhr fünfundvierzig bis zehn Uhr dreißig kostenlose Untersuchungen im städtischen Krankenhaus.«

Er spürte in der Menge einen Herrn mit entsprechender Nase auf.

»Warten Sie, Glaubensbruder! Ich bin auch einer, und ich habe noch nicht gegessen!«

Der Herr mit der Nase stieß Lasik weg.

»Die Synagoge befindet sich Viktoriastraße siebzehn, die koschere Schächterei Schillerstraße elf. Betteln ist verboten laut Verfügung des Polizeipräsidiums vom sechsten Juni achtzehnhundertneunundachtzig.«

Lasik rief:

»Ich möcht mich am liebsten ins fertige Grab legen!«

Da kam aus der Menge ein Subjekt hervor, steckte ihm ein Kärtchen zu und sagte rasch:

»Verkauf von Grabstätten aller Konfessionen in vorteilhaften Ratenzahlungen.«

Schließlich fiel Lasik besinnungslos auf der Straße hin. Ein hochgewachsener Mann mit trüben, opalisierenden Augen und einem kurzgestutzten Schnurrbart beugte sich über ihn.

»Heda, Sie, der da liegt ... Was ist los? Sie halten den Verkehr auf. Sind Sie Akrobat oder Epileptiker?«

Da er keine Antwort bekam, stieß er Lasik mit dem Fuß an. Da ertönte ein schwaches Piepsen:

»Wieso Akrobat? Ich habe nur einen gewaltigen Appetit, nach lauter singenden Reden. Hätte ich das Geld für die vorteilhaften Ratenzahlungen, ich legte mich sogleich in die Graberde.«

Der hochgewachsene Mann sah Lasik aufmerksam an.

»Auf dem Trottoir liegen ist verboten. Da haben Sie zehn Pfennig. Gehen Sie drüben in die Bäckerei und kaufen Sie sich ein Brötchen. Sie können es nachher in einer stillen Seitenstraße verzehren. Ich warte auf Sie an der Straßenbahnhaltestelle. Hier stehenbleiben ist verboten, das hält den Verkehr auf. Rasch!«

Letzteres war überflüssig – ungeachtet seiner Schwäche war Lasik in die Bäckerei galoppiert.

»Wo haben Sie denn das Brötchen? In der Tasche?«

»Leider nein! In der Tasche ist nur ein Loch. Das Brötchen ist in der Nähe – innen drin.«

»Zuchtlosigkeit. Die zehn Pfennig gehören mir. Sie sind verpflichtet, mir zu gehorchen. Ich habe ernste Absichten mit Ihnen. Ich kann Ihre Zukunft sicherstellen. Was können Sie?«

»Alles, was Sie wollen. Ich setze beispielsweise solche Flicken auf die Kleider, daß sie unverwechselbar sind. Als ich in Homel die Hosen von Solowejtschik geflickt hatte, erkannte ihn alle Welt lediglich an meiner Arbeit. Wenn er noch auf dem Marktplatz dahinschritt, schrie es schon vom Bahnhof her: ›Da kommt der Flick vom Roitschwantz‹.«

»Sinnlos. Müssen unbemerkbar sein. In Königsberg gibt es sechs Firmen. Sonst können Sie nichts?«

»Wieso nichts? Ich habe Ihnen ja gesagt, ich kann alles, sogar tote Kaninchen vermehren.«

»Doppelt sinnlos. Kaninchen werden hier nicht gegessen. Nur Schweine- und Kalbfleisch. An Wild etwa Hasen und Ziegen.«

Das Brötchen war winzig gewesen, und Lasik wimmerte:

»Bleiben Sie stehen, als wenn Sie den Verkehr aufhalten wollten! Wenn Sie Hasen züchten, das kann ich auch, aber geben Sie mir zuvor ein Schwänzchen oder Flügelchen von einer Ziege.«

»Falsch. Ich vermehre nicht. Ich habe die beste Apotheke in Königsberg und ganz Ostpreußen. Lieferant Seiner ehemaligen Hoheit. Ziehen Sie den Bauch ein, wenn ich den Namen ausspreche! Ich bediene die feinsten Familien. Sie können mich einfach ›Herr Doktor Dreckenkopf‹ nennen. Mit Zuchtversuchen werden Sie hier nicht viel anfangen können. Wir züchten nur Deutsche. Künftige Soldaten Seiner ehemaligen Hoheit. Bei Demokraten und ähnlichen Verrätern zwei je Ehepaar. Bei national Gesinnten sechs bis acht. Wenn zwölf vorkommen, gibt es eine Medaille. Ich muß leider Zurückhaltung üben. Als Patriot wünsche ich's mir, als Apothekenbesitzer bin ich durch geistige Obliegenheiten gebunden. Ich muß ja durch mein lebendiges Beispiel meine Ware anpreisen. Also, Sie können nichts. Was sind Sie denn?«

»Ich bin ein gelehrter Sekretär.«

»Gelehrter? Chemie? Gase? Anilin? Ingenieur? Straßenbau? Brücken? Architekt? Eisenbeton? Klosetts?«

»Nein, ich bin ein Gelehrter anderer Richtung. Ich bin, sehen Sie, ein wenig Spezialist in bezug auf eine mächtige Sprache.«

»Philologe? Sanskrit wohl? Dreifach sinnlos. Können Sie Malayisch? Aztekisch? Zulusprache? Dann fahren Sie nach Hamburg. Die Handelsbeziehungen werden aufgenommen. Noch fünf Jahre, und wir haben Kolonien.«

»Glauben Sie nicht, Herr Doktor Dreckenkopf, man hätte mir in dieser Bäckerei, sagen wir, einen Schweineschinken gegeben. Es war nur ein Brötchen, nicht größer als Ihre ererbte Uhr. Ich hatte nicht mal Zeit, es richtig zu beschnuppern. Und nach einer solchen hungrigen Einleitung sprechen Sie von ›Azteken‹. Das ist ja eine Folter! Nu, woher soll ich verstehen so eine unbekannte malayische Sprache, wenn ich aus Homel bin? Sprachen? Ich kenne einen Haufen Sprachen! Ich verstehe beispielsweise, wie die Juden in Homel sprechen, wie sie in Gluchow sprechen und wie sie in Moskau sprechen. Das ist zwar kein Sanskrit, aber das sind drei mächtige Mundarten in einem Staatenbund. Ferner versteh ich die polnische Sprache. Das ist keine gewöhnliche Sprache, das ist lauterster Gesang. Schließlich versteh ich auch die deutsche Sprache, und wenn ich jetzt nicht so spreche wie Sie oder wie er oder wie Herr Hindenburg, so nur deshalb, weil ich von Kind an ein unerhörtes Original gewesen bin. Aber klingt das nicht hervorragend: ›Herr Doktor, Ihr sond a hervorragender Chochem‹? Ich glaube, Herr Hindenburg würde es nicht besser sagen.«

Herr Dreckenkopf schwieg. Sein Antlitz zeigte einen seelischen Kampf: Seine opalisierenden Augen spielten in allen Regenbogenfarben, und sein Schnurrbart zuckte krampfhaft in die Höhe. Nach einer langen Pause sagte er:

»Spaltung der Persönlichkeit. Interessant für die reine Vernunft. Nicht Coldcream, sondern Psychoanalyse. Indem ich Geschäfte mache, diene ich dem Vaterland. Seine Hoheit würde es verstehen. Sie hat doch Zäpfchen und Rhabarber gekauft. Ziehen Sie übrigens den Bauch ein! Sie sind ein Jude. Folglich sollte man Sie davonjagen.

Beim Polizeipräsidium anzeigen. Auf Ihrer Ausweisung bestehen. Sie haben Schwarz-weiß-rot an die Schwarz-rot-gelb verraten. Das ist unerhört! Das ist die Sintflut! Das ist ein Anschlag auf unsere Rasse! Bestimmt sind Sie mit Wirth, Wilson und Heine verwandt. Ein Vetter. Heraus mit den zehn Pfennigen. Bestes Abführmittel aus meiner Apotheke verpassen. Dauert nur wenige Minuten. Halt! Wo rennen Sie hin? Ich gebe Ihnen ja noch nichts. Ich überlege nur laut. Wie Kant. Wie Seine Hoheit. Ziehen Sie ...! Das wär die eine Hälfte. Die zweite aber: Ich habe einen Plan. Sie sind ein Fund. In ganz Königsberg gibt es keine solche Mißgeburt. Sicherlich wiegen Sie vierzig Kilo. Nicht mehr. Degeneratives Wachstum. Ein Meter dreißig. Nicht mehr. Sie können für ein achtjähriges Kind gehalten werden. Vorzeitig gealtert. Sie sind ein Unikum! Ich zaudere. Meine Seele wird nach zwei Seiten auseinandergerissen.«

Lasik trippelte ängstlich neben ihm und zitterte: wie schrecklich war er, dieser Doktor! Auch wenn er ihm ein Hasenschwänzchen gäbe, damit wäre noch nicht alles gesagt, wo er doch eben dies unglückselige Brötchen hatte zurücknehmen wollen. Woher soll ich Wirth kennen? Wenn es ihm die Seele zerreißt, von mir aus, wenn er nur mich nicht zerreißt!

»Abgemacht! Ich verzeihe Ihnen Ihre verdammte Abstammung. Ich nehme Sie. Zwanzig Mark wöchentlich. Das Geld wird jede Woche auf Ihren Namen bei der Bank deponiert. Kontrakt für einen Monat. Nach Ablauf dieser Frist zahlt die Bank Ihnen die ganze Summe aus. Zu essen bekommen Sie bei mir. Ich mache Sie darauf aufmerksam – strenge Diät. Pro Tag ein Zwieback, zwei Glas Milch. Einer Gewichtszunahme muß unbedingt vorgebeugt werden. Sie müssen in den Augen Mattigkeit bewahren. Gelegentlich besinnungslos hinfallen. Dafür erhalten Sie nach einem Monat achtzig Mark. Sie können dann meinetwegen hundert Schweinekoteletts aufessen. Mit Kraut oder Kartoffeln. Oder sogar mit Ei. In Zwiebackbröseln … Fein? Einverstanden?«

Da sagte, nein, schrie Lasik:

»Aber das wird doch in Zwiebackbröseln erst in einem Monat sein!«

»Wenn wir den Kontrakt unterschreiben, will ich Ihnen für heute eine Abweichung von der Diät gestatten. Sie bekommen ein Stück Wurst und Apfelmus.«

»Schön. Ich unterschreibe schon. Weshalb soll meine Seele im voraus auseinandergerissen werden? Ich wollte mich ja in das abgezahlte Grab legen. Natürlich, mit einem einzigen Zwieback werde ich das auch müssen, aber vorläufig will ich das Stück Wurst und dies Äpfelzeug essen. Sagen Sie mir nur, Herr Doktor Dreckenkopf, welche Krankheit wollen Sie an mir heilen, und was sind das für mitleidige Gewohnheiten bei Ihnen?«

»Heilen? Habe nicht die Absicht. Ich bin Doktor der Philosophie. Ich bin Geschäftsmann. Deutschland ist das erste Land in Europa. Aber es ist hinter Amerika zurückgeblieben. Wir müssen uns vervollkommnen. Entwicklung des Willens und der Vernunft. Der Grundmotor jedes Handelns ist die Reklame. Wird leider in Apotheken nicht angewandt. Kant hat über die Reine Vernunft geschrieben. Seine Hoheit hat ein Schreiben an die Kriegsinvaliden gerichtet. Und ich sage: Eisbeutel, Klistierspritze und selbst ein bescheidenes Senfpflaster sind nicht weniger wert als Neusilbertabletts oder Füllfederhalter. Das sind Dinge an sich. Man kann sie zum Absoluten erheben. Dazu braucht es nur Reklame. Diesen Frühling habe ich Reklame für Klistiere gemacht. Ich habe einen Haufen Steine ins Schaufenster gelegt: Nahrung. Genaue Tabelle: Fleisch – soundsoviel, Brot – soundsoviel. Wir schlucken Steine. Die Menschen werden träg, die Götter werden träg, der Darm wird träg. Es lebe die Spülung! Elektrische

Lämpchen beleuchteten den ganzen Weg vom ersten Schluck bis zum Wiederaustritt. In gläsernen Röhrchen rieselte Wasser. Alles, was die Bewegung aufhält, muß beseitigt werden. Ein Lautsprecher brüllte: ›Ich spüle, du spülst, Seine Hoheit spült.‹ Los, ziehen Sie den Bauch ein! Ich will jetzt Reklame für Fischtran machen. Sie sind ein Kind, das mit Surrogaten ernährt worden ist. Willi hat nur isländischen Tran meiner Marke zu sich genommen. Außerdem, im Hinblick auf die großen Kosten, verbinde ich damit noch die Reklame für einige Fabrikate. Taktvoll, um die ehrenwerten Mütter nicht stutzig zu machen. Hermetische Verpackung. Bin der erste in Ostpreußen. Habe Amerika überflügelt. Wir Deutschen bleiben nicht auf halbem Wege stehen. Wenn Vernunft, dann Vernunft. Wenn Bagdad, dann Bagdad. Wenn Amerika, dann Amerika. Hauptsache – mit Geist erleuchten. Das Wasser läuft durch die Röhrchen. In hermetischer Verpackung kann nichts zerreißen. Die Sterne am Himmel erfreuen das Herz. Tran von bestem Dorsch …«

Lasik hörte nicht zu, was der Herr Doktor sagte. Wozu auch, wo er offenbar reines Sanskrit redete? Aber etwas anderes war, was er wohl unter einem »Stückchen Wurst« verstehen mochte. Einen Zipfel oder hundert Gramm?

Der Deutsche führte Lasik ins Eßzimmer. Hier saßen eine weißblonde mollige Frau um die Vierzig mit dem trüben Blick eines toten Dorschs und ein gemästeter Kerl in kurzen Hosen und einer Matrosenbluse für Kinder. Herr Dreckenkopf wandte sich an seine Frau:

»Das ist mein neuer Patient. Strengste Diät. Ein Zwieback, ein Viertelliter Milch. Ab und zu muß er in Ohnmacht fallen. Heute wird eine Abweichung gestattet. Du gibst ihm ein Stückchen Wurst und Apfelmus. Zwei Zwieback. Nicht mehr als sechs Stunden schlafen. Verstanden? Jetzt Stempelpapier her. Wir unterschreiben den Kontrakt.«

Lasiks Hand zitterte. Kaum, daß es ihm gelang, »Roitschwantz“ hinzumalen. Daneben setzte er ein kleines Kreuz und erklärte dem verständnislosen Doktor:

»Ein kleines Symbol, obschon ich mich zum mosaischen Glauben bekenne, denn bald muß ich mich in die abgezahlte Grube legen.«

Bevor Lasik das winzige Wurststückchen herunterschluckte, beroch er es angelegentlich. Frau Dreckenkopf war beleidigt.

»Bei uns gibt es nur frisches Essen.«

Herr Dreckenkopf fügte hinzu:

»Das frischeste in Ostpreußen.«

Aber Lasik erklärte schuldbewußt:

»Ich rieche nur zur Erinnerung daran, um nicht zu vergessen, wie herzzerreißend das duften kann, wenn ich nur einen sehr frischen Zwieback essen darf.«

Die eigentliche Prüfung begann indes erst, als die Magd das Abendessen für den fetten Kerl hereintrug. Der Hausherr erklärte Lasik:

»Das ist Willi. Ein seltener Fund. Siebenundzwanzig Jahre alt. Gesicht eines Kindes. Zweiundneunzig Kilo. Ein Meter einundachtzig. Sehen Sie die Gesichtsfarbe? Dorsch aus Island. Vier Mark fünfundneunzig der Liter.«

Willi bekam einen riesigen Laib Brot, Pökelfleisch mit Kartoffeln, Grießklöße mit gebratenem Speck, Schweinekoteletts mit Bohnen und zuletzt Reispudding. Er trank ein Glas Bier nach dem andern und atmete schwer. Am Ende fing er sogar an zu röcheln. Er versuchte, einen Kloß auf dem Teller liegen zu lassen, und deckte den Löffel darüber, aber Herr Dreckenkopf sagte streng:

»Willi!«

»Ich kann nicht mehr. Ich platze. Es wird ja nur für Sie schlimm, wenn ich das Fenster zerschlage.«

»Willi!«

Da versuchte Lasik, sich einzumischen:

»Herr Doktor, vielleicht kann ich den Kloß aufessen? Ich werde bestimmt nicht platzen.«

Aber der Hausherr würdigte ihn keiner Antwort. Er sah ihn nur an, mit einem Blick, daß Lasik die Augen senkte.

Am nächsten Morgen drängten sich die Passanten vor der Apotheke des Herrn Dreckenkopf. Im Schaufenster saßen zwei Knaben. Der eine war rosig und riesig und lächelte selig. Auf seiner Brust stand zu lesen: »Ich bin mit echtem Fischtran aus der Leber des isländischen Dorschs ernährt worden. Verkauf nur hier, der Liter 4,95.« Der zweite Knabe seufzte trübselig. Die Gaffer staunten:

»Man könnte ihn für vierzig halten.«

»Wo sie nur so ein Scheusal ausgegraben haben ...«

»Vielleicht ein Zwerg?«

»Wieso denn ein Zwerg! Sehen Sie doch, wie ihm der Speichel aus dem Mund trieft. Und da steht: ›Ich bin elf Jahre alt.‹ Das ist einfach ein degeneriertes Kind.«

Außer der Mitteilung über das Alter stand zu lesen: »Ich bin mit nachgemachtem Fischtran ernährt worden. Ich leide an Rachitis, Blutarmut, Leukämie, Paralyse, Hysterie und siebzehn weiteren Krankheiten. Schützen Sie Ihre Kinder vor meinem schrecklichen Schicksal! Und wenn Sie solche Kinder wie mich überhaupt nicht wollen, kaufen Sie ›Niemals‹, absolute Garantie, 1,90 das Päckchen.«

Herr Dreckenkopf beobachtete durch einen Spalt das Benehmen der beiden Exponate. Von Zeit zu Zeit flüsterte er:

»Willi, lächeln! Senden Sie der Dame einen Handkuß! Heben Sie die Hantel! Singen Sie vor Glück!«

»Jude, stöhnen! Schlagen Sie sich die Brust! Raufen Sie die Haare! Versuchen Sie, in Ohnmacht zu fallen!«

Die Knaben unterhielten sich leise. Es stellte sich heraus, daß der rotbäckige Willi gar nicht so glücklich war.

»Der Fleischer quält mich schon drei Wochen. Ich kann nicht so viel fressen. Ich platze, weiß Gott, ich platze. Er verbietet mir zu gehen. Noch schlimmer, ich lebe wie ein Mönch. Ihm geht's gut, er ist verrückt, das wissen alle. Er kann mit Nachtpantoffeln Liebe machen. Bei mir aber juckt alles drinnen. Und dann noch einer Dame zulächeln! Ich werde noch das Fenster zerschlagen und auf sie losspringen …«

Aber Lasik fiel es schwer, seinen Gefährten zu verstehen.

»Wozu wollen Sie springen, wo Sie doch in einer Stunde wieder zehn Klöße kriegen? Ich nur einen halben Zwieback. Vielleicht denken diese Plattköpfe, ich habe getrunken in Homel irgendwelche blöden Surrogate? Ich will Ihnen erzählen, was ich auf Drawkins Hochzeit gegessen habe. Ich hatte Drawkin vor zwei Jahren einen Gehrock genäht, und er war so gerührt, daß er mir sagte: ›Roitschwantz, komm auf meine prächtige Hochzeit!‹ Und ich bin gekommen. Und ich habe gegessen. Ich habe zum Beispiel gehackte Leber mit Ei gegessen. Das zum ersten. Und ich habe gefüllten Gänsehals mit Buchweizengrütze gegessen. Das zum zweiten. Und ich habe Grieben gegessen und Knödel und Sülze. Das wohl schon zum fünften. Aber was soll die dumme Rechnerei? Hundert Gänge habe ich gegessen. Was für ein Huhn! Aber ich bin wirklich ein Idiot, ich habe ja den gefillte Fisch vergessen! Er war mit rotem Meerrettich angemacht. Und dann Kugel mit Rosinen, Zimes mit Dörrpflaumen und Rettich mit Ingwer. Aber warum vorauseilen? Es ließe sich noch allerlei über die Gänsehälschen sagen. Sie waren so schön gebraten, daß ganz Homel das Krachen der Kruste hörte, und die Füllung war mit Zwiebeln und Pilzen angemacht …«

Hier ertönte das unheilverkündende Flüstern des Herrn Dreckenkopf:

»Jude, sofort aufhören zu lächeln! Was für eine Unverschämtheit! Denken Sie an etwas Erhabenes! Zum Beispiel: daß Sie in der Diaspora leben.«

»Gut, Herr Doktor. Ich denke bereits: Unglücklicher Roitschwantz, du lebst in der Diaspora. Von Gänsehälsen kann keine Rede sein, und in einer Stunde bekommst du die Hälfte eines kaum sichtbaren Zwiebacks. Sie sehen, ich seufze. Ich weine. Ich steige hinab in Ihr Island. Ich falle, scheint's, wieder in Ohnmacht ...«

24

Am Nachfolgenden ist Herr Dreckenkopf selber schuld. Nicht mal in Königsberg kann man nur von Sternen und reiner Vernunft leben. Da er bekanntlich ein Patriot war, hatte er einen Sohn und eine Tochter erzeugt, aber damit war Schluß, und er erklärte seiner verblüfften Gattin:

»An diesem Punkt beginnt das Apothekengeschäft.«

Und Frau Dreckenkopf saß da mit ihren gekochten Kartoffeln und der überflüssig gewordenen Zärtlichkeit in ihren glanzlosen Augen. Der Herr Doktor hatte mit ihr nichts mehr im Sinn. Er mußte das Geschäft in Schwung bringen. Er stellte Betrachtungen an über das Absolute. An den Sonntagen kam er mit Gesinnungsgenossen zusammen und blies auf der Posaune patriotische Märsche. Auf der Schulkarte verbesserte er die Grenzen Deutschlands. Er putzte seinen Helm mit Kreide. Er trank Bier. Er würgte im Traum koloniale Kebsweiber. Kurz, er hatte eine Menge Staatsgeschäfte. Außerdem kannte er unschuldige Zerstreuungen. Einmal wöchentlich verdoppelte er sich. Der ehrenwerte Herr Doktor verblieb auf dem Schild seiner Apotheke und im Bewußtsein der geehrten Kunden. Sein Körper hingegen begab sich in die Kaiserstraße sechs. Dort sträubte sich sein borstiges Schnurrbärtchen ekstatisch. Willi hatte nicht geschwindelt: Der Herr Doktor Dreckenkopf liebte ausschließlich Schuhwerk. Im Hause Kaiserstraße sechs biß er des Abends einen alten Pantoffel und schmetterte:

»Ich fresse dich, ewiges Gretchen! Hurra!«

All das lag natürlich in der Ordnung der Dinge und ging niemanden etwas an, ausgenommen Frau Dreckenkopf. Von den Kartoffeln wurde sie mit jedem Jahr dicker, aber irgendwo unter den Fettmassen pochte eifrig ihr Herz. Als sie von der heimlichen Leidenschaft ihres Gatten Wind bekam, versuchte sie, statt ihres Nachthäubchens einen Pantoffel auf den Kopf zu stülpen. Aber so einfach war es nicht, den Herrn Doktor hinters Licht zu führen!

Frau Dreckenkopf zeichnete sich keineswegs durch Leichtsinn aus. Die hübschen Kundinnen, die das Schaufenster belagerten, hatten Willi einmal derart zur Verzweiflung gebracht, daß er sich an den abgelagerten Fettmassen vergreifen wollte. Aber Frau Dreckenkopf ließ ihn streng abfahren:

»Willi, keine Dummheiten! Essen Sie Ihre Klöße auf. Ich sehe, daß Sie drei Stück beiseite gebracht haben. Ich werde es dem Herrn Doktor erzählen.«

Willi erregte Frau Dreckenkopfs Unmut. Er schnaufte wie ein Eber, während ihre Sehnsucht zu einem blassen Jüngling mit lodernden Augen ging.

Eines Abends war sie mit Lasik allein. Herr Dreckenkopf kaute in der Kaiserstraße Pantoffeln, und Willi schlief, indes sein Leib gehorsam einen Haufen Klöße verdaute. Lasik blickte sie an, und sie erstarrte. Welches Feuer! Welche Leidenschaft! Hingerissen lispelte sie:

»Sie sind wie Lohengrin … Kann man solch heftigen Wunsch abschlagen?«

Hoffnungsvoll fiel Lasik auf die Knie und schluchzte:

»Einmal! Nur ein einziges Mal! Er erfährt's nicht. Wir nennen es dann einen erdachten Traum. Geben Sie mir zwei oder drei Klöße!«

Die Fettmassen von Frau Dreckenkopf brandeten gewaltig an die Tür des Speiseschranks, so wie die Wogen des Ozeans an einen Felsen schlagen. Sie gab Lasik nicht nur drei, sondern vier Klöße. Mochten sie nun kommen, die Tugend und sogar der Fischtran aus dem besten Dorsch Ostpreußens! Sie zog das Nachthäubchen aus der perlengestickten Hülle.

»Versinke in meiner Liebe!«

Lasik erinnerte sich: Schon im Cheder hatte er gelernt, daß man sein Brot im Schweiße seines Angesichts erwerben müsse, und das mochte erst recht für so erstklassige Klöße gelten.

Eine Viertelstunde später entschloß er sich zu sprechen: »Sie sehen – ich war versunken, und ich habe mich wieder gefunden. Ich bin von oben bis unten vom Schweiße meines Angesichts bedeckt, und ich flehe Sie an, geben Sie mir schleunigst zum Beispiel ein Schweinekotelett mit Bohnen! Ich habe ihren unerhörten Duft verspürt, als dieser dicke Dummkopf sie herunterschlang.«

Und Lasik verzehrte in Eile ein riesiges Kotelett.

»Noch mehr!« seufzte er und dachte an Reispudding.

»Noch mehr!« seufzte Frau Dreckenkopf, und dachte an etwas ganz anderes.

Indessen, sie verstanden einander. Willi schnarchte finster. Irgendwo auf der Kaiserstraße betrampelte der Herr Doktor im Übermaß seiner Gefühle den gehorsamen Pantoffel, die glücklich Liebenden aber girrten zärtlich:

»Du bist so klein, daß ich Angst habe, du könntest verlorengehen wie eine Stecknadel ...«

»Hab keine Angst, ich gehe nicht verloren. Ich werde immer gleich von allen bemerkt. Kaum hatte ich die Schwelle zum großen Polen überschritten, schon bemerkten mich alle. Ich muß dich aber nach etwas anderm fragen. Der Herr Doktor hat mir etwas von Ziegenwildbraten gesagt. Machst du mir vielleicht morgen so ein zartes Stück mit Kraut?«

Drei Tage später fiel Herrn Dreckenkopf eine Veränderung auf. Lasiks Bäcklein waren von einer sanften Röte überhaucht. Er stöhnte nicht mehr. Er pfiff sogar frech Ljowkas Liedchen: »Kaufen Sie Bananen« und gab sich selbst lächelnd zur Antwort: »Gewiß doch, und mit Kraut.« Kurz, er benahm sich, als hätte er sein Leben lang den gerühmten Fischtran zu 4,95 den Liter getrunken.

»Jude, Sie sind ja verrückt geworden! Weshalb lächeln Sie? Wie können Sie es wagen, so freche Rosafarben zu bekommen?«

»Das kommt vermutlich von Ihrer durchspülenden Diät, Herr Doktor Dreckenkopf. Ich nähre mich ja von herrlicher Luft, der besten in ganz Ostpreußen. Weshalb ich Rosafarben bekomme? Das ist der Anfang vom Ende. So wird doch auch der Himmel bei Sonnenuntergang rosig, in Homel und sogar in Ihrem Island. Ferner haben Sie mir ein Kinderjäckchen angezogen und mich genau um einundzwanzig Jahre gestutzt, und sicherlich ist mein progressiver Organismus noch weiter fortgeschritten, so daß ich jetzt nicht elf Jahre, sondern höchstens elf Monate zähle. Ich bin so zart rosig wie ein Kind in der Wiege, und ich singe und pfeife, obschon das Stempelpapier in Ihren Händen ist, weil ich entweder die Sonne vor ihrem Verscheiden bin oder eine neugeborene Tatsache.«

Zu alledem erkrankte Willi, sein Magen verdaute nicht mehr. Er saß düster schnaufend im Schaufenster, und die Vorübergehenden meinten:

»Der Kleine da scheint doch gesünder zu sein. Der Wuchs – das will nichts besagen. Aber sehen Sie mal seine Bäcklein an ... Da haben Sie die Wirkung des Fischtrans ...«

Herr Dreckenkopf griff sich an den Kopf.

»Der geniale Plan ist hin. Seine Hoheit hat alles verloren. Ostpreußen verliert seine beste Apotheke.«

Die Niedergeschlagenheit bemächtigte sich seiner so sehr, daß er eines Abends, schon auf dem Weg in die Kaiserstraße, plötzlich wieder heimschwenkte.

»Mir ist jetzt nicht nach Leidenschaften. Schlimmstenfalls kann ich den Pantoffel meiner Frau kauen.«

Als der Herr Doktor neben dem Nachthäubchen der Gattin das naive Höschen des elfjährigen Knaben erblickte, schrie er verzweifelt:

»Wo sind Sie?«

Lasik begriff nur undeutlich, was sich abspielte, denn er hatte zwei Gänselebern und einen riesigen Kartoffelpuffer gegessen. Er piepste:

»Hier bin ich! Haben Sie keine Angst – ich bin keine Stecknadel und gehe nicht verloren.«

Und während der wildgewordene Herr Dreckenkopf ihn am Kragen schüttelte, murmelte er seelenruhig:

»Weshalb regen Sie sich so auf? Ich habe gar nicht die Absicht, sie zu heiraten. Der Moskauer Versuch hat mir gereicht. Ich nehme Ihnen Ihren Wohnraum nicht weg. Und Deutsche zu vermehren habe ich auch nicht vor. Ihr Geschäft ist das erste in ganz Ostpreußen, und Sie dürfen diesbezüglich ganz ruhig sein. Hören Sie endlich auf, mich zu schütteln, Sie sind doch kein polnischer Rittmeister! Sie haben hier die reine Vernunft, also überlegen Sie doch zwei Minuten. Schließlich tue ich nichts Unrechtes, wenn ich mich zum mosaischen Glauben bekenne, und dort steht geschrieben, daß der Schweiß deines Angesichts notwendig ist. Haben Sie wirklich geglaubt, ich könnte von einem einzigen momentanen Zwieback leben?«

Herr Dreckenkopf brüllte wie rasend:

»Das werden wir sehen, du Räuber! Ins Gefängnis laß ich dich werfen! Auf der Stelle kommst du mit aufs Polizeipräsidium! Dieb! Bolschewik! Dort werden sie dir zeigen, was es heißt, die Gattin des Herrn Doktor Dreckenkopf zu berühren.«

Lasik nutzte den Umstand, daß Herr Dreckenkopf vergessen hatte, die Tür zu schließen, und lief auf die Straße. Er lief bis zur ersten Straßenkreuzung, befolgte hier die

Vorschrift betreffend das Überqueren der Straßen durch Fußgänger und trat an einen Schutzmann heran.

»Sagen Sie mir bitte, Herr Doktor der Polizeiphilosophie, was meinen Sie, wenn ich jetzt ins Gefängnis gehe, sperrt man mich ein oder nicht? Ich habe sie ja berührt, und sie ist die Schönste in ganz Ostpreußen.«

Der Schutzmann überlegte gewissenhaft.

»Das weiß ich nicht. Sicherlich wird man von Ihnen drei Photos und ein Pockenimpfzeugnis verlangen.«

Da seufzte Lasik schwer:

»Ja, dann bleibt mir wohl nur eines. Sie sehen, Herr Polizeidoktor, ich liege bereits ohne Besinnung und behindere den gewaltigen Verkehr, also führen Sie mich möglichst rasch dorthin und ohne alle photographische Impfung!«

25

Das Glück lächelte Lasik. Nicht nur, daß er sich bis Berlin durchschlug, er fand dort auch einen neuen Gönner. Und wieder half ihm sein Wuchs. Das Schicksal schien alle Kränkungen gutmachen zu wollen, die Fenitschka Herschanowitsch und die Genossin Njussja dem verliebten Däumling zugefügt hatten. Lasik wäre vielleicht wieder wie ein Zwergkaktus in das Herzenstreibhaus einer neuen Frau Dreckenkopf geraten, zumal in diesem Jahr winzige Schirme und kurzbeinige Scotchterrier modern waren, aber neue Horizonte taten sich vor ihm auf. Ein freier Künstler, Alfred Kümmel, Regisseur eines großen Kinounternehmens, las ihn auf.

»Was für ein Fund! Man spürt sofort, daß Sie ein Russe sind und Bolschewik. Sie waren der Anführer ganzer Horden. Dies Geheimnisvolle in Ihrem Blick ... Steppenweiten und darin knarrende Bauernfuhren ... Mongolisches

Profil. Nur ein Ataman kann so mit der Hand winken. Photogene Wimpern. Sie bekommen fünftausend Mark. Sie werden die Hauptrolle in meinem neuen Film ›Das Lied der Lippen und Maschinengewehre‹ spielen.«

Lasik erschrak.

»Herr Kunstdoktor, obgleich fünftausend Mark eine so große Summe ist, daß es sie bestimmt gar nicht gibt, wie beispielsweise Orchideen, hab ich's doch nicht eilig, Ihnen mit meinen winkenden mongolischen Atamanhänden um den Hals zu fallen. Erstens sagen Sie, daß ich ein Bolschewik bin, obwohl Sie mich doch gar nicht genug kennen, um derartige familiäre Ausführlichkeiten zu berühren. Zwar hat in Homel Ljowka immer geschrien: ›Ich bin ein eingefleischter Bolschewik‹, wenn im Freien Musik spielte und er eingelassen werden wollte, aber Sie sind doch nicht aus Homel, sondern im Gegenteil, und daß man einen Menschen ständig prügeln sollte, dazu ist nicht mal der verlorene Roitschwantz bereit. Also wollen wir derartige Bezeichnungen lieber bis zu einer intimen Konferenz unterlassen. Spielen kann ich natürlich, ich habe bereits in einer offiziellen Tragödie die Rolle des Herzogs mit nagenden Zähnen und echter Klassenunterdrückung gespielt. Aber der Name Ihres Films gefällt mir gar nicht. Gegen die Lippen habe ich nichts einzuwenden. Das kann jedem passieren, und wenn es Fenitschka Herschanowitsch einfallen sollte, mich zu verleumden, kann ich jederzeit von Frau Dreckenkopf ein Reifezeugnis einfordern. Aber Sie wollen doch da noch Maschinengewehre in Ihr Lied hineinbringen. Also derartige Motive liebe ich überhaupt nicht als vollendeter Gegner des frechen Imperialismus. Achtmal hat man versucht, mich einzuziehen, und achtmal habe ich die Kommission in meinen eigenen Beinkleidern wieder verlassen. Ich war herz- und leber- und nabelkrank und was nicht noch alles. Ich bin nie nachgekommen mit dem kostenlosen Zuschneiden der Militärjoppen für alle diese Doktorkünstler! Einmal hat man mir sogar für eine Reithose, zu der ich den Stoff geliefert hatte, ein ganz gesundes Stückchen Darm herausgeschnitten, nur damit ich nicht für irgendeinen Hetman sterben mußte. Sagen Sie selbst – hätte es sich für mich gelohnt, mich unter das am Leben schnippelnde Messer zu legen, um dann nach Berlin zu kommen und an Ihrer Maschinengewehrschöpfung zu sterben?«

Der Regisseur murmelte begeistert:

»Welche östliche Glut! Ein winziges Männlein, und doch entzündet der lebendige Geist in dem schwachen Leib den Ozean, und er führt Massen von Matrosen und Nomaden! Nein, mein Teuerster, ich lasse Sie nicht mehr weg! Holla, Schofför! Geradenwegs ins Atelier.«

Alfred Kümmel führte Lasik durch das riesige Atelier.

»Sehen Sie – alles fertig für die Aufnahme. Ich habe nur noch Sie gesucht. Sie werden die Rolle des ›Steppengeistes Sascha Zemaljonkow‹ spielen. Wir haben kolossale Gelder hineingesteckt. Hier die Maschinengewehre. Wo wollen Sie hin? Nein, nein, ich lasse Sie nicht weg! Das ist Ihre Partnerin – ›die Seele der Loreley‹. Eine berühmte Schauspielerin. Machen Sie sich bekannt. Morgen kommen die Kosaken. Sie laufen schon wieder weg? Portier, zurück mit ihm! Die achtunddreißigste Szene: Sie küssen die ›Seele der Loreley‹ inmitten einer wilden Kavallerieattacke von vier Schwadronen. Verstehen Sie, das ist kein gewöhnlicher Film, das ist ein Weltenkampfgemälde. Dort in der Ecke sehen Sie den Roten Platz. Lassen Sie Ihrer Rührung freien Lauf – Sie sind wieder in Ihrem heimatlichen Moskau.«

Lasik war nicht oft auf dem Roten Platz gewesen, denn er hatte Angst, der Posten vor dem Lenin-Mausoleum könnte schießen – er vermied es immer, an Posten vorüberzugehen (»was kostet es ihn schon, zufällig an einem Häkchen hängenzubleiben, und die Kugel landet womöglich in meinem Bauch«), aber er hatte den Roten Platz doch gesehen. Und er bemerkte höflich:

»Ich finde, eher im Gegenteil, und wenn Sie neben die Kuppel da ein Nachthäubchen legen, wird sie einer Apotheke so ähnlich wie ein Ei dem andern.«

Der Regisseur lächelte mild.

»Ich verstehe. Sie wollen sagen, daß die richtige Luft fehlt, die Atmosphäre? Aber Sie werden sehen, wie ganz anders diese Dekoration ausschaut, wenn Sie auf einem rasenden arabischen Hengst dahersprengen.«

»Auf Wiedersehen, Herr freier Doktor! Gute Nacht! Ich sprenge schon, möglichst weit weg. Besorgen Sie sich einen Araber, der auf dieser Raserei dahersprengt, ich aber habe mein Leben in seinem vorletzten Stadium noch lieb.«

»Warten Sie! Ich sagte Ihnen doch, daß ich Sie nicht weglasse. Sie wollen, daß wir Sie versichern? Gut, wir gehen auch darauf ein. Wie hoch schätzen Sie sich?«

»Wozu Versicherung? Bin ich vielleicht ein unbrennbares Haus, daß ich selbst Feuer an mich lege? Vielleicht bin ich nur zehn Pfennige wert, und auch das ist noch fraglich, weil ich nichts mehr zu flicken habe. Aber wenn ich sterbe und bekomme hunderttausend ausbezahlt, so wär das ja Spott und Hohn über das Grab hinaus! Als ob ich süß weinen könnte an meinem schicken Grabdenkmal.«

»Sie werden nicht sterben. Sie laufen nicht die geringste Gefahr. Die Versicherung habe ich Ihnen nur wegen Ihrer Nervosität angeboten. Gewiß, ein paar Unglücksfälle gehören zu einer guten Filmaufnahme. Wir haben Amerika überflügelt, wir schrecken vor nichts zurück. In der Reklame kann uns keiner. Aber wir wollen uns mit zwei, drei Statisten begnügen. Sie werden wir behüten wie einen verwöhnten Star. Also, morgen früh geht's los. Und jetzt erzähle ich Ihnen den Inhalt des Films.

Steppe. Rabengekrächz. Wolken treiben. Das Volk wird unterdrückt. Der Mönch Rasputin tanzt unbekümmert

Foxtrott mit einer Hofdame. Den Nomaden wird das Ackerland weggenommen. Sie seufzen am Lagerfeuer und ziehen weiter. Grandioses Bild! Die Matrosen seufzen ebenfalls. Ja, ich vergaß, Ihnen zu sagen, man sieht die Flotte herankommen. Die Matrosen meutern. Sie wollen frisches Wasser, kristallklares Wasser, aber man gibt ihnen nachgemachten Kwaß. Ein Matrose stirbt an Bord aus Schmerz um sein Volk. Jetzt laufen die Nomaden hervor und knirschen. Die Hofdame schlägt die Sklaven mit Sporen. Wolken ballen sich. Rasche Aufeinanderfolge. Gewitterwolke, Sporen, Träne des Nomaden. Gewitter. Aus einem Kurgan kriechen Sie hervor, will sagen, ›der Steppengeist‹. Winzig ist er und mächtig. Sie ergreifen eine Ikone und wiegeln die Matrosen auf. Alle umwickeln sich mit Patronengurten. Ein Palast brennt. Diese Szene kostet am meisten. Neunhundert Statisten. Ende des ersten Teils. Zweiter Teil. Der Rhein fließt dahin. Weinberge. Burgen. Die Tochter des Försters ist die ›Seele der Loreley‹. Sie streut den frierenden Buchfinken Futter und übt mit armen Kindern Lieder ein. Niemand versteht sie. Der Rhein fließt dahin. Sie fühlt, daß sie berufen ist. Sie ist oben auf dem Berg. Ihr weißes Gewand hebt sich von der Nebelwand ab. Doppelaufnahme. Sie träumt gen Osten. Sie sprengen über den Platz. Sie sprengen durch Rußland, durch Europa. Sie sprengen durch die ganze Welt. Unterbrechen Sie mich nicht! Die Wolken verhüllen den ganzen Himmel. Die Matrosen sind Nomaden geworden. Im Kabarett ›Alkazar‹ tanzen Damen unbekümmert Foxtrott. Die Beine der Damen. Die Nomaden fahren zur See. Die Matrosen reiten verwegen. Europa am Vorabend des Untergangs. Und da Ihre Begegnung mit der ›Seele der Loreley‹. Sie singt Ihnen das Lied des Buchfinken. Sie küssen sich. Großaufnahme. Alle küssen sich. Die Nomaden schmücken die Fuhrwerke mit Kränzen. Sonnenaufgang. Matrosen baden im Rhein. Der Förster segnet Sie und das

Zeitliche. Er hinterläßt Ihnen alles. Sie eröffnen ein Zigarrengeschäft. Ihr Bild mit der Pfeife im Mund. ›Die Seele der Loreley‹ über die Wiege gebeugt. Die Nomaden kehren in die Steppe zurück. Die Matrosen überreichen Hindenburg einen Strauß Stiefmütterchen. Die Stiefmütterchen in Großaufnahme. Die Wiege. Der Säugling lächelt mannhaft. Text: ›Ein künftiger deutscher Soldat‹. Na, ist das etwa keine tolle Sache? Liebe. Mystik. Revolution. Vaterland. Für den Export werden wir die letzten hundert Meter wegschneiden müssen. Erfolg in Amerika, Rußland, Australien, China. Der Name ›Roitschwantz‹ wird den Erdball umkreisen. Warum schweigen Sie jetzt? Gestehen Sie, das Szenarium hat Sie erschüttert.«

»Durch und durch erschüttert. Das ist in der Art des Romans von Alfonse Curose. Sie können sogar das eine oder andere dort entlehnen. Aber warum müssen die sich mit Patronengurten umwickeln? Das ist doch gar nicht hübsch, und es könnte ein Schuß losgehen. Ich finde, jeder müßte ein Tennisracket in seine gewaltige Faust nehmen. Dann wird der Schatten erst deutlich. Aber Sie wissen das natürlich besser. Ich möchte Sie nur um eines bitten. Wenn ich schon geschlagene vierundzwanzig Stunden durch die ganze Welt sprengen soll, geht das nicht ohne arabischen Hengst? Lassen Sie doch die Matrosen galoppieren, worauf sie Lust haben, wenn sie schon den Kriegsdienst auf sich genommen haben, ich dagegen werde zu Fuß dahinsprengen.«

Aber Alfred Kümmel blieb unerbittlich, und am andern Morgen geleitete er den zitternden Lasik zu seinem Roß.

»Aufgesessen!«

Zur Aufrechterhaltung des Heldengefühls dröhnte eine Militärkapelle. Ringsum tummelten verwegene Kosaken ihre Pferde. Lasik wurde in einen Bojarenkaftan gekleidet, über den ein Patronengurt geschlungen wurde. Er kniff die Augen zu vor dem unerträglich grellen Licht und winselte kläglich.

Alfred Kümmel brachte das gewaltige Sprachrohr an sein Ohr und schrie wütend:

»Verlieren Sie keine Zeit! Sitzen Sie rasch auf! Jede Minute Verzögerung kostet uns hundert Mark.«

»Mein teurer Herr Künstler! Ich verzichte gern auf meine fünftausend Mark.«

»Aufsitzen!«

»Wie kann ich aufsitzen, wenn das Höchste, worauf ich je gesessen habe, der Armesünderstuhl des Angeklagten gewesen ist? Und als in Homel Maschinengewehre schossen, habe ich mich im hinteren Durchgang versteckt. Aber ich kann mich nicht vor mir selbst verstecken, wo Sie mir hier diesen niederträchtigen Gurt umgelegt haben. Wenn er nun plötzlich schießt?«

»Genug geschwatzt! Sie sind der ›Steppengeist‹! Sie sprengen einher. Kühnheit und Unbekümmertheit im Ausdruck. Verstanden? Also auf. Keine Angst. Das ist ein dressierter Gaul. Eine alte Stute. Fast schon ein Esel. Sind Sie oben? Jetzt kühn geblickt. Los, volles Licht! Karl, schrekken Sie die Mähre auf! Kamera, ›Steppengeist‹, kühner!«

Lasik konnte nur noch rufen:

»Leben Sie wohl, Pfeifer! Brr! Brr! Pferd, was fällt Ihnen ein!«

Vergebens donnerte das Sprachrohr: »Gerade sitzen! Lächeln!« Lasik hörte nichts. Anfangs hielt er sich noch an der Mähne, aber gleich der erste Ruck warf ihn nach hinten. Er krallte sich an der Kruppe des Pferdes fest. Er winselte vor Angst. Als die »Seele der Loreley« erschien, der er eine Kußhand zusenden sollte, hing er schon wie ein Lappen am Pferdeschweif. Das Pferd wackelte ärgerlich mit dem Hintern. Lasik fiel auf die Erde. Er zerschlug sich die Nase. Nachdem er das Blut mit dem Bojarenkaftan abgewischt hatte, trat er stolz an den Regisseur heran.

»Na? Ich bin gesprengt wie ein echter Geist.«

Herr Kümmel ließ das Sprachrohr unbenutzt. Er brüllte so wild »Verschwinde«, daß Lasik diesmal wirklich davonsprengte, wobei er sich in die Schöße des langen Kaftans verwickelte. Aber am Ausgang blieb er stehen.

»Haben Sie sich schon beruhigt nach dieser Hatz? Dann hören Sie jetzt mal zu. Ich wollte nicht dahinsprengen. Ich habe Ihnen die ganze Zeit gesagt, daß ich kein ›Steppengeist‹ bin, sondern nur ein unglücklicher Schneider aus Homel. Sie selbst haben mich auf dies blutige Schafott gesetzt. Da haben Sie Ihren unnormalen Gehrock und diese absichtlichen Patronen, aber geben Sie mir ein wenig Kleingeld, weil Sie doch, wenn ich auch das Unglücksblatt mit dem Stempel nicht unterschrieben habe, gestern von einer Versicherung verschiedener Häuser gesprochen haben. Wie hoch haben Sie meine blutige Nase versichert? Ich möchte für sie wenigstens zehn Mark haben, weil ich so hungrig bin wie eine richtige Amazone ...«

»He, Karl! Zeigen Sie ihm, wo's rausgeht!«

So mußte der arme Roitschwantz wieder lossprengen, über den Hof, durch die Straßen, durch Berlin, durch die weite Welt.

26

Ein paar Tage lang verteilte Lasik auf den Straßen Prospekte eines Instituts für Geschlechtskrankheiten, bis er von einer Dame, der er zur Sicherheit gleich einen ganzen Packen in den Ärmel schob, mit dem Schirm verprügelt wurde. Danach nahm er in der Klinik des berühmten Tierarztes Doktor Keller den Posten einer Katzenwärterin ein. Er mußte die Katzen festhalten, während sie mit violetten Strahlen beleuchtet wurden. Die Katzen glaubten offenbar nicht an die Medizin, sie schlugen um sich und kratzten schmerzhaft. Lasik mußte auch diese Stelle aufgeben, nachdem ein Siamkater ihm das Gesicht blutig gerissen hatte, denn Doktor Keller fürchtete, daß der Anblick des verbundenen Lasik allzu empfindliche Patienten abschrecken könnte. Darauf geriet Lasik in einen Wanderzirkus: Er wurde dafür angestellt, den an Bronchitis erkrankten Affen Jigo zu vertreten. Er mußte in Fell und Maske an den Trapezen herumklettern. Er kletterte. Er mußte Nüsse knacken. Er knackte. Als man ihm aber während einer Vorstellung befahl, über eine Barriere zu springen, hielt er es nicht aus.

»Erstens haben Sie mir von einem derartigen Selbstmord nichts gesagt, und zweitens, wenn ich mich unbedingt mit meinem Blut begießen muß, so knüpfen Sie mir bitte den Schwanz ab, denn mit einem Schwanz springt ja wohl kein Mensch.«

So gelang es Lasik nicht, eine stille Zuflucht zu finden. Vergebens bemühte er sich, Vorübergehende mit seinen berühmten Flicken zu locken. Er erbot sich, alles zu nähen: Militärjoppen, Bojarengehröcke, ja sogar Stahlhelme. Auf jede Weise versuchte er, die Herzen der Berliner zu rühren, er erinnerte sie daran, daß er sich zum »Mosaismus« bekenne, daß die »Seele der Loreley« in ihn verliebt gewesen sei, daß er schließlich nicht für einen angeknüpften Schwanz verantwortlich gemacht werden könne. Er bekam erregte Scheltworte zu hören; schließlich brachte ihn ein mitleidiger Schutzmann auf die Polizeiwache. Er wurde angeklagt auf Grund von Paragraphen, die Bettelei, Nötigung und Verstöße gegen die guten Sitten unter Strafe stellten.

Im Gefängnis fühlte sich Lasik rasch heimisch; er hängte das Bild der portugiesischen Geißel über sein Lager und prahlte:

»Das ist schon das elfte, und ich könnte einen prachtvollen Reiseführer schreiben. Gewiß, Luft hat es hier mehr als zum Beispiel in Lomsha, aber in Kiew gab es einen erstaunlichen Borschtsch.«

Neben Lasik schlief ein gewisser Kotz, der wegen Wurstraub sitzen mußte. Nachts klagte er leise:

»Ich habe sechs Tage lang nach Arbeit gesucht. Schließlich habe ich's nicht ausgehalten. Es war auf dem Markt. Sie lag abseits, und ich habe sie mit einem Happs verschlungen.«

Lasik klopfte dem riesigen Kotz zärtlich auf die Schulter:

»Na, Kopf hoch! Sie kommen schon wieder frei. Ich verstehe Sie gut. Man sollte verbieten, daß Wurst überhaupt ausgestellt wird, das duftet zu prächtig. Ich finde, diesen Duft kann kein Mensch aushalten, nicht einmal Herr Hindenburg, obwohl sie ihm einen Strauß von Stiefmütterchen darbringen wollten. Wissen Sie was, Genosse Kotz, auf Erden gibt es keine Gerechtigkeit! Hätten Sie Stiefmütterchen genommen, so hätte man Sie verurteilen können. Weshalb nehmen Sie auch andern solche Darbringungen weg? Ein Stückchen Wurst aber braucht jeder. Was soll das blöde Gericht? Von der Arbeit brauchen Sie mir auch nichts zu sagen. Sie haben nichts gefunden? Ein Glück. Sie sind im Gefängnis, ich bin im Gefängnis, aber Sie besitzen wenigstens eine unantastbare Nase. Ich mußte auf einem wilden Araber galoppieren, ich bin über meinen Schwanz gesprungen, ich mußte auf der Straße die verschiedensten Doktorenfrauen belästigen, und ich mußte richtige siamesische Tiger festhalten. Das nennt man ›im Schweiße seines Angesichts‹, und dann kommen die Leute in die Synagoge oder sogar in die Kirche und verneigen sich vor Gott für so was. Ich gehöre überhaupt zur Avantgarde, und ich weiß, daß oben nur Gase sind, die niemand braucht. Aber mal angenommen, daß oben ein erfundener Gott sitzt, so ist er ja der größte Betrüger, und wir sollten mit ihm die Plätze tauschen. Er soll sich hier unter die hundert Paragraphen des Strafgesetzbuchs legen, und wir beide sollten im Himmel ausruhen. Sie meinen, ich kenne alle diese Übeltaten nicht? Ich kenne sie wie meine fünf Finger. Und wenn wir schon ganz von vorn anfangen wollen – da steht ein völlig unbegreiflicher Lärm. Schön, es war verboten, den Apfel zu essen. Gott hat auch seine Phantasien. Doch sagen Sie mir, wozu solch historischer Lärm wegen einer kleinen Frucht? Das ist wie bei der Wurst. Aber ich sprenge weiter. Er sitzt also zu Gericht und verkündet: ›Im Schweiße deines Angesichts sollst du dein Brot essen.‹ Einverstanden. Aber es ist dumm – weshalb muß ich schwitzen, wenn ich so wie er in der blauen Farbe herumflattern möchte? Aber das ist klar. Und das Ergebnis? Ich schwitze so, daß es mich gar nicht mehr gibt. Bin ich etwa noch ein Mensch? Ich bin ein ausgepreßter Fleck, und statt des Brotes werde ich nur fortwährend geprügelt. Wollen Sie vielleicht nach alledem noch sagen, daß dort oben keine leeren Gase sind?«

Kotz bekreuzigte sich ängstlich.

»Wir zwei sind zwar Leidensgefährten, aber ich bin ein ehrlicher Mensch. Ich bin zufällig hier. Ich war arbeitslos. Die Wurst lag abseits ... Sie sind Jude, Sie brauchen nicht an Ihren Gott zu glauben, aber ich bin aus Würzburg. Ich bin ein guter Katholik. Ich glaube an die Barmherzigkeit unseres Herrn Jesu Christi.«

»Hören Sie, Genosse Kotz, ich erzähle Ihnen eine großartige Geschichte. Ich sehe, Sie haben zwar einen Umfang wie die Zarenkanone in Moskau, aber keinerlei Überbau. Sicherlich sprechen Sie nicht oft mit klugen Leuten, und es wird Ihnen nützen, sich dieses tiefe Vorurteil anzuhören.

Bei uns in Homel lebte ein verrückter Greis. Er besserte alte Matratzen aus, aber nur selten kam jemand zu ihm, alle sagten: ›Er ist ein schlechter Jude, sicherlich hat er was mit dem Teufel zu tun; hat man je gesehen, daß einer an Schabbes mit dem Schirm herumgeht und, statt zu beten, den

Buben schamlose Geschichten erzählt?‹ Kurz, dieser Greis war ein großes Original. Von ihm habe ich eine Menge Geschichten erfahren: vom Chassid in Proskurow, der sich verirrte, von der Tabaksdose des Königs Salomon und noch viele andere. Er war's auch, der mir dies merkwürdige Erlebnis mit Ihrem barmherzigen Gott erzählt hat. Und obschon Sie aus Würzburg sind und ich nur aus Homel, können wir uns vielleicht in dieser Gefechtsstellung die Hände reichen.

Wir sind augenblicklich weit von Homel entfernt, doch noch nicht in Rom, aber Rom ist auch eine Stadt, und dort kann man auch hingelangen, und das Lächerlichste ist, daß dort Juden leben wie in Homel. Das Abenteuer ist in Rom geschehen, nicht jetzt, vor langen Zeiten, vor dem Krieg, sogar vor dem vorletzten Krieg. Übrigens, wenn man von Vorurteilen spricht, soll man nicht im Kalender blättern. In Rom lebte der römische Papst. Das ist, glaube ich, Ihr oberster Kommissar, und Sie dürfen sich gleich noch einmal bekreuzigen. Dieser Papst lebte ganz so wie Valentin in dem Roman von Alfonse Curose. Von Wurst zu sprechen wär geradezu lächerlich: Vom frühen Morgen an wurden ihm lauter Bananen aufgetragen. Er aß an einem Tage so viele Leckereien, wie wir beide sie in unserm ganzen Leben nicht essen werden. Und trinken tat er mehr als alle Pans Rittmeister. Sie können sich vorstellen, was für einen Palast er besaß, ich fürchte mich, nur daran zu denken, denn bestimmt standen dort neben jedem Hocker Posten mit Maschinengewehren. Er saß in seinem Palast und lauschte den schönsten Melodien. Seien Sie mir bitte nicht böse, aber er liebte Funktionen mit allerlei Vergnügungsfahrten auf die azurblaue Krim nicht weniger als der Genosse Serebrjakow. Ich weiß, daß der Papst laut Vorschrift ein hübsches Mädchen nicht anders anblicken darf als einen Balken während des Gottesdienstes. Vielleicht kommen andere Päpste ohne Vorbedingungen aus, so wie

Willi, der in der Apotheke die teure Schaufensterscheibe zerschlagen wollte. Wenn Sie mir sagen, daß der Sohn jenes Papstes oder zum Beispiel sein illegitimer Vater überhaupt keine Menschen waren, sondern nur ein tiefer Seufzer, so will ich es Ihnen gerne glauben. Aber dieser eine Papst, der saß nicht da und gaffte. Er suchte sich begreiflicherweise die berüchtigtsten Schönheiten aus, denn es ist für jede Frau schmeichelhaft, morgens aufzuwachen, und neben ihr liegt der römische Papst, der ist ja kein Roitschwantz und kein Kotz. Der Papst hatte viel freie Zeit, wenn er keine Bananen aß und nicht allen möglichen Narren seinen alten Pantoffel zum Kuß hinstreckte, und schöne Mädchen gab es in Rom auch genug, so daß in seinem Palast ein ununterbrochenes Geküsse ertönte.

In Rom war Fastnachtszeit. Was ist das doch für ein leckeres Fest! Bei uns in Homel hat mich der Telegraphenbeamte Sacharow einmal mit solchen Pfannkuchen bewirtet, daß ich mich beinahe zu seinem Opium mit Sauerrahm bekehrt hätte. Aber natürlich feiern die Menschen in jedem Land die Feste auf ihre Weise. In Rom verloren sie geradezu den Verstand. Sie zogen sich gratis Affenfelle über und knüpften sich Schwänze an. Sie lustwandelten von morgens früh bis abends spät in Banditenmasken. Blickte man um sich, so war's schon keine Stadt mehr, sondern eine allgemeine Operette. Der eine erklärte, er sei ein Elefant, und wedelte unverschämt mit dem Rüssel, der andre versicherte, daß er ein echter Herzog sei, der seine Herzogin fresse, und alles sprang herum, und alles blies Trompete, und alles tanzte die Tänze der römischen nationalen Minderheiten. Von den Frauen will ich gar nicht erst reden. Wer weiß, was für eine Mechanik Sie in Ihrem Leib haben: Vielleicht schleichen Sie schon wie der dicke Willi in aller Stille zum Schaufenster? Ich will Ihnen nur sagen, daß bei den

Frauen die Auslagen voll waren. Was für Bananen stellten sie für das Publikum aus! Setzen wir an dieser Stelle lieber tausend Punkte …

Sie sprangen, sie sangen, sie küßten sich, aber die Hauptsache stand erst bevor. Ich habe Ihnen schon gesagt, daß in Rom Juden lebten. Das ist natürlich eine Schamlosigkeit: Juden wagen es, in derselben Stadt wie der Papst zu leben. Aber was soll man machen? Die Ameisen zum Beispiel – wo kriechen sie nicht alles hin! Auch die Pans Rittmeister, so streng sie auch sind, wie wenig nützt ihnen ihre Aufregung! Zertritt man einen Juden, gleich springt ein andrer mit autonomer Nase hervor. Der Papst schalt, drohte mit seinem Pantoffel, und dann wurde es ihm langweilig: mochten sie leben. Man kann doch nicht so einen wandernden Schnupfen ins Gefängnis setzen! Da er aber ein Freund der Fastnacht war, dachte er sich einen fabelhaften Spaß aus: Die Juden sollten zur allgemeinen Belustigung einen Renner stellen! Dieser unglückselige Renner sollte in der Fastnacht dreimal um die ganze Stadt herumlaufen, und zwar splitternackt; der Papst aber würde mit seinen Elefanten und seinen Damen auf goldenen Hockern sitzen und sich totlachen.

Wie die Leute sagen: dem einen Fastnacht, dem andern nackter Galopp. Die Juden versammelten sich also zu einer Fastenkonferenz: Wer sollte das gepeinigte Pferd sein? Juden gibt's verschiedene: Die einen tragen sogar am Bauch Karate, die andern haben die Tränen umsonst. Ich etwa liege auf der elften Splitterpritsche, und irgend so ein Rothschild vertilgt zur gleichen Zeit ein ganzes Zicklein. In Rom gab es auch Kaufleute erster Gilde und Friedhofsbettler, die für ein Stück Brot an jedem ihnen bedeuteten Grab Tränen eimerweise zu weinen bereit waren. Wer also sollte um die Stadt laufen? Natürlich nicht der Rabbiner – er war ja ein Gelehrter, ohne ihn würden alle verdummen, natürlich nicht der römische Rothschild – ohne ihn würde niemand da sein, der einmal im Jahr die Armen mit Küchenabfällen fütterte.

Jeder Jude legte ein Goldstück hin, um nicht laufen zu müssen, und auch die armen Teufel gaben etwas her, denn es lohnt sich, Sabbatleuchter oder einen Gehrock oder ein Kissen zu verkaufen, nur um nicht in nackter Gestalt vor den verrückten Elefanten zu sterben. Aber es fand sich ein unglückseliger Schneider, der keinen Gehrock, keinen Leuchter, kein Flaumkissen und keinen seidenen Talles besaß. Er besaß nur ein Weib, sechs Kinder und seinen dazu passenden Kummer, aber für dies alles kann man kein Goldstück einhandeln. Er hieß, sagen wir, Leiser. Ich nehme an, daß er der Großvater meines Großvaters war, denn von solch einem trübseligen Schatten stammt unser hervorragendes Geschlecht der Roitschwantze ab.

Die Stunde des Laufs war gekommen. Der Papst bekreuzigte sich, kippte noch ein Viertel Wein und erstieg seinen Hocker, und ihm zur Seite nahmen verschiedene Priester und schöne Damen mit ihren Auslagen und einfach aufgedonnerte Frechlinge Platz. Es waren alles gottesfürchtige Leute, und der Papst selbst war unter ihnen, also hatten sie überall die Porträts Ihres barmherzigen Gottes aufgestellt. Er war aus Gold gefertigt, aus Silber, aus Brillanten für eine runde Million Rubel, auf daß alle wüßten, wie freigebig sie wären und was für einen prächtigen Gott sie hätten. Der Papst sitzt also da, ganz in Sammet, und über ihm schwebt ein riesiges Kreuz aus dem Juwelierladen, und auf dem Kreuz ist Christus, nicht etwa vergoldet oder hohl, nein aus massivem Gold nie gesehener Güte. Sehr schön! Aber wo ist denn nun der menschliche Renner? Der Papst wird schon ungeduldig, und er klingelt mit seiner Schelle: ›Bringt das Pferd her, es ist wohl Zeit anzufangen.‹

Da führte man Leiser herbei, und hinter ihm gingen sein Weib und seine sechs Kinder, und sie alle schrien jämmerlich. Selbst ein kleines Kind begreift ja, daß man nicht ohne Atempause dreimal um Rom herumlaufen kann; blieb er aber nur einen Moment stehen, so würden ihn die Roßknechte des Papstes mit ihren Knuten schlagen. Folglich war es so, als ginge er gleich in den Tod. Leiser begann, seine hundertmal geflickte Hose auszuziehen. Der Papst bekam vor Lachen Bauchschmerzen, die übrigen Banditen aber verloren teils ihre Rüssel und teils ihre Schwänze; man darf eben nicht so furchtbar lachen. Das Schauspiel war ziemlich lustig, denn so ein Unglücklicher ist schon in Hose ein Witz, steht er aber ohne Hose da, so muß man lachen bis zum Umfallen.

Der Papst lachte also, nicht aber Leiser. Leiser umarmte sein Weib und seine Kinder.

›Gut, ich werde laufen und werde sterben, und wer wird euch morgen ernähren? Vielleicht der Rabbiner? Ja, er wird eine große Gans essen, aber euch wird er nicht einmal die Knochen geben. Er wird euch nur mit gelehrten Reden speisen. Vielleicht der römische Rothschild? Ja, er wird sagen: ›Ich bin ein Jude, und ihr seid Juden, und Gott segne euch, aber ich kann mich im Augenblick nicht mit euch unterhalten, denn ich habe so viele Gänse, Hühner und Enten gegessen, daß mir der Doktor Schröpfköpfe setzen muß. Ich bin ein wahrer Märtyrer, ihr aber seid glückliche Menschen, und ihr könnt mich zum Abschied gern haben. So wird Rothschild mit euch sprechen. Und niemand wird euch zu essen geben, denn die Armen haben nichts als ihr nacktes Herz, und die Reichen haben alles, nur kein Herz, und so werdet auch ihr sterben müssen. Ich werde heute von dieser Lauferei sterben, und ihr werdet in einer Woche oder in einem Monat sterben, ebenfalls vom Laufen, denn ihr werdet in der Stadt herumlaufen und um ein Krümchen Brot betteln und sterben.‹

Sein Weib schrie natürlich. Sie schrie wie am Spieß, daß man es in ganz Rom hörte:

›Wai geschrien, wie willst du denn laufen, Leiser? Du kannst ja gar nicht laufen. Sag ihnen, daß du ein unglücklicher Schneider bist und kein Pferd. Du wirst sterben, mein Ehrenwort, du wirst sterben! Und in wessen Schutz läßt du mich zurück? Und in wessen Schutz läßt du zurück diese zu Waisen bestimmten Kinder?‹

Der Papst stopfte sich Watte in die Ohren und zuckte nicht mit der Wimper. Der erste Roßknecht aber knallte schon mit der Peitsche: ›Lauf jetzt.‹

›Leb wohl, mein Weib! Lebet wohl, meine Kinder! Leb wohl, mein Leben!‹

Leiser setzte sich auf einen Stein, umklammerte seine nackten Knie und seufzte noch einmal. Er seufzte so, daß ein Wind über ganz Rom dahinfuhr: sein Abschied vom Leben. Aber danach stand er begreiflicherweise auf und trabte los wie ein alter Gaul.

Es war ein heißer Tag, wie wenn es nicht Fastnacht, sondern richtiger Sommer gewesen wäre, denn in Rom ist der Kalender nicht normal, dort kann man immer in einer Tolstoibluse aus Segeltuch herumgehen. Laufen aber ist natürlich noch viel heißer als sitzen. An Leiser troff sogleich ein wahrer Pferdeschweiß herab. Er stolperte, stöhnte und schüttelte den Bart, die Roßknechte aber trieben ihn mit ihren Knuten an. Rom ist nicht Homel. Rom ist eher so wie Berlin. Um drum herumzulaufen, braucht man vielleicht zwei Stunden. Überall standen Roßknechte. Sie paßten auf, daß das menschliche Pferd nicht ausruhte. Außer den Roßknechten standen Zuschauer da: Wen hätte es nicht interessiert, sich so ein zweibeiniges Rennen anzusehen? Da standen Affen und Tiger und Herzöge und Damen, und sie alle lachten gratis:

›Lauf zu, alter Gaul!‹

Und allen antwortete Leiser sanft:

›Ich laufe schon.‹

So lief er einmal um Rom herum. Er konnte kaum die

Füße heben, und immer häufiger peitschten ihn die Roßknechte mit den bereitgehaltenen Knuten, so daß ihm das Blut über den ganzen Körper rann. Aber er mußte ja noch zweimal herumlaufen, und er wußte, daß er das nicht schaffen konnte. Als er abermals sein unglückliches Weib erblickte und seine sechs Kinder und den goldnen Hocker mit dem römischen Papst, da verlor er alle Hoffnung und blieb stehen. Der Papst aber schrie:

›Lauf, du alter Gaul, sonst prügeln dich meine Roßknechte!‹

Da ward der Leiser böse.

›Wofür, möcht ich wissen, muß ich leiden? Dafür etwa, daß Rothschild eine Ente gegessen hat? Dafür, daß dieser Papst seine frechen Dämchen umarmt hat? Dafür, daß ein brillantener Gott mit seinen Goldkaraten funkeln kann?‹

Aber hundert Roßknechte liefen mit ihren Knuten auf ihn zu. Leiser warf noch einen Blick auf seine künftigen Waisen und rannte weiter. Er lief hundert oder zweihundert Schritt, da wurde ihm klar, daß er nicht mehr laufen konnte. Er fiel zu Boden und erwartete den Tod. Und da geschah ihm ein nacktes Vorurteil.

Plötzlich sieht er nämlich einen nackten Juden die Straße entlanglaufen, und das ist nicht er, Leiser, sondern ein andrer Jude. Woher diese Tricks? Alle Juden hatten sich ja vom Laufen freigekauft. Er guckt sich diesen zweiten Juden genauer an und wundert sich noch mehr: Er sieht mir ja ähnlich, auch nur Haut und Knochen, und der Schweiß in Strömen, und ganz blutig geschlagen, und das Bärtchen flattert ebenso, daß man sofort sieht: der macht's nicht lange! Aber seine Augen scheinen nicht meine Augen zu sein, und auch die Nase ist anders geschnitten. Demnach bin das nicht ich, das ist ein andrer Jude. Aber wer? Leiser kannte alle Juden von Rom. Das war nicht der Althändler Elias und nicht der Schuster Nathan. Das mußte ein fremder Jude sein. Und Leiser fragt ihn:

›Wo sind Sie her? Ihr Gesicht kommt mir bekannt vor, als hätte ich Sie schon gesehen, aber ich kann Sie nicht gesehen haben, ich bin zeitlebens nicht aus Rom herausgekommen. Vielleicht bin ich schon gestorben und träume das alles? Wie heißen Sie? Und warum laufen Sie, wo ich doch laufen muß?‹

Da sagt der zweite Jude zu Leiser:

›Ich heiße Jehoschua, und Sie können mich nicht kennen, denn ich bin schon lange tot, und Sie leben noch. Aber es kommt Ihnen vor, daß Sie mich kennen, Sie haben sicherlich meine Porträts gesehen. Man gibt mir die lächerlichsten Namen, aber ich will Ihnen gleich sagen, wer ich bin – ich bin ein armer Jude. Sie sind freilich ein Schneider, und ich war ein Zimmermann, doch wir werden einander verstehen. Ich wollte, daß auf Erden die vollkommene Wahrheit herrsche. Welcher arme Teufel will das nicht? Ich habe ja gesehen, daß der Rabbiner kluge Reden führt und daß Rothschild Ente ißt und daß es auf der Erde weder Gerechtigkeit gibt noch Liebe noch auch nur das allerbescheidenste Glück. Und ich war mit den Armen gegen die Reichen. Ich habe gesehen, daß die einen die Maschinengewehre haben und die anderen nur ihre nackte Brust und daß es für eine eiserne Kugel eine Kleinigkeit ist, ein Herz zu durchbohren, und ich war mit den Schwachen gegen die Starken. Ich liebte es, Leiser, wenn die Sonne wärmte, wenn die Kinder lachten und es allen gutging, wenn alle Wein tranken, einander zulächelten, wenn die Sabbatkerzen brannten und auf dem Tisch das braune Brot lag. Aber welcher Bettler liebt das nicht? Zuerst haben sie mich natürlich getötet, aber jetzt lassen sie mich nicht ruhig in der Erde liegen. Sie plündern die Armen und rufen dabei meinen unglückseligen Namen an, daß ich mich im Grabe umdrehen muß. Sie sperren schutzlose Menschen ins tiefste Verlies und singen ihnen Lieder von meinem hundertjährigen Leid, und dann schlagen sie ihnen die Köpfe ab, damit ich abermals im Grabe hochhüpfen muß. Sie jagen dumme Menschen hinaus, damit die einen die anderen töten, und sie tragen auf ihren Fahnen meine traurigen Bildnisse herum, und ich erhebe mich voller Entsetzen aus dem Grabe. Auf welche Weise werden meine sterblichen Überreste nicht verhöhnt? Sie verfertigen meine Bildnisse aus Gold und Brillanten und stellen sie überall aus. Sie stellen sie vor die hungernden Kinder hin und vor den Galgen. Dabei habe ich das braune Brot auf dem Tisch des Armen so geliebt! Haben Sie Mitleid mit mir, Schneider Leiser! Sie werden sterben, und man wird Sie begraben, und Sie werden in Ruhe gelassen werden, ich aber muß wie im Fieber durch die ganze Welt laufen. Ich liege in der Erde, und plötzlich sehe ich diesen Papst. Er lacht mit aufgedonnerten Banditen, er denkt sich Ihren lustigen Tod aus, und über ihm hängt mein goldenes Bildnis, und ich sehe das durch die Grabeserde. Da laufe ich hierher, und so müssen Sie denn sterben, weil ich von einem vollkommenen Glück geträumt habe. Weh mir! Weh mir! Sie sagen, ich wäre ‚allmächtig'. Haben Sie schon einen armen Juden gesehen, der alles vermocht hätte? Wenn ich auch nur die Hälfte von allem vermöchte, würde ich ihnen dann etwa nicht zuschreien: ‚Genug'? Würde dann etwa Rothschild alle Enten aufessen, würde dann der Papst auf einem goldenen Hocker sitzen, und würden Sie dann um Rom herumlaufen? Ich kann nur eines – keine Ruhe für mich finden. Ich kann nur Tag und Nacht als blutiger Schatten dahinlaufen, so wie heute Sie.‹

Da richtete sich Leiser auf und umarmte den zweiten Juden.

›Sie tun mir leid, Zimmermann Jehoschua, ich weiß ja jetzt, was es heißt zu laufen. Aber ich will Ihnen sagen: Heute können Sie ausruhen, heute können Sie ruhig in Ihrem Grab liegenbleiben. Wozu auch zu zweit laufen? Heute laufe ich für mich und für Sie.‹

Aber der tote Jude erwiderte Leiser:

›Nein, Sie können noch leben, Sie haben sechs Kinder – das ist keine Kleinigkeit. Ich glaube, wir werden sie überlisten. Die Nase werden sie sich nicht gerade anschauen, und von weitem sehen wir uns ähnlich. Bleiben Sie also in dieser tiefen Grube liegen, und ich werde inzwischen zweimal um Rom herumlaufen. Widersprechen Sie mir nicht: Ich muß ja sowieso laufen, wenn nicht hier, so in einer andern Stadt, denn sicherlich erschlagen sie jetzt gerade einen Menschen und nennen meinen Namen, damit ich nicht ruhig liege.‹

Nach diesen Worten lief er um die Stadt, und die Roßknechte schlugen ihn, und alle die schamlosen Elefanten lachten über ihn. Als er aber bis zum Papst gelaufen war, lag der vor unanständigem Lachen schon in den Flaumkissen und schrie:

›Heda, du alter Gaul, beweg die Hufe! Ich will dir zeigen, was ein Papst ist! Der ist der rechtmäßige Stellvertreter des barmherzigen Christus, und jetzt kriegst du hundert Knutenhiebe, damit du im voraus weißt, was es heißt, unsern Gott zu kreuzigen!‹

Da haben Sie das ganze Abenteuer, teurer Genosse Kotz. Sie können sich natürlich nochmals bekreuzigen, wenn Ihre Hand gesund ist und Ihnen im Kopf etwas fehlt. Bedenken Sie nur – Sie liegen neben Roitschwantz! Vielleicht war's Roitschwantz, der Ihren allmächtigen Gott ans Kreuz geschlagen hat?«

Kotz wurde böse.

»Ihre ganze Geschichte ist Blödsinn. Ich rate Ihnen, kommen Sie nicht nochmals mit solchen Dummheiten. Sie könnten wegen Gotteslästerung belangt werden.«

»Auch ein Schreckmittel! Als ob es mir nicht ganz egal wäre, ob ich wegen drei oder vier Paragraphen vor Gericht komme! Das ist leere Statistik. Das Abenteuer mit Leiser aber haben Sie überhaupt nicht verstanden. Mit den Händen ist das nicht zu verstehen. Ich sagte Ihnen schon, daß Sie in Ihrem Kopf sicherlich ein Loch haben. Meinen Sie, ich hätte nicht gesehen, daß Sie sich die ganze Zeit, während ich erzählte, bekreuzigt haben? Jetzt frage ich Sie, obschon Sie ein drei Zentner schweres Loch sind, vor wem verneigen Sie sich in Ihrem Würzburg? Wenn vor einem armen Juden, so beansprucht er das gar nicht, wenn aber vor einem allmächtigen Gott, warum sind Sie dann hier wegen eines Stückchens Wurst? Wissen Sie, Kotz, wir streiten uns und werden uns wieder versöhnen. Wir beide sind jetzt gute Menschen, denn wir sind zwei arme Teufel im schimpflichen Gefängnis. Aber Sie könnten morgen Papst werden, und ich könnte ein zweiter Rothschild werden. Und dann vergessen wir alle heißen Tränen und werden die üblichen Schweine. Solange der arme Zimmermann von der Wahrheit träumte, stand er so hoch wie der absichtliche Gott, aber seit man ihn zum Gott in goldenem Rahmen ausgerufen hat, ist er ein gewöhnliches Stück Möbel geworden. Rothschild konnte im Handumdrehen einen armen Teufel kreuzigen lassen, der gesagt hatte, daß er nicht die Reichen liebe, sondern die Armen. Das ist vollkommen begreiflich, und Roitschwantz ist daran ganz unschuldig. Jeden Tag, glaube ich, werden hundert Roitschwantze gekreuzigt, und kein Mensch hat was dagegen. Aber das Kinderlachen? Aber das braune Brot auf dem Tisch des Armen? Nun, das sind lächerliche Phantasien. Schweig, törichter Roitschwantz! Du hast hier nicht zu philosophieren! Das höchste, was man von dir verlangt, ist, ohne Hosen zu rennen.«

27

Lasik saß seine Gefängnishaft ab. Danach begann seine Irrfahrt aufs neue. In Magdeburg verkaufte er Zeitungen, in Stuttgart putzte er Fensterscheiben, und, nach Mainz gelangt, fand er Anstellung in dem Fleischerladen von Otto Worms. Hier verkaufte er friedlich seine Ware, bis er eines Tages bei einem frechen Diebstahl ertappt wurde. Als er auf dem Verkaufstisch einen noch warmen Schinken erblickte, ergriff er flugs ein Messer, säbelte ein gewaltiges Stück herunter und verschlang es so schnell, daß der Besitzer gar nicht erst zur Besinnung kam. Lasik mußte Mainz schleunigst verlassen, denn der Schlächter schwor, es dem Schuft zu zeigen.

In Frankfurt kam Lasik mit drei Mark an. Er beschloß, sich vor allem rasieren zu lassen, um sich gegen philosophische Gedanken zu feien. Wie groß aber war sein Erstaunen, als der junge Friseur ihn fragte:

»Verzeihung, Herr Doktor, wie soll ich Sie rasieren – gewöhnlich oder nach dem Gesetz Mosis?«

Lasik breitete die Arme aus.

»Nach dem Gesetz Mosis darf man sich, glaube ich, überhaupt nicht rasieren, so daß diese Religion für Ihren Pinsel überhaupt nicht in Frage kommt. Aber wenn ich zu Ihnen komme, heißt das doch wohl, daß ich auf diese lächerlichen Paragraphen pfeife. Vielleicht haben Sie Angst, daß ich nicht zahlen kann? Sehen Sie her, echtere Mark finden Sie nicht.«

»Sie sind ganz unnötig gekränkt, Herr Doktor. Bei uns in Frankfurt kann man sich rasieren lassen, ohne das Gesetz Mosis zu übertreten. Die Juden dürfen ja nur nicht mit des Messers Schneide ihr Haar abkratzen, wir aber rasieren unsere geehrten Kunden ohne das verbrecherische Messer. Sehen Sie hier – das ist ein patentiertes Mittel. In fünf Minuten entferne ich alle Haare, ohne die Haut oder die religiösen Gefühle zu reizen. Eine Erfindung des Doktor Kelmke, der daran gehörig verdient hat ...«

Aber Lasik hörte nicht mehr zu. Er nutzte aus, daß der Friseur ihn noch nicht rasiert hatte, und dachte konzentriert nach. Am Ende sagte er:

»Mich rasieren Sie bitte ohne diese Späße. Nur müssen Sie das Messer scharf abziehen, denn meine Haut ist wesentlich empfindlicher als meine religiösen Gefühle. Aber da haben Sie eine Mark Trinkgeld und nennen Sie mir die Adresse irgendeines ehrenwerten Doktors, den Sie mit dieser stinkenden Erfindung rasieren.«

»Wen soll ich Ihnen empfehlen? Vielleicht den Herrn Schenkensohn? Einer der angesehensten Kaufleute hier. Aber er ist schon lange nicht mehr zum Rasieren gekommen. Ich glaube, er ist krank ...«

»Krank? Das gefällt mir gerade. Na, haben Sie mir endlich alles runtergeschabt mit Ihrem stumpfen Zeug? Also geben Sie mir rasch die Adresse von Herrn Schenkensohn.«

Es sei zugegeben, daß Lasiks Herz erregt zu klopfen begann, als er die prächtige Villa erblickte, in der Herr Schenkensohn wohnte. Er klingelte. Ein Stubenmädchen öffnete.

»Na, wie steht's, liegt Herr Schenkensohn zu Bett? Noch nicht gestorben? Gut. Dann will ich sofort zu ihm gehen. Verboten? Was heißt das – verboten? Bin ich vielleicht ein Straßenlümmel? Übrigens, weshalb unterhalte ich mich hier mit Ihnen? Rufen Sie seine Frau her oder seine Mutter oder seine Tochter oder meinetwegen irgendein Tantchen.«

Eine verweinte Frau kam ins Vorzimmer.

»Sie sind doch gewiß Frau Schenkensohn? Na, Gott sei gelobt, wie steht's mit dem Herrn Gemahl? Ich will rasch zu ihm hinein. Wer ich bin? Der Zaddik von Homel, ich bin nach Frankfurt gekommen und habe gehört, daß ein

Jude krank ist, und will natürlich den Juden besuchen. Ich weiß ja, Ihr Mann ist ein guter Jude, der alle Gesetze befolgt.«

Frau Schenkensohn war unschlüssig. Aber Lasik ließ nicht locker:

»Als ich bei dem berühmten Reb Josche war ... Sie kennen doch den Zaddik von Dwinsk? Da sind wir zusammen zu einem Kranken gegangen. Er lag zu Bett wie Ihr Mann und lag im Sterben. Aber Reb Josche sah, daß in seinem Inneren ein Knochen an den andern angewachsen war, und er befahl den Knochen, Gottes Ordnung gehorsam zu sein, da stellten sich alle Knochen wieder an ihren alten Platz, und der Kranke wollte sogleich ein ganzes Huhn essen. Das ist doch sehr einfach. Der Mensch besitzt 248 Gelenke und 365 Knochen, insgesamt 613 solche Dingerchen, genau so viel, wie es gute Werke gibt. Sie blicken mich an, woher ich in meinen jungen Jahren schon alles weiß? Aber so jung bin ich nicht, schon über fünfzig, der Herr gibt mir zwei Jahre für eines. Er weiß ja nicht nur zu strafen, er weiß ja auch zu belohnen. Ich versichere Ihnen, daß Ihr Mann morgen oder übermorgen aufspringen wird wie ein Sprungkünstler.«

Frau Schenkensohn brach in Tränen aus.

»Die Ärzte sagen, daß es keine Hoffnung mehr gibt. Ich habe bei den Synagogen schon bestellt, sie sollen Psalmen lesen auf den Namen ›Wulf‹. Er heißt doch Wulf. Aber er wird immer schwächer.«

Lasik sagte würdevoll:

»Sie sind eine Frau, und Gott wird Ihnen diese törichten Reden verzeihen. Die Ärzte sehen nur die Haut. Innen sehen sie nichts. Jetzt schau ich ihn mir an, dann sage ich Ihnen alles.«

Die Frau führte Lasik in das Krankenzimmer. Inmitten von kostbaren Möbeln, vergoldeten Kronleuchtern, Bildern und Teppichen lag in einem riesigen geschnitzten Bett ein winziger Greis. Er war bewußtlos. Lasik fragte:

»Wie alt ist er jetzt genau?«

»Vierundachtzig.«

»Das hab ich mir gleich gedacht. Nun denn, ich sehe alles, und ich sage Ihnen: Dem Kranken fehlt inwendig ein Gelenk. Er hat sicherlich vergessen, ein bestimmtes gutes Werk zu tun. Er hat natürlich gebetet, er hat den Jom Kippur eingehalten und Stiftungen für die Synagoge gemacht. Aber ich denke, daß er noch nie einen einzigen armen Zaddik mit einem guten Mittagessen bewirtet hat. Da er augenblicklich nicht in der Lage ist, in die Küche hinunterzugehen, tun Sie das möglichst rasch, statt überflüssigerweise zu heulen. Dann wird er morgen oder übermorgen ein Sprungkünstler sein.«

Im Nebenzimmer, in das Lasik geleitet wurde, befanden sich die Angehörigen des Kranken. Die einen weinten laut, die andern unterhielten sich leise über die Kurse der Hamburger Schiffahrtsaktien, die Herr Schenkensohn aufgekauft hatte. Die Schwester des Kranken vernahm, daß Lasik ein geistlicher Rabbiner wenn nicht aus Galizien, so aus Litauen sei, und freute sich.

»In Frankfurt ist es ja so schwer, einen richtigen Rabbiner zu finden, der alle Vorschriften kennt! Und wenn der Mensch krank ist, wird es Zeit, an Gott zu denken.«

»Die Vorschriften kenne ich so gut wie meine Finger. Ich war dreizehn Jahre alt, als schon die zehn berühmtesten Rabbiner mir die ›Smiche‹ gaben und ich ein Rabbiner mit allen Rechten wurde. Danach bin ich zehn Jahre bei dem berühmten Zaddik von Winniza gewesen. Wie ich heiße? Rabbi Leser.«

»Sagen Sie bitte, Rabbi Leser, was meinen Sie, ob wir vielleicht bei unserem Kranken den Namen ändern? Der hiesige Rabbiner meint, das könnte helfen. Wenn im Buch des Schicksals geschrieben steht, daß Wulf sterben muß, bezieht sich das eben auf Wulf.«

»Der hiesige Rabbiner scheint einige Kenntnisse zu

haben. Er hat möglicherweise mit einem Ohr was aufgeschnappt. Aber ich will jetzt gleich alles an Ort und Stelle erledigen. Wir wollen den heranfliegenden Engel überlisten. Er heißt also ›Wulf‹? Vorbei. Er heißt jetzt ›Mendel‹. Und wenn geschrieben steht, daß Wulf morgen sterben soll, wird Ihr geliebter Mendel morgen Huhn essen, denn der Flieger wird den Wulf suchen. Sehen Sie, wie einfach das ist? Der hiesige Rabbiner hätte zwei Stunden vertrödelt und Ihnen einen Haufen Geld abgeknöpft. Ich bleibe jetzt hier, und wenn ihm nachts nicht besser wird, mache ich aus ›Mendel‹ einen ›Chaim‹, und dies alles zum kleinsten Tarif.«

Als Lasik ausgeschlafen hatte, erkundigte er sich vergnügt:

»Na, wie befindet sich unser lieber Mendel?«

»Er ist gestorben.«

»Gestorben? Das hab ich mir gleich gedacht, daß er sterben würde. Ich wollte Sie nur eine halbe Stunde vorher nicht betrüben. Weinen kann der Mensch früh genug. Aber ich habe gesehen, daß in Mainz eine Jüdin ihr Kind nicht zur Welt bringen konnte, weil Gott keine freie Seele zur Hand hatte. Da war mir klar: Gott langt bereits nach der Seele Ihres, sagen wir, Mendel. Ja, was soll man da tun! Begraben wir ihn denn.«

Hier nun war Lasik in seinem Element. Ein Jude muß ja nach allen Regeln beigesetzt werden, auf daß er sich leicht erheben könne, wenn die Posaune des Messias erschallt. Dieser Rabbi Leser kannte die Vorschriften!

»Wie machen wir's mit der Erde?« weinte die Witwe. »Müssen wir ihm nicht Erde aus Palästina unter den Kopf legen, damit ihn die Würmer nicht anrühren?«

Lasik beruhigte sie:

»In einer halben Stunde bringe ich Ihnen Erde aus Palästina. Das ist Erde höchster Sorte. Sie stammt direkt vom Grab der Rahel, der Zaddik von Rowno hat sie mir geschenkt. Ich habe sie für mich selbst aufbewahrt. Aber jetzt reise ich nach Palästina, um dort zu sterben. Wenn die Posaune erschallt, bin ich schon an Ort und Stelle und hab nicht die Lauferei. So will ich Ihnen denn diese Erde abtreten. Über den Preis reden wir nach Ablauf der acht Trauertage. Ich bin doch wohl ein Zaddik und kein Räuber.«

Lasik ging auf die Straße hinaus. Er ging zum Park, raffte rasch eine Handvoll Erde in sein Taschentuch und wurde sentimental.

»Wo wird Roitschwantz sterben? Auf welchen Müllhaufen wird man seinen schändlichen Leichnam werfen?«

Die Verwandten wollten den Toten mit Kränzen umlegen, aber seine gottesfürchtige Schwester protestierte:

»Das ist verboten. Nicht wahr, Rabbi Leser? Das kann ihm schaden.«

»Natürlich, Kränze sind verboten. Aber man soll doch Stroh hinlegen. Was ist Stroh? Verwelkte Blumen. Wenn eine Blume gepflückt ist, ist sie schon verwelkt, und so erlaube ich, der strenge Zaddik, so viele Kränze hinzulegen, wie ihr wollt.«

Einer der Söhne des Verstorbenen, ein sehr umsichtiger Mann, regte sich auf:

»Und wie ist es mit dem Anzug? Er soll doch in Stücke gerissen werden vor Kummer.«

»Ganz einfach: Sie ziehen meinen Anzug an, er wird Ihnen ein wenig zu eng sein, aber bei solcher Trauer hat man ja andere Sorgen als Stutzerei. Und dann können Sie ihn zerreißen – er ist sowieso zerrissen – nun, sagen wir bei einer andern Beerdigung. Und Ihren eigenen geben Sie mir, das geht gleich a conto der notwendigen Kaddische.«

Alle Kinder und Enkel des Verstorbenen waren ungehalten, als man ihnen harte Eier zu essen anbot. Lasik rettete auch hier die Situation:

»Sie haben schon Unglück genug. Die harten Eier werde ich essen, und Sie nehmen Hühnerbouillon, denn der Zaddik von Gluchow hat bereits geklärt, daß aus dem Ei das Huhn hervorgeht und aus dem Huhn die Bouillon.«

Die Klugheit und Findigkeit des Rabbi Leser machten großen Eindruck auf alle Juden in Frankfurt, die zu Schenkensohn kamen, um zu kondolieren. Der Vorsteher der jüdischen Gemeinde, Herr Moiser, ein bekannter Börsianer und Philanthrop, erfuhr von der Ersetzung der harten Eier durch eine hygienischere Bouillon und rief begeistert:

»Das nenne ich mir einen Mann, der Tag und Nacht die Thora studiert! In seinen Händen wird ein hartes Gesetz leicht wie Kamelflaum. Sagen Sie, Rabbi Leser, wenn Ihre Anwesenheit den Juden immer solche Freude bereitet hat, weshalb haben sie Sie nicht zurückgehalten in Ihrer Heimat?«

»Ich habe doch wohl schon gesagt, daß ich nach Palästina fahre, um dort zu sterben. Wenn Sie mir solche Fragen stellen, reise ich morgen ab. Im übrigen bin ich imstande, das gerade Gegenteil zu bereiten. In Homel gab es auch einen Juden, der mich mit seinen frechen Fragen nicht in Ruhe ließ. Er fing plötzlich mit solchen Befragungen an: ›Ich möcht mal wissen, woher Sie kommen, was Sie in der Tasche haben und wo Ihr Diplom ist.‹ Und was wurde mit ihm? Ich bin in der Synagoge vorgetreten, um die Menge zu segnen. Ich bin ja von edler Abkunft. Wir Roitschwantzens sind ›Coheniter‹, und ich hob meine Hand als oberster ›Coheniter‹. Da haben natürlich alle die Augen geschlossen, denn man darf einen ›Coheniter‹, der das Volk segnet, nicht anblicken. Aber jener Frechling wollte auch jetzt seine Befragung fortsetzen. Er blickte mich an. Wollte er vielleicht feststellen, ob ich die Finger richtig hielt? Lächerlich! Ich kenne ja meine Finger auswendig wie den Talmud. Und was wurde mit diesem neugierigen Juden? In zehn Sekunden war er erblindet.«

Lasiks Erzählung machte auf alle großen Eindruck. Freilich, ihre Moral bekam der Herr Moiser nicht mit.

Kaum hatte er gehört, daß der Zaddik aus Homel ein ›Cohenit‹ sei, als er nur noch an eines dachte: Wie könnte er ihn in Frankfurt festhalten? Er ging von weither darauf zu:

»Sie sind noch jung, und der Herr wird Ihnen neunzig Jahre schenken, wenn nicht hundertundzwanzig, so daß ich nicht einsehe, warum Sie es nach Palästina so eilig haben. Ruhen Sie sich vor der weiten Reise aus. Sie werden hier Respekt und Ruhe finden. Sie werden in unsrer Synagoge beten. Wir haben eine prachtvolle Synagoge. Ich habe ein nettes Sümmchen für sie gestiftet, und Sie werden sehen, was da für Türen sind und was für siebenarmige Leuchter und was für eine Gesetzesrolle. Doch ach – es fehlt ihr eines, wir haben keinen ›Coheniter‹. Wenn Sie nun mit uns beten wollen, werden Sie doch nicht abschlagen, uns zu segnen. Glauben Sie mir, mein ehrenwerter Rabbi Leser, hier werden Sie so gottlose Menschen wie in Ihrer Heimat nicht antreffen. Bei uns möchte keiner gratis erblinden. Andrerseits genügt der bloße Glaube nicht, um ins Heilige Land zu kommen. Dort braucht man ägyptische Pfund, und ich weiß, wie hoch der Kurs ist. So bitte ich Sie denn: Nehmen Sie unseren Vorschlag an.«

Lasik schwieg anstandshalber eine Minute und erwiderte dann:

»Ich habe großes Mitleid mit Ihnen, und da ich ein guter Jude bin, will ich schon nicht mehr nach Palästina fahren. Also, fangen Sie mit meiner Versorgung an.«

Am andern Tag trat ein gewisser Schwarzberg unter demütigen Verbeugungen in Lasiks Zimmer.

»Ich möchte Sie, hochverehrter Rabbi, bitten, das Patronat über mein koscheres Restaurant zu übernehmen. Dann kann ich auf die Speisekarte schreiben ›unter Aufsicht des Herrn Rabbiners‹, und ohne das kommt kein anständiger Jude zu mir. Ich habe schon von Herrn Moiser gehört, daß Sie das strenge Gesetz den Anforderungen unsrer Zeit anzupassen wissen. Ich erlaube mir nicht, Ihnen ein Entgelt anzubieten, nein, unter uns gesagt, Sie sollen der Mitbesitzer sein, und ich überlasse Ihnen zwanzig Prozent vom Reingewinn.«

Lasik gab gern sein Einverständnis. Er fügte nur hinzu:

»Und jeden Tag drei ganze Mittagessen.«

Schwarzberg, den der rasche Erfolg ermutigt hatte, kam nun zur Sache:

»Sie wissen doch, Rabbi, daß wir alle Reinlichkeitsgesetze genau erfüllen, aber wir verderben damit ein wenig das Fleisch. Nach dem Gesetz müssen wir es eine Stunde lang in Salz halten. Man kann sich leicht vorstellen, was für ein ausgelaugtes Rostbeaf oder gar Entrecôte dabei herauskommt. Und wen beschimpfen die Gäste? Nicht Moses, sondern den Wirt. Der Herr Moiser verlangt, daß alle Vorschriften eingehalten werden, und zugleich will er ein saftiges Rostbeaf essen. Da erkühne ich mich denn, Sie zu fragen, ob ich das Fleisch nicht statt eine Stunde nur eine halbe Stunde lang salzen darf? Dann werden meine Beefsteaks viel besser schmecken als die bei Rosen, und ich schlage sofort die ganze Konkurrenz.«

»Was bedeutet eine Stunde? Wenn der Mensch hungrig ist, und vor ihm steht ein Entrecôte, ist jede Minute gleich einer Stunde. So hat der weise Zaddik aus Balta gesagt. Vor dem Mittagessen sind alle hungrig, und so erlaube ich Ihnen in Übereinstimmung mit dem Gesetz, das Fleisch genau eine Minute zu salzen. Nur salzen Sie es nicht zehn Minuten, sonst bekomme ich zum Mittagessen statt eines Beefsteaks eine geradezu babylonische Klage.«

Schwarzberg zwinkerte Lasik zärtlich zu. Am andern Morgen trat er aufs neue bei ihm ein, um sich Rat zu holen.

»Ich will es Ihnen, hochverehrter Rabbi, geradeheraus sagen: Meine Gäste mögen weder Kokosöl noch Schmalz. Ich bin überzeugt, dieser gottlose Rosen brät seine

Schnitzel in reiner Butter. Bitte, sagen Sie mir, was ich, der gottesfürchtige Schwarzberg, tun kann?«

»Im Gesetz steht geschrieben: ›Du sollst nicht das Kalb in der Milch seiner Mutter essen.‹ Butter wird aus Milch gemacht. Aber woher wollen Sie wissen, welche Kuh die Mutter dieses Kalbes oder auch dieses volljährigen Bullen war? Folglich darf man Fleisch nicht in Butter braten.«

Schwarzberg seufzte bekümmert.

»Warten Sie mit dem Seufzen! Sie können ja Schweinebraten geben. Ich zum Beispiel esse sehr gern Schweinekoteletts, und ein Schwein kann nicht die Tochter einer Kuh sein, also braten Sie seelenruhig Schweinekoteletts in Kuhbutter und knusprige Kartoffeln dazu. Das ist durchaus gesetzlich, und Sie werden sehen, wenn der Herr Moiser erst ein Schweinekotelett gegessen hat, wird er voll Entzücken ausrufen: ›Was für einen saftigen Kalbsbraten man bei Ihnen bekommt!‹«

»Aber nach dem Gesetz darf man doch Schweinefleisch überhaupt nicht ...«

Lasik unterbrach ihn:

»Wenn nach dem Gesetz ein Schwein zu wenig Zehen am Fuß hat, als daß es gegessen werden dürfte, so haben Sie sie nicht gezählt. Weshalb sollen Sie sich mit Schweinezehen befassen? Und außerdem, wenn Sie mit einem gelehrten Rabbi sprechen, brauchen Sie nicht zu philosophieren. Punktum.«

Da hielt es Schwarzberg nicht länger aus, und Tränen der Rührung schossen ihm in die Augen.

»Wahrlich, Gott hat mich dafür belohnt, daß ich jenem Bettler vierzig Pfennig gegeben habe! Sie aber sind nicht nur ein scharfsinniger Rabbiner, sondern ein wahrer Gottessegen.«

Eine Woche darauf wurde Lasik abermals schmeichelhafter Lobesworte gewürdigt. Es war am Vorabend des Fasttages von Jom Kippur, und Herr Moiser konnte nur trübselig seufzen: Wie sollte er einen ganzen Tag hungern? Er ging zum Rabbi Leser, sich Rat zu holen.

»Ich hab doch Podagra. Außerdem bin ich's nicht gewohnt. Ich könnte sterben ... Aber nach dem Gesetz darf ich Sie nicht bitten, mich vom Fasten zu befreien. Sonst wird mir ins Buch des Schicksals irgendein Unglück eingetragen, und alle meine Aktien fallen mit einem Schlage. So ist es schon dem Weißmann geschehen.«

Lasik sagte würdevoll:

»Das haben wir gleich. Natürlich braucht es dazu drei Rabbiner, aber ein Zaddik wie ich kann ohne weiteres für drei gelten. Setzen Sie sich Ihren edlen Zylinder auf und seufzen Sie. Ich befehle Ihnen, morgen alles zu essen. Antworten Sie mir: ›Ich will den Jom Kippur nicht übertreten.‹ Ja, so. Und seufzen Sie. Und ich befehle Ihnen nochmals im Namen Gottes und im Einklang mit dem strengen Gesetz, morgen zu essen. Denn das Fasten droht Ihrem schwachen Herzen ein unabwendbares Ende zu bereiten. Das wäre alles. Jetzt dürfen Sie lächeln. Morgen werden Sie Huhn essen, und ins Buch des Schicksals wird eingetragen, daß Ihre Aktien bis zum obersten Stockwerk steigen sollen.«

Herr Moiser fragte entzückt:

»Läßt sich das nicht auch für meinen Bruder einrichten? Er hat kein Podagra, aber irgend etwas hat er auch. Zum Beispiel einen Polypen in der Nase. Er könnte ebenfalls an Entkräftung sterben.«

»Sofort ...«

Lasik befreite nicht nur den Bruder des Herrn Moiser vom Fasten, sondern über dreißig weitere Frankfurter Juden. Er ging von Haus zu Haus und söhnte für eine bescheidene Entschädigung die jüdischen Mägen mit dem jüdischen Gewissen aus. Hiernach war die Autorität des Rabbi Leser vollends gefestigt. Lasik segnete die Beter in der Synagoge. Er erinnerte sich nicht genau, wie man das zu machen hatte, aber die Juden schlossen ehrlich ihre Augen, und so hätte er auch Foxtrott vor ihnen tanzen können. Er gab Ratschläge für das Familienleben. Im Restaurant von Schwarzberg verzehrte er saftige Buletten. Kurz, er lebte herrlich und in Freuden.

Eines Tages hatte er sich wieder satt gegessen und schritt nun mit Herrn Moiser durch eine der schmalen Straßen des alten Frankfurt. Herr Moiser fragte Lasik aus, ob es nicht im Gesetz irgendeine Meinungsverschiedenheit bezüglich der Regenschirme gäbe.

»Ich begreife nicht, weshalb man am Schabbes keinen Schirm tragen darf. Es regnet doch auch an Sonnabenden. Ich gehe in die Synagoge und werde naß. Haben Sie darüber mal mit dem Dwinsker Zaddik gesprochen?«

»Selbstverständlich, und wir haben einen vorzüglichen Ausweg gefunden. Wenn es regnet, wird es gefährlich. Der Regen ist um nichts besser als eine Maschinengewehrkugel, denn man kann sich bei Regen erkälten und daran sterben. Nach dem Gesetz dürfen Sie, wenn Sie überfallen werden, sich verteidigen, und dazu dürfen Sie am Schabbes sogar einen Stock in die Hand nehmen. Der Regen überfällt Sie, und Sie verteidigen sich. In den Auslegungen der Rabbiner ...«

Lasik konnte nicht zu Ende sprechen – ein riesiger Mann hatte ihn am Arm gepackt.

»Hab ich dich endlich, du Schuft! Hat hier was zusammengerafft und sich herausgeputzt! Ich will dich lehren, Schinken zu stehlen!«

Herr Moiser versuchte, für Lasik einzutreten:

»Sie sind im Irrtum. Das ist eine von allen verehrte Persönlichkeit. Das ist unser Rabbiner.«

Ach, Lasik konnte nicht zweifeln: Vor ihm stand Otto Worms. Nun ja, von Mainz bis Frankfurt ist es ein Katzensprung! Aber er hatte sich schon so sehr in seine neue Rolle eingelebt, daß er den wütenden Schlächtermeister anschrie:

»Hören Sie nicht, ich bin ein Rabbiner! Und nicht nur ein Rabbiner, sondern auch ein ›Cohenit‹. Wissen Sie überhaupt, was ein ›Cohenit‹ ist? Das ist ein edler Nachfahr. Ich habe nicht einmal das Recht, auf einen Friedhof zu gehen, weil ich mich nicht traurig machen darf, und Sie wagen es, mich mit Ihrem unreinen Schinken zu belästigen?«

Otto Worms lachte sarkastisch.

»Ach, auf einmal ist er unrein? Als du ihn vor meinen Augen gefressen hast, da war er wohl rein? Hund du! Verzeihen Sie, mein Herr, ich kenne Sie nicht, aber Sie sind ein anständiger Mann. Wie können Sie mit diesem Lumpen bekannt sein? Aus reinem Mitleid habe ich ihn von der Straße aufgelesen, und er hat mich ruinieren wollen. Ich hatte schon lange bemerkt, daß er heimlich von der Leberwurst nascht. Aber ich habe ein weiches Herz, und ich habe geschwiegen. Aber wie er vor meinen Augen ein Stück Schinken abriß, hab ich's nicht mehr ausgehalten. Er ist mir damals entwischt, aber jetzt soll er diesen Knüppel zu spüren kriegen.«

Lasik leugnete nicht länger. Er sagte nur mit schuldbewußtem Lächeln:

»Sie haben mir schlecht zu essen gegeben, Herr Worms, und der Schinken war warm; jedermann wird begreifen, daß ich mich nicht zügeln konnte.«

Da dies alles nicht an Schabbes vor sich ging, befand sich in der Hand des Herrn Moiser ein Schirm, und er kam dem Schlächter noch zuvor. Übrigens zauderte auch Otto Worms nicht lange. Sie schlugen Lasik – der eine mit dem Schirm, der andre mit dem Knüppel, der eine von links, der andre von rechts, bis der auf das Straßenpflaster rollte.

28

Ljowka, der Friseur, hatte einst, wenn er einem mit dem seifigen Pinsel ins Ohr fuhr, gern gesummt: »Oui, Paris, oui, Paris! Wo gibt's noch so 'n Paradies!«, und Lasik erinnerte sich jetzt, da er auf dem Place de l'Opéra stand, an dieses Liedchen.

»Schön, ich stehe an dieser Ecke. Wie soll ich auf die andre Seite hinüberkommen? Das ist ja plötzlicher Selbstmord! Früher oder später werde ich aber noch hinübermüssen, man kann ja nicht ewig an einer Ecke leben. Ein Auto, zehn Autos, hundert Autos, aber wo ist ein Durchgang für den kleinen Roitschwantz?«

Lasik versuchte, einen Fuß vom Bürgersteig auf den Fahrdamm zu setzen, zog ihn aber sogleich wieder zurück, als ob er in siedendes Wasser getreten wäre.

»Das ist noch viel schlimmer als der rasende Araberhengst!«

Plötzlich erblickte er einen Polizisten, auf dessen Ärmel zu lesen war: »spricht Deutsch«, Lasik trat schüchtern an ihn heran.

»Herr gelehrter Sekretär! Finden Sie nicht, daß diese Kaleschen ein wenig den Verkehr behindern? Ich zum Beispiel müßte aus irgendwelchem Grunde auf die andre Seite hinübergehen, aber mein noch nicht beendetes Leben ist mir zu wertvoll.«

»Warten Sie einen Augenblick. Wenn ich mit meinem Stab winke, leuchten die roten Scheiben auf, und das Signal ertönt. Dann können Sie hinübergehen.«

Lasik wartete also. In der Tat erfolgte nach einigen Minuten alles wie versprochen. Die Autos erstarrten auf der Stelle wie angewurzelt. Der Platz war im Nu leer, und die Fußgänger liefen wie eine erschrockene Herde von einem Trottoir zum andern. Lasik gefiel das alles sehr.

Einige Male wiederholte er diese verlockende Überquerung. Danach war er endgültig gerührt und trat noch einmal auf den Polizisten zu.

»Darf ich Ihren Zauberstab mal befühlen? Nein? Sollten Sie der Moses des Pariser Gesetzes sein? Nämlich solche Späße hat Moses sich erlaubt, als die Juden das Meer durchquerten. Was? Ich soll weitergehen? Schön, ich werde gehen, aber winken Sie noch einmal mit Ihrem Stäbchen, auf daß die Wogen vor mir zurückweichen.«

Lasik überlegte. Was weiter? Gewiß, hier gibt es gelehrte Sekretäre und Araberhengste und Bananen und so einen wissenschaftlichen Turm, daß man das ganze Opium auf einmal zerstreuen könnte, denn er reicht bis in den Himmel, und oben ist schon bewiesen, daß da kein Gott ist, sondern ein Telephon ohne Draht. Aber was soll der einsame Roitschwantz hier anfangen? Zunächst mal wird hier ganz anders gesprochen. Von allen in Homel gebräuchlichen Redensarten verstehen sie hier nur das eine »merci«; aber es muß doch auch was da sein, wofür man sich bedankt.

Inmitten seiner Überlegungen hörte Lasik plötzlich jemand russisch sprechen. Er verlor keine Zeit.

»Sehr angenehm, mitten unter den Arabern diese gewaltige Sprache zu vernehmen. Sind Sie vielleicht auch aus Homel?«

Der hochgewachsene Mann beschaute Lasik kritischen Blicks.

»Verziehen Sie sich! Sie sind an den Falschen geraten!«

»Aha, ich habe verstanden. Sie sind nicht aus Homel, sondern im Gegenteil. Aber warum gleich böse sein? Ich bin ja eine arglose Moskauer Seele und kenne die hiesigen Zeremonien noch nicht. Wenn Sie wollen, kann ich Ihnen prachtvolle Tolstoiblusen nähen, so daß Sie darin aussehen wie zwei verstorbene Grafen. Schön, kommt nicht in Betracht. Punkt. Von den Kaninchen will ich nicht einmal stottern. Aber ich kann unter anderm den verbrecherischen Foxtrott tanzen, wenn hier so ein arabisches Leben herrscht. Weshalb schreien Sie? Ich bin nicht taubstumm. Und Sie irren, wenn Sie glauben, daß Sie nur rasch davonzuspringen brauchen, um mich hier sterben zu lassen; ich hole Sie ja doch ein. Wenn ich was verstehe, dann springen. Sie fragen mich, was ich will? Sehr einfach – leben. Das wäre, wie man bei uns im politischen Elementarunterricht sagt, das ›Maximalprogramm‹; bis dahin aber will ich ausländische Kredite, will sagen, fünfzig Pariser Kopeken, um mir eine Portion elender Fleischklöße kaufen zu können. Was der politische Elementarunterricht damit zu tun hat? Alles. Sie sind hier die Basis, und ich möchte Ihr Überbau sein …«

»Gehen Sie zu Ihren Bolschewiken!«

»Gerade das kann ich nicht, weil ich von dort komme. Ich habe eine Stelle bei Boris Cheifez gehabt, und als sie ihn holen kamen, mußte ich abhauen wie ein geölter Blitz. Glauben Sie, ich war kein Parteikandidat? Lächerlich! Ich hätte ein prachtvoller Kommissar werden können, aber der Fuß des Genossen Serebrjakow kam dazwischen, und ich wurde im Nu rausgesäubert.«

Die Russen versuchten nicht mehr, Lasik zu entweichen. Nein, sie verlangsamten sogar ihre Schritte. Sie fingen an, ihn auszufragen: ob er schon lange aus Rußland fort sei, ob er lange in der Partei gewesen sei, welche Posten er da bekleidet, wen er dort gesehen habe. Lasik log, was ihm gerade einfiel.

»Weiß der Teufel, worauf die hinauswollen. Entweder sind sie mit der Furzina verwandt, oder es ist was Polnisches dabei.«

Nachdem Lasik erzählt hatte, daß er sich mit dem Genossen Serebrjakow geduzt, daß er Maschinengewehrgurte über die Grenze geschafft, daß man ihn in Moskau zum gelehrten Sekretär der »Kommunistischen Akademie« gewählt habe, daß aber alles unerwartet an seinen Gefühlen gescheitert sei, weil er nach langem Dasitzen und Nachdenken, hast du nicht gesehen, eines Nachts in den Kreml eingebrochen wäre und dort tausend Flaggen beschimpft hätte, flüsterte der hochgewachsene Mann seinem Begleiter zu:

»Dieses schwatzlustige Jüdchen könnte uns gute Dienste leisten ...«

Lasik spürte, daß ein Umschwung eingetreten war. Er wurde kühner:

»Na ja, ich habe auch mit Trotzki ganz offen über diese chinesische Menschenschlächterei gesprochen. Aber jetzt will ich Sie nach etwas anderem fragen: Wann wird hier meistens Mittag gegessen? Ich habe vor genau vier Tagen zum letztenmal Mittag gegessen. Danach gab es nur Sprünge über die Grenze und neue Horizonte. Übrigens kommt aus diesem Café ein offenherziger Duft. Wissen Sie, wonach das duftet? Sie meinen wohl, nach Kaffee oder nach erbärmlicher Limonade? Nein, ich biete eine freche Wette, daß es nach Kalbsleber in Rahm mit Zwiebeln duftet.«

»Hören Sie, wenn Sie wirklich ein reuiger Bolschewik sind, so sind wir bereit, Ihnen bei der Wiederherstellung Ihres guten Namens behilflich zu sein.«

»Ich kann so bereuen wie kein andrer Mensch. Ich habe schon vor zwei Jahren wegen Pfeifers Hose angefangen zu bereuen, und seither tue ich nichts anderes als bereuen. Was meinen guten Namen betrifft, so brauchen Sie sich nicht zu beunruhigen: Schlimmstenfalls könnte man, wenn hier in Farben eine andre Mode herrscht, das ›Roit‹ abschneiden. Ich bin dann nur noch ein ›Schwantz‹, ohne jede Parteifärbung.«

»Sie werden einen öffentlichen Vortrag halten. Das ist ganz einfach. Wir sagen Ihnen, worüber Sie reden sollen. Und die Einnahmen fließen Ihnen zu. Vor allem wollen wir Sie mit unserer nationalen Bewegung bekannt machen.«

Hier wurde Lasik streng und unversöhnlich:

»Nein, vor allem werden Sie mich mit diesem Duft bekannt machen. Wir werden in das Café gehen und dort Ihre nationale Umstellung bewerkstelligen.«

»Warum nicht, wir können einen Apéritif zu uns nehmen. Garçon, drei ›Picon‹.«

Lasik geriet in Erregung:

»Bitte ohne arabische Späßchen! Sie wollen, ich soll einen donnernden Vortrag halten, und bewirten mich mit solchen nassen Witzen.«

Ignat Alexandrowitsch Blagowerow, der hochgewachsene Mann, Redakteur des nationalgerichteten Blattes »Russische Alarmtrommel«, lächelte herablassend.

»Das trinken hier alle. Das ist für den Appetit.«

Da sprang Lasik hoch und begann wie rasend mit den Füßen zu stampfen.

»Für den Appetit? Das ist für ein Schwerverbrechen! Ich bin auch so schon imstande, einen lebendigen Menschen abzuschlachten, und danach werde ich es ganz bestimmt tun. Lassen Sie mir auf der Stelle Leber in Rahm oder doch wenigstens eine große Semmel bringen, sonst trinke ich diese Provokation herunter und schlachte dann ganz Paris ab!«

Nachdem Lasik ein Butterbrot verschlungen hatte, bemerkte er zartfühlend:

»Sie werden sich zugrunde richten müssen, denn der Appetit geht weiter. Wenn ich keinen Appetit hätte, glauben Sie denn, daß ich mich mit Ihnen unterhalten würde? Lieber würde ich von morgens bis abends diesen berühmten Platz überqueren. Würstchen? Vortrefflich! Jetzt können Sie die nationale Umstellung vornehmen.«

Blagowerow räusperte sich vielsagend.

»Vor allem brauchen Sie sich nicht zu beunruhigen …

Wie soll ich's am besten sagen? Nun, wegen der Abstammung. In unsrer Organisation ist bereits ein Jude angestellt. Als er sah, was aus diesen ›Freiheiten‹ entstand, kam er von selbst zu uns mit einem Schuldgeständnis. Er schluchzte: ›Ich zittere wie Judas. Die Juden haben unser Mütterchen Rußland verkauft. Wo sind die Gebeine des heiligen Pitirim? Wo der Glockenklang der vierzigmalvierzig Türme?‹ Wir haben ihm verziehen. Er arbeitet jetzt in unserm Blatt in der Annoncenwerbung. So daß Sie sich nicht zu sorgen brauchen. Wir werden uns Ihnen gegenüber verhalten wie zu einem glücklichen Ausnahmefall. Unsere starke Bewegung wird geleitet von Seiner Kaiserlichen ...«

Hier unterbrach ihn Lasik:

»Muß man unbedingt den Bauch einziehen, oder genügt es, wenn man es in Gedanken tut? Denn nach diesen Würstchen wird es mir nicht so leichtfallen ...«

Aber Blagowerow hörte nicht auf ihn. Voll Pathos wiederholte er den letzten Artikel aus der »Russischen Alarmtrommel«:

»So zittert denn, ihr Miljukowschen Henker, in den Folterkammern! Mit uns sind die ganze zivilisierte Welt und vierzig Äonen russischer Geschichte. Die Romanows haben Rußland erschaffen, und unser ganzes rechtgläubiges Land wartet mit angehaltenem Atem auf den majestätischen Schritt des erlauchten Herrn! Ist es so oder nicht?«

»Natürlich. Pfeifer kann es kaum erwarten. Den ganzen Tag schaut er aus dem Fenster. Und auch bezüglich des Atems haben Sie es erstaunlich getroffen. Wer wird denn dort wagen, unverschämt zu atmen, wenn hier schon der erlauchte Schritt zu hören ist?«

Nach zwei weiteren Gläschen »Picon« klopfte Blagowerow Lasik auf die Schulter.

»Angenehmes Jüdchen! Nur gut, daß du gleich bei uns gelandet bist und nicht bei der ›Freien Stimme‹. Dort sitzen ja lauter Tschekisten. Ein Jude schimpft auf den andern. Und sie zahlen für die Zeile nur einen Fünfer. Bei uns wird's dir gut gehen. Gleich morgen laß ich ein Interview los. Wassili Andrejewitsch, notieren Sie. Fette Schrift: ›Beichte eines Tschekisten.‹ Beginnen Sie folgendermaßen: ›Gestern drang in die Räumlichkeiten der Redaktion tränenüberströmt der Henker‹ – wie ist Ihr Name? –, der Henker Schwantz ein. Er schrie: ›Ich bitte die unschuldigen Witwen und Waisen um Verzeihung. Das ganze unter Zwang stehende Rußland hört den Schlag Ihrer ‚Alarmtrommel'. In Kargopol hat die zur Verzweiflung getriebene Menge den jüdischen Kommissar buchstäblich in Stücke gerissen.‹ Na, alles Weitere können Sie selbst. Vergessen Sie nur nicht über die ›Freie Stimme‹: ›In Pensa sind alle empört über Miljukows Provokation.‹ Gehen Sie aufs Ganze! Hör zu, Jüdchen, ich zahle dir morgen für das Interview. Zwanzig Francs sollst du haben, mein Ehrenwort!«

Da sagte auf einmal Blagowerows Begleiter, der bisher geschwiegen hatte:

»Ignat Alexandrowitsch, mir wird seit zwei Monaten mein Gehalt nicht ausbezahlt. Der Winter steht vor der Tür, und ich spaziere noch im Sommermantel herum ...«

»Davon reden wir nachher, Brüderchen. Jetzt haben wir Staatsgeschäfte vor uns. Hör zu, Schwantz, für deinen Vortrag kriegst du einen oder zwei Hunderter, doch das ist ja einmalig. Du begreifst, man kann nicht jeden Tag Vorträge ansetzen. Aber du könntest gutes Geld verdienen. Du hast dort deine Verbindungen, und wir brauchen überall zuverlässige Leute. Du solltest dich mit dem Organisieren befassen.«

»Warum nicht, das kann ich. Ich habe schon in Tula tote Kaninchen vermehrt, und ich garantiere Ihnen die vorzüglichste Ernte. Nehmen wir an, Sie sind zwei, wenn man den majestätischen Schritt nicht mitrechnet. Man braucht nur noch einen Bleistift zu nehmen. Zum Herbst nächsten Jahres können Sie 612438 Köpfe stark sein. Das ist Sache des Einmaleins und eines Monatsgehalts.«

Nach dem vierten »Picon« wurden Blagowerow die Beine schwer. Ganz gerührt flüsterte er:

»Du bist ein Mordskerl, Schwantz! Zwar ein Jid, aber liebst Mütterchen Rußland. Ich will was aus dir machen. In der ›Alarmtrommel‹ Zeilenhonorar. Für die Organisationsarbeit ein Fixum, Provision, Tagesspesen und Reisegeld. Sodann stelle ich dich den Rumänen vor. Prima Jungs! Empfangen einen höflich, nicht wie die Engländer, die einen im Vorzimmer warten lassen, nein, sie reichen einem die Hand, bieten Zigaretten an. Und zahlen pünktlich in Dollars. Du mußt ihnen von Kargopol erzählen. Na, und das von den Maschinengewehren. Sollten sie aber von Bessarabien anfangen, dann mußt du lächeln. Womit habe ich sie gewonnen? Mit einem Lächeln. ›Zu was‹, sag ich, ›brauchen wir euer Bessarabien? Ich habe ein Gütchen im Kalugaschen gehabt, also weine ich Tag und Nacht, daß ihr nicht bis Kaluga marschiert seid.‹ Verstehst du? Wir sind hier Diplomaten geworden. Ich und hier Wassili Andrejewitsch, das ist unser Armeekorps, haha! Bargeld auf den Tisch!«

»Ein Pariser Merci für Sie! Natürlich, nach Rumänien fahren ist nichts für mich. Ich hab genug von der polnischen Musik. Aber hier verständige ich mich mit Ihnen in einer Minute. Ich bin ja auch einer aus Ihrem Armeekorps, obwohl mir keiner was auf den Tisch legt. Ich habe den Polen bereits Tula geschenkt. Weshalb sollte ich da diesen Rumänen Kaluga vorenthalten?«

Die vier ›Picons‹ hatten schließlich Blagowerows Appetit geweckt, und er ging essen. Der schweigsame Wassili Andrejewitsch führte Lasik in das Restaurant »Harem des Bojars«. Lasik erinnerte sich an den Sommermantel und fragte vorsorglich:

»Sie sind vielleicht wie Archip Stoiki, das heißt, vergessen Ihre Brieftasche zu Hause? Meine Tasche hat nämlich ein Loch.«

»Keine Sorge!«

Wassili Andrejewitsch klopfte sich zärtlich auf die Brust.

»Ich bin mit Ihnen hiergeblieben, um Sie zu warnen. Dieser Blagowerow ist eine schlaue Bestie. Er wird aus Ihnen alles herauspressen, was er nur kann, und dann – beim Kragen. Das macht er immer so. Er wird bald selbst hinausfliegen. Dann werde ich der oberste Chef sein. Ich bitte Sie, er ist nur mit dem einen beschäftigt: hat einen vorgeschobenen Jid gefunden und verkauft über ihn gewisse Düngemittel an die Bolschewiken. Ein schöner Patriot! Und was die Rumänen betrifft, so lügt er ebenfalls. Sie haben mir auf den ersten Blick gefallen. Diese Rumänen sind die reinste Gaunerbande. Aus ihnen kriegt man keine zehn Francs heraus. Ich biete Ihnen etwas anderes an. Aber erst wollen wir einen Imbiß nehmen.«

»Ich habe bereits Sie gewählt und nicht diesen Rumänen aus Kaluga. Sie haben mir auch gefallen, wenn nicht auf den ersten Blick, so vom ersten Wort. Man sieht gleich, daß Sie der oberste Patriot sind. Sie beginnen nicht mit irgendeinem Dreck, sondern mit einem Imbiß. Aber was bringt man da? Das hätte sich ja nicht einmal die Frau Dreckenkopf träumen lassen!«

»Ja, man speist hier nicht übel. Da, probieren Sie den Kaviar – es ist unser heimischer, aus Astrachan. Ich beliefere das Restaurant damit. Bekomme ihn durch einen Spitzbuben bei den Bolschewiken und verkaufe ihn dann weiter. Man muß doch von etwas leben. Jetzt wollen wir vom Geschäft reden. Von der ›Alarmtrommel‹ allein wird man nicht satt. Ich bringe Sie mit guten Leuten zusammen. Gut wie Gold. Schecks aus Reval. Kennen Sie Reval?«

Lasik dachte nach.

»Reval? Sind das nicht Sprotten?«

»Das, mein Freund, sind nicht nur Sprotten. Das sind auch noch englische Pfunde. Das ist ein vollständiger Staat. Sie müssen denen nur drei Worte über Trotzki sagen, und schon haben Sie den Scheck in der Tasche. Einverstanden? Ein Schnäpschen? Auf Ihre Gesundheit. Auf unsre nationale Bewegung! Auf Seine ...«

»Haben Sie Mitleid mit meinem Bauch! Ich kann ihn nicht immerzu einziehen. Trinken wir lieber auf die Sprotten.«

»Hurra!«

Zuerst hielt Lasik sich tapfer. Er trank Schnaps, aß Bœuf Stroganoff und führte ein freundschaftliches Gespräch mit Wassili Andrejewitsch.

»Hier ist es ja ganz so wie im ›Venedig‹. Sagen Sie bitte, durch welche Tür werden wir fliehen müssen?«

»Ja, das hier ist noch ein Eckchen des alten Rußland. Die Traditionen eines Volkes sind eine große Sache. Wissen Sie, wer uns bedient? Ein Oberst. Wirklich! Und erst die Damen! Tatjana Larina! ›Ich liebe Sie, was braucht's der Worte ...‹ Der reinste Pfeffer. Dieser Blagowerow kriegt eins auf den Hut! Hier, machen Sie sich bekannt. Unser Agent für die Annoncenwerbung, Herr Grinstock.«

Lasik lebte auf.

»In Homel gibt es auch einen Grinstock, er leitet sogar den Musterkindergarten. Sind Sie mit ihm verwandt?«

Herr Grinstock wehrte Lasik unwillig ab.

»Ich habe keinerlei Verwandte unter den blutigen Henkern.«

Und er beugte sich zu Lasik und flüsterte ihm zu:

»Und wenn es mein Bruder ist, wozu diese dummen Fragen? Ich muß doch für sie Inserate sammeln. Heute habe ich ganze drei gekriegt: zwei Nachtbars und ein Arzt für Geschlechtskrankheiten. Ich kann jetzt sogar zu Abend essen.«

Schwerer und immer schwerer fiel Lasik das Denken, Wassili Andrejewitsch aber setzte ihm mit Fragen zu:

»Diktieren Sie mir wenigstens zehn Namen Ihnen bekannter Bolschewiken. Wir fertigen Listen an, um zu wissen, wer zu vernichten ist, wenn der entscheidende Moment kommt.«

»Zehn Namen? Und wieviel Gläschen waren es? Fünf? Na also denn, schreiben Sie: Trotzki, Roitschwantz, Cheifez, ... Noch mehr? Gut. Kaninchen. Das ist ein Parteiname. Hindenburg. Dreckenkopf. Sprotte. Ich bin keineswegs betrunken, das ist auch ein Deckname, und jetzt haben Sie mich genug gequält. Bin ich ein Adreßbuch? Ich verstehe, Sie wollen das alles den Estländern bringen und einen Scheck in die Tasche bekommen. Was fällt für mich ab?«

Völlig betrunken schrie er:

»Ich bin ein rumänischer Wachsamer! Ich duze mich mit Trotzki! Ich bin mit Maschinengewehrgurten behängt.«

Sie schlugen ihn. Sie warfen ihn in die Luft. Er konnte sich auf nichts mehr besinnen. Wie Wassili Andrejewitsch nachher versicherte, hatte er eine Büchse Sprotten ergriffen und versucht, jedem Gast ein Fischchen in den Mund zu stecken.

»Der Scheck ist schon fertig! Schenken wir ihnen Paris samt allen Araberhengsten! Es lebe der majestätische Schritt!«

Es flogen Gläser, Flaschen, Tische. Am Ende führte man Lasik auf die Straße. Ein Polizist kam herbei. Wassili Andrejewitsch trat für seinen Zechkumpan ein:

»Das hat nichts auf sich, er hat ein wenig getrunken. Es ist ein Henker, und er bereut. Er sucht Erleichterung. Eine slawische Seele!«

Der Polizist hörte sich das an und führte darauf Lasik höflich am Arm zur nächsten Bedürfnisanstalt. In Lasiks trüben Blicken sprühte ein Fünkchen Bewußtsein auf. Begeistert brüllte er den Polizisten an:

»Sie allein haben mich verstanden. Merci! Und noch einmal merci!«

29

Unmittelbar vor dem Vortrag wurde Lasik auf einmal traurig. Mühsam erkletterte er das hohe Bett des schäbigen Zimmerchens, in dem Wassili Andrejewitsch ihn untergebracht hatte, und ergab sich trübseligen Betrachtungen:

»Ich war doch ein ehrlicher Kleingewerbetreibender. Am gewaltigen Festtag des Ersten Mai bin ich mit allen andern Schneidern marschiert, und über uns flatterte die noch nicht beschimpfte Fahne mit dem silbernen Fingerhut. Und nun bin ich bis zu diesen verrückten Sprotten herabgesunken. Ach, Madame Furzina, Sie sehen, ich spreche zu Ihnen pariserisch, nicht irgendwie, sondern Madame, ach, Madame Furzina, was haben Sie mit Roitschwantz angestellt? Jetzt muß ich gleich mit meinen Füßen zu diesem hundertprozentigen Pogrom laufen, als ob ich denen ihre schwedische Gymnastik nicht kenne.«

Melancholisch knöpfte Lasik den Hemdkragen auf, kniff ein Auge zu und betrachtete seinen Körper, der von oben bis unten blaue Flecke aufwies.

»Der da ist noch ein polnischer … Die beiden stammen vom Fischtran … Dieser? Weiß nicht mehr … Vielleicht nach der Unterhaltung über den Schinken, vielleicht auch wegen des Affenschwanzes … Na, und diese hier, das sind Pariser Flecke … Interessant wär's, einen philosophischen Doktor zu fragen, wieviel eine gewöhnliche jüdische Menschenhaut ertragen kann. Mir zum Beispiel scheint es, daß ich nicht mehr aufnahmefähig bin. Aber das ganze Unglück kommt daher, daß sich ein blauer Fleck auf den andern legt, und das ist eine ewige Erdumdrehung. Es ist Zeit zu gehen! In meinem Magen fangen die Melodien wieder zu brummen an, und Karl Marx hat sich nicht umsonst so einen Bart stehen lassen, er hat einiges verstanden bis zum letzten Schlußpunkt. Statt aller gelehrten Worte kann man eines sagen: Der Appetit bewegt das umfangreiche Menschengeschlecht.«

Als Lasik soweit gekommen war, kniff er die Augen zu und sah vor sich Fleischklöße mit Kartoffeln. Er versuchte, sich zu erinnern – wie dufteten sie doch? Lange lag er so, erlebte noch einmal die Klöße der Frau Dreckenkopf, die Grieben auf Drawkins Hochzeit und sogar die Jagdwurst. Die erregte Stimme Wassili Andrejewitschs brachte ihn wieder zu sich:

»Haben Sie den Verstand verloren? Dort ist schon alles versammelt, und Sie dösen hier!«

In der Tat saßen etwa dreißig Zuhörer im Saal. In der ersten Reihe betagte Greise, die man für Kammerdiener halten konnte. Sie kauten Lakritze und schnarchten hin und wieder ein wenig. Hinten schwatzten vergnügt die jungen Leute mit stutzerhaft taillierten neuen Röcken. Auf die Bühne trat Blagowerow. Er war ständiger Vorsitzender der Gesellschaft »Kreuz und Szepter«.

»Ich erteile das Wort dem reuigen Bolschewiken Lasar Matwejewitsch Schwantz. Er wird uns über die nationale Bewegung in unsrer Heimat informieren. Ich ersuche die im Saal anwesenden Witwen und Witwer, Ruhe zu bewahren. Zwar hat Schwantz manchen Fleck auf seinem Gewissen, aber er hat doch ehrlich bereut und will in die Heimat zurückkehren, um durch aktive Bekämpfung der Vergewaltiger den früheren Schimpf von sich abzuwaschen.«

Lasik blickte kläglich in den Saal, auf den Kronleuchter, den Tisch, der mit einem grünen Tuch bedeckt war und auf dem eine Karaffe Wasser und eine Klingel standen, und schließlich auf sich selbst. Zu spät! Es war nichts mehr zu ändern. Er erhob sich, verbeugte sich höflich, lächelte.

»Genossen ...«

Die jungen Leute antworteten mit bedrohlichem Gebrüll. Lasik kroch in sich zusammen.

»Verzeihung, aus mir springt noch manchmal so eine Homelsche Wendung hervor. Ich verstehe ja, daß hier keinerlei Genossen sind, aber sagen Sie mir bei der Gelegenheit: Wie muß ich Sie anreden? ›Meine Herren Polizeidoktoren‹ oder ›Pans Rittmeister‹?«

Blagowerow schüttelte sein Glöckchen.

»Sie müssen zum Auditorium ›meine sehr verehrten Damen und Herren‹ sagen.«

»Sehr schön. Meine sehr verehrten Herren und sogar Damen, obschon hier keine Damen zu sehen sind, sondern nur eine einzige in der zweiten Reihe, ich beginne geradezu mit den nationalen Minderheiten, da dieser blonde junge Mann mir bereits zuruft, daß ich ein Jid sei. Ich bin kein Jid, sondern nur ein bescheidener Moses seines Kaiserlichen Gesetzes. Machen wir einen historischen Querschnitt. Es gibt natürlich Jiden. Sie nähen unverschämterweise Hosen oder leiten sogar in Homel den blutigen Kindergarten. Sie lachen auf ganz unerhörte Art, weil sie Christus verkauft haben und auch Mütterchen Rußland, alles zusammen vielleicht für dreißig Silberrubel. Aber jener verehrte Herr Grinstock verkauft gar nicht das Mütterchen, im Gegenteil, er bewegt sich national fort. Er sammelt für die ›Russische Alarmtrommel‹ geschlechtskranke Inserate, und demnach ist er kein Jid, sondern ein sympathischer Moses. Und somit ersuche ich diesen blonden jungen Mann, sich zu beruhigen, denn ich habe es nicht gern, wenn man schreit. Ich bin wie Grinstock, und Sie müssen mich mit vollkommener Ehrerbietung anhören.«

Von hinten Geschrei:

»Tschekist! Henker! Wie denn, er bereut nicht? Schande!«

Blagowerow nahm seine Zuflucht abermals zur Glocke:

»Das Lokal ist uns bis zwölf Uhr überlassen. Außerdem

müssen wir mit der Metro rechnen. Ich ersuche das geehrte Auditorium, sich maßvoll zu benehmen. Sie aber, Lasar Matwejewitsch, bitte ich, im Hinblick auf die vorgerückte Stunde mit Ihrer Reue zu beginnen.«

»Als ob das so leicht wäre! Ich habe ja vergessen, was Sie mir dort gesagt haben, und ich weiß nicht mehr, was ich bereuen soll. Ich kann natürlich den Fall mit den Sprotten bereuen, aber weshalb mußte man mir auch ein Gläschen nach dem andern einschenken? Und ferner, wenn ich auch die Fischchen geworfen habe, so hat da ein Herr ein ganzes Anrichtebrett nach mir geworfen. Das ist doch viel schwerer!«

Der Blonde gab keine Ruhe:

»Wieviel Menschen hast du erschossen, Tschekistenhund?«

»Herr Vorsitzender, wenn dieser verehrte blonde Herr nicht aufhört, mich zu unterbrechen, verliere ich den Faden. Ich wollte eben dazu übergehen, die Lage in unserem Vaterland darzulegen, und schon konstatiert er, daß ich ein Hund bin. Außerdem darf man einem nicht mit so dummen Fragen zusetzen. Wieso erschossen? Ich bin kein Schütze. Ich bin Schneider. Aber wenn dieser junge Mann droht, mir die Fresse zu zerschlagen, werde ich sagen, daß ich schon siebentausend erschossen habe. Ich stand und schoß mit dem Maschinengewehr, und sie fielen natürlich, und die schrecklichen Kugeln fuhren in sie hinein, und sie schrien: ›Was sind das für Späße, du Tschekistenhund? Wenn du nicht aufhörst, uns mit Kanonen zusammenzuschießen, rufen wir auf der Stelle den Milizionär.‹ Aber ich bin diesem Flehen der Waisen gegenüber taub geblieben. Ich habe Pfeifer in meinem eigenen künstlerisch gefertigten Beinkleid erschossen. Sind Sie jetzt zufrieden? Ich komme zu den laufenden Angelegenheiten. Von dem Ereignis mit Kargopol wissen Sie bereits aus den Zeitungen, und überhaupt habe ich keine ordentliche Geographie gelernt. Wozu sich auf Details versteifen, wo wir mit der Metro rechnen müssen? Es genügt, zu sagen, daß das ganze Mütterchen Rußland Sie atemlos erwartet. Sie werden so erwartet, daß wenn etwa der Briefträger klingelt oder, was schlimmer ist, die Waschfrau für die schmutzige Wäsche, daß sich dann alle irren und mit Stiefmütterchen zur Tür laufen, und dann weinen sie, daß es nicht das weiße Roß war, sondern unanständige Unterhosen. Und der majestätische Schritt? Davon kann man nicht reden, ohne daß einem dicke Tränen kommen. Sagen wir, Tkatschenko kommt die Treppe herauf, und schon flüstert mir Cheifez zu: ›Hörst du diesen Schritt?‹ Ich verstehe nur eines nicht: Weshalb kommen Sie nicht endlich? Man darf nicht so mit der menschlichen Geduld spielen! Ich zum Beispiel bin Fenitschka Herschanowitsch treu gewesen, mochte sie auch mit Schazman zwitschern. Aber wie lange konnte ich schon warten bei meinem Körperbau? Ich hab gewartet und gewartet, und dann erblickte ich Njussja, und alles flog vom Hocker auf Nimmerwiedersehen. Ich meine, Sie sollten sich bereits in Bewegung setzen, zuerst zu dieser mitleidlosen Metro und danach zum Mütterchen selbst.«

Die jungen Leute hatten ihre Plätze verlassen und scharten sich rings um die Bühne.

»Schändlich! Was für ein Unsinn ... Wie kann er sich unterstehen, der Lump? Wir wollen ihn schon lehren!«

»Geben Sie dem Redner die Möglichkeit, seinen Vortrag zu beenden«, rief der Vorsitzende.

»Nieder mit ihm! Zum Teufel!«

Die Glocke schepperte verzweifelt. Lasik bedeckte sein Gesicht mit den Händen.

»Sie wollen, ich soll Schluß machen? Ich bin schon fertig. Wie? Ich muß noch sprechen? Schön, ich will's versuchen. Ich spreche von der nationalen Fortbewegung. Die Bolschewiken sind natürlich plombierte Verräter, denn man darf eine so gute Gelegenheit nicht vorübergehen lassen. Sie kriegen keine ausländischen Kredite? Demnach verstehen sie nicht zu verhandeln. Aber hier lebt Ihr erstaunliches Armeekorps, und ich weiß jetzt, wie man vorgehen muß. In einer Partei kann es zwei verschiedene Fraktionen geben oder auch zehn. Das kommt auch in Homel vor. Hauptsache, alle heben gleichzeitig die Hand. So erzielt man eiserne Disziplin. Worin besteht der Unterschied, sagen wir, zwischen Ignat Blagowerow und Wassili Andrejewitsch? Der eine geht zu den Rumänen und schiebt ihnen Bessarabien zu, und der andre bezieht Schecks von den Sprotten. Aber man kann ja auch zu den Rumänen und zu den Sprotten gehen. Das ist eine Frage der Beine. In Paris aber kann man, wie ich sehe, von dreißig Silberlingen nicht leben, wenn es in diesem ›Harem‹ so ein hitziges Bœuf Stroganoff gibt. Ich flehe Sie an, schieben Sie Ihre Faust weg! Ich bringe schon einen konkreten Vorschlag ein: Wenn man zum Beispiel Moskau in ein Bündelchen verpackt und wegträgt ... Was haben Ihre Hände damit zu tun? Wenn Sie mich durchaus schlagen müssen, so schlagen Sie von hinten, damit ich wenigstens die blutigen Spuren nicht zu sehen brauche. Zu Hilfe! Sie kommen zur Metro zu spät!«

Plötzlich kam Lasik ein glücklicher Gedanke. Rasch ergriff er die Wasserkaraffe vom Tisch und begoß das Publikum. Als das Wasser alle war, warf er die Karaffe in den Saal, dann das Glas und die Glocke. Auf den Lärm hin erschien der Nachtwächter.

»Meine Herrschaften, das Lokal ist bis zwölf gemietet. Haben Sie die Liebenswürdigkeit, sofort auseinanderzugehen!«

Lasik unterwarf sich als erster diesem Befehl. Flink verschwand er durch die Tür.

Aber sogleich kam sein Kopf nochmals zum Vorschein:

»Sehr verehrter Vorsitzender, wo ist Ihre Reineinnahme für zwei oder drei hungrige Butterbrote?«

30

Draußen trat ein magerer kleiner Jude auf Lasik zu und sagte freundschaftlich zu ihm:

»Ach, da sind Sie ja! Brauchen Sie vielleicht ein Heftpflaster? Ich habe immer eins bei mir, denn ich bin Reporter der ›Freien Stimme‹ und muß alle Emigrantenversammlungen besuchen.«

»Heftpflaster? Sie machen sich über mich lustig! Ich brauche einen kriegsgemäßen Verband, vorläufig aber wenigstens fünf Francs für einen Imbiß.«

»Kommen Sie mit in die ›Rotonde‹, dort können Sie sich stärken. Na, haben Sie jetzt gesehen, was das für ein Publikum ist? Sie hätten zu uns kommen sollen. Bei uns verehrt man vielleicht irgendeinen Patriarchen, aber man veranstaltet nicht gleich einen Pogrom. Sie sind ja hier noch neu, Sie kommen frisch aus Rußland und wissen, worauf man dort wartet. Der Großfürst hat damit rein gar nichts zu tun. Man wartet ja dort nur auf Parlamentswahlen. Sie haben das nicht bemerkt? Nun ja, Sie sind noch verschüchtert. Wenn Sie ein oder zwei Jährchen hier gelebt haben, werden Sie's schon bemerken. Wir begreifen, daß einige Werktätige auch dort arbeiten. Man muß nur den Weizen von der Spreu zu sondern wissen. Wir sind gar nicht so, daß wir alles in Bausch und Bogen verurteilen. Nehmen Sie die Schriftsteller. Sie haben sich verkauft, das versteht sich von selbst. Aber es gibt auch Ausnahmen. Wer von uns achtet nicht Puschkin oder Aiwasowski? Kurz und gut, mit uns werden Sie sich mühelos verständigen. Sie werden einen kleinen Vortrag halten ...«

Lasik unterbrach ihn:

»Nicht um die schönsten Bananen! Dann springe ich schon lieber mit einem Schwanz herum.«

»Na, na, nur nicht gleich so aufgeregt! Nehmen Sie zur Stärkung ein paar Sandwiches. Dann gehen wir in die

Redaktion. Ich stelle Sie dem Leiter des Wirtschaftsressorts vor. Das ist ein gescheiter Mensch, ein Kopf, ein namhafter Soziologe, eine europäische Berühmtheit. Er wird Ihnen alles besser als ich erklären. Ich bin kein Politiker, ich bin eigentlich ein Kommissionär. Beispielsweise, wenn Sie eine Wohnung brauchen sollten mit ganz kleinem Abstand oder solide Damenstrümpfe zu siebenundzwanzig Francs das Paar, dann denken Sie an Süßkind.«

Der Leiter des Wirtschaftsressorts, Sergej Michailowitsch Agramow, empfing Lasik außerordentlich liebenswürdig. Lange fragte er ihn nach dem Zustand der Saaten aus, nach den Fortschritten der Opposition in der Roten Armee, nach den Preisen für Hemdenstoff und sogar nach der Zahl der Abtreibungen, wobei er übrigens alle Fragen gleich selbst beantwortete. Schließlich erregte er Lasiks Interesse:

»Sie sind wirklich ein europäischer Kopf! Ich schaue zu und muß mich wundern: Wie können Sie gleichzeitig sprechen und schreiben? Das ist sicherlich ein besonderes Kunststück. Darf ich Sie aber fragen, was für ein Wörterbuch Sie da abfassen?«

»Ich schreibe mir auf, was Sie erzählen.«

»Was ich erzähle? Das sind dann schon zwei Kunststücke. Ich bin ja die ganze Zeit stumm wie ein dressierter Fisch.«

»Hören Sie zu: ›Eine Unterhaltung mit einem hervorragenden Sowjetfachmann. Gleich auf unsre erste Frage nach der Stimmung in Moskau antwortete X: Die ‚Russische Alarmtrommel‘ besitzt keinerlei Ansehen. Die Bevölkerung erwartet mit Ungeduld ...‹«

»Sie brauchen nicht weiterzulesen. Der mit den Damenstrümpfen hat mir bereits erklärt, wen die ganze umfangreiche Bevölkerung erwartet.«

Da blickte Agramow Lasik mitleidig an.

»Ich sehe, Sie sind durch und durch von der bolschewistischen Ansteckung vergiftet. Das ist entsetzlich! Pioniere … Oktoberkinder … Verderbnis der kindlichen Gehirne …!«

»Verzeihen Sie, Herr Soziologe, aber ich bin schon dreiunddreißig Jahre alt, und ich war sogar anderthalbmal verheiratet, wenn ich die Sache mit den Klößen für halb rechnen darf.«

»Dreiunddreißig sind Sie? Halb so alt wie ich. Politisch sind Sie ein Säugling. Wie entsetzlich, daß ein riesiges Land von solchen Kindern regiert wird! Sie werden sich gleich auf Marx berufen. Aber sind Sie denn bekannt mit dem Quellenmaterial? Ein Land mit einer rückständigen Wirtschaft kann keinen Anspruch auf Welthegemonie erheben. Diese Hündchen meinen, daß sie Amerika entdeckt haben. Sie haben zufällig die Macht ergriffen. Sie haben mir meinen Lehrstuhl geraubt. Sie müssen verschwinden. Ich kann Ihnen das gleich an Hand von Zahlen beweisen.«

»Nein, beweisen Sie es nicht. Ich kann sehr schlecht rechnen. Ich habe über den Kaninchen drei Tage versessen. Sodann, wozu müssen Sie sich in Ihrem ehrenwerten Alter mit irgendeiner Arithmetik plagen? Glauben Sie, Sie tun mir nicht leid? Sogar sehr. Sie, ein europäischer Rechner, gehen mit Damenstrümpfen zugrunde. Ich begreife Ihre gelehrte Trauer. Ich kann mit Ihnen natürlich nicht streiten, denn Sie haben sicherlich vier ausländische Universitäten absolviert, während ich bis zu meinem dreizehnten Lebensjahr bloß mit Opium ernährt worden bin, so daß ich vom ganzen Marx nur die Tatsache und den Bart kenne. Aber einiges verstehe ich trotzdem. Marx war ja nicht der einzige mit Bart. Ich zum Beispiel kann Ihre verspätete Lage mit einer Geschichte aus dem Talmud erhellen. Sie werden ja nicht sagen, daß der Talmud eine bolschewistische Erfindung ist. Nein, den Talmud haben sie sogar in der ›Wohlschmack‹ ausmerzen wollen, und er ist noch älter als Sie. Dort wird vom Tode Mosis berichtet.

Bei der Persönlichkeit brauche ich mich wohl nicht aufzuhalten. Sie leiten hier doch nur ein Ressort, demnach sind Sie hier zehn oder zwanzig kluge Köpfe. Moses aber war alles zusammen: Soziologe wie Sie, General und sogar Schriftsteller, kurz, er war ein europäischer Kopf. Aber da die Juden, eine nette Kleinigkeit, vierzig Jahre in der Wüste herumirrten, konnte er nicht umhin zu altern, und es kam für ihn, nehmen Sie das nicht für eine gerechte Anspielung, die Zeit, daß er sterben mußte. Gott sagte ihm ganz ruhig: ›Moses, stirb‹, aber er erwiderte: ›Nein, ich will nicht.‹ Verständlich! So stritten sie sich Tag und Nacht. Als ich das im Cheder gelesen hatte, standen mir die Haare zu Berge. Schließlich wurde es Gott langweilig. Er sagte: ›Du bist der anerkannte Führer meines Volkes gewesen, aber du bist jetzt alt und mußt sterben. Ich habe schon einen Kandidaten. Das ist Josua. Er ist jünger als du, und er wird der anerkannte Führer sein.‹ Moses zitterte am ganzen Leibe vor Kränkung. Er sagte: ›Ich will aber nicht sterben. Gut. Ich werde nicht mehr Führer sein. Ich werde einfache Hammel treiben. Nur erlaube mir, noch ein bißchen zu leben.‹ Nun denn, Gott ward verlegen: Damals gab es erst wenige Menschen auf Erden, und er war an ihr Sterben wohl noch nicht gewöhnt. So wurde denn beschlossen: Der alte Moses soll Hammel treiben, der junge Josua anerkannter Führer sein. Merken Sie, was für eine Kränkung? Schlimmer als Ihr Lehrstuhl! Den ganzen Tag also hütete der unglückliche Moses Hammel, abends aber versammelten sich alle um die Lagerfeuer, um kluge Gespräche zu hören. Alle warteten natürlich darauf, daß Moses seine Vorlesung begann, aber Moses blieb stumm. Er wurde blaß wie diese Wand und sagte unter Tränen: ›Ich bin alt, und man hat mich weggejagt. Da ist euer Josua, er weiß jetzt alles – wohin man aus der Wüste ziehen muß, wie man Manna bekommt, wie man zu leben hat und sich zu freuen und zu weinen.‹ Volk bleibt immer Volk. Sie seufzten anstandshalber ein wenig und begaben sich zu Josua. Josua unterhielt sich grade mit Gott über die laufenden Angelegenheiten. Moses war an diese Unterhaltungen so gewöhnt, daß er hinhorchte. Aber nein, er hörte nichts. Er verlor die Geduld. Er schrie zu Josua hinüber: ›Nun, was hat Gott dir gesagt?‹ Josua war jung und folglich noch ein Streithahn, er pfiff auf die Tränen eines Greises. Er antwortete: ›Was er gesagt hat, hat er gesagt. Als du der anerkannte Führer warst, habe ich dich ja auch nicht gefragt, worüber du dich mit Gott unterhältst. Nein, ich habe dir einfach gehorcht, und jetzt mußt du mir gehorchen.‹ Und Josua begann seine erste Vorlesung. Moses hörte, daß Josua noch jung war, das eine nicht wußte, anderes vergessen hatte, und er wollte sich einmischen. Aber das alte Feuer in ihm war erloschen, er fand die alte Vernunft nicht mehr in sich und auch nicht das richtige Wort. Er redete, und das Volk verstand ihn nicht mehr. Erst gestern hatten sie ihn auf Händen getragen, heute aber riefen sie ihm zu: ›Alter, geh lieber zu deinen Hammeln.‹ Da hielt es Moses nicht länger aus. Wer weiß, wie sehr er das Leben liebte, wie ungern er sterben wollte! Aber er konnte seine Zeit nicht überleben. Er schrie so laut, daß er alle Wolken durchbrach: ›Gut, ich streite nicht länger. Ich sterbe.‹ Natürlich, Herr Soziologe, Sie sind nicht Moses, und ich wünsche keineswegs, daß Sie vor der Zeit sterben. Nein, ich weiß, daß jeder Mensch leben möchte, sogar ich, obschon ich ein elender Zwerg bin. Aber Sie dürfen nicht böse sein auf so einen frechen Pionier. Er ist ja nicht schuld, daß er erst fünfzehn ist. Er ist jung und ein Schreihals und pfeift auf alles. Vielleicht veranstaltet er auf Ihrem eichenen Lehrstuhl Tänze der Völkerschaften. Was tun – auf Erden gibt es keine Gerechtigkeit. Aber wenn Sie so ein kluger Mann sind, weshalb wollen Sie ihn wegjagen? Er wird nicht weggehen, Sie aber sind weggegangen, Sie sind bei den Hammeln, und Punktum. Lassen Sie lieber eine

Flasche Wein kommen, und wir wollen auf unsre tote Jugend trinken.«

Agramow kniff ironisch die Augen ein.

»Ihr Vergleich hält keiner Kritik stand. Parallelen sind in der Geschichte überhaupt gefährlich. Im vorliegenden Fall war es eine Evolution, ein Generationswechsel, ein Fortschritt. Bei uns hingegen war es ein gewaltsamer Bruch. Die Revolution ist ein Verbrechen, der Kommunismus ein kindliches Unterfangen. Nur ganz unwissende Menschen können an Utopien glauben. Die zeitgenössische Soziologie ...«

»Halten Sie ein! Sie wollen mich abermals mit Ihrem eichenen Lehrstuhl erschlagen? Ich bin doch keine Berühmtheit. Ich spreche offen mit Ihnen, und Sie veranstalten eine Diskussion. Sie meinen, ich wüßte nicht, was eine Revolution ist? Fragen Sie lieber, wie oft ich im Gefängnis war. Wären nicht diese historischen Szenen, ich würde jetzt in aller Ruhe die Hose des teuren Pfeifer bügeln. Ich verhimmele sie durchaus nicht, diese Revolution. Sie ist nicht meine Schwester und nicht Fenitschka Herschanowitsch. Aber ich kann nicht schreien: ›Verbietet die Wolken, weil ich, Roitschwantz, schreckliche Angst vor einem Gewitter habe und mich sogar bei Gewitter unterm Kopfkissen verkrieche.‹ Natürlich, ein Gewitter ist eine große Unannehmlichkeit, aber man sagt, daß es für irgendeine Atmosphäre notwendig ist, ganz zu schweigen vom Regen, der doch all die Gemüsegärten begießt. Sie brauchen mich nicht nach den Abweichungen der Offiziere oder den Unruhen in Buchara zu fragen. Davon weiß ich nichts, und Sie werden es ja doch selber schreiben. Lieber erzähle ich Ihnen noch eine Geschichte von demselben Moses. Sie paßt vielleicht zu unserer Meinungsverschiedenheit. Moses war damals noch jung. Er war noch kein Führer, sondern nur ein klarer Kandidat. Plötzlich sagt Gott zu ihm: ›Geh auf der Stelle zum Pharao und sag ihm, daß er die Juden freilassen soll.‹ Moses machte sich eilends auf, fand den ägyptischen Palast, stieß alle Pförtner beiseite und sagte zum Pharao:

›Laß sogleich die Juden frei, sonst wird es dir schlecht ergehen.‹

Der Pharao kniff die Augen ein, ähnlich wie Sie jetzt.

›Was ist das für eine unhöfliche Utopie? Wer bist du?‹

›Ich bin der Botschafter des jüdischen Gottes Jehova.‹

›Jehova?‹

Der Pharao runzelte die Stirn.

›Je-ho-va? So einen Gott kenne ich nicht. Heda, ihr meine gelehrten Sekretäre, schleppt mal das vollständige Verzeichnis aller Götter herbei!‹

Die Sekretäre schleppten eine ganze Bibliothek herbei, denn in jener Zeit gab es viel mehr Götter als heutzutage kluge Köpfe wie zum Beispiel Sie. Tag und Nacht sahen alle Gelehrten Ägyptens die Listen durch. Da war ein Gott mit einer Hundeschnauze, einer mit einem Fischschwanz, aber von einem ›Jehova‹ keine Spur. Da lachte der Pharao herzhaft.

›Na, was habe ich dir gesagt? So einen Gott gibt es überhaupt nicht, er müßte ja sonst in unserem trefflichen Verzeichnis stehen, du aber bist ein unverschämter Bengel, und nun mach, daß du wegkommst!‹

Aber Sie wissen natürlich, Herr Soziologe, daß es dem Pharao sehr schlecht erging. Was notieren Sie sich da wieder? Die Sache mit dem Pharao?«

»Ich habe keine Zeit für historische Anekdoten. Ich beende das Interview mit Ihnen. ›X bestätigte ferner, daß das höhere Schulwesen unter Bedingungen leben muß, die keiner Kritik standhalten. Die Hochschulen sind Musterbeispiele der Verwahrlosung, der Unwissenheit, des Rowdytums. Die alten Lehrstühle werden jetzt von jugendlichen Halbanalphabeten eingenommen.‹ Ich glaube, daß ich Ihre Gedanken richtig ausgedrückt habe. Sie dürfen jetzt gehen.«

Lasik seufzte auf.

»Von mir aus, sollen das meine Gedanken sein! Sie haben ja vier Universitäten absolviert, und ich kann Sie sowieso nicht umstimmen. Dann zählen Sie bitte wenigstens die Zeilen zusammen, oder geben Sie mir der Einfachheit halber einen Zwanzigfrancschein mit.«

Agramow blickte Lasik erstaunt an.

»Francs? Zeilen? Sie haben damit rein gar nichts zu tun. Das ist mein Artikel. Wollen Sie so freundlich sein und auf der Stelle diese Räumlichkeiten verlassen.«

31

»Wohin soll ich gehen? Unablässig den Platz überqueren, bis ich vielleicht von einem zerstreuten Araber überfahren werde? Oder diesen wissenschaftlichen Turm besteigen und von dort hinunterspringen? Einerlei, früher oder später wird man ja doch sterben müssen. Eine Sache ist es, zu sterben, nachdem man gut gegessen, getrunken, geplaudert hat. Das ist dann kein Tod, das ist ein interessanter Schlaf auf dem Diwan. Auf nüchternen Magen aber zu sterben ist langweilig. Ich bin für solche musikalischen Minuten noch nicht vorbereitet. Alle werden natürlich sehen, daß vom Turm ein trauriger Mensch herabfliegt, und werden die Hüte abnehmen: Da fällt er und denkt an Bergeshöhen. Aber ich, der elendeste Frechling, werde in diesem Augenblick an die gestrigen Sandwiches in der ›Rotonde‹ denken. Wenn man den obersten Deckel abhebt – erregende Überraschung, zum Beispiel Käse oder sogar Pastete ... Nein, ich bin noch nicht sterbensreif, und am besten, ich geh in die ›Rotonde‹. Vielleicht finde ich dort diesen Süßkind mit seinen Strümpfen. Ich will sehen, daß ich ihm wenn nicht die ganze Überraschung, so wenigstens den oberen Deckel abbettele.«

Lasik betrat schüchtern die »Rotonde«, aber kaum daß er sich umgesehen hatte, lebte er auf. Süßkind war zwar nicht im Café, doch dafür erblickte Lasik nicht wenig Gäste, die ebenfalls in Frage zu kommen schienen. Sie unterschieden sich von den übrigen Parisern durch die Melancholie ihres Blicks wie auch durch ihre schmutzige Wäsche.

»Die sind wenn nicht aus Homel, so bestimmt aus der Nachbarschaft.«

Lasik trat an den nächsten Tisch heran.

»Sind Sie vielleicht aus Homel?«

»Nichts dergleichen. Ich bin aus Krementschug.«

»Na, der Apfel wächst nicht weit davon. Ich hab's mir gedacht, daß Sie aus der Umgebung sein müssen. Wofür interessieren Sie sich hier? Für Damenstrümpfe oder Inneneinrichtung?«

»Sie sind in Homel wirklich rückständig! Wer gibt sich denn noch mit Strümpfen am Modell oder mit Kommoden ab? Wollen Sie vielleicht sagen, ich soll noch immer Äpfel oder Flaschen nehmen? Als ob jetzt die vorjährige Mode noch möglich wäre! Wenn ich ein Stilleben brauche, besinne ich mich nicht lange. Ich nehme ein Stück Fleisch oder Geflügel oder sogar ein Kaninchen.«

Lasik hielt es nicht aus, er küßte den melancholischen Unbekannten ab.

»Ich auch! Ich auch! Wir haben ganz die gleiche Seele!«

Der Unbekannte indes krauste argwöhnisch die Stirn.

»Wollen Sie mich vielleicht nachahmen? Daraus wird nichts! Ich werde auch so schon genug bestohlen. Ich werde Ihnen meine Bilder gar nicht zeigen, aber wenn ich sie Ihnen zeigen würde, könnten Sie gleichwohl nichts machen. Jetzt ist's aus mit der nackten Kleckserei! Jetzt verlangt jeder anständige Bilderhändler, daß Gefühl drin sein muß. Sehen Sie, an dem Tisch dort sitzt Lentschuk – der bestiehlt mich dauernd. Und der dort mit dem rotbraunen Hut, das ist Monkin. Er hat mein Fleischstück genommen und ein bißchen verschoben. Aber die Händler haben noch eine Nase. Sie sehen, daß das Fleisch bei mir nur so zittert. Sie sind nicht dumm, wenn sie mir noch für das fünfzehnte Stück tausendzweihundert zahlen.«

Die Herumsitzenden nickten zustimmend.

»Sein Fleisch klingt ... Im ›Herbstsalon‹ war vor seinen Bildern ein solches Gedränge, daß man sogar einen Polizisten aufstellen mußte.«

»Sie wissen wohl nicht, mit wem Sie reden? Das ist Rosenpup, und sein Name prangt an allen Bretterzäunen. Über ihn wird so viel geschrieben, daß man es gar nicht alles lesen kann. Der Kritiker Cuibon hat öffentlich von ihm gesagt: ›Rosenpup ist ein Sohn von Renoir, und er wird bald den Vater verschlingen, so wie Zeus den Chronos verschlungen hat.‹ Fein, was?«

»Und diese unbegabten Monkins versuchen noch zu konkurrieren! Aber sie sitzen in der ›Rotonde‹ und trinken ihren armseligen Kaffee, während auf Rosenpup die Amerikaner Jagd machen.«

Rosenpup kam in gerührte Stimmung.

»Heute könnte man mal was trinken. Ich habe zwei Fleischstücke verkauft, und ich zahle die Rechnung. Aber womit fangen wir an? Mit Bier oder Cognac?«

Lasik wurde nicht mit eingeladen. Trübselig stand er beiseite. Endlich hielt er's nicht aus und sagte flehend:

»Um Vergebung, aber schenken Sie mir das Glück, neben Ihnen sitzen zu dürfen. Ich will nur dasitzen und nichts trinken. Ich möchte Ihnen sagen, daß ich Sie vergöttere. Ich habe Ihren Namen am Bretterzaun gelesen und laut geweint. Vom Fleisch will ich gar nicht reden. Was hat der Idiot Monkin dabei zu suchen? Er stiehlt die Überreste, und bei Ihnen ist's ein schönes, fettes Stück. Meinen Sie, in Homel hätte man noch nichts von Ihnen gehört? Dort heißt es nur immer, daß Krementschug alle andern überflügelt hat. Ich selbst habe einen Vortrag über Sie gehalten. Ich habe gerufen: ›Dieser Sohn des Zeus wird alles, was er nur will, verschlingen.‹ Übrigens, ich verspüre schon Durst. Sie werden mich doch einladen? Ich möchte Kaffee und solche Stückchen mit Überraschungen; drinnen soll Pastete oder Schinken sein, nur bitte drei Kaffee und fünf Stückchen. Sie brauchen nicht erstaunt zu sein, ich bin kein Bettler, ich habe heute schon zu Mittag gegessen, und mein Name wird auch an den Bäumen prangen. Das ist so eine Gewohnheit von mir, das Brot im Ganzen zu schlingen. Ich bin ja ein großes Original.«

Nachdem Lasik Kaffee und Butterbrote vertilgt hatte, beschloß er, offen zu sprechen.

»Hier herrscht ein sehr sympathisches Leben. Das ist viel angenehmer, als vor einem majestätischen Schritt zu bereuen. Aber sagen Sie mir, Mossjöh Rosenpup, haben Sie vielleicht einen Schlächterladen nebst Verkauf von Wildbret, oder sind Sie einfach ein berühmter Koch, weil ich nämlich zwei oder drei Pariser Wendungen nicht erfaßt habe.«

Rosenpup zerbrach wütend alle Gläser.

»Er wagt es, Witze zu reißen, dieser nichtswürdige Mensch! Noch dazu nach fünf Sandwiches! Ich habe ja gleich gespürt, daß er mit Monkin und Lentschuk unter einer Decke steckt. Wenn Sie mit dem ersten Maler der Welt reden, müssen Sie überhaupt den Mund halten. Ich weiß, Sie wollen mich bestehlen! Mir das grüne Kaninchen stibitzen oder den Rindsrumpf. Aber das wird Ihnen nicht gelingen! Ich lasse Sie nicht über meine Schwelle. Packen Sie sich mitsamt Lentschuk und bestechen Sie die Kritiker, daß sie nichts über mich schreiben! Als ob ich nicht wüßte, wer für dies Schweigen nach dem ›Salon‹ verantwortlich ist! Lentschuk und Sie! Wer hat mir alle Bilderhändler abspenstig gemacht, so daß ich jetzt nichts verkaufen kann? Monkin und Sie. Packen Sie sich, sonst ...«

Lasik zog es vor, die Drohungen nicht zu Ende zu hören. Wozu sich ärgern nach so vielen wohlschmeckenden Überraschungen? Er stand rasch auf, sagte »merci« und begab sich zu Monkin.

»Mossjöh Monkin, wir wollen uns bekannt machen. Wie? Sie wissen nicht, mit wem Sie sprechen? Das ist doch wirklich seltsam. Ich zum Beispiel kenne von Ihnen sämtliche Einzelheiten. Ich habe schon in Moskau überall verkündet: ›Monkin hat den Zeus verschlungen.‹ Wir haben dort gestanden und uns gewundert, wie Ihr Fleisch summt. Lächerlich, wenn dieser Dummkopf Rosenpup versucht, es Ihnen zu stehlen. Sie haben bestimmt ein amerikanisches Sicherheitsschloß, und er ist eine nackte Talentlosigkeit. Ich saß eben bei ihm, und ich habe ihm die ganze Wahrheit ins Gesicht geschleudert, so daß er vier Gläser zerbrochen hat. Mit Ihnen aber spreche ich wie mit einem vollkommen Gleichberechtigten. Sie fragen, wer ich bin? Ich heiße Lasik Roitschwantz und bin der zweite Maler der Welt, wenn wir annehmen, daß Sie der erste sind. Wir können einen mächtigen Bund begründen. Gewiß, mein Name prangt noch nicht an den Zäunen, aber nur weil ich mich zeitweilig verberge: Hinter mir sind ja richtige Amerikaner her. Ich bin eine heimliche Berühmtheit. Wo meine Bilder sind? Bereits im Handel. Die Adresse kann ich Ihnen nicht verraten. Das ist ein schreckliches Geheimnis. Ich werde sie Ihnen in ein paar Tagen sagen. Ich werde Sie sogar in das riesige Geschäft mitnehmen. Aber jetzt wollen wir von den laufenden Angelegenheiten sprechen. Trinken will ich nicht mehr, aber ich möchte bei Ihnen übernachten, denn ich habe in Paris noch keine passende Unterkunft gefunden. Haben Sie keine Angst, ich werde Sie nicht bestehlen, ich bin nicht so eine nichtswürdige Kreatur wie Rosenpup.«

Monkin lebte auf.

»Sehr richtig. Wirklich eine nichtswürdige Kreatur! Er

wagt es noch, allen Kritikern zuzurufen, ich wäre ein Schmierer. Dabei versteht er nichts von der Malerei. Er ist so zurückgeblieben, daß es lächerlich ist, ihn nur anzusehen. Ja, heutzutage muß man schmieren, muß man die Farbe so auftragen, daß das Fleisch zu fühlen ist, er aber malt nicht, er zeichnet, er ist ein lächerlicher Gernegroß. Er hat mir einen Händler abspenstig gemacht: ›Sehen Sie bloß, Monkin denkt bei seinen Bildern überhaupt an nichts.‹ Aber wenn Sie denselben Händler fragen, wird er der erste sein, der Ihnen sagt: ›Heutzutage braucht man nicht zu denken, es muß nur in jedem Zentimeter das Fleisch zittern‹.«

Lasik vertrat hitzig Monkins Ansicht:

»Von Rosenpup lohnt es gar nicht zu reden. Das ist ein leerer Zentimeter. Ich bin seit meiner Kindheit ein Anhänger Ihrer Thesen. Aber wir beide werden nicht in Streit geraten. Ich denke, man kann die Welt unter zwei unbestrittenen Berühmtheiten teilen. Ich spreche nicht von leeren Flaschen oder von Apfelmus. Das wollen wir den Dreckenkopfs überlassen. Sie werden das Fleisch und Kraut nehmen und die Teller und alles, was Sie wollen, während ich nur Kaninchenbananen hinlegen will, denn darin bin ich ein vollkommener Fachmann. Aber jetzt wollen wir schlafen gehen – ich bin doch etwas müde von all diesen Gefühlen.«

Am nächsten Morgen zeigte Monkin Lasik seine Arbeiten:

»Na, sehen Sie sich mal diese Leinwand an. Hier fließt eins aus dem andern.«

Lasik kniff ein Auge zu, dann das andre und erklärte mit dem Ton des Sachkenners:

»Ein sympathisches Bildchen. Das heißt, ich wollte sagen, es ist genial wie Zeus. Das zittert so, daß man es auf nüchternen Magen nur mit Mühe ansehen kann. Jedes Stück kriecht einem nur so in den Mund. Sagen Sie, wo haben Sie die herrlichen Koteletts her, die Ihnen Modell stehen durften?«

Monkin wunderte sich.

»Das sind doch keine Koteletts. Das ist mein Selbstporträt. Übrigens, kommt es denn auf die Ähnlichkeit an? Ähnlichkeit ist heute nicht modern. Ich nehme nur Teilchen. Ich belebe sie. Verstehen Sie? Zur Zeit arbeite ich an einem Stilleben mit Ente. Da, bewundern Sie mal, was für ein saftiges Bild das gibt: die Ente, Mohrrüben, Hintergrund olivgrüner Sammet. Ich fürchte nur, daß die Ente ein klein wenig trocken geraten ist.«

Lasik warf einen Blick auf das Bild und fragte rasch:

»Aber wo ist das lebende Original?«

»Dort auf dem Tisch. Na, ich muß mich beeilen. Ich habe keinen Sou mehr in der Tasche, ungegessen aber kommt einem nicht der kleinste Einfall. Ich will bei allen Händlern vorbeigehen, will versuchen, einem von ihnen dies Selbstporträt anzuhängen, wenigstens für fünfzig Francs. Der nichtsnutzige Rosenpup, der hat alle Galerien mit seinem Mist vollgestopft. Sie können hierbleiben. Sollten Sie aber weggehen, so legen Sie den Schlüssel unter die Tür.«

Lasik blieb allein. Zwei oder drei Stunden wartete er ehrlich auf Monkins Rückkehr.

Monkin kehrte erst gegen Abend heim. Er fand den Schlüssel wie abgemacht unter der Tür. Auf dem Tisch lag ein Zettel:

»Teurer Mossjöh Monkin! Mein Ehrenwort, ich bin nicht schuld. Sie haben doch selbst gesagt, daß ungegessen keine Einfälle kommen. Ich bereue, wie ich nicht einmal bei meinem Vortrag bereut habe. Aber ich frage Sie: Weshalb haben Sie mich mit ihr allein gelassen? Ich habe lange gekämpft. Wer weiß, wie oft ich mich ihr genähert habe und wieder zurückgefahren bin! Dann habe ich den Spirituskocher und sogar die Kasserolle erblickt. Sie werden mir's natürlich vergeben. Sie haben sie ja schon ein wenig gezeichnet, und die Teilchen werden Ihnen wieder einfallen. Sie sind ja nicht irgend so ein kläglicher Rosenpup. Die Mohrrüben habe ich auch genommen, weil es ohne Beilage nicht so schmeckt. Den olivgrünen Hintergrund dagegen habe ich Ihnen unberührt dagelassen. Ich bin ein Meineidiger und wert, daß man mich bespeit. Aber mit dem Appetit darf man nicht scherzen. Irgend einmal werde ich es Ihnen mit Prozenten zurückzahlen. Ich werde Ihnen alle Händler der Welt schenken, vorläufig aber mögen Sie blühen als die erste Berühmtheit, und denken Sie nicht schlecht von mir. Ich bin Ihr Kompagnon Lasik Roitschwantz. PS. Sie haben sie ganz grundlos verleumdet, sie wäre trocken. Sie hatte am Bürzel so schönes Schmalz, daß ich mir jetzt noch den Mund lecke.«

32

Zwei Wochen waren vergangen, und schon kannte alle Welt in der »Rotonde« Lasik. Wenn Amerikaner kamen, die sich ansehen wollten, »wie die Pariser Bohème lebt«, nötigte er sie, ihn mit Sandwiches oder Würstchen zu bewirten. Er benahm sich lässig.

»Sie können nachher in Ihrem Amerika erzählen, wie Sie dem berühmten Roitschwantz auf den Fersen waren. Sie haben meine grünen Kaninchen nicht gesehen, und Sie werden sie auch nicht zu sehen bekommen, denn ich lebe wie ein Mönch nur für meine Kunst. Was verstehen Sie von saftigen Zentimetern? Meinen Sie, ich sähe nicht, wie Sie mich mit Ihren ganz und gar nicht malerischen Augen anstarren?«

Die Amerikaner wandten schüchtern ein:

»Wir waren im Louvre ... Wir haben die ›Gioconda‹ gesehen ...«

»Ich muß mich schämen, neben Ihnen zu sitzen. Die ›Gioconda‹! Aber das ist ja eine leere Flasche, die mein allerletzter Schüler gemacht hat.«

Lasik eignete sich die in der »Rotonde« herrschenden Sitten rasch an. Er wußte jetzt, wie man Neulingen Angst einjagte, wie man sich durch Überrumplung einen Franc pumpte und dem schläfrigen Nachbarn eine leere Tasse unterschob. Gewiß, Rosenpup und Monkin waren unwiederbringlich verloren. Aber dafür freundete er sich mit Lentschuk an. Er verstand es, Monkin zuvorzukommen:

»Gleich kommt dieser Dieb hierher, der alles von Lentschuk stiehlt, und wird erzählen, daß ich ihm, dem Unschuldslamm, eine malerische Ente stibitzt habe. Aber er selbst glaubt nicht daran, und er ist es, der beim Erstbesten sein eigenes Porträt stiehlt.«

Die Maler begriffen nicht, wo er herkam, dieser Roitschwantz, und was er machte. Lasik antwortete ausweichend: Die Adresse sei geheim, bald werde sich alles aufklären, um die Zukunft sei ihm nicht bange. Einige meinten: »Einfach ein Gauner«, andre wandten ein: »Man darf auf fremde Erfolge nicht so neidisch sein.« Sie versicherten, jemand habe Bilder von Lasik gesehen und sei vor Begeisterung fast närrisch geworden: das sei wahre Malerei! Da könnten Monkin oder Rosenpup einpacken!

Lasiks Ruhm wuchs. Er verhungerte halb dabei. Als es ihm aber einmal gelang, einem Dänen, den seine Kunstbegeisterung hinriß, zwanzig Francs zu entreißen, bestellte er sich sofort Visitenkarten: »Lazar Chvance. Freier Künstler.«

Chvance – das klang pariserisch, das war kurz und höflich. Zum Beispiel: »Merci, Mossjöh Chvance.« Das war zum Weinen schön.

Die Visitenkarten zusammen mit der stolzen Haltung hatten die gewünschte Wirkung. Eines Tages trat in der

»Rotonde« ein sehr anständig gekleideter Herr an Lasik heran, lüpfte seinen Hut und sagte:

»Sie sind – Mossjöh Chvance, nicht wahr? Von Ihnen habe ich schon viel gehört. Ich komme ja häufig in die ›Rotonde‹ auf einen Apéritif. Ich wohne gleich nebenan. Mein Geschäft für gewisse Töpfe befindet sich dort um die Ecke. Ich hätte gern mit Ihnen gesprochen. Die Sache ist die, daß in unserer Branche jetzt eine Krise herrscht, dagegen höre ich die ganze Zeit, wie reich die Bilderhändler werden. Man hat mir erzählt, daß ein Händler einem Maler zwanzig Francs für jedes Bild gezahlt hat. Der Maler ist gestorben, und jetzt kostet jedes Bild hunderttausend. Das nenne ich Kapital in Umlauf bringen. Außerdem hat man mir gesagt, daß hier alle Maler früh sterben, das ist natürlich für die Händler sehr vorteilhaft. So habe ich mich denn entschlossen, mich ein wenig mit Kunst zu befassen. Ich suche ein junges Talent, um das Wagnis zu unternehmen. Man spricht von Ihnen, daß Sie ein Rätsel seien. Das gefällt mir. Sodann haben Sie, verzeihen Sie mir, nicht gerade ein reckenhaftes Äußeres, so daß ich mit Fug darauf zählen kann, daß Sie, Gott behüte, sehr früh sterben werden.«

Lasik warf ein:

»Ja, das denke ich auch. Roitschwantz, oder wie man hier sagt, Chvance, ist ein Feuerwerk, das in kurzer Zeit abbrennt. Von mir ist schon wenig geblieben – eigentlich nur der Appetit, die Philosophie und zwei bis drei unanständige Anekdoten. Aber was wollen Sie mir vorschlagen?«

»Ich schlage Ihnen vor, einen Kontrakt für Ihr ganzes Leben zu unterschreiben. Sie werden monatlich fünf Bilder anfertigen und sie mir übergeben. Ich zahle Ihnen für das Stück fünfzig Francs. Aber vorher will ich Ihre Arbeiten besichtigen.«

»Dies letzte verstehe ich nicht. Als ob Sie die Palette des Chvance nicht kennen! Lesen Sie doch, was an den Bretterzäunen steht! Das sind keine Leinwände, das ist Rührseligkeit, und alle Pariser Damen weinen wie an der Jerusalemer Klagemauer, auch wenn ein grünes Kaninchen vor ihnen hängt oder gar Ihr Selbstporträt. Ähnlichkeit – das war so eine skandalöse Erfindung von vorgestern. Ich überlege dabei keine Minute, ich fließe nur so aus mir selbst heraus, und ich schmiere wie der genialste Schmierer. Nehmen Sie einen Millimeter – den gibt's ja nicht, das ist Arithmetik, bei mir aber lebt und bebt er, ist schon ein Stück in goldenem Rahmen. In diesem Augenblick, stellen Sie sich nur vor, ertönt mein letzter Hustenanfall vor meinem Ende. Sie weinen, Sie geben mir ein Abführmittel, Sie schreien: ›Chvance, stirb nicht.‹ Ich aber bin ein höfliches Original, und ich lehne Ihren Rat ab, ich sterbe. Und in Ihren Händen bleibt eine ganze Fabrik von bemalter Leinwand. Sie würden mit einem Schlag ein Rothschild werden. Das sind ja keine dummen Töpfe!«

»Ich begreife, daß Sie Ihre Arbeiten den andern Malern nicht zeigen wollen. Aber mir dürfen Sie sie zeigen. Wirklich, ich verdiene Vertrauen. Siebzehn Jahre steht schon mein Geschäft hier. Hier ist meine Visitenkarte: ›Achille Honbuisson‹.«

»Mossjöh Achille, wenn Sie so hartnäckig sind, muß ich Ihnen gestehen, daß mir eine kleine Unannehmlichkeit widerfahren ist. Ich hatte Geld. Jeden Tag aß ich Entenbraten und fuhr im Auto über den Platz, und ich bestellte mir Visitenkarten wie Ihre. Aber dann ging das Geld zufällig zu Ende, ich faßte mir ein Herz, biß die Zähne zusammen, trug alle meine wertvollen Bildchen in einem Sack fort und versetzte sie bei einem Fischtranhändler für jämmerliche fünfzig Francs. Das kann jedem passieren, auch Monkin, ja selbst der ›Gioconda‹. Sie geben mir schon für ein Stück fünfzig Francs, damit Sie es nach meinem unabänderlichen Tode für hunderttausend verkaufen können, und dort liegen hundert Stück, und ich brauche diesem Fischforderer nur fünfzig Francs zu bringen, schon können Sie vor allen Meisterwerken weinen.«

Achille Honbuisson ächzte, seufzte und gab Lasik fünfzig Francs.

»Hier, quittieren Sie. Was bleibt einem übrig – wer nicht wagt, der nicht gewinnt.«

Am Abend suchte Lasik Monkin in der »Rotonde« auf.

»Ich habe Ihnen ja in jenem selbstmörderischen Briefchen mitgeteilt, daß Sie das Hundertfache bekommen werden. Erstens haben Sie hier die Adresse eines wunderbaren Händlers. Achten Sie nicht darauf, daß in seinen Schaufenstern weiße Unanständigkeiten zu sehen sind. Dafür herrscht in seiner Seele eine malerische Begeisterung. Sie können ihm sogar Ihr eigenbildliches Kotelett verkaufen, denn ich habe schon lange keinen solchen hundertprozentigen Narren gesehen. Und zweitens nehme ich Sie jetzt in ein prächtiges Restaurant mit, wo Sie jede beliebige Ente mit kompletter Beilage bestellen können.«

Nachdem Lasik im Restaurant ein Glas Wein getrunken hatte, brach er in Tränen aus.

»Ich weine vor Schönheit! Wenn es auf der Welt, sagen wir, diese ›Gioconda‹ gibt und den Sohn des Zeus und Sie mit Ihrem Porträt, wie sollte man da nicht weinen? Ich bin ja in meiner Seele ein wirklicher Maler. Wie oft habe ich innerlich die Augen von Fenitschka Herschanowitsch vor dem Hintergrund des Homeler Flieders gezeichnet! Wenn einer Gefühle hat, dann ich. Ich habe heute im Café ein Mädchen gesehen und wäre fast unter ein arabisches Auto gekommen. Sie hatte Augen bis zu den Ohren, und ihre Lippen waren wie die Fahne, die ich in glücklicheren Tagen mutig getragen habe. Wissen Sie nicht zufällig, wer sie ist? Weil ich nämlich jetzt entschlossen bin, sie zu küssen oder zu sterben. Da sehen Sie, wieviel Gefühl in mir lebt! Ich schleudere gleich die Farben los, und sie zittert bereits in meinem Kopf. Ja, das ist so, aber was wird mir der morgige Tag bringen? Schön ist es, an der Liebe zu sterben, nicht an der schwedischen Gymnastik, dieser Nachttopffabrikant aber hat Maschinengewehre statt der Hände.«

Am nächsten Morgen beschloß Lasik, lieber zu Hause zu bleiben und die »Rotonde« eine Werst weit zu meiden. Aber da erinnerte er sich der Augen jener Dame, die es ihm angetan hatte, und hielt es doch nicht aus.

»Ich will auf den Zehenspitzen hingehen und die ganze Zeit in Haustüren untertauchen. Mag ich sterben, aber ich muß sie vor meinem Tode noch sehen.«

Aber ach, er erblickte nicht sie, sondern Herrn Honbuisson.

»Sie haben mich beschwindelt!«

»Bitte stecken Sie Ihre Maschinengewehre wieder ein! Was kann ich dafür, wenn sie verlorengegangen sind? Ich habe mehr verloren als Sie. Nehmen Sie einen Bleistift und rechnen Sie's aus. Sie haben fünfzig verloren; multipliziert mit eins ergibt das fünfzig, ich dagegen hundert, und das ergibt, mit fünfzig multipliziert, fünftausend. Sehen Sie? Ich habe ihn trotzdem nicht getötet, also stekken Sie die Maschinengewehre in die innersten Taschen. Ich habe die ganze Nacht geweint, und meine Augen sind geschwollen. Vielleicht wird mir zum Abend wieder besser, dann will ich Ihnen auf der Stelle zehn fertige Meisterwerke machen, aber natürlich habe ich weder Leinwand noch Farben und auch kein Kaninchen, das mir bedingungslos Modell stehen könnte. Wenn Sie's noch einmal riskieren wollen ...«

»So sehen Sie aus! Meinen Sie, wenn Sie auf Ihrer Visitenkarte Maler sind und ich Nachttöpfe verkaufe, daß Sie mich an der Nase herumführen können? Ich könnte Sie auf die Präfektur schaffen. Ich könnte Sie, wie Sie dastehen, zerschmettern. Sehen Sie diese Hände? Aber ich will einen letzten Versuch machen. Ich gebe Ihnen Leinwand,

Farben und ein Modell. Arbeiten werden Sie bei mir. Hinter Schloß und Riegel. Verstanden?«

Nach diesen Worten führte Achille Honbuisson den zitternden Lasik in seine Wohnung.

»Wen wollen Sie malen? Einen Mann? Eine Frau?«

»Nein. Das ist eine längst vergangene Saison. Ich male nur Fleisch. Kurz, ich will ein Kaninchen malen, aber es soll nicht in seinem dummen Fell stecken, sondern bereits endgültig gebraten sein.«

Achille Honbuisson brachte nach einer Weile Leinwand, Farben, Pinsel und ein großes Kaninchen. Er brummte:

»Was diese Künstler sich immer ausdenken! Hab es mit Müh und Not bei einem Schlächter aufgetrieben. Wissen Sie, wieviel es gekostet hat? Achtzehn Francs.«

Achille Honbuisson sperrte Lasik ein und ging davon. Lasik sah durchs Fenster: Nein, von hier konnte er nicht entspringen, das war fast so hoch wie der wissenschaftliche Turm.

Er erinnerte sich der erbaulichen Rede Monkins und begann, mit den Farben die Leinewand zu beschmieren, aber er beschmierte sich hauptsächlich die Hände. Die Pinsel brachen bald ab. Nichts kam heraus – weder ein Selbstporträt noch ein Kaninchen.

»Jetzt schlägt er mich tot. Das sind die letzten Minuten des zum Tode verurteilten Roitschwantz. Nun, wenn mir ein solcher Tod bevorsteht, so will ich doch zu guter Letzt diese gebratene Banane verzehren.«

Und er gab sich einer unaussprechlichen Glückseligkeit hin. Als Achille Honbuisson zurückkam, waren von dem Kaninchen nur die sorgfältig abgenagten Knochen übrig. Achille Honbuisson brüllte:

»Wo ist das Bildchen?«

»O weh, lebe wohl, meine Heimat! Lebe wohl, Mütterchen Homel! Wo das Bildchen ist? Es ist noch nicht da.

Erstens hätte es mißlingen können. Bei uns in Homel gab es einen Photographen Cheifez, der nahm für sechzig Kopeken sogar zwei Personen im Hochzeitsstaat auf, aber auch ihm ist häufig etwas mißlungen. Das ist so wie auf der wilden Jagd, man kann einen Fehlschuß abgeben.«

»Rindvieh! Gauner! Nimm die Pinsel und schmiere los! Blicke auf dein Modell!«

Sehr sanft und innig kam es aus Lasiks Mund:

»Es ist nicht mehr da. Warum schütteln Sie mich? Ich kann doch nicht die hundert Bilder aus mir herausschütteln. Handeln Sie mit Ihren Nachttöpfen, aber lassen Sie mich in Ruhe! Oh, wie weh das tut! Ich bin doch kein Maler, daß ich dasitze und den schönen Stoff beschmutze, ich bin ein ehrlicher Schneider. Nur nicht raufen! Ich kann Ihre Hosen ausbessern. Ich sterbe schon. Meinen Sie, Sie hätten ein Bildchen aus mir herausgequetscht? Bösewicht? Das ist das Kaninchen, das einzige Kaninchen in meinem ganzen gequälten Leben!«

33

Die »Rotonde« war zertrampelt wie eine Wiese von Nomadenherden. Die Amerikaner drehten sich nicht mal mehr nach Lasik um. Die Stammgäste, wenn sie ihn von weitem sahen, riefen: »Keinen Franc gibt's.« Die Kellner verlangten das Geld für den Kaffee im voraus. Vergebens beteuerte Lasik, daß der große blaue Fleck auf seiner Stirn sportlichen Charakter trüge.

»Ich habe an einem Rennen teilgenommen, fünfhundert Millimeter in der Stunde, und das Araberpferd ist auf den Rücken gefallen.«

Die Geschichte von dem Kaninchen, das er bei Achille Honbuisson vertilgt hatte, wurde im ganzen Viertel ruchbar. Monkins Freund Spritz zeichnete eine Karikatur:

»Die Geburt der Venus.« Er stellte Lasik nackt dar, mit blauen Flecken und blutigen Striemen inmitten des schäumenden Meeres. Lasik stand in einer Fayencemuschel, einem Erzeugnis von Achille Honbuisson, deckte sich schamhaft die Blöße, und von oben fielen die Güter dieser Erde auf ihn herab: Hühner, Enten, Kaninchen. Lasik war nicht beleidigt, er suchte nur, die Wahrheit wiederherzustellen, und bemerkte:

»Die Sachen sahen ganz anders aus. Übrigens geht es ja nicht um die Ähnlichkeit.«

Die Karikatur wurde in der »Rotonde« aufgehängt, und ein Amerikaner kaufte sie Spritz für hundert Francs ab: zur Erinnerung an den typischsten Besucher der »Rotonde«. Lasik versuchte noch, sich hineinzumischen und einen Sandwich zu erbetteln, aber man jagte ihn mit Schimpf und Schande davon.

Als alle Möglichkeiten verspielt waren und der Hungertod an einem jener Zäune bevorstand, auf denen die siegreichen Namen von Rosenpup oder Monkin prangen sollten, kam unerwartet Hilfe. Louis Kohn, ein in mondänen Pariser Kreisen bekannter Snob, Gourmand und Schwerenöter, sah Lasik vor der Auslage eines kläglichen Wurstladens und nahm sich seiner an. Mehr noch, er machte aus dem schmutzigen Liederjan seinen Privatsekretär. Lasik stolzierte jetzt in ungeheuer weiten Hosen herum und seufzte:

»Der Stoff würde für dreie reichen.«

Er speiste in den vornehmsten Restaurants und fuhr in einer vierzigpferdigen Limousine. Sein Bild erschien in der Herrenmodezeitschrift »Adam« mit folgender Unterschrift: »M. Lazarious Chvance, unser junger Gast, ein polessischer Prinz, ein Freund von Louis Kohn.« Lasik schnitt sich das Bild aus und steckte es sorgsam in seine Tasche, wo schon das Konterfei der portugiesischen Geißel ruhte.

Bevor ich indessen von Lasiks neuer Stellung berichte, muß ich bei einer unbekannten Person mit grellroten Lippen verweilen, der er's zu verdanken hatte, daß er mit der schweren Hand von Achille Honbuisson Bekanntschaft machte. Jeden Abend saß sie in einem kleinen Café gegenüber der »Rotonde«, und jeden Abend stand Lasik an der Tür, um ihre allzu langen Augen zu sehen. Mademoiselle Chique bemerkte ihn natürlich nicht. Als sie einmal, schwankend von den vielen Cocktails, das Café verließ, hielt sie ihn sogar für den Groom:

»Rufen Sie ein Taxi!«

Lasik, von ihrer göttlichen Stimme berauscht, rührte sich nicht von der Stelle. Sie stieß ihn mit dem Schirm, und als er schließlich ein Auto herbeigerufen hatte, gab sie ihm einen Franc. Er schleuderte das Geldstück ins Fenster des Autos.

»Kaufen Sie sich für diesen Betrag irgendeine Orchidee, denn ich liebe Sie mehr, als ich je Fenitschka Herschanowitsch geliebt habe!«

Als Lasiks Geschick sich so jäh gewandelt hatte, war es das erste, daß er Louis Kohn um einen freien Abend bat und sich in das verheißungsvolle Café begab. Er setzte sich an ein Tischchen neben Mademoiselle Chique und bestellte eine Flasche Champagner. Den ganzen Abend ließ er kein Auge von ihr. Schließlich hielt es das Mädchen nicht aus.

»Was starren Sie mich an wie die Katze den Rahm?«

»Nein, keine Katze und kein Kater kann so starren. Selbst ich, als ich noch meinen verstorbenen Appetit besaß, selbst ich habe nicht so den Rahm angestarrt, auch nicht Leber in Sahne und nicht das Kaninchen. Erkennen Sie mich nicht? Drei Wochen lang habe ich atemlos an dieser Tür da gestanden. Ich habe Ihnen noch Ihren Franc geschenkt für eine Orchidee. Was mögen Sie sich für eine Blume gekauft haben? Natürlich, für einen Franc kann man kein richtiges Blumenangebinde überreichen. Aber vor zwei Tagen bin ich unerhört reich geworden, denn da hat so ein Narr in mir Temperament entdeckt, und morgen will ich Ihnen Stiefmütterchen für ganze tausend Francs kaufen, wenn Sie mir nur erlauben, Sie noch zehn Minuten verzweifelt anzustarren.«

Mademoiselle Chique wurde lebhaft.

»Komischer Kauz! Wollen Sie tanzen?«

»Auf keinen Fall! Ich kenne dies ganze Gehopse auswendig, aber ich habe augenblicklich keinen wissenschaftlichen Zugang dazu. Ich fürchte, ich könnte an die falsche Stelle geraten, so wie der Genosse Serebrjakow.«

»Na, wie Sie wollen. Erlauben Sie, daß ich mich zu Ihnen setze? Was trinken Sie? Champagner?«

Sie stießen miteinander an. Lasik trank sein Glas in einem Zug leer. Sein Kopf drehte sich vor Wein und Glück. Mademoiselle Chique kitzelte ihn mit einer ihrer Locken.

»Sie sind das reinste Kind.«

»Ich ein Kind? Sie wollen mich natürlich mit Ihrem Sarkasmus vernichten. Ich bin zwar schon dreiunddreißig, aber noch lange kein Greis. Die wahren Leidenschaften sind nicht bei den jungen Springern mit den glühenden Augen. Nein, mit zwanzig brennt der Mensch ohnehin kostenlos. Er brennt vor Liebe oder für ein Klassenideal oder einfach, weil er Fieber hat. Fragt sich nur, wieviel Gefühle er mit zwanzig besitzt. Eine Handvoll, noch eine Handvoll, und in einem Nu sind die heruntergebrannt. Was bleibt übrig? Ein Fünkchen bloß. Und dann gehen die Jahre dahin, und plötzlich flammt dies Fünkchen auf. Es kann einen solchen Weltenbrand anrichten, daß kaum Zeit ist, ›Hilfe‹ zu schreien, und schon ist das ganze Herz verbrannt.«

»Ich habe auch die reiferen Männer lieber. Sie sind anspruchsvoller, aber dafür wissen sie zu schätzen, was man ihnen gibt. Du hast sicher einen feinen Geschmack. Zahle, dann gehen wir.«

Lasik begriff nichts mehr. Er soll geradenwegs zu ihr fahren! Wo sind die Orchideen? Er muß auf der Stelle vor Begeisterung tanzen. Allein? Ja, allein. Warum darf man das nicht? Sie heißt Margot. Das ist ein Name! Sicherlich ist sie die Venus, die nachts aus dem amerikanischen Louvre davongelaufen ist. Weshalb hat er Champagner mit perlenden Fünkchen getrunken, wo er doch auch so schon den Verstand verliert? Araberpferd, rüttle nicht! Was tut sie? Sie küßt ihn aufs Ohr! Begreifen Sie? Roitschwantz aufs Ohr, auf dies armselige Ohr aus Homel atmet eine wahnsinnige Göttin! Eine Treppe? Gut, er geht hinauf. Er wird brüllen vor Glück wie eine Antilope. Was? Brüllen verboten? Alles schläft? Wer kann schlafen, wenn das Erdbeben da ist?

Beim Eintritt in ihr Zimmer ließ sich Margot aufs Sofa fallen und lachte hysterisch.

»Gleich sterbe ich vor Lachen! Ich habe in meinem Leben noch keinen so komischen Kauz gesehen!«

Lasik aber sagte voll Seligkeit:

»In diesem Paradies werde ich nur auf Zehenspitzen gehen.«

Als Margot sich satt gelacht hatte, sagte sie geschäftlich:

»Das farbenbunte Angebinde wirst du mir nicht morgen darbringen, sondern jetzt gleich. Das ist sicherer. Wir haben ja Champagner getrunken. Verstehst du nicht? Aber du hast mir doch selbst gesagt … Einen Tausender. Ja, ja! Ich kenne dich doch nicht. Du willst nicht? Dann mach, daß du wegkommst. Ich weiß nicht, wie du's gewöhnt bist, aber bei mir heißt es immer im voraus. Verstanden?«

»Was soll diese unerbittliche Ankündigung? Natürlich, wenn man hundert Zeremonien ausklügelt, dann kann man gleich aufhören zu leben. Ich will Ihnen sagen, ein gottesfürchtiger Jude muß, bevor er mit seinem Weibe schläft, sich die Hände waschen und hinterher wieder die Hände waschen. Vorher, weil ihm eine wahrhaft Gott wohlgefällige Handlung bevorsteht, und hinterher, weil er zwar eine Gott wohlgefällige Handlung vollbracht hat, aber immerhin einen Gott so wenig wohlgefälligen Gegenstand berührt hat wie, sagen wir, einen vollständig nackten Bauch. Das ist sehr fein ausgeklügelt! Aber was ergibt sich als Endresultat? An Stelle der herrlichsten Liebe ein elendes Waschbecken. Sie brauchen keine Vorschriften zu befolgen. Weshalb quälen Sie mich dann mit solchen ›voraus‹ und ›hinterher‹? Gut, ich will Ihnen diese papierenen Orchideen geben, aber zerreißen Sie nicht mein galoppierendes Herz mit solch erbärmlicher Buchführung!«

Margot steckte das Geld ein und begann sich auszuziehen.

»Komm, Kleiner, gehen wir zu Bett.«

Das ernüchterte Lasik vollends.

»Eins von beiden: Sie sind entweder die geflohene Venus oder eine hundertprozentige Marxistin, die die Vorlesungen des Genossen Triwas besucht hat. Was heißt ›gehen wir zu Bett‹, wenn mir rosenfarbene Einleitungen am Herzen liegen? Ich möchte mit Ihnen flattern und zwitschern und von Liebe sprechen und Ihnen Wiegenlieder singen und Sie auf Händen tragen wie eine sanfte Sage, und ich will daran sterben, daß das nicht das Leben ist, sondern das Paradies. Und da bieten Sie mir die nackten Funktionen an. Sie sind doch nicht Frau Dreckenkopf! Schon Ihr Name duftet süß, von Ihren Lippen ganz zu schweigen. Wenn Sie schlafen wollen, schlafen Sie. Ich werde in diesem Sessel sitzen und Sie mit meiner Hand vor dem Wind schützen, daß er nicht mein vorletztes Ideal hinwegwehen möge.«

Margot winkte ab.

»Hol dich der Teufel – bleib sitzen! Als ob du mir so nötig wärest! Du Floh!«

Ihr war übel von Wein und Müdigkeit. Sie nahm ein heißes Bad, legte sich ins Bett und schlief sofort ein.

Lasik saß da und seufzte. Auf Erden gab es keine Gerechtigkeit. Njussja hatte ihm gesagt, daß er eine Wanze sei. Margot hatte ihn zum Floh erniedrigt. Kam es denn auf den Wuchs an? Seine Liebe war doch so groß wie der wissenschaftliche Turm. Aber sie verstanden das nicht. Wenn im Louvre eine Venus steht, greifen etwa die Amerikaner mit den Händen nach ihr? Sie zahlen Eintrittspreise, und sie weinen vor Glück, daß sie in einem Zimmer mit diesem unbezweifelbaren Stein sein dürfen. Gut, mag ich ein Floh sein! Aber ich werde nicht mit meinem Kleingewerbe ohne weiteres in die himmlische Landschaft kriechen. Lieber werde ich fühlen, daß ich neben ihr sitze. Ich werde dieses Blendwerk anstarren …

Und Lasik starrte die schlafende Margot an. Da ertönte ein verzweifeltes Piepsen:

»Ich flehe Sie an, wachen Sie rasch auf! Sie sind bestohlen worden! Das muß so ein mystischer Nebel sein! Wo sind Ihre langen Augen? Wo Ihre maienroten Lippen? Wo Ihre Augenbrauen, die schwarz waren wie meine Angst? Oder bin ich erblindet vor lauter neuvermählter Erwartung? Antworten Sie mir schnell, sonst rufe ich das ganze Haus zusammen, damit man mich in eine Irrenanstalt bringen soll.«

Margot rieb sich die Augen und sah Lasik erschrocken an. Als sie endlich begriffen hatte, was los war, begann sie zu schimpfen:

»Du Halunke! Du Landstreicher! Du hast dir die Francs nicht umsonst erbettelt. Meinst du, wenn du jemandem einen Tausender gestohlen hast, du darfst dir alles erlauben? Bin ich vielleicht eine Schneiderpuppe? Soll ich mit dir Kinderlieder singen? Idiot! Hast du gedacht, ich schlafe geschminkt? Und was wird dann aus meiner Haut? Rindvieh! Soll ich mich für tausend Francs für immer verunstalten? Schuft!«

»Psst! Machen Sie eine Pause in Ihrer Liste! Ich habe begriffen. Demnach sind Sie eine saftige Leinwand, bei der jeder Zentimeter einen Laut ausstößt. Sicherlich ist es Monkin, der Sie beschmiert, der hat ja die reichste Palette. Nachts aber sind Sie wie Frau Dreckenkopf. Der einzige Unterschied ist der, daß ich jetzt die Klöße besitze. Wie entsetzlich! Sie sind ja wie meine Tante. Die hat in Gluchow mit Eiern gehandelt. Aber Sie? Eine Frau in so ehrenwertem Alter muß in einem Spannrahmen stehen und sich von einem Pinsel stechen lassen, dann springt sie im Café herum wie ein besessenes kleines Mädchen, nur um einer kleinen Fälschung willen, das ist ja nicht mal die Rente, die in Homel den Arbeitsinvaliden gezahlt wird, das ist nur das seelenlose Gelächter des Mephistopheles!«

Lasik hatte seine rührende Ansprache kaum beendet, als auch schon die verschiedensten Gegenstände geflogen kamen. Die wildgewordene Margot bedachte nicht lange, welche Geschosse sie wählen sollte. Ein Topfsplitter verletzte seine Nase.

Als er die Treppe hinunterging, versuchte er, nicht zu seufzen, alles schlief ja inmitten des Erdbebens. Aber es war schon Morgen, und die Concierge hielt ihn an:

»Wo kommen Sie her? Warum bluten Sie im Gesicht?«

Lasik versuchte, ihr vernünftig auseinanderzusetzen, was los war:

»In der letzten Zeit werde ich von den Fabrikaten dieses Achille Honbuisson verfolgt. Was soll man machen, seinem Schicksal entgeht niemand. Jetzt wird Herr Louis Kohn mich ausschimpfen, ich habe ja seine dreischläfrige Hose verdorben, ganz zu schweigen von meiner Nase. Aber wenn Sie nicht schlafen, kann ich ja laut seufzen. Nicht der Nase wegen. Die ist's gewöhnt. Ich seufze als Philosoph, denn eine vollständige Zweiteilung ist erfolgt, und ich weiß nicht, mit welcher Erinnerung ich leben soll. Auf der einen Seite die Venus, auf der andern die Arbeitsinvalidin, alles zusammen aber ist meine Liebe, vierter Stock links, da lebt sie und zittert. Sie, Madame, sehen wie mein verfluchtes Schicksal aus, selbst der Besen in Ihrer Hand ist schon schlagbereit. Sagen Sie mir einfach, was das ist, das Leben, die Liebe, die erloschenen Sterne?«

Doch ach, statt aller erhabenen Philosophie setzte die Concierge den verhängnisvoll erwähnten Besen in Bewegung.

34

Herr Louis Kohn war achtundzwanzig Jahre alt, aber er zeichnete sich durch Weisheit und Weite des Blicks aus. Von seinem Vater, einem Fabrikanten von Gemüsekonserven, hatte er ein bedeutendes Vermögen geerbt. Er bemühte sich, es auf vergnügte und zwanglose Art zu verschleudern. Er hatte es gern, wenn die mondänen Zeitungen in ihrer Lokalchronik etwas über seine Seltsamkeiten brachten. Lasik hatte die Stelle der unglückseligen Languste angetreten, die Kohn an einem Kettchen durch die Champs-Elysées hinter sich hergezogen hatte.

»Ach, Sie sind Russe? Sicherlich Bolschewik. Das ist schön. Wir ersticken in unserm Akademismus. Ich habe Racine schon in der Wiege gekannt. Die Dritte Republik ist die Herrschaft der kleinen Krämer. Sie werden für mich der Weckruf aus dem Osten sein. In Ihren Augen brennt ja revolutionärer Mystizismus. O wie gerne möchte ich Ihren Roten Platz erblicken, wenn die Chinesen den Treueid auf Charles Marx ablegen und die Frauen in Pluderhosen die Polowetzer Tänze aufführen! Ich bin ein glühender Verehrer des Unerwarteten, der Jazzband, der Revolution, der Synkopen. Neulich habe ich bei der Vicomtesse Picetreaux zu Abend gegessen und unerwartet, nach dem Fasan, eine rote Fahne aus der Tasche gezogen. Ich habe sie vor all diesen verblüfften Akademikern entfaltet. Selbst der ›Figaro‹ hat darüber geschrieben, daß es ein grimmiger Spaß gewesen sei. Aber das ist ganz und gar kein Spaß. Das Parlament hat Angst vor mir, denn ich, Louis Kohn, bin Kommunist.«

Lasik war ganz verwirrt.

»Schrecklich mühevoll ist es zu reisen, wenn man die stehenden Wendungen nicht kennt. Regen ist natürlich überall Regen, aber mit der Politik ist es schwieriger. Nach Ihrem Aussehen würde ich eher sagen, im Gegenteil. Aber wenn hier bei Ihnen solche Disziplin herrscht, um so besser. Ich war in Kiew Parteikandidat, und das ist schiefgegangen, aber hier werde ich bestimmt durchschlüpfen. Als ob ich nicht nach dem Fasan eine Fahne hervorziehen könnte! Sagen Sie bitte, es gibt also bei Ihnen keine Kontrollkommission? Und Sie dürfen tanzen und Ihren Fuß stecken, wohin Sie wollen? Und man zwingt Sie nicht, den ganzen Tag Fragebogen auszufüllen? Dann schreiben Sie mich rasch in diese vortreffliche Parteizelle ein.«

»Pfui! Wie kann man einer Partei beitreten! Das bedeutet doch, mit dem Pöbel in Berührung zu kommen. Das ist genau das gleiche, als ob man Straßenbahn fährt. Ich bin ein geistiger Bolschewik. Ich liebe alles, was aus dem Osten kommt. Sagen Sie übrigens, sind Sie nicht Buddhist? Schade! In meinem Speisezimmer steht ein Buddha aus dem fünften Jahrhundert. Sie könnten vor ihm beten. Ich habe noch nie gesehen, wie ein lebendiger Buddhist betet. Das muß sehr pikant sein. Ach, Sie sind Jude? Uninteressant. Das ist die Religion der kleinen Krämer. Aber wissen Sie was, treten Sie zum Katholizismus über. Ich bin ein glühender Anhänger des Kults der Heiligen Rose. Gewiß, die Idee eines Gottes ist gut für die, die in der Straßenbahn fahren. Aber es bleibt doch das Symbol der unbefleckten Empfängnis, die mystische Prophezeiung, das Dunkel. Und schließlich, was soll man machen, das ist nun mal modern. Ich laufe ja auch nicht in engen Hosen oder in einem langen Gehrock herum! Kurz, nächsten Sonntag bin ich Ihr Taufpate, und die Vicomtesse Picetreaux wird Ihre Taufpatin sein.«

»Wenn mein ganzer Dienst darin bestehen soll – bitte. Ich bin echtes zwanzigstes Jahrhundert, und nach einem Fasan bete ich auch vor Ihrem pikanten Buddha, wenn Sie mir nur vorher alle Worte aufschreiben. Sie verlangen also unbedingt, daß ich in dieses sündlose Dunkel krieche? Ich werde hineinkriechen. Bei Ihnen hier geht das ja wohl ohne besondere Operationen vorüber, und ich verstehe, diese meine Vicomtessenmama kann mich leichter in mystischem Wasser baden, als daß etwa Sie von kleinen Krämern beschnitten würden. Punktum. Ich bin bereits ein bolschewistischer Katholik. Und was habe ich als Ihr gelehrter Sekretär genau zu tun?«

»Sprechen Sie nicht so laut und nicht so schnell. Ich bekomme Migräne. Wenn Sie sprechen, müssen alle spüren, daß Sie zwischen zwei Worten vor Gleichgültigkeit zu sterben bereit wären. Das hört sich höflicher an. Nur ab und zu, wenn ich Ihnen zunicke, dürfen Sie Ihr östliches Temperament zeigen. Unter Ihren Verpflichtungen wird eine der ersten die sein, mit mir zu Mittag zu essen.«

Lasik strahlte, aber da Louis Kohn ihm nicht zunickte, überwand er seine Gefühle. Sie fuhren zu einem Restaurant. Der Oberkellner, der Louis Kohn offenbar gut kannte, notierte sofort: Nudeln in Wasser und Apfelmus. Dann fragte er:

»Was wird der Herr speisen?«

»Damit wollen wir uns gleich befassen.«

Louis Kohn studierte die Speisekarte eine geschlagene Stunde. Lasik bemühte sich aus Leibeskräften, den reichlichen Speichel zurückzuhalten. Am Ende war das Mittagessen bestellt.

»Mein Freund, Sie sollen jetzt in eine erhabene Kunst

eingeführt werden. Ich will Ihnen nicht erst lange das philosophische System Savarins entwickeln. Aber was ist das – Ästhetik, Poesie, Moral, Charleston, Synkope, zweite Realität, Graf Lautremond, mein Lächeln? Das alles sind lediglich Errungenschaften der Köche. Vor vier Jahren hat mir im Restaurant ›Paix des Nonnes‹ Meister Emile eine Poularde zubereitet. Sie war mit Wildleber, Trüffeln und Orangenstückchen gefüllt und wurde mit einer Sauce von Xereswein, Jahrgang dreiundsechzig, angerichtet. Umlegt war sie mit Artischockenböden auf Toulouser Art, will heißen, in Weißwein mit geschlagenen Eiern. Ich erinnere mich an diesen Tag wie an die Dichtung der Revolution, wie an den ersten Akkord Stravinskys, wie an die Oblate des Heiligen Abendmahls. Ich habe alle Gerichte Frankreichs studiert und hätte der beste Kenner beispielsweise von Périgordpasteten werden können. Doch ach, wir alle aus dem Geschlecht der Kohns zeichnen uns durch einen zarten Körperbau aus. Ich erkrankte an Gastritis, Enteritis, Nephritis, Arthritis, Podagra. Ich kann nur in Wasser gekochte Nudeln und Apfelmus essen. Statt Wein – Mineralwasser. Ich leide wie ein erblindeter Maler, denn ich erinnere mich sehr gut an den Geschmack jeder Sauce, und ich irre mich nie im Jahrgang des ›Lafitte‹. Nun denn, ich habe beschlossen, diese Leiden noch zu vertiefen. Ich will Ihnen die auserlesensten Gerichte vorsetzen lassen, ich will mich daran berauschen, wenn ein Neophyt wie Sie schon über den Duft eines Hummers oder eines Camemberts in Begeisterung gerät, und ich will Ihnen die ganze Feierlichkeit jeder einzelnen Minute auseinandersetzen. Ich will Ihre Mahlzeiten in einen Gottesdienst verwandeln. Was haben Sie auf dem Teller? Austern von Marennes? Schlucken Sie sie nicht! Kauen Sie langsam! In diesem Augenblick redet der Atlantische Ozean mit Ihrem Himmel. Einen Schluck Chablis! Er ist voll von herbstlicher Trockenheit und Frische. Leichte Morgenkühle hat die

Traube angehaucht. Spüren Sie den leichten Beigeschmack von Metall? Gleich werden Sie eine Bachforelle bekommen und dazu einen trockenen Vouvray, Jahrgang einundzwanzig. Er ist noch jung, aber in ihm sind die Blumen der Loire, in ihm ist das Lachen des Rabelais, in ihm ist …«

Lasik hörte Kohn nicht mehr zu. Gewissenhaft verschlang er alles, was die Kellner ihm vorsetzten. Aber nach dem sechsten Gang hielt er es nicht mehr aus. Er schob den Teller mit dem Fasan von sich und dankte höflich sowohl dem Oberkellner wie Herrn Kohn.

»Merci. Es ist merkwürdig, aber auch der Appetit geht einmal zu Ende. Wir könnten jetzt von etwas recht Erhabenem miteinander plaudern, zum Beispiel von dieser Polowetzer Synkope. Ich habe etwas nicht ganz verstanden. Warum kommt bei Ihnen erst der Rote Platz, und dann stellt sich eine unbefleckte Empfängnis heraus? Bei uns in Homel würde man Ihnen dafür nicht das Köpfchen streicheln.«

»Mode, mein Freund, Mode. Die wahre Freiheit besteht in der Unterwerfung. Die Leute, die in der Straßenbahn fahren, unterwerfen sich einer platten Moral, während wir Auserwählte uns der Mode unterwerfen. Heutzutage muß man ein wenig Bolschewik und ein wenig Katholik sein. Das sind unfaßbare Nuancen, wie der Pfeffer, der Honig, die Pickles, der Maraschino in der ›Claridge‹-Sauce. Ich tanze doch auch nicht Onestep oder spiele Crocket, wenn jetzt Blackbottom und Golf modern sind. Aber es nützt Ihnen nichts, daß Sie Ihren Teller von sich schieben; ich komme ja grade erst auf den Geschmack, und Ihnen stehen noch neun Gänge bevor. Dieser Fasan duftet wie die Prophezeiungen des Nostradamus. Er riecht nach der süßlichen Verwesung der ganzen lateinischen Kultur. Ich will wetten, daß er mindestens eine Woche im Warmen gehangen hat. Er hat ganz allmählich dies Bouquet erzielt. Riechen Sie nur! Spüren Sie den Atem des Todes, der mythologischen Pilze, des Roquefort, des tausendjährigen Schlafs?«

Lasik zog vorsichtig den Wildbretgeruch ein und heulte auf:

»Jetzt verstehe ich, warum Sie nach dem Fasan alle möglichen Flaggen herausgeworfen haben! So ein Aroma kann einen Menschen überhaupt töten. Zumindest bei mir beginnt bereits diese Polowetzer Synkope. Wissen Sie, wonach das riecht? Bei uns in Homel wird eine unverschämte Tonne durch die Straßen gefahren und ...«

»Reden Sie nicht! Nehmen Sie ein Bein. Sie sind dazu verpflichtet. Vergessen Sie nicht: Sie sind mein Privatsekretär. Einen Schluck ›Chambertin‹. Das ist ein einundneunziger. Er hüllt einen in Dämmer – merken Sie's? Er umschlingt ganz sacht die Seele. Er macht einem warm. Das ist burgundische Erde, nicht Süden und nicht Norden, das Herz der Kultur, zwanzig Jahrhunderte, danach Auseinanderbrechen, Finsternis, Abgründe, Synkopen, und im letzten Augenblick zwei oder drei staubbedeckte Flaschen.«

Lasik konnte kaum mehr atmen. Sein Gesicht wurde zuerst dunkelrot, dann violett. Die Kellner aber wechselten immerfort die Teller und Gläser, um neue Foltern zu bringen. Lasik aß und trank gehorsam: Was sollte er machen, es war ja sein Dienst! Er konnte nichts mehr unterscheiden. Es kam ihm vor, als lägen auf den Schüsseln Buddhas, Synkopen und zwanzig lateinische Jahrhunderte. Plötzlich schlug etwas an seine Nase wie Salmiakgeist. Kohn flüsterte beseligt:

»›Livarot‹-Käse! Er wird einige Jahre in goldgelbem Mist aufbewahrt. Dort kann er gären wie verzweifelt. Er wird duftend, und das Herz zieht sich bei diesem Duft zusammen. Riechen Sie schnell!«

Vor Lasiks Augen schwamm alles. Der Käse schien sich zu drehen. Er blickte auf die Flaschen – sie verbeugten sich. Und Kohn? Kohn nickte. Sieh mal an! Also war Lasik jetzt frei! Er sprang auf und schrie voll Entzücken:

»Schaffen Sie mir auf der Stelle diese Tonne weg!«

Vergeblich suchte Louis Kohn, ihn zu beruhigen:

»Alle gucken nach Ihnen ... Das ist unanständig.«

»Sollen sie nur gucken. Warum haben Sie mich betrunken gemacht? Und was sind das für Einfälle? Statt anständiger Fleischklöße einem Menschen dreißigmal Synkopen mit Düften vorzusetzen! Wenn er diese Homelsche Madame nicht aus dem Bereich meiner Nase entfernt, werfe ich sie der nächstbesten Vicomtesse ins Gesicht. Nun ja, ich bin betrunken. Was denken Sie denn? Kann man vielleicht nicht betrunken sein nach derartigen Einschläferungen? Ich saß übrigens ganz ruhig, aber Sie haben genickt, und da hat mein Temperament angefangen. Sie haben nicht genickt? Dann war's der Chambertin, der genickt hat. Kurz und gut, führen Sie mich rasch weg, aber geradenwegs zum Ziel!«

Der erste Versuch war mißlungen, aber Louis Kohn gab die Hoffnung nicht auf: Dieser Liliputaner besaß ein ungeheuerliches Temperament. Zwei Tage darauf ging er mit Lasik in das »Schönheitsinstitut«. Als Lasik den drehbaren Sessel erblickte, die Lanzetten, Töpfchen, Flacons, elektrischen Apparate, fiel er vor der Masseuse auf die Knie.

»Um, sagen wir, Buddhas willen, haben Sie Mitleid mit Roitschwantz! Was wollen Sie mit mir tun? Ein Stück gesunden Magen herausschneiden oder mich auf der Stelle mit dem Lämpchen töten wie in dem herrlichen Amerika?«

»Haben Sie keine Angst. Zuerst wollen wir ein paar Runzeln glätten. Das tut überhaupt nicht weh. Wir besitzen viertausend Anerkennungsschreiben. Setzen Sie sich hierher. Legen Sie den Kopf zurück. Denken Sie an nichts.«

Lasik setzte sich. Er versuchte, an nichts zu denken.

Aber wie hätte er das tun können! Er wurde ja umgearbeitet wie ein unempfindlicher Gehrock! Schön denn, mochten sie seine Runzeln mit irgendeinem Bügeleisen glätten. Wollen doch sehen, was dabei herauskommt. Als ob sich sein ganzes Unglück wegwischen ließe – von Madame Furzina bis zur Toilette des Restaurants »Paix des Nonnes«! Wischt nur, wischt immerzu, deshalb wird Leid doch Leid bleiben und Roitschwantz Roitschwantz! Ihr werdet aus ihm weder einen Buddha machen noch einen Chambertin …

Plötzlich fuhr Lasik von einem unangenehmen und ihm genügsam bekannten Schmerz zusammen. Die Masseuse drückte grade seine Nase platt.

»Was wollen Sie von meinem Erker? Sie sind doch nicht Achille Honbuisson. Auf ihr sind keine Runzeln. Die Runzeln sind auf der Stirn. Hören Sie auf! Sie ist nicht aus Guttapercha!«

»Regen Sie sich nicht auf. Das ist eine ganz leichte Operation. Ich werde jetzt Ihre Nase etwas verkürzen.«

Lasik rollte vom Sessel herunter. Er purzelte in seinem Krankenkittel auf dem Fußboden herum und stöhnte:

»Daraus wird nichts! Meine Nase ist keine Hose, und ich erkläre hiermit den Generalstreik. Sie stört keinen Menschen, weshalb sie stutzen? Ich habe Sie nicht mit ihr gestoßen, ich habe keinen Menschen mit ihr gestoßen. Ich bin gestoßen worden. Und vielleicht will ich, daß sie lang bleibt. Meinen Namen habe ich beschnitten, aber das ist ein Überbau. Woher wissen Sie, ob ich nicht vielleicht einmal in meine Heimat zurückkehre? Mit einer kurzen Nase erkennt mich niemand wieder, weder Pfeifer noch Fenitschka Herschanowitsch. Nicht einmal die Furzina. Ich kann Ihnen meine Persönlichkeit nicht geben! Stutzen Sie Ihre Synkopen! Da haben Sie Ihre schändliche Kopfbedeckung, und auf Nimmerwiedersehen!«

Am Abend sagte Louis Kohn streng zu ihm:

»Mein Freund, Sie sind schon fünf Tage bei mir, und ich bin mit Ihnen nicht zufrieden. Sie haben auf dem Gebiet der Gastronomie nicht die geringsten Fortschritte gemacht. Im ›Select‹ haben Sie nach einem einzigen Cocktail den Barmann zu küssen versucht, obwohl ich Sie gebeten habe, mir den Hof zu machen, da das jetzt modern ist. Und im ›Schönheitsinstitut‹ haben Sie sich wie ein Wilder benommen ...«

»Aber Sie selbst verlangen doch von mir Polowetzer Sachen.«

»Fallen Sie mir nicht ins Wort! Sie vernachlässigen Ihre Pflichten eines Privatsekretärs. Ich werde Sie jetzt gleich der letzten Prüfung unterziehen. Schauen Sie ...«

Louis Kohn führte Lasik zu einer halb geöffneten Tür. Im Nebenzimmer saß ein splitternacktes junges Weib. Es gähnte faul und rauchte eine Zigarette. Lasik schloß zartfühlend die Augen.

»Eine sehr sympathische Frau. Ich rate Ihnen nur, auf sie aufzupassen, daß sie sich nicht ihre Augen oder Lippen stiehlt. Vor zwei Tagen habe ich erfahren, daß solche Späße vorkommen. Aber Sie sind natürlich ein erfahrener Fachmann, und bei Ihnen wird alles so zugehen wie in dem Roman von Curose. Ich wünsche Ihnen eine unruhige Nacht.«

»Sie fangen an, mich wütend zu machen. Ich habe Migräne. Geben Sie mir ein Pulver. Glauben Sie vielleicht, ich zeige sie Ihnen zu Ihrem Vergnügen? Sie müssen jetzt mit der allerverantwortlichsten Pflicht eines Privatsekretärs beginnen. Sie wissen – wir Kohns sind von zartem Körperbau. Ich war einst berühmt für meine Siege. Ach, jetzt bin ich zu ewiger Diät verurteilt ... Kurz, Sie werden mit meiner neuen Freundin spielen, und ich werde zusehen und jede Bewegung miterleben. Ich sehne mich nach Schmerzen des Gefühls. Haben Sie mich verstanden?«

»Ich glaube ja.«

Lasik begrüßte die Dame höflich:

»Mein Name ist Chvance. Privatsekretär. Bitte, genieren Sie sich nicht. Archip Stoiki, der hat sich zum Beispiel gar nicht geniert. Wir sagen einfach, daß Sie ein Sonnenbad nehmen. Und überhaupt blicke ich nicht Sie an, sondern die Zimmerdecke. Sagen Sie bitte, sind Sie auch so eine Art Privatsekretär? Und müssen Sie täglich diesen unverschämten Käse riechen? Ich will Ihnen etwas zuflüstern, er sitzt ja an der Tür: Hauptsache, Sie lassen sich nicht die Nase kürzer machen. Das ist die reinste Folter. Aber was plaudern wir da, wir müssen ja an die Arbeit gehen. Ich weiß nur nicht, welche Spiele hier gebräuchlich sind, denn bei uns in Homel spielt man, sagen wir, Poch oder Sechsundsechzig. Übrigens sehe ich hier überhaupt keine Karten ...«

Lasik lief hinaus und fragte Louis Kohn sachlich:

»Warum sind keine Karten da?«

Zum erstenmal explodierte Kohn:

»Sie sind mein Tod! Migräne ... Nicht einmal die Pulver helfen. Mir scheint, ich habe mich in Ihnen getäuscht ... Wo bleibt Ihr Temperament? Trinken Sie diesen Cocktail, damit Sie mutig werden ... Und jetzt gehen Sie rasch zu ihr! Ich kann nicht länger warten! Wie können Sie so ruhig dasitzen, wenn neben Ihnen ein nacktes Mädchen ist? Sie müssen mit ihr herumtollen!«

Lasik wurde nachdenklich.

»Ich muß schon sagen – das ist ein Problem! Also sind es gar nicht die Karten, wo Sie doch ohne Pelz dasitzen. Nun ja, Ihnen ist bestimmt kalt, wenn Sie so auf einem Fleck sitzen. Von mir aus, tollen wir herum. Ich kann mich nur nicht erinnern, wie man das macht. Ich glaube, als ›Katz und Maus‹. Sie müssen springen, und ich werde springen, aber Sie müssen auch miauen, und ich werde unter diesen Diwan kriechen und das erschrockene Mäuslein sein.«

Lasik kroch, wie sich's gehörte, unter das Sofa und

begann dort leise zu piepsen. Da hielt es Louis Kohn nicht länger aus. Er kam ins Zimmer gestürzt.

»Idiot! Das soll Temperament sein? Oh, wenn ich imstande wäre! Kommen Sie sofort da hervor! Trinken Sie noch einen Cocktail. Haben Sie getrunken? Na, und nun an die Arbeit! Wenn es nicht nötig ist, zeigen Sie Ihre barbarischen Gewohnheiten ... Ich befehle Ihnen jetzt: Zeigen Sie, daß Sie ein freier Wilder sind! Tun Sie alles, was Sie wollen! Ich sterbe! Ich schmachte nach Schmerzen!«

»Nun denn, wenn Sie nicken, kann ich nach zwei solchen Benebelungen auch ein Frechling werden. Erstens, meine teure Madame, ich flehe Sie an, ziehen Sie zumindest Badehosen über, denn Sie sind keine Venus, und wir sind hier nicht im amerikanischen Louvre. Ich bin, nebenbei gesagt, in Margot Chique verliebt, obschon sie eine Arbeitsinvalidin ist, und mein Herz ist besetzt. Aber Sie schätzen doch bestimmt buntfarbige Geschenke, darum überreiche ich Ihnen hier die volle Brieftasche dieser Synkope, und Sie können nach Hause fahren. Das erstens. Und Sie oberste Synkope, legen Sie sich jetzt auf den Diwan mit Ihrem Polowetzer Gesicht nach unten, und Sie können sich sogar benehmen, als wären Sie nicht zu Hause, daß heißt, die Hose ausziehen, ich habe vorzügliche Hosenträger und kann Ihnen eins, zwei, drei solche Schmerzen des Gefühls hervorbringen, daß Sie vor jedem Buddha zu beten beginnen. Wie? Sie wollen nicht? Aber ich soll ein Wilder sein? Schön. Da haben Sie eine ins Gesicht – fangen wir mit dem Aschbecher an. Und jetzt empfangen Sie diese Orchideen mitsamt Topf. Danach kann ich zum Buddha übergehen, wenn er fünf Jahrhunderte wiegt.«

Auf das Klingelzeichen erschien ein weißhaariger, würdiger Bedienter.

»Jacques, Sie werden zeitweilig die Obliegenheiten meines Privatsekretärs erfüllen. Sie bleiben jetzt mit dieser Dame hier. Zunächst aber setzen Sie diesen Schuft an die

Luft, und geben Sie ihm zum Abschied eine gehörige Lektion!«

35

Abermals begannen dunkle Tage für Lasik. Er betätigte sich als Geschirrwäscher in einem Restaurant, als Groom in einer Jahrmarktsbude, drehte den Leierkasten, verkaufte chinesische Nüsse, wurde von Zeit zu Zeit verhaftet, geprügelt, dann wieder freigelassen.

Einmal wurde er ausgewiesen. Als er an die belgische Grenze kam, seufzte er trübselig: »Wieder geht dies Ballspiel los ...«, setzte sich in den Gegenzug und fuhr ohne Fahrkarte zurück. Unterwegs wurde er an die Luft gesetzt. Er verkaufte Louis Kohns Anzug und reiste wieder nach Paris.

So manches Mal, wenn er unter einer Brücke nächtigte, beschimpfte er sich selbst:

»Du Idiot, warum hast du damals diesen stinkenden Fasan nicht aufgegessen?«

Öfters ging er ins jüdische Viertel, in die Rue Rosier. Hatte er Geld, so trank er dort Tee, aß gehackten Hering und führte philosophische Gespräche: über den Talmud, über Frau Dreckenkopf, über die Bolschewiken. So traf er dort einmal einen Mann aus Homel. Als Jankelewitsch die Erzählung von Lasiks Frankfurter Abenteuern gehört hatte, rief er:

»Haben Sie nötig, unter nassen Brücken zugrunde zu gehen? Sie könnten leben wie Chamberlain! Ich bin in London gewesen, und ich weiß Bescheid. Sie haben doch, wie mir scheint, einen Kopf auf den Schultern und nicht sonst etwas. Fahren Sie gleich nach London zu Mister Bottomglow. Sie werden sein Zimmer als ehrenwerter Missionar verlassen, denn er ist der oberste Dummkopf von England. Als ob Monka Shmerkin nicht ganze vier Jahre von diesem Predigen gelebt hätte!«

Nun, der Gedanke war nicht übel. Aber wie sollte er nach London gelangen? Besonders viel Geld war dazu nicht nötig. Er konnte ja wieder Groom werden oder den Affen spielen oder den Teufel selbst. Schließlich konnte er auch einen einwöchigen Jom Kippur einlegen und fasten. Kurz, das Geld würde zu beschaffen sein. Aber der Paß?

»Einen Paß können Sie beim Völkerbund bekommen.«

Lasik erinnerte sich an den unvergeßlichen Pan Rittmeister, und ihm wurde schwül.

»Ist das nicht der Bund, wo man Schläge kriegt?«

»Nichts dergleichen, Sie legen hundert Francs auf den Tisch und treten in diesen Bund ein wie die allerehrenwerteste Nation. Aber vielleicht ist es für Sie vorteilhafter, Rumäne zu werden, weil diese Chamberlains die Rumänen geradezu vergöttern. Sie könnten für die gleichen hundert Francs ein begeisterter Bessarabier werden und einen rumänischen Paß mit der Königin auf dem Hintern erwerben.«

Noch keine zwei Monate waren vergangen, als Lasik vor Mister Bottomglow stand.

»Was wünschen Sie, Bruder in Christo?«

»Ich wünsche mich zu stärken. Ich rede schon wieder ganz falsch. Das kommt von dieser mystischen Befangenheit. Im Gegenteil, ich möchte eine feierliche Mission auf mich nehmen. Ich weiß noch nicht genau, wie das gemacht wird, denn mit Jankelewitsch habe ich mehr von Pässen gesprochen, aber Sie werden mir alles erklären, und ich werde Ihr Zimmer mit einer Mission im Hut verlassen. Bin ich vielleicht schlechter als irgendein Shmerkin?«

Mister Bottomglow lächelte süß, und dies Lächeln beruhigte Lasik: Nein, Jankelewitsch hatte ihn nicht beschwindelt! So hatte nicht einmal der einäugige Natik gelächelt, und der war schon reichlich dumm gewesen!

»Sagen Sie Ihren Brüdern, daß Israel in die Irre gegangen ist. Es hat der Welt das Alte Testament geschenkt, aber später hat es die Apostel gesteinigt. Unsere Kirche ist die Tochter der Synagoge. Es ist Zeit, daß der verlorene Sohn in den Schoß zurückkehre! Wir nehmen erleuchtete Juden mit offenen Armen auf. Wir drücken sie an unser Herz. Unser Haus ist ihr Haus. Die Heilige Schrift ist schon in sechshundertachtundsiebzig Sprachen übersetzt, und wir verbreiten sie überall. Die Judäer mögen zu uns kommen wie ersehnte Gäste zu einem Festmahl. Sie sind mit ihren Sitten und Gebräuchen vertraut. Sie müssen vorsichtig ihr Vertrauen zu gewinnen suchen und sie zum Feste Christi geleiten. Unsere Vorschriften sind ganz einfach: heilige Taufe, Liebe, Enthaltung von starken Getränken, Keuschheit, Sonntagsruhe. Sagen Sie ihnen, sie sollen sich beeilen.«

Lasik entgegnete bereitwillig:

»Ich werde es ihnen sagen! Ganz bestimmt! Und jetzt wollen wir zur Sache kommen. Ich weiß nur nicht, wie ich Sie anreden soll, denn ›Bruder‹ ist doch wohl zu viel. Wissen Sie, wir sehen uns auch gar nicht ähnlich. Vielleicht genügt es, wenn ich ›Cousin‹ sage?«

»Sagen Sie einfach ›Mister Bottomglow‹.«

»Na, daß das für einen Juden aus Homel einfach wäre, würde ich nicht sagen, aber ich kann ja bestimmte Laute überspringen. Und was mich betrifft, so nennen Sie mich nur ›Mister Roitshwanch‹. Also, Mister Bottomglow, ich will das alles verkünden, weil wir uns jetzt kennen, und man wird mir lauschen, als wäre ich Moses, denn ich bin doch der Hauptrabbiner von Frankfurt. Aber darum geht's jetzt nicht. Ich bin nämlich schon vier Tage in London und habe noch nicht einmal zu Mittag gegessen. Ich möchte also sofort zu Ihrem Festmahl gehen. Wenn es dabei keinen Wein gibt, ist das nicht weiter schlimm, denn erstens kann ich unterwegs in eine Bar eintreten, und zweitens bin ich auch mit einem ganz schwachen Getränk wie Tee mit Milch einverstanden. Allein bei dem Wort läuft mir das Wasser im Mund zusammen. Drücken Sie mich nur rasch an Ihr Herz und führen Sie mich in dies Haus!«

»Mein Kind, Sie verwechseln die himmlischen mit den irdischen Reichtümern. Ich besitze vier Häuser und zwei Fabriken, ich habe ein kleines Kapital, aber in der Seele bin ich vielleicht ärmer als Sie. Doch es stehet geschrieben: ›Selig sind, die da geistlich arm sind.‹ Vergessen Sie nicht, mein Bruder, das geistliche Teil! Ich bin deshalb auch für mich ruhig. Gehen Sie schnell zu Ihren verirrten Brüdern und sagen Sie ihnen, daß der Messias gekommen ist. Sie haben ihn nur nicht bemerkt. Wie schrecklich!«

Und Mister Bottomglow begann zu weinen. Lasik tröstete ihn:

»Vergießen Sie nicht so viele Tränen! Das kann vorkommen. Sie haben nichts bemerkt, weil sie so schrecklich zerstreut sind. Sicherlich haben sie in jenem Augenblick Fisch mit Gräten gegessen oder sogar im tiefsten Schlaf gelegen. Aber ich will ihnen sagen, daß er gekommen ist. Nur antworten Sie mir ohne alle keuschen Anspielungen: Geben Sie mir einen Vorschuß oder nicht? Ich bin zwar geistlich reich, aber ohne Fabrik. Und es wäre auch interessant, wie Sie überhaupt zahlen: monatlich oder per Stück, will sagen, für jeden verlorenen Enkel?«

»Sie sollen sechzehn Schilling in der Woche bekommen. Da haben Sie ein Pfund, damit Sie sich korrekt kleiden können. Jetzt dürfen Sie gehen.«

Lasik grüßte höflich. Schon im Gehen fiel ihm die Hauptsache ein:

»Wo ist denn der Schoß?«

»Was für ein Schoß?«

»Aber Sie haben doch selbst gesagt, man müsse sie in einen Schoß schleppen. Geben Sie mir also die genaue Adresse.«

Mister Bottomglow zuckte nur traurig die Achseln.

Lasik machte sich sogleich an die Ausführung seiner Pflichten. Er ging nach Whitechapel. Armut? Als ob er in seinem Leben keine Armut gesehen hätte! Dennoch ächzte er auf, als er die finsteren Höhlen erblickte, die Lumpen und die hungrigen Gesichter der Bewohner dieses Viertels. Er vergaß sogar alle Vorsicht und seufzte laut:

»Ich muß schon sagen, ein nettes Großbritannien. Immerhin sehe ich jetzt, wie schick unser Homel war.«

Übrigens hörte kein Mensch diese verdächtigen Ansichten. Die Frauen, die sich ringsherum drängten, hatten Windeln zu trocknen, Kartoffelschalen zu sammeln und miteinander zu streiten. Ohne große Mühe fand Lasik ein Dutzend hungriger Juden.

»Fangen wir mit dem Anfang an, das heißt, gehen wir in dieses duftende Restaurant. Was essen die Leute hier? Schön. Zehn Portionen Fleisch nebst Kartoffelpudding und zehn Flaschen Bier! So, und jetzt können wir über unsre Pläne reden. Ich bin kein Lump, daß ich ganz allein schwelge. Jankelewitsch hat mir gesagt, und ich schlage euch gleich eine ordentliche Organisation vor. Der Dummkopf besitzt vier Fabriken und sechshundertachtundsiebzig Ausgaben. Was er eigentlich will, ist ganz unverständlich und außerdem uninteressant, denn er ist, wie ich schon sagte, ein üppiger Dummkopf. Aber er hat Phantasien, und am meisten scheinen ihn Fragen der Verwandtschaft zu reizen. Ich bin für ihn ein Bruder und ein verlorener Sohn und noch so eine Nummer, und die Synagoge nennt er die Mutter der Kirche. Und die Leute in der Synagoge sind dann gleich seine kirchlichen Kinder, kurz, er kann nicht einmal auseinanderhalten, wo der Vater und wo der Sohn ist. Aber ich werde euch zu ihm in einen Schoß führen, und ihr müßt dann schreien, daß ihr verloren wart und jetzt nach der vollkommenen Keuschheit verlangt. Dann wird er euch an sein Herz zu drücken suchen, aber ihr dürft ihn nicht wegstoßen, denn er ist ein unverschämter Melancholiker, und stößt man ihn weg, dann bricht er gleich in Tränen aus. Verstanden? Danach aber wird er euch etwas geben, und außerdem bezahle ich hier jetzt die ganze Musik. Gemacht?«

Man braucht wohl nicht zu sagen, daß Lasiks Vorschlag einstimmig angenommen wurde. Mit stolzem Lächeln führte Lasik die ganze Gesellschaft Mister Bottomglow vor.

»Ich habe es ihnen schon gesagt. Sehen Sie, wie rasch das gegangen ist? Ich habe keine gewöhnliche Stimme, sondern eine Jerichoposaune vom Sinai. Das ist ganz begreiflich, denn sie haben nichts gegessen. Sie sind alle geistlich Reiche ohne jede Glückseligkeit. Bitte, drücken Sie sie so rasch wie möglich an Ihr Herz, und dann müssen sie auch etwas kriegen, denn Ihr ganzes korrektes Pfund ist für zehn Portionen draufgegangen.«

Lasiks Hoffnungen erfüllten sich nicht. Mister Bottomglow seufzte:

»Sie haben ihnen die Hauptsache nicht gesagt: daß der Mensch nicht allein von Brot lebt. Ich sehe, mein Bruder, Sie sind noch nicht genügend für Ihre hohe Mission vorbereitet. Hier haben Sie ein paar seelenrettende Bücher. Ich rate Ihnen, sie sorgsam durchzulesen. Ist das getan, so können Sie predigen und die großgedruckten Texte auslegen. Wir werden Ihnen am nächsten Sonnabend einen kleinen Saal zur Verfügung stellen. Sie werden diese erleuchteten Lämmer um sich sammeln und sie mit Gottes Wort blenden. Und jetzt gehet, meine Kinder! Ich werde von Chinesen erwartet, die darauf brennen, erleuchtet zu werden.«

Lasik machte noch einen Versuch:

»Aber, wie ist es denn mit dem verstorbenen Pfund? Es ist doch für diese halbblinden Lämmer dahingegangen.«

Aber Mister Bottomglow beschenkte ihn nur mit einer neuen Lehre:

»Sie dürfen übrigens nicht vergessen, mein Bruder, daß Bier ebenfalls ein starkes Getränk ist.«

Auf der Straße warf Lasik einen triumphierenden Blick über seine Herde.

»Na, was habe ich euch gesagt? Könnt ihr vielleicht behaupten, daß ihr schon einen ähnlichen Dummkopf gesehen habt? Ich verstehe nur nicht, warum er so eine nervöse Nase hat. Er hat das Bier gerochen. Dazu hat's noch gelangt. Aber mit den Verwandtschaften hat er wieder alles durcheinandergebracht. Ich soll sein Bruder sein. Ihr seine Kinder. Also wärt ihr meine teuren Neffen. Er weiß selbst nicht, was er will. Mal verlangt er, ich soll euch blenden wie der schlimmste Bösewicht, mal, daß ihr mit einem Schlage erleuchtet werdet. Aber wir wollen doch schlauer sein als er. Bringt am Sonnabend jeden mit, der ein nettes Orchester in seinem Bauch brummen hört. Ich will eine derart donnernde Predigt halten, daß selbst die Wände blöken sollen wie die Lämmer. Dann werden wir ihm hundert Pfund abknöpfen. Vorläufig aber wollen wir uns Brot für ein geistliches Abendessen kaufen, da von dem Pfund noch ein kleines Restchen verblieben ist.«

Der Saal der Gesellschaft »Das gerettete Israel« war am Sonnabend überfüllt. Die Erinnerung an den Kartoffelpudding und die Berichte über die vier Häuser des Mister Bottomglow hatten Whitechapel auf die Beine gebracht. Fröhlich erkletterte Lasik das Rednerpult.

»Pst! Drittes Klingeln! Ich sehe, daß die Truppe von unerhörtem Erfolg begünstigt ist. So viel Zuhörer lockt in Homel nicht einmal das Moskauer Operettentheater ins Theater. Also, ich fange an. Meine armen Lämmer, und du, geretteter Israel Mowsched, berühmter Heiratsvermittler unseres goldenen Homel, ich begrüße euch! Sogleich werde ich die großgedruckte Schrift auslegen. Ich möchte euch nur um eines bitten. Sitzt im Interesse meines und eures Appetits bitte nicht da wie ein Stück Holz. Wenn ich euch sage: ›erblindet‹, so müßt ihr auf der Stelle die Augen schließen, weil euch dann das Wort des Heils in die Nasen dringt, und wenn ich ausrufe: ›werdet sehend‹, dann glotzt mich mit beiden Augen an, ja, ihr sollt sogar große Augen machen, denn von diesem zweiten Wort geht die chirurgische Operation aus. Habt ihr verstanden? Wer nicht verstanden hat, soll eine Hand heben. Gut, nehmt diese drei irrenden Hände herunter und hört mir mit überwältigender Mehrheit zu. Großgedruckte Schrift Nummer eins: ›Israel, blicke auf – der Messias, von dem deine Propheten kündeten und auf den du wartest, ist längst erschienen.‹ Großer Punkt, ihr könnt jetzt erblinden, und ich werde auslegen. Die Propheten haben natürlich Ausrufe von sich gegeben. Lebten sie in unsrer Zeit, so würde man sie gewiß ins Gefängnis setzen. Worüber haben sie nun geschrien, diese verrückten Agitatoren? Wir haben ja im Cheder gelernt, und wir kennen ihre Nummern. Sie haben zum Beispiel Lärm davon gemacht, daß alles auf Erden falsch eingerichtet ist, daß der Starke den Schwachen beleidigt, daß man die Wahrheit tief in der Tasche verbergen muß, als wäre sie eine Zeitung, daß die einen viel und die anderen wenig haben und daß das einfach ein babylonischer Saustall ist. Sie haben vorsichtig angedeutet, daß das völlige Gegenteil eintreten könnte. Plötzlich wird der Messias erscheinen, und dann beginnt eine wunderbare Gerechtigkeit. Rothschild wird aus seinem Hause kommen und mit euch zusammen auf den Wiesen weiden, und er wird seinen Pudding haben, und ihr werdet euren Pudding haben, der Pan Rittmeister oder, sagen wir, Missis Furzina werden Roitschwantz nicht mehr bei seinen schwachen Stellen greifen, und anstelle der Grenzposten werden lauter unbezweifelbare Orchideen erblühen. Natürlich ist Messias ein schlaues Pseudonym. Und was stellt sich heraus? Er ist schon erschienen. Seltsam zu denken, daß wir ihn nicht bemerkt haben sollten. Werdet schnell sehend, die drei

Hände der Minderheit miteingeschlossen! Seht ihr nicht, daß hundertprozentige Gerechtigkeit auf der Erde herrscht? Mister Bottomglow zum Beispiel besitzt vier Häuser, aber er hat sie nicht nötig, er wohnt auf geistlichen Wolken, er ist ja ein geistlich Armer. Ihr werdet fragen, weshalb er euch diese Häuser nicht abtritt? Weil er Mitleid mit euch hat. Hättet ihr erst einmal ein Bett mit einem Federbett darauf, ihr würdet ebenfalls geistlich arm werden, während ihr vorläufig nur arm seid. Ich ersuche euch inständigst, geht nur einmal in diesem prächtigen London spazieren, und ihr werdet sehen, daß der Messias schon erschienen ist. Ihr wollt vielleicht einwenden, daß Rothschild noch nicht mit euch weidet. Er ist ja kein Schaf. Er ißt Huhn. Und wenn ihr irgendwo noch ein paar Pfund hättet, könntet ihr ganz wie er Huhn essen. Aber wenn ihr keine Pfunde besitzt, so habt ihr doch einen Wechsel auf das Paradies nach dem Tode, so stehet es geschrieben in der neunten Schrift, und ihr könnt diesen Wechsel in jeder beliebigen Bank prüfen lassen. Ferner besitzt ihr die Freiheit der Rede. Ihr könnt zum Beispiel sagen: ›Ich möchte etwas essen‹, und kein Mensch wird etwas dagegen einwenden. Was aber die Gefängnisse betrifft, so muß man nicht auf die Splitterpritschen steigen, sondern die fremde Persönlichkeit achten. Bei uns in Homel gab es einen Makler Gurtschik. Der saß einmal und aß Gänsebraten mit Buchweizengrütze, und ans Fenster trat ein Bettler und bat um Brot. Da trug Gurtschik eine großgedruckte Schrift vor: ›Diese Frechlinge essen selbst nicht und lassen andere nicht essen.‹ Ich zum Beispiel habe selbst schuld, ich habe in Kiew nicht das richtige Bein erwischt. Kurzum, überall auf Erden herrscht eine unerhörte Freiheit, und Mister Bottomglow drückt alle an sein Herz, und ich darf für einstimmig angenommen erklären, daß der Messias schon erschienen ist. Für die noch zweifelnden Elemente aber lese ich im siebenten Text, daß er aufs neue erscheinen wird, was ›zweite Ankunft‹ heißt. Wenn er solch glänzende Ergebnisse aufweist, so meine ich, daß er immer wieder erscheinen kann. Mag er also erscheinen, wir aber gehen zum Festmahl. Ich will euch nur rechtzeitig warnen: Wenn ihr nicht rasch hingeht, wird dieser Dummkopf alles den gierigen Chinesen geben, denn die kennen auch den Weg in seinen Schoß. Setzen wir also eine Resolution auf und unterschreiben wir sie. Sagen wir darin, daß wir seine Brüder sind und seine Kinder und Enkel, ja auch seine Väter, wenn er uns nur ein paar goldene Ziegel von seiner Fabrik abreißen möchte. Denn es stehet doch in der großgedruckten Schrift Nummer vier geschrieben, daß man die Hungrigen speisen und ihnen sogar sein letztes Hemd geben soll, und er besitzt bestimmt noch ein vorletztes. So soll er denn uns nähren und uns kleiden, wenn wir einstimmig so hungrig sind, daß meine Predigt von der lauten Oper in euren hundert Mägen übertönt wird. Folglich ...«

Lasik konnte seine Rede nicht beenden. Jemand arbeitete sich durch die Menge und trat an ihn heran. Er war dürftig angezogen und unterschied sich äußerlich in nichts von den übrigen Zuhörern. Streng sagte er:

»Folgen Sie mir.«

»Wohin? Wenn Sie in den Schoß meinen, so kenne ich den Weg selber, und überhaupt wird dort das Gehalt nur montags ausbezahlt.«

Da wies der hartnäckige Unbekannte Lasik ein Kärtchen vor. Lasik sah es an und rief unwillig:

»Ich bin doch nicht Chamberlain, um die großbritannischen Liebenswürdigkeiten lesen zu können! Aber mir dämmert schon allerhand. Sagen Sie mir einfach, wohin ich Ihnen zu folgen habe – dorthin oder nicht dorthin?«

Der Spitzel hatte natürlich keine Ahnung von Lasiks reicher Erfahrung und erwiderte in offiziellem Ton:

»Ich bin Vertreter von Scotland Yard. Sie sind verhaftet als bolschewistischer Agitator.«

36

Mister Rottenton verblüffte Lasik auf Anhieb:

»Sie sind ein bolschewistischer Kurier. Sie befanden sich auf dem Weg von Archangelsk nach Liverpool. Sie führten geheime Geldfonds der Komintern mit sich, ferner einen Brief Trotzkis an zwei unwürdige Engländer. Bei Ihrer Verhaftung haben Sie das Geld an die Mitglieder einer verbrecherischen Bande weitergegeben und das Schriftstück verschluckt.«

Diese letzte Beschuldigung kam Lasik äußerst lächerlich vor. Obgleich der gestutzte Schnurrbart des Mister Rottenton sich grimmig sträubte, hielt er es nicht aus: er mußte hell auflachen.

»Ich verstehe sehr gut, wohin Sie zielen! Sie wollen mich beschuldigen, daß ich wichtige Dokumente schlucke. Soweit sind nicht einmal die polnischen Rittmeister gegangen. Das ist so komisch, daß ich ersticke, obschon es vielleicht meine fatalen Geräusche sind. Können Ihnen wirklich derartige Ausgeburten in den Sinn kommen? Dann sind Sie ja ein erstklassiger Komiker, Gastspiele garantiert. Lasik Roitschwantz, Herrenschneider aus dem ganz gewöhnlichen Homel, wo alle Welt Fleischklöße ißt oder Klopse oder meinetwegen Krautwickel, ernährt sich von vollgeschriebenen Papierstückchen! Nein, Mister … wie war gleich der Name, wenn ich auch zwei Tage lang einen kranken Affen vertreten habe, dazu bin ich noch nicht fähig.«

»Sie leugnen vergeblich. Ich ersuche Sie, anzugeben, an welchem Ort sich die Geheimfonds befinden, und desgleichen den Inhalt des verschluckten Dokuments wiederherzustellen.«

»Hören Sie, ist ›Dokumente‹ am Ende auch ein Pseudonym von der Art, sagen wir, wie das üppige Mahl für die sündigen Schäflein? Was weiß unsereiner von Ihnen, was

Sie sich hier für schottische Kunststücke ausdenken! Am Donnerstag habe ich tatsächlich ein großes Stück Fleisch und Kartoffelpudding verschluckt. Was wahr ist, ist wahr. Aber wieviel Speichel ist seitdem geflossen! So daß ich das mit der Tunke unmöglich wiederherstellen kann. Meinen Sie etwa, das tut mir nicht leid? Verstünde ich, Verschlucktes wiederherzustellen, ich wäre genau so ein Mister wie Sie. Ich würde mir einen Schnurrbart stehen lassen, um Furcht zu erwecken, und basta. Da könnten die Leute in noch solche Aufregung geraten, ich setze mich an den gedeckten Tisch und rufe: ›Hallo, hallo! Gänseleber von der Hochzeit Drawkins, stell dich bitte wieder her!‹ Das wär kein Leben, das wär das Paradies.«

»Ihr Versuch, mich mürbe zu reden, ist nutzlos. Wenn Sie gestehen, lassen wir Sie frei. Wenn Sie weiter trotzen, werden auch wir trotzig vorgehen. Sie werden dann in England mit einigem Aufenthalt zu rechnen haben.«

»Als ich noch ein gelbschnäbliger Uhu war, hatte ich vor solchen Aufenthalten Angst. Damals wollte ich möglichst rasch wieder frei sein. Aber jetzt bin ich's gewöhnt. Sodann ist es bei Ihnen im Gefängnis recht trocken, nicht so wie in Grodno. Das Essen ist zwar mäßig, aber immerhin Spülwasser, kein runterzuschluckendes Papier. Besondere Eile habe ich auch nicht. Einen Monat oder zwei halt ich's schon aus.«

Der Schnurrbart des Mister Rottenton zuckte gereizt.

»Sie sind ein Parteifanatiker.«

Und er beschloß, diesen furchtlosen Sektierer durch strenge Logik zu erschüttern. Lange erzählte er Lasik von der Macht des Britischen Imperiums, von der Blüte der Industrie, von der Ergebenheit der Inder, von der Friedensliebe der Irländer, sogar von der Eröffnung von vier Konditoreien und einer Hochschule für Perlenstickerei auf den Salomoninseln, wo ganz besondere Menschenfresser wohnen, die den König Georg, Mister Chamberlain und englische Pickles vergöttern. Lasik hörte voll Interesse zu. Er nickte.

»Ein bewundernswerter Vortrag! Bei uns im Polituntericht wurde auch gelehrt, daß die Mißwirtschaft um zweihundert Prozent gefallen sei und daß man sich jetzt nicht mit zwei Fingern schneuze, sondern mit mehr. Ich beglückwünsche Sie, Mister, wie war gleich der Name? Sagen Sie aber, womit verzehren diese Menschenfresser die Pickles? Etwa mit Perlendokumenten, dann haben Sie das bestimmt verwechselt: Homel liegt nicht auf einer Insel, es schwimmt nicht, es steht ruhig auf seinem Platz, und nur unten rauschen die Wellen des großen Sosh.«

Mister Rottenton wußte die geographischen Kenntnisse Lasiks nicht zu schätzen und fuhr in seinem patriotischen Speech fort. Jetzt verspottete er Rußlands Ohnmacht: Schlendrian, Zusammenbruch der Industrie, leere Staatskassen, jämmerliche Armee, Aufstände in den Grenzgebieten.

»Vergleichen Sie ihre Flotte mit der unsrigen: ein Dreadnought gegen ein kleines Boot. Unsre Gesetze mit ihren: hundert dicke Bände gegen das von Ihnen verschluckte Zettelchen. Unsre Finanzen mit ihren: die Bank von England gegen ein paar gestohlene Pence, die Sie rechtzeitig versteckt haben. Und endlich unsern und ihren Verstand: Sie gegen mich. Wir brauchen nur zu blasen, und sie zerflattern wie Flaumfedern. Wie können sie nach alledem wagen, sich uns zu widersetzen? Und ist es auszudenken, daß sich unter Engländern so niedrige Naturen finden, die an diese blödsinnige Doktrin glauben! Wären nicht die genannten hundert Bände, ich würde sie einfach aufhängen, so aber muß ich warten, bis Mister Chamberlain den hunderterstenBand verfaßt, der die ersten hundert aufhebt. Dann werden wir's ihnen zeigen!«

Mister Rottentons Schnurrbart war außer sich geraten,

und Lasik entschloß sich, seinen Gesprächspartner mit einer Geschichte aus Homel aufzuheitern.

»Das ist genauso wie mit dem erfundenen lieben Gott. Ihm gefiel auf einmal nicht, daß die Juden vor irgendeinem Baal ihre Kratzfüße machten. Und er begann zu schreien: ›Was für unnötige Nebenausgaben! Dieser Baal ist doch zu nichts imstande. Das ist einfach ein schlechter Holzklotz, aber kein bevollmächtigter Gott. Ich kann jederzeit blutigen Regen auf euch herabschicken, Heuschrecken, Cholera, alles, was mir einfällt. Und was kann er? Rein gar nichts.‹ So knurrte der liebe Gott von morgens bis abends, daß die Juden es satt bekamen. Und ein Gescheiter beschloß, diese allzulang geratene Szene zu beenden. Er sagte dem lieben Gott:

›Sogleich werde ich Baal bitten, mir zweihunderttausend zu schenken, dem Ziperowitsch aber eine ägyptische Hinrichtung.‹

Gott lachte, er tat, als sei es ihm lächerlich.

›Wollen doch sehen, was für eine ägyptische Hinrichtung er sich für dich ausdenken wird.‹

›Also vermag Baal gar nichts?‹

›Natürlich nicht, er ist doch nichts weiter als eine Telegraphenstange.‹

›Wenn es so ist, warum bist du dann so eifersüchtig auf ihn? Welcher Jude würde seiner Frau wegen auf einen Klotz eifersüchtig sein?‹

Da geriet der erfundene liebe Gott in Verlegenheit und schlich auf den Zehenspitzen nach Hause. Diese Geschichte habe ich schon in Homel gehört, und bestimmt ist das erst die Hälfte, denn Baal hat sich dabei sicherlich auch aufgeregt. Mir aber hat ein gelehrter Doktor gesagt, daß man vor Erregung Pickel bekommen kann. Ich flehe Sie daher an, regen Sie sich nicht auf! Wenn sie gar nichts weiter besitzen als ihre abgründige Dummheit, wozu dann die Aufregung? Pusten Sie, und schon fliegen sie davon, und Ihnen bleiben Ihre ergebenen Konditoreien erhalten.«

Lasik irrte – seine Erzählung hatte Mister Rottenton nicht beruhigt.

»Verbrecher! Spion! Unverschämter Kerl! Wie können Sie es wagen, die Verfassung des Königreichs zu verspotten? Ich will nicht weiter mit Ihnen sprechen. Beantworten Sie gefälligst meine Fragen. Und ohne Ausflüchte. Andernfalls geht's Ihnen schlecht. Sie sind ein bolschewistischer Kurier. Sie kommen aus Archangelsk! Unterschreiben Sie.«

»Gut. Ich ergreife die Feder. Das ist immer noch besser, als wenn Ihr Schnurrbart zu springen beginnt. Wer kennt sich aus, was für Sitten bei Ihnen herrschen! Na, sind Sie zufrieden, daß ich unterschrieben habe? Jetzt müssen Sie mir aber auch sagen, wo es schwimmt, dies Archangelsk, denn dagewesen bin ich noch nicht. Könnte man dort als Rabbiner auftreten oder als Affe?«

»Stellen Sie sich nicht so einfältig! Den Brief haben Sie verschluckt. Für Ausflüchte ist's zu spät – ich habe Ihre Unterschrift. Der Inhalt des Dokuments ist Ihnen wohlbekannt. Trotzki teilt darin mit, wie verrottet die Zustände unter der bolschewistischen Clique sind, und besteht darauf, daß in Liverpool eine Rede gehalten wird. Da haben Sie Feder und Papier. Sie werden den Text wiederherstellen. Wenn ...«

Lasik fiel ihm ins Wort:

»Nicht wenn, sondern schon ...«

Und auf seinem Antlitz erschien ein flüchtiges Lächeln, das von schöpferischer Anstrengung kündete. Nach einigen Minuten überreichte er Mister Rottenton das beschriebene Blatt.

»Verehrter Genosse für alle großbritannischen Nummern! Unsere Clique amüsiert sich wie das frechste Gesindel. Wir verspeisen für das geraubte Geld aus der leeren

Staatskasse unsern Kartoffelpudding mit Sauce, während alle Randgebiete krachend zusammenstürzen. Ringsum sind nur chinesische Generäle zu sehen und Pasteten mit Kraut. Das ist kein Leben mehr, sondern ein lächerliches Gelage. Aber was halten Sie dort Maulaffen feil und verlieren Ihre kostbare Zeit? Ich rufe Ihnen laut zu: Halten Sie schon Ihre Rede! Hier haben Sie zwanzig Pence, damit müssen Sie sich von Kopf bis Fuß mit Patronengurten umwinden. Unser Plan ist höchst einfach: Sprengung der Salomonischen Konditoreien, dann verbleiben den Menschenfressern nur noch die Pickles, und Sie können diesen schnurrbärtigen Mister zu ihnen schicken, der mich eben angeschrien hat. Ich weiß noch nicht, wie er genau heißt. Sodann müssen alle treuergebenen Inder zu einem Festmahl im Schoße zusammengerufen werden, und von Liverpool bleiben nicht mehr als vier, fünf nackte Steine. Aber ich flehe Sie kniefällig an – sein Sie nicht saumselig! Wenn ich kommandiere: eins-zwei-drei, dann müssen Sie beginnen, und wenn Sie alle um die Ecke bringen, werde ich Ihnen hier ein so fettes Spanferkel mit Grütze auftragen lassen, daß Sie sich alle Ihre roten Spionen- und Henkersfinger lecken werden. Nun, leben Sie wohl, ich bin müde, und grüßen Sie Ihre Frau. Wie geht es übrigens den Kinderchen? Bis übers Grab hinaus Ihr Trotzki.«

»Bravo! Das nenne ich ein Dokument! Wie natürlich! Und der Satz von dem schnurrbärtigen Engländer ist auch ausgezeichnet: das Auge Moskaus. Ich beglückwünsche Sie. Und jetzt begeben Sie sich ins Gefängnis.«

»Wenn ›bravo‹, weshalb dann ins Gefängnis? Ich war damit einverstanden, ein Weilchen dazubleiben, um die Gastgeber nicht zu kränken, aber selbstverständlich ziehe ich's vor, auf offener Straße dahinzusprengen.«

Aber Mister Rottenton hörte nicht mehr auf ihn.

Im Gefängnis hatte Lasik reichlich Zeit, und um das Herz des Mister Rottenton zu erweichen, verfaßte er noch ein paar Briefe: von Trotzki an Sinowjew, von Sinowjew an Mister Bottomglow, sogar von Missis Furzina an Mister Rottenton. (Letzterer floß über von kameradschaftlichen Ratschlägen.) Trotz alledem wurde Lasik nicht entlassen. Er verliebte sich so sehr in seine neue Beschäftigung, daß er beschloß, einen wirklichen Brief zu schreiben. Aber wem? Fenitschka Herschanowitsch? Unmöglich – Schazman könnte ihn abfangen. Mintschik? Aber warum ihn und sich selbst aufregen? Vielleicht Pfeifer? Pfeifer war schließlich ein amtlicher Feldmesser.

Lasik übergab auch diesen Brief dem Aufseher.

»Wollen Sie das bitte absenden, wenn Sie nun mal kein Staat sind, sondern ein Postamt. Nur verwechseln Sie bitte nichts. Dieser ist weder an Sinowjew noch an Chamberlain, sondern an einen Anonymus gerichtet.«

»Teurer Pfeifer, ich schreibe Ihnen aus dem achtzehnten Gitterwerk, so daß nur der Anfang schwer ist. Ich verliere, glaub ich, nicht den Mut, obwohl mein Leben jetzt ein einziger Witz aus Ljowkas Repertoire ist. Wie Sie gesagt haben, ›der Mensch ist schwächer als eine Fliege und stärker als Eisen‹. Was bin ich nicht alles gewesen? Wenn ich jetzt einen Fragebogen ausfüllen müßte, würde ich ein Pud amtliches Papier brauchen. Ich schicke Ihnen mein Porträt von einem kurzen Augenblick, als ich dienstlich genötigt war, stinkende Blumensträuße zu verzehren, aber achten Sie nicht darauf. Wenn ich auch aussehe wie ein Luftikus vom Theater, so bin ich in Wahrheit doch ein gewöhnlicher Jude, der im Leben kleine Mißerfolge hat. Zeigen Sie das Bild nicht der teuren Fenitschka geborene Herschanowitsch – ich weiß nicht, welchem Schazman sie jetzt gehört. Sie soll nicht die schöne Krawatte sehen, sonst sagt sie noch: ›Dieser Zwerg will den großen Herrn spielen.‹ Bestellen Sie ihr nur einen festen Gruß vom zu Recht beschimpften Roitschwantz. Hier ist eine vorwitzige Träne auf das Blatt gefallen, vergeben Sie mir den schmählichen Klecks. Schreiben Sie, wie es Ihnen geht und Ihrer teuren Gattin und dem Brillant Röschen und dem klugen Kind Leibtschik und dem Goldherz Monjuscha. Wessen Beinkleider tragen Sie jetzt, mein vortrefflicher Pfeifer? Erinnern Sie sich, wenn ein Knopf abreißt oder wenn's hinten aufplatzt, an den komischen Roitschwantz, der immer mit der Nadel zur Hand war? Mein Herz sehnt sich, und ich laufe herum wie ein Tiger. Werde ich noch einmal Homel wiedersehen und die Bäume am Ufer des Sosh und alle Freunde und selbst die schändliche Tonne, oder muß ich unter diesen hundert Bänden sterben? Doch ich verstumme mit Rücksicht auf die vollständige Zensur. Ich schreie sogar ›Hurra‹ auf das königliche Dreadnought. Leben Sie wohl, teurer Pfeifer! Ich werde wohl bald sterben. Erstens träume ich jetzt oft, daß ich schon unter der Erde liege, aber das mag nur ein Traum sein, und die Hauptsache ist zweitens, daß sie gewisse Briefe veröffentlichen wollen, für deren Verfasser es Zeit ist, ins Jenseits hinüberzugehen, wenn er ein großer Dichter ist, sagen wir, wie Puschkin. Seien Sie nicht böse, daß aus einem Brief eine Anspielung geworden ist, Sie wissen ja, was es heißt, wenn alles ringsum sich für Sie interessiert, als wären Sie Mutter oder Bruder ... Tausend Punkte. Sollte ich sterben, so möge in unserm Verband der Kleingewerbetreibenden die Fahne nicht auf halbmast gesetzt werden. Das sind allzu gewagte Späße. Nein, lieber sollen sie einen Trauermarsch spielen, weil ich ein ehrlicher Arbeiter gewesen bin, und hinter mir folgt eine neue heldenhafte Schar. Wachset und blühet, Röschen, Leibtschik, Monjuscha! Das wünscht euch aus dem Grabe der schon halb gestorbene Roitschwantz.«

Lasik hatte sich umsonst bemüht – Pfeifer erhielt diesen Brief niemals, aber es vergingen kaum drei Tage, als Mister Rottenton Lasik abermals zu sich kommen ließ. Beim Eintritt in das Arbeitszimmer fragte Lasik eilfertig:

»Noch mehr schreiben? Meine Rhythmen versiegen schon.«

»Ich habe Ihren Brief an einen östlichen Agitator gelesen. Ist es möglich, daß Sie nach Homel zurückkehren wollen?«

»Aha, jetzt haben Sie verstanden, daß ich aus Homel bin und nicht aus Archangelsk! Ob ich zurückkehren will? Das wäre zu bedenken. Ich glaube, ich will. Obschon man mich dort ganz sicher sofort auf die Splitter setzen wird. Ich habe ja in Paris für den majestätischen Schritt gestimmt, so daß man mich überhaupt vielleicht erschießt. Aber hier ist auch Sense mit mir, und so bleibt nur die nackte Neugier, und dort werde ich vor meinem Ende wenigstens noch erfahren, wie diese Neigung zu Schazman ausgegangen ist.«

»Nein, ich lasse Sie, armer Roitschwantz, nicht in diese Falle laufen! Die müssen bald stürzen! Ich decke alle Karten vor Ihnen auf: Wir sind abgehauen. Jetzt liegt die Verzögerung nur bei denen: Noch fliegen sie nicht, aber morgen oder übermorgen werden sie fliegen wie Flaumfedern.«

»Natürlich! Deshalb sind Sie heute vergnügt. Selbst Ihr Schnurrbart springt nicht. Wenn die Stimmung so himmlisch ist, plaudere ich gern. Aber weshalb denken Sie die ganze Zeit an die? Das lohnt nicht. Sehen Sie, schon haben Sie einen Pickel auf der Nase. Wissen Sie, wem Sie ähnlich sind? Einer alten Köchin. Das war eine rechtgläubige Frau in einer Mühle bei Homel, und dort wohnte der alte Syrkin, der nur koschere Küche aß. Er war so rückständig, daß er schon beim Anblick eines Schweins Schnupfen bekam. Er kochte sich jeden Tag sein Süppchen in einem besonderen Topf. Und was sah eines Tages Schurka von der Zelle? Der Topf kocht, Syrkin zählt die Säcke, und die Köchin tut heimlich ein Stückchen Schweineschmalz in die Suppe. Das wiederholte sich alle Tage. Es tat ihr nicht mal leid um ihre Lebensmittel. Natürlich hielt Schurka es nicht aus und fragte: ›Weshalb derartige Zutaten?‹ Aber sie antwortete ihm seelenruhig: ›Ach, sonst kommt der Jud nicht ins himmlische Reich.‹ So tun Sie mit mir. Nebenbei, ich sitze schon zwei Monate, das heißt, Sie haben alles, was ich verschluckt habe, längst veröffentlicht, und jetzt könnte man mich auch vor die Türe stellen.«

»Nein, wir können Sie nicht einfach entlassen. Sie sind doch jetzt an uns gebunden. Ich mache Ihnen einen vorteilhaften Vorschlag. Sie werden uns Informationen über die Juden in London liefern und die bolschewistischen Agitatoren herausfinden. Elf Pfund monatlich.«

Lasik seufzte.

»Es tut Ihnen also nicht leid ums Schmalz! Dann muß ich eben einen kleinen Vorschuß nehmen.«

Nach der Freilassung begab sich Lasik nach Whitechapel. Hier nahm er einen Imbiß, erstand im Ausverkauf einen gewendeten Anzug sowie einen litauischen Paß und ging, ohne viel an die Zukunft zu denken, zum nächsten Bahnhof. An der Kasse fiel ihm ein bekannter Name ins Auge, und er löste eine Fahrkarte nach Liverpool. Dort angekommen, schlenderte er am Ufer entlang und betrachtete die Dampfer. Wohin sollte er fahren? Ach, ganz einerlei ... Nur nicht nach Rumänien und nicht zu diesen Salomoninseln! Plötzlich erblickte er auf dem Deck eines Schiffes eine Gruppe Juden. Homel, wie es leibte und lebte!

»Wohin fahrt ihr im Chor?«

»Wohin? Natürlich in unsere Heimat, das heißt direkt nach Palästina.«

Lasik überlegte: Warum sollte er nicht mit ihnen fahren? Vielleicht würden die Juden höflicher sein als diese großen Briten. Gut! Auch er war jetzt ein glühender Zionist und fuhr zu verbilligtem Tarif in seine teure Heimat.

Unmittelbar vor der Abfahrt des Dampfers verspürte Lasik Unruhe. Da sieht man's, was Gewohnheit heißt! Hastig erstand er eine Postkarte mit der Ansicht eines Dreadnoughts und schrieb darauf:

»Mein teurer Mister Rottenton! Ich habe mich ans Schreiben gewöhnt, darum schreibe ich jetzt Ihnen. Sie sind wirklich ein schottischer Dummkopf. Sind Sie am Ende mit Mister Bottomglow verwandt? Aber darum geht es nicht. Ich vergaß, Ihnen zu sagen, daß ich tatsächlich ein Kurier bin, daß ich tatsächlich ein Papier verschluckt habe, und darauf stand ein echtes Geheimnis. Jetzt bin ich bis Liverpool gekommen und habe alles mit einem Ruck wiederhergestellt. Nehmen Sie sich also in acht mit Ihren Pickles! Von hier fahre ich zurück, nicht nach Homel, sondern nach Archangelsk, weil Sie nämlich zufällig mit dem Zeigefinger ins Schwarze getroffen haben. Für Ihr Geld haben wir einige Flaschen Wein geleert, und jetzt lache ich wie ein treuer Inder. Sie können mir postlagernd für sich schreiben oder auch nicht, aber rasieren Sie sich den Schnurrbart ab, sonst werden alle Katzen, denen Sie begegnen, darüber lachen. Der Ihre bis zum Grabe. Mister Lasik Roitshwanch.«

37

Das Geld reichte nicht. Indes, auf das Schiff kam Lasik trotzdem. Er putzte den Passagieren der ersten Klasse die Schuhe. Hatte er nichts zu tun, so begab er sich zum Bug, wo sich die dritte Klasse befand. Wen gab es dort nicht alles! Arbeitslose aus Whitechapel, litauische Emigranten, alte Zaddiks, die nach Palästina reisten, um dort zu sterben, und hitzige Zionisten, die von früh bis spät nationale Hymnen sangen; ferner Gespenster mit Peilslöckchen aus längst verklungenen Zeiten, die beim Gebet den Talles und kleine Riemen umbanden, und neben ihnen Kommunisten. Glückspilze aus New York tauschten Dollars, galizische Chassidim zogen unter Seufzern Złoty aus dem Kaftan hervor, und ein verängstigter Metzger hielt seinen einzigen Tscherwonez versteckt wie eine geheime Proklamation.

In der ersten Klasse ging es anständig und langweilig zu. Eine reiche Jüdin aus Chicago machte eine Besichtigungsreise ins Heilige Land. In Erwartung der Wohltaten Gottes des Herrn gab sie ihm vorläufig, über die Kaffeetasse gebeugt, Tag und Nacht ihre offenbar niemandem nötige Seele hin. Britische Beamte zeigten sich gegenseitig Kunststückchen, tranken Portwein und gingen mit ihren langen Beinen in gewürfelten Beinkleidern methodisch an Deck auf und ab. Hier gab es weder ein Anathema noch Gebete, weder Pogromgeschichten noch Streitigkeiten zwischen Kommunisten und Poaleh-Zionisten, auch keine interessante Biographie. Hier wichste Lasik Schuhe. Am Bug hörte er zu, redete, seufzte.

Manchmal setzte er sich auf eine Tonne und träumte allein vor sich hin. Er hatte in dem Brief an Pfeifer nicht gelogen, er war in den Jahren seiner Irrfahrten tatsächlich mager und älter geworden. Man konnte ihm jetzt über vierzig geben. Er war kränklich, stöhnte, hustete, klagte über Schmerzen in der Brust, in den Seiten. Bei der geringsten Anstrengung trat ihm kalter Schweiß auf die Stirn. Vielleicht hatte er sich erkältet, oder der Schlächter aus Mainz hatte des Guten zuviel getan – ich weiß nicht, aber allein beim Anblick seiner fiebrigen Augen hätte man ausrufen müssen: He, geliebte Bewohner von Homel, ihr lebt herrlich und in Freuden unter euren Finanzinspektoren, Operetten und Gänsegrieben, aber unser Lasik Roitschwantz ist am Ende! Er hat viel gesehen, er hat Liebe und Leid kennengelernt, er hat alles erfahren, und jetzt sitzt er in einer Ecke, hustet, krümmt sich, hat nicht einmal die Kraft, jenem gottesfürchtigen Zaddik dort zu erzählen, wie der Tausendsassa Ljowka an »Jom Kippur« vor der Synagoge eine ganze Wurst auf die Gesundheit aller Fastenden gefressen hat, so daß aus Kogans Mund ganz unanständiger Speichel auf die Straße troff. Nein, er sitzt da, eingehüllt in einen alten Sack, und blickt auf das Meer.

»Warum reden Sie nichts?« fragte ihn einer der New Yorker Juden.

»Ich muß Stiefel putzen, zum Reden bin ich nicht verpflichtet. Ich habe wohl auch in meinem Leben genug geredet. Wenn ich kein Hemd anhätte, würden Sie sicherlich den Mund aufsperren, denn da ist nicht die kleinste Stelle ohne Stempel, als ob mein trauriger Leib ein Reisepaß wäre. Immer wenn ich auch nur zwei kurze Worte sagte, gingen die andern schon, sagen wir, in richtiges Boxen über. Weshalb fahre ich in dieses Palästina und nicht nach Amerika und nicht zum nackten Pol? Ich meine, daß die Juden nicht verstehen, sich organisiert zu prügeln, und das ist für mich eine kleine Chance, am Leben zu bleiben. Man kann sich vorstellen, was für elektrische Prügelstangen es in Amerika gibt! Und am nackten Pol sitzt sicherlich ein Polizeidoktor mit genau zwei kräftigen Fäusten. Die Juden aber haben mich nur wenig geprügelt. Gewiß, in Frankfurt hat der Herr Moiser einen Schirm an mir zerschlagen, aber so ein Regenschirm nimmt es ja mit einem Schlächterknüttel nicht auf. Ich denke, im jüdischen Palästina wird man endlich aufhören, mich zu stempeln. Dann haben Sie recht, und es ist ein vollkommen heiliges Land. Warum ich keine Vorträge halte? Ich bin müde. Das kann bei jedem vorkommen. Und dann – woher wissen Sie denn, vielleicht rede ich jetzt grade mit diesem wahnsinnigen Wasser?

Der alte Berka in Homel hat gesagt, daß jedes Ding singt. Sie glauben, dieser Sack schweigt. Nein, er singt seine Motive. Die Dummköpfe vernehmen natürlich nur die fertigen Worte, die Klugen aber, die hören die Melodie. Das ist's, weshalb zwei Dummköpfe, wenn sie zusammensitzen, nicht schweigen können, es ist ihnen langweilig, und sie fangen unweigerlich an, ihre Zungen zu bewegen.

Ich gehöre keineswegs zu den klügsten Menschen, aber einiges höre ich doch. Ich höre zum Beispiel, wie das Meer singt, und nicht nur das Plätschern des Wassers, sondern auch diverse Vorurteile: von dem großen Leben ohne alle Ufer, wenn Meer und Himmel ineinanderfließen, und sie sind dann die wahre Welt, diese drei Klassen aber mit allen ihren Pfeifen nur eine falsche Note. Ich habe in meinem Leben schon gehört, wie die verschiedensten Dinge singen. Wenn ich eine Hose gut zugeschnitten habe, dann freute sie sich und sang. Jeder Gegenstand möchte besser sein, wie Sie und ich, nur daß die Menschen sich der schönen Gesangsmotive schämen, die Hose hingegen schließt sich bis in die Tiefe auf.

Berka sagte, je klüger ein Mensch, um so mehr Melodien hört er; aber er selbst war ein rückständiger Chassid und hörte nur, wie die Seelen der frommen Juden bei ihm in der Synagoge sangen. Wenn man ihm glauben darf, hat Moses gehört, wie die Herzen aller Juden auf der ganzen Welt singen. Ich bin natürlich nicht sicher, wieviel davon bloß Opium ist. Ich höre nur ganz selten einen kleinen Ton, und dann lache ich vor Glück, doch dann beginnt wieder das taubstumme Leben. Interessant wär's, zu wissen, ob es einen Menschen gibt, der alle Melodien zugleich hört: die Juden und diese großen Briten und die Katzen und die Gehröcke und sogar die harten Steine. Sicherlich siedelt das Herz eines solchen Weisen aus der Brust in den Kopf über, näher zu den Ohren, um besser zu hören, denn mit dem Gehirn kann man einen drahtlosen Turm, wie in Paris, erfinden und nach den verschiedensten Worten angeln, aber eine richtige Melodie kann man nicht in ein Röhrchen einfangen. Die hört ja nur das Herz.

Sehen Sie, ich kann manchmal auch reden. Nur gut, daß ich noch nicht in Ihr Amerika fahre! Dort verstehen sie die jüdische Sprache zu nehmen und aus ihr einen numerierten Dollar mit dem Kopf des verheirateten Präsidenten zu machen.«

Die See war still, und Lasik sah mit Entzücken auf die blühenden Küsten Portugals.

»Was für eine fast vollkommene Schönheit! Nun sehe ich doch mit meinen eigenen Augen das erfundene Paradies. Hier gibt es sicherlich so viele Orchideen, daß man aus ihnen lächerliches Heu macht, und die Bananen beachtet hier überhaupt kein Mensch, so wie bei uns die Sonnenblumenkerne. Nur die unwissendsten Portugiesen werden sie knabbern. Und dann die Schlösser! Sehen Sie diese Schlösser? Wenn man's aber richtig bedenkt, ist das doch kein Paradies. Ich habe in meiner Tasche das Bild der portugiesischen Geißel. Ich habe es durch alle Prüfungen heil hindurchgebracht. Nun, meine teure Geißel, schau dir dein Vaterland an! Diese Geißel sitzt höchstwahrscheinlich jetzt auf einer portugiesischen Splitterpritsche. Natürlich, so eine Sonne ist schon das halbe Glück, und sie ist für alle da. Aber essen wollen die Portugiesen auch. Man kann ja nicht den ganzen Tag an Orchideen schnuppern. Statt Portugal kommt also, wenn man's recht besieht, auch nichts anderes als Homel heraus. Was meinen Sie, wenn man Homel aus der Ferne betrachtet, ist es vielleicht nicht schön? Da kann man auch Seufzer der Begeisterung von sich geben. Denn von weitem sieht man das Steilufer und die mächtigen Bäume und den Paskewitsch-Park mit all seinen kostbaren Lauben. Das Glück sieht man auf hundert Kilometer Entfernung, das Unglück aber muß man in der Nähe riechen. Das ist alles. Wir können weiterfahren und weiter irgendwas träumen: wenn eine nette Empörung der Massen dieser Geißel wieder zur Freiheit verhelfen sollte, würde man einen anderen auf die Splitter setzen, denn die Erde ist überall die Erde, sie kratzt, der Mensch aber ist aus demselben Teig gebacken: entweder ein unumschränkter Frechling mit schwedischer Gymnastik oder ein geschlachtetes Kaninchen. Nein, besser ist's, man blickt auf das Meer, darin gibt's natürlich auch unglückliche Fische, aber wenigstens keine donnernden Worte darin.

Ich habe in Homel eine sehr feine Geschichte vom König David gehört. Daß er ein König war, ist zu wenig gesagt, er war außerdem ein wunderbarer Dichter, und er hatte alles zur Hand: Wein und musikalische Trommeln und das Mittagessen auf Klingelzeichen, wie hier in der ersten Klasse, und Papier, soviel er wollte, so daß er jeden Tag irgendein hübsches Verschen dichtete. Eines Tages hatte er Glück. Er saß und schwitzte und fand doch nichts, wie er diesen erfundenen Gott noch verherrlichen könnte. Es fehlte ihm an Worten. Hat man erst mal so ein Ding wie einen Gott erfunden, so muß man auch verstehen, mit ihm umzugehen. Und da nimmt er die vorhandenen Worte, nicht eines von ihnen taugt dazu, alle sind sie so klein, daß Gott aus ihnen herausragt wie aus einem Kinderkleidchen. Und nun kommen ihm zwei oder gar drei ganz unerhörte Worte in den Sinn. Er verfaßt Verse allererster Sorte. Er ist natürlich glücklich, nimmt das Heft untern Arm, liest sie allen vor und hört Komplimente: ›König David, Sie sind der neue Puschkin, das anerkannte Genie.‹ Alle Dichter lassen sich ja gern rühmen. Schurka Besdomny wünschte, daß nach ihm Zigaretten benannt würden, statt ›Tscherwonez‹. Man kann sich leicht vorstellen, wieweit darin dieser singende König ging. Er wäre vor Ruhm beinahe geplatzt. Schon hat er seine Verse allen vorgelesen: der Gattin und den Kindern und dem Hofgesinde und den Kritikern und überhaupt allen ihm bekannten Juden. Weiter ist niemand da, dem er sie vorlesen könnte. Er geht im Garten spazieren, und er strahlt vor Glück wie ein geputzter Samowar. Plötzlich sieht er eine Kröte, und die Kröte fragt ihn mit unverschämtem Lächeln:

›Weshalb strahlst du so, David, als ob man dich mit Kreide geputzt hätte?‹

König David hätte überhaupt nicht zu antworten brauchen. Er war ja ein König, ein Genie, dies und das, wozu sollte er sich mit einer unbekannten Kröte unterhalten? Mit Kröten unterhält man sich überhaupt nicht. Man schleudert sie beiseite, damit sie einem nicht unter die Füße kommen. Aber der König David war schließlich nicht Schurka Besdomny. Er verstand einiges außer Komplimenten. Er erwiderte der Kröte:

›Na ja, ich strahle. Ich habe wunderbare Verse geschrieben. Hör doch bloß!‹

Und er las ihr seine begeisterten Worte vor. Aber die Kröte war schwer aus der Fassung zu bringen. Sie fragte:

›Ist das alles?‹

›Das war ein Gedicht. Ich habe aber tausend solcher Gedichte, denn jeden Morgen, wenn ich erwache, freue ich mich, daß ich am Leben bin, und dann verfasse ich meine schönen Lobpreisungen.‹

Hier brach die Kröte in Lachen aus. Natürlich, eine Kröte lacht nicht so wie ein Mensch, aber wenn ihr lächerlich ist, dann lacht sie.

›Ich begreife nicht, warum du so ein Wesen machst, David. Ich zum Beispiel bin die unglückseligste Kröte, aber ich tue dasselbe. Hast du nie gehört, wie ich quake, wenn man mir auch keine Komplimente macht? Inwiefern sollten deine lauten Worte besser sein als mein anonymes Quaken?‹

König David wurde rot vor Scham. Er strahlte nicht mehr. Nein, er spazierte bescheiden im Garten herum und lauschte, wie jedes kleine Gräschen singt. Durch eine elende Kröte war er ein Weiser geworden.

Aber blicken Sie doch nur auf das Meer! Und die Wolken! Ist das nicht besser als alle unsre Gespräche?«

Ach, nicht lange sollte Lasik sich an der Schönheit der Natur ergötzen. Ein Westwind erhob sich. Das Schiff begann zu schaukeln. Mit Müh und Not kroch Lasik bis zur Reling.

»Was ist das für ein tödlicher Foxtrott? Meer, ich habe dich eben so gepriesen, und nun stellt sich heraus, daß auch du gegen den unglücklichen Roitschwantz bist! Genug jetzt! Ich habe gesehen, daß du dich auf alle Kunststückchen verstehst, aber ich kann ja daran sterben. Oh, Fenitschka Herschanowitsch, wie gut, daß du mich jetzt nicht siehst!«

Es klingelte. Eine Stewardeß rief ärgerlich:

»Die Schuhe für Kajüte dreiundvierzig! Rasch! Warum putzen Sie sie nicht?«

»Ich kann mit ihnen nur das Gegenteil machen. Und überhaupt, reden Sie mir nicht von Schuhen, wenn ich feierlich sterbe. Was ist denn das für ein ›heiliges Land‹, wenn es einem kleinen Juden so schwer gemacht wird hinzukommen? Dann geht man doch schon lieber vierzig Jahre lang durch eine feste Wüste. Nehmen Sie diese Schuhe weg, sonst passiert ein Unglück!«

Die Sonne strahlte, es blaute, wieder besänftigt, das Meer, ruhig fuhr das Schiff »Victoria« seine Route. Die Passagiere der ersten Klasse zogen sich zum Mittagessen um. Unaufhörlich ertönten die Klingeln. Aber weder die Stiefel des englischen Majors noch die Halbschuhe der beiden lustigen Touristen noch die Schuhe der reichen Jüdin waren da. Am Bug bewegte sich ein winziger Schatten. Lasik stand wie vorher über die Reling gebeugt. Endlich fand ihn der Steward.

»Alles sucht nach dir, und du, fängst du Fische? Wo sind die Schuhe?«

»Ich ... ich kann nicht ...«

»Spiel nicht den Dummkopf. Es schaukelt nicht mehr.«

»Wenn es aber wieder losgeht? Dazu braucht es ja nicht mal zu klingeln. Ich habe mir lieber gleich eine bequeme Stellung ausgesucht.«

Das war zwar weise, aber der Steward war offenbar kein Liebhaber der Philosophie. Er verprügelte Lasik mit den Stiefeln des englischen Majors. Es waren kräftige Stiefel, mit Sporen.

38

Bei seiner Ankunft in Tel Aviv erblickte Lasik sogleich ein Dutzend Juden, die, lebhaft gestikulierend, am Bahnhof standen. Als Lasik näher trat, vernahm er althebräische Worte. Er wunderte sich höchlich.

»Weshalb seid ihr auf der Straße zum Gottesdienst zusammengetreten, oder gibt es hier keine Synagoge für eure rückständigen Gebete?«

»Einfaltspinsel, wer sagt denn, daß wir beten? Wir besprechen den Kurs des ägyptischen Pfunds, und hier reden alle in der singenden Sprache der Bibel, denn das ist unser Land, darum vergessen Sie schleunigst Ihren idiotischen Jargon!«

Lasik kratzte sich. Als ob er diese singenden Sprachen nicht kannte! Sie wollten eine Börse auf biblische Art veranstalten? Schön. Wer hat nicht seine Phantasien? Hauptsache, wo bekam man hier etwas zu essen?

Trübselig irrte er an neuen Häusern vorüber, an Gärten und Läden. Auf den Aushängeschildern der Bäckereien richtige hebräische Buchstaben. Tatsächlich! Aber Semmeln bleiben Semmeln, und um sie kaufen zu können, muß man gewöhnliches Geld auf den Tisch legen.

Lasik setzte sich auf eine Parkbank. Vor Hunger wurde ihm schlecht.

»Das Land sieht aus wie jedes andre. Ich zum Beispiel spüre nicht, daß es mir gehört, denn es gehört sicherlich nicht mir, sondern Rothschild oder auch Chamberlain, und ich habe nicht einmal das Gefühl, daß es heilig ist. Es kratzt, wie überall. Aber wen sehen meine Augen? Abramtschik, wie kommen Sie denn hierher? Wieviel Jahre sind Sie weg von unserm geliebten Homel? Schon drei Jahre? Kleinigkeit! Na, haben Sie auch die Seekrankheit gehabt auf dieser nassen Schaukel?«

Abramtschik seufzte traurig.

»Ich erinnere mich nicht mehr genau, denn seither bin ich so viel geschaukelt worden, daß mir das Schiff richtig wie eine Wiege vorkommt. Ich habe es mit Erdarbeiten versucht, aber da habe ich einen kleinen Sonnenstich bekommen, so daß ich ein halbes Jahr im Krankenhaus rumgelegen bin. Danach haben mich eines Nachts Araber verprügelt, so daß ich wieder ins Krankenhaus mußte. Als ich darauf Zeitungen im Jargon verkaufte, waren es nicht Araber, die mich verprügelten, sondern Juden. Da hat man mich nicht mal mehr ins Krankenhaus aufgenommen. Schön. Ich beschloß, Bettler in Jerusalem zu werden. Das ist ein ziemlich einträgliches Geschäft. Sie erinnern sich doch, daß die gottesfürchtigen Jüdinnen in Homel bei sich zu Hause mal fünf und mal zehn Kopeken in ein Blechkrüglein legten, und dann kam einer aus Palästina angereist und nahm alles mit. Nun, diese Krüglein hängen überall, und da kommen saftige Nullen heraus, so daß es sich lohnt, an der ›Klagemauer‹ zu stehen und zu schreien, wenn man dafür eine feste Monatszahlung bezieht. Ich habe geschrien, als ob ich erstochen würde. Aber alles ist in die Brüche gegangen wegen eines Zigarettenstummels. Ich vergaß, daß ich nicht in Homel war, sondern in Jerusalem, und steckte mir einen netten Stummel an, den ein Engländer fallen gelassen hatte. Was glauben Sie nun? Es stellte sich heraus, daß Schabbes war – das nenn ich Glück von Homel –, und ich wurde so verprügelt, daß ich kaum noch davonkriechen konnte. Ich schrie ihnen zu: ›Wenn Schabbes ist, dürft ihr nicht arbeiten, und ihr arbeitet doch, wenn ihr mich schlagt!‹ Aber sie wollten nichts hören. Jetzt bin ich aufs neue in dies wunderbare Tel Aviv gekommen, und ich werde hier sicherlich sterben. Die alten Zaddiks, die nach Palästina gefahren sind, um da zu sterben, waren gar nicht solche Idioten. Das ist hier die angemessenste Beschäftigung. Warum habe ich nur ihren schönen Reden Glauben geschenkt und bin hierher geeilt? Ich war einfach ein Narr, und wenn Sie mir während des Politunterrichts gelegentlich gesagt haben: ›Abramtschik, Sie sind schwer von Begriff‹, so haben Sie vollständig recht gehabt. Aber Sie, Roitschwantz, Sie sind doch beinahe ein Marxist, wie kommen Sie denn hierher?«

»Das will ich Ihnen ein andermal erzählen, nachdem ich gegessen habe, nicht vorher. Sie wissen ja gar nichts. Als Sie nach Odessa abgereist sind, habe ich noch Reithosen genäht. Damals gingen in den Straßen von Homel außer richtigen Menschen nur schmutzige Geldscheine spazieren, nicht diese Bürgerin Furzina. Ich bin in einen historischen Wirbelwind geraten. Hierher bin ich zum Beispiel aus so einem absichtlichen Liverpool gekommen. Ich hatte geglaubt, daß man mich hier nicht mehr prügeln würde. Aber nach Ihrer blutigen Beichte beginne ich schon zu zittern. Ich bin ja ein so verbrauchter Leib geworden, daß aus mir mit einem Schlage mein ganzer Geist entfliehen kann. Einerlei: komme, was da wolle! Vor allem möchte ich etwas essen. Soll ich mich vielleicht nach Jerusalem aufmachen und dort an dieser Mauer schreien?«

»Schreien Sie. Dort bekommt man keineswegs jeden Tag Geld, es wird nur einmal im Monat ausbezahlt, und Sie werden drei Wochen warten müssen. Ich kenne ja jetzt alle ihre unmenschlichen Ausschreitungen!«

»Was bleibt mir dann übrig? Ich bin hungrig. Ist vielleicht irgend jemand von den ehemaligen Homelern hier?«

»O gewiß! Nicht irgend jemand, sondern David Goldbruch persönlich. Erinnern Sie sich, er hatte ein Kontor an der Ecke der Wladimirstraße? Er ist schon ganz am

Anfang, als die Bolschewiken kamen, in einem geliehenen Anzug vom Hausknecht verduftet. Der ist hier. Er sitzt im palästinensischen Komitee, und er schreit überall herum, daß hier das Orangenparadies sei. Ich habe einmal versucht, bei ihm hineinzuschlüpfen, aber er hat einfach die Tür wieder zugemacht. Er besitzt unter anderm drei herrliche Häuser und so eine Eleganz drinnen, daß die Engländer ein halbes Pfund zahlen, nur um einen Blick hineinwerfen zu dürfen.«

»Mein Entschluß steht fest – ich gehe zu Goldbruch. Sie haben einfach nicht richtig mit ihm gesprochen. Wie? Er ist im Komitee, und er sollte Roitschwantz wegjagen, wenn dieser Roitschwantz speziell aus dem gemeinsamen Homel in sein Orangenparadies gereist kommt? Nein, das kann nicht sein! Sie werden sehen, Abramtschik, daß ich Sie am Abend zu Kalbsfüßen und Kartoffeln einladen werde oder zum Beispiel zu Sülze – ich weiß nicht, was Sie lieber haben; ich esse beides gleich gern.«

Goldbruch lebte in der Tat herrlich und in Freuden. Er leitete Bauarbeiten, baute manchmal für andere, aber meistens für sich selbst und reiste in den Ferien nach Europa; dort sammelte er Geld, erzählte von der Orangenausfuhr, bummelte mit Mädchen, die in der »Diaspora« geblieben waren, und kehrte danach nach Tel Aviv zurück – »das Geschäft macht sich, zum Herbst werde ich noch ein hübsches Landhaus bauen«.

Unsern Lasik empfing Goldbruch in der Laube. Er lag da und trank eisgekühlte Limonade. Seine nackte Brust wurde von einem elektrischen Ventilator gefächelt. Obschon Lasik sich nicht mehr genau erinnern konnte, was für ein Vogel dieser Goldbruch war, rief er begeistert:

»Dodja! Du siehst, die Welt ist gar nicht so groß – da sehen wir uns wieder! Na, wie geht es Ihnen?« Und Lasik kniff das eine Auge zu, so wie Monkin es zu tun pflegte, wenn er ein Bild betrachtete. »Ein bißchen verbrannt, aber sonst ganz mobil. Ich hätte Sie sogar auf dem Platz in Paris erkannt. Wie? Sie wissen nicht, wer ich bin? Ich bin vor allem Ihr Nachbar. Sie haben in der Wladimirstraße gewohnt. Jetzt ist sie, Verzeihung, zur ›Straße der Roten Fahne‹ geworden. Und ich habe in der Clara-Zetkin-Straße gewohnt. Das ist zwei Schritt von dort. Interessant, wer Ihnen die Hosen genäht hat? Bestimmt Zimach. Erkennen Sie mich jetzt? Ich bin ja der Schneider Roitschwantz. Das sagt Ihnen gar nichts? Ich sag's doch. Das genügt! Wie geht es Ihren Kinderchen? Wie? Sie haben keine Kinderchen? Für wen bauen Sie denn Ihre Häuser? Na, nehmen Sie sich's nicht zu Herzen, die Kinderchen werden noch kommen. Was trinken Sie da übrigens? Eine erbärmliche Limonade? Aber wann speist man bei Ihnen zu Mittag?«

Goldbruch brüllte so wütend auf, daß Lasik ganze zehn Schritt zurückflog.

»Weshalb schreien Sie, als ob Sie in der Wüste wären?«

»Weil Sie ein unverschämter Kerl sind! Sagen Sie ohne Umschweife, was Sie von mir wollen, und dann verschwinden Sie!«

»Was ich von Ihnen will? Zum Beispiel ein Stückchen heimatlicher Wurst auf altjüdischem Brot.«

»Arbeiten Sie!«

»Ach, Sie haben etwas zu wenden? Geben Sie mir nur einen Fingerhut, und ich wende Ihnen in einer Sekunde, was Sie brauchen, oder verkürze sogar ...«

»Ich habe keine Arbeit für Sie. Sie sind Schneider? Dann sind Sie umsonst hierher gekommen. Hier gibt es mehr Schneider als Hosen.«

»Was soll ich denn, sagen wir, morgen tun, wenn ich bis morgen nicht tot bin?«

»Nichts. Sie werden wie alle ein gewöhnlicher Arbeitsloser sein.«

»Aber kriegen die etwas zu essen? Dann bin ich einverstanden.«

»Was sie kriegen? Null komma nichts. Wir haben hier ein richtiges Staatswesen, aber gibt es denn ein Staatswesen ohne Arbeitslose? Sie werden stillsitzen und warten, bis diese Krise vorbei ist.«

»Wie lange kann ich denn mit nüchternem Magen sitzen? Sie sagen, ein Jährchen oder auch zwei? Sie treten gewiß in einem Zirkus auf? Aber ich frage Sie nun geradezu: Und wenn ich mir jetzt aus Ihrem prächtigen Buffet eine biblische Semmel nehme?«

»Sehr einfach – Sie werden auf der Stelle ins Gefängnis gesteckt. Wir haben hier ein richtiges Staatswesen, aber gibt es denn ein Staatswesen ohne Gefängnis? Ich drücke jetzt auf diesen Knopf, um Sie auf die Straße werfen zu lassen, denn es ist mir zu heiß für derart blödsinnige Unterhaltungen.«

»Ich gehe schon selbst. Auf Wiedersehen, Dodja, und nächstes Jahr in Homel. Das gefällt Ihnen nicht? Bauen Sie sich zum Trost noch ein Häuschen. Oje, wie Sie röcheln! Wissen Sie was? Ich habe hier noch kein einziges Schwein gesehen. Wo sollen hier auch Schweine herkommen, wo das doch unsere jüdische Heimat ist? Da hätten Sie ein Minus. Gibt es denn ein Staatswesen ohne Schweine? Aber regen Sie sich nicht auf, beruhigen Sie sich. Sie haben wirklich ein richtiges Staatswesen, und Sie haben sogar Ihre Schweine, denn wenn Sie zum Beispiel voll im Profil ...«

Lasik konnte den Vergleich nicht zu Ende führen. Beim Anblick des breitschultrigen Dieners rief er nur: »Es beginnt bereits! Und gleich mit Goliaths!«, worauf er rasch durch das Tor schlüpfte. So bekam Abramtschik weder Kalbsfüße noch Sülze.

Für Lasik begann der gewohnte Wirrwarr: ein Beruf nach dem andern, herzzerreißende Küchendüfte um die Mittagszeit, Fußtritte, philosophische Unterhaltungen und ein Nachtlager auf der harten Erde. Aber schwerer und immer schwerer wurde ihm dieses Leben: Die Beine trugen ihn nicht mehr, der Husten zerriß ihm die Brust, und nachts träumte er vom Sosh, von internationalen Melodien und vom Tode.

Zwei Wochen arbeitete er bei Mohilewski, der in Jaffa einen Tuchhandel betrieb. In Tel Aviv gab es zu viele Läden, in Jaffa aber gingen die Geschäfte flott; schlimm war nur: Die Araber verprügelten die Juden. Jeden Morgen setzte sich Mohilewski, wenn er von Tel Aviv nach Jaffa ging, einen Fez auf, um für einen Araber zu gelten. Auch Lasik mußte sein Haupt mit so einem roten Mützchen verzieren. Das gefiel ihm: Ein Fez war ja kein Schwanz, ein Fez war wie in einer Oper. Aber eines Abends hatte Mohilewski wohl Unrat gewittert und war mit der Kasse nach Tel Aviv ausgerückt. Lasik blieb und bewachte die Ware. Die Araber kamen. Sie schrien etwas, aber Lasik verstand sie nicht. Er versuchte nur, in gut Homelscher Sprache die Menge zu beschwichtigen.

»Er ja! Ich bin ein hundertprozentiger Araber. Ich habe zu Hause einen richtigen Harem und die Büste eures Mohammed.«

Auf die Araber übte das übrigens nicht die geringste Wirkung aus.

Mohilewski jagte Lasik weg: »Sie verstehen nicht, mit ihnen freundschaftlich auszukommen.«

Lasik kratzte sich den Rücken und sagte trübselig: »Die sind wirklich so rasend wie richtige Araber! Im allgemeinen lebt es sich für die Juden wunderbar auf dieser jüdischen Erde. Aber wo werde ich sterben: hier an diesem Zaun oder an jenem?«

Er bettelte herum, half einem Schlächter Hühner schlachten, stopfte Kissen und starb still dahin. Einmal gelang es ihm mit Hilfe des Monteurs Chischin aus Gluchow, in ein Nachtkabarett hineinzuschlüpfen. Geschminkte Mädchen, um nichts schlimmer als Margot Chique, tanzten, warfen die nackten Beine zur Decke und sangen unanständige Couplets. Übrigens, den Inhalt dieser letzteren verstand Lasik nur mit Mühe: auf althebräisch konnte er nur beten. Dafür aber machten die Hüften der Tänzerinnen auf ihn einen überwältigenden Eindruck. Er drängte sich durch die ehrenwerten Zuschauer, die Champagner tranken, hindurch und sprang auf die Bühne.

»Hier blühen in der Tat heilige Orangen! Ich falle auf die Knie. Ich bin in Sie alle en gros verliebt. Wie viele sind Sie? Acht? Gut, ich bin in acht Orangen verliebt, und ich will lieber hier vor ritterlicher Liebe sterben als irgendwo auf der Straße vor erbärmlichem Appetit.«

Das schien den Mädchen zu gefallen. Sie begannen zu lachen. Eins von ihnen sagte sogar zu Lasik auf russisch:

»Sie machen die reizendsten Komplimente. Man sieht doch gleich, daß Sie aus Odessa sind.«

»Eigentlich nicht. Ich bin aus Homel. Aber das ist nicht wichtig. Wenden wir uns der Frage der Orangen zu ...«

Hier lief einer der Zuschauer zu Lasik und schrie:

»Unverschämter Kerl! Wie können Sie es wagen, Ihren sklavischen Jargon in diese erhabene Atmosphäre hereinzubringen? Während sie in der geheiligten Sprache der Sulamith reden, springen Sie hervor und beschmutzen unsre ehrenwerten Ohren mit Ihrem Homelschen Dreck. Sie sind bestimmt ein eingefleischter Bolschewik!«

Lasik blickte zu dem Schreihals hin und erstarrte: Es war David Goldbruch. Rasch fragte er ihn:

»Dodja, ist der Goliath mit hier?«

»Schuft! Er wagt noch, Witze zu reißen, wo an diesem Tisch alle Mitglieder des Komitees sitzen! Heda, Portier, befreien Sie unser Tal junger Palmen von diesem piepsenden Wicht!«

Der Portier verprügelte Lasik zuerst, dann übergab er ihn zwei Polizisten.

»Herr Goldbruch hat gesagt, das ist ein ausgemachter Bolschewik.«

Darauf begannen die Polizisten ihrerseits, Lasik mit Faustschlägen zu traktieren.

»Halten Sie ein! Wer sind Sie denn? Sind Sie Juden oder Polizeidoktoren?«

»Wir sind natürlich Juden. Aber du wirst heute ein paar Rippen einbüßen. Diese Engländer schreien, daß wir mit dem Bolschewismus nicht fertig werden. Gut! Sie sollen sehen, wie wir mit dir fertig werden.«

Halbtot wurde Lasik ins Gefängnis geschafft. Dort küßte er zärtlich das Bild der portugiesischen Geißel, sagte »das neunzehnte« und brach in Tränen aus.

»Sie schlagen nicht schlechter als die singenden Pane. Wahrlich, ein richtiges Staatswesen! Ich weiß nicht, wie viele Rippen ich gehabt habe und wie viele geblieben sind, ich führe kein Verzeichnis darüber. Aber eins weiß ich, daß es mit Roitschwantz aus ist.«

Am Morgen holten sie ihn zum Verhör. Als Lasik die britische Uniform erblickte, erstarrte er.

»Was haben die großen Briten hier zu schaffen? Sind Sie vielleicht auch unzufrieden, daß ich mit diesen Orangen nicht in der Sprache der seligen Sulamith gesprochen habe?«

Der Engländer fragte streng:

»Sind Sie ein Bolschewik?«

»Was kann hier für große Politik im Spiele sein, wenn mich ihre Hüften um den Verstand gebracht haben? Sie durchbohren mich mit Ihrem klugen Blick. Sollten Sie gar eine Ansichtskarte von Mister Rottenton bekommen haben? Dann schaufeln Sie mir nur gleich das Grab.«

»Wir dulden hier keinerlei Bolschewismus! Wir werden ihn austilgen. Wir werden unser Land von den Moskauer Spionen reinigen!«

Da sagte Lasik nachdenklich:

»Interessant – schlafe ich oder nicht? Habe ich vielleicht den Verstand verloren von diesen Goliaths? Gewiß, sie haben nur meine Hüften geschüttelt, aber vielleicht haben sie mir aus Versehen auch das Gehirn rausgeschüttelt. Ich verstehe zum Beispiel nicht, weshalb Sie an Ihr gewaltiges Reich mit den Briefen Trotzkis und sogar mit dem Kartoffelpudding erinnern, wo ich doch nicht in Liverpool, sondern im jüdischen Palästina bin?«

»Sie offenbaren schwarzen Undank. Wir haben Ihnen Ihre Heimat zurückgegeben. Wir beschützen Sie. Das nennt man ›Mandat‹. Haben Sie nun begriffen? Wir haben einen Kriegshafen für die großbritannische Flotte erbaut und einen Flughafen für die Flüge von England nach Indien. Wir sparen kein Geld für Sie. Aber die bolschewistische Ansteckung werden wir nicht dulden.«

Lasik verbeugte sich.

»Merci! Merci bis zum Grabe! Aber sagen Sie doch, vielleicht nehmen Sie dies Mandat von mir, wenn ich so ein undankbarer Roitschwantz bin? Ich sterbe ohnehin bald, so lassen Sie mich in Freiheit sterben, auf daß ich diese Orangenmärchen noch sehe und die Sonne und die dornige Erde, die mich aus irgendeinem Grunde geboren hat! Aber dann, in einem Monat oder in zwei, dürfen Sie mein ansteckendes Grab in seiner ganzen Ausdehnung beschützen. Ich gebe Ihnen dafür ein bedingungsloses Mandat. Sie haben mir bereits meine Heimat mit diesem prachtvollen Hafen und sogar mit dem Flughafen zurückgegeben, Sie sind ein großer Britannier und eine goldene Seele. So geben Sie mir denn ein wenig frische Luft und die Wolken, die am Himmel dahinsegeln, zurück, auf daß ich am Rande des Grabes noch einmal lächle!«

39

Zwei Monate mußte Lasik im Gefängnis zu Jerusalem sitzen. Als er entlassen wurde, blühten die Orangenbäume, aber er vermochte nicht, ihnen zuzulächeln. Nur mit Mühe kam er bis zur Klagemauer.

»Was soll ich noch tun? Ich werde hier stehen und weinen. Vielleicht habe ich Glück, und morgen ist der Tag, an dem das Geld aus den Blechkrügen verteilt wird. Dann werde ich einen ganzen Ochsen aufessen. Und wenn nicht, schadet's auch nicht. Wenigstens ist es interessant, neben einem passenden Gegenstand zu sterben. Wer würde sonst um mich weinen? Nun aber werde ich so viele herzzerreißende Seufzer zu hören bekommen, wie sie kein Reicher je gehört hat. Hier gibt es ja vielleicht dreihundert Gauner, die heulen von früh bis spät. Ihnen ist es natürlich gleich, worum sie weinen, sie werden den toten Roitschwantz beweinen: ›Oh, warum mußtest du in Trümmer fallen, du unser herrlicher Tempel‹!«

Lasik erinnerte sich seiner neuen Obliegenheiten und begann, sich die Brust zu schlagen und zu schreien. Neben ihm strengte sich ein rothaariger Jude so an, daß Lasik sich die Ohren zuhalten mußte.

»Könnten Sie nicht um zwei Töne tiefer weinen? Sonst platzt mein Trommelfell.«

Der rothaarige Jude blickte auf. Lasik rief:

»Was für Erscheinungen! Sie, Abramtschik? Aber weshalb sind Sie rothaarig geworden, wo Sie doch immer und ewig schwarz waren?«

»Pst! Ich habe mir einfach den Bart gefärbt, damit sie mich nicht erkennen nach der Begebenheit mit dem Zigarettenstummel. Nun, heulen wir zusammen!«

Und sie heulten los. Lasik beweinte den zerstörten Tempel, aber sein Kopf war mit etwas anderem beschäftigt. Als die Weinenden nach Hause gezogen waren, sagte er:

»Hören Sie, Abramtschik, ich möchte Ihnen einen konkreten Vorschlag vorlegen. Was meinen Sie, wäre es nicht Zeit für uns, wieder in die Heimat zurückzukehren?«

Abramtschik erstarrte vor Bestürzung.

»Als ob ich solche Worte nicht oft genug gehört hätte! Wir sind doch, scheint mir, bereits in die Heimat zurückgekehrt. Was wollen Sie denn noch?«

»Sehr einfach. Ich schlage Ihnen vor, in die Heimat zurückzukehren. Hier ist natürlich die singende Sprache und die heilige Erde und die jüdische Polizei, ja sogar ein Mandat in britischer Uniform; keine Frage, hier ist das Orangenparadies, aber ich will zurück in die Heimat. Ich weiß nicht, wo Sie geboren sind, vielleicht unter arabischen Orangen. Was mich betrifft, so bin ich, nebenbei bemerkt, in Homel geboren, und es wird Zeit, daß ich heimfahre. Ich habe die Welt bereist, habe mir angesehen, wie die Menschen leben und wie in jedem Lande besonders geboxt wird. Jetzt habe ich nur die eine Sehnsucht nach meinem unvergeßlichen Homel. Vielleicht reichen meine Kräfte, und ich komme noch lebend hin. Ich werde wieder das schöne Bild sehen, wie der Sosh am Fuße des Steilufers glitzert, oben die Bäume und das Publikum vor dem Theater und der Markt mit den rückständigen Sonnenblumenkernen. Ich werde Pfeifer wiedersehen. Ich werde ihm sagen: ›Mein teurer Pfeifer, wie haben Sie hier gelebt ohne mich? Wer hat Ihnen zum Beispiel die Hosen genäht? Bestimmt Zimach. Hier dies Fältchen darf ja gar nicht sein.‹ Und Pfeifer wird Tränen vergießen. Der kleine Monjuscha wird um mich herumspringen: ›Onkel Lasik, gib mir fünf Kopeken für Sahnebonbons.‹ Und ich werde ihm natürlich mein ganzes Herz hingeben. Ich werde Fenitschka Herschanowitsch wiedersehen. Sie wird mit ihrem kleinen Sohn spazierengehen in dem prächtigen Paskewitsch-Park. Ich werde durchaus keinen kleinlichen Lärm erheben. Nein, ich werde ihr sagen: ›Guten Morgen!

Gehen Sie nur hübsch spazieren. Möge Ihr kleiner Recke blühen. Ich war in zwanzig Ländern und auf zwanzig Splitterpritschen. Ich habe alle Meere schwimmend durchfahren. Ich habe gesehen, wie die Orchideen blühen. Aber ich habe die ganze Zeit nur an Sie gedacht. Jetzt muß ich natürlich sterben, und Sie brauchen mir nicht die geringste Beachtung zu schenken, aber bringen Sie nur auf mein Grab eine Homelsche Blume. Das soll keine unverschämte Orchidee sein, sondern eine armselige Margerite, die auf Schritt und Tritt wächst.‹ Ja, das werde ich Fenitschka Herschanowitsch sagen, und dann werde ich in unerhörtem Glücksgefühl sterben.«

»Sie sprechen ganz überflüssigerweise vom Tode. Sie sind noch ein Jüngling und können sogar noch heiraten. Ich verstehe nur eines nicht, wie wollen Sie von hier nach Homel gelangen? Das liegt doch nicht um die Ecke.«

»Nun, dann setze ich mich eben wieder auf diese Schaukel und schließe die Augen. Schön, zieht mir den ganzen Magen heraus! Eins von beiden: ich sterbe, oder ich komme ans Ziel.«

»Aber Sie haben ja den Verstand verloren! Wer nimmt Sie mit?«

»Das ist ganz einfach. Jankelewitsch in Paris hat mir alles der Reihenfolge nach auseinandergesetzt. Ich nehme ein Blatt Papier und eröffne auf der Stelle einen mit allen Vollmachten ausgestatteten ›Verband zur Rückkehr in die Heimat‹. Das wird im übrigen eine große Föderation ergeben: Die Leute sind keineswegs verpflichtet, nach Homel zu fahren. Nein, sie können nach Fastow oder sogar nach Odessa zurückkehren. Ich werde hundert Unterschriften sammeln und in eingeschriebenem Brief an alle vornehmen Kommissare nach Moskau schicken, und es wird ein richtiger Dampfer entsandt werden, um uns abzuholen. Sie meinen, es gibt hier nicht genug Interessenten? Juska wird nicht hurra schreien? Der alte Schenkel wird mir nicht um den Hals fallen? Was kann's hier für langes Gerede geben? Alle werden fahren. Und ich will das nicht auf die lange Bank schieben. Ich gehe auf der Stelle mit dem Fragebogen zu den Leuten.«

In der Tat sprang Juska vor Freude in die Höhe, als er vom »Verband zur Rückkehr in die Heimat« vernahm; er bewirtete Lasik sogar mit Schafskäse. Mit Schenkel aber ging es nicht so glatt. Schenkel umarmte Lasik keineswegs. Er machte Einwände:

»Wozu mußt du dorthin fahren? Bist du vielleicht ein Kommissar? Sehr schön lebt sich's dort, das muß man schon sagen! Das reinste Honiglecken! Du stellst dir am Ende noch vor, sie werden dich dafür vergolden, daß du zu ihnen zurückgekehrt bist?«

»Nein, das denke ich nicht gerade. Und ich will Ihnen offen gestehen, ich meine, das Gegenteil wird sein. Ich kann ja nicht beweisen, daß Cheifez und ich zwei ganz verschiedene Dinge sind. Ich habe ja die Rolle seines leiblichen Neffen gespielt, und man wird natürlich fragen, wo jenes wertvolle Päckchen geblieben ist. Wenn wenigstens die Bürgerin Furzina nicht dabei ist. Aber am Ende ist sie für immer in Homel geblieben? So eine schöne Stadt muß ihr ja gefallen. Und dann wird man mich im Handumdrehen erschießen. Aber kommt es darauf an? Ich möchte trotzdem zu Hause sterben.«

»Du, Roitschwantz, bist noch jung und blöd. Wo willst du hin? Dort haben sie die Parteizellen und den Finanzinspektor; dies ist nicht erlaubt, und dorthin ist's verboten, und bei der geringsten Kleinigkeit wirst du festgenommen. Das ist die unbedingte Hölle. Welcher Narr wird sich bei klarem Verstand solchen Quälereien ausliefern?«

»Sie sind natürlich älter als ich, aber was den Verstand betrifft, ist das noch sehr die Frage. Schön. Dort ist die Hölle und hier das Paradies. Ich habe freilich nicht bemerkt, daß hier ein besonderes Paradies wäre. Sie leben auch nicht wie ein Engel, sondern von trockener Brotrinde. Aber es ist ja möglich, daß ich kurzsichtig bin. In Homel hat Ljowka Couplets von Paris gesungen, daß einem das Wasser im Mund zusammengelaufen ist. Nun, ich war dort, in Paris, und ich habe auch nicht bemerkt, daß es ein wunderbares Paradies wäre. Dort haben sie mich schlechtweg verprügelt. Aber sagen wir, das Paradies ist in Amerika, denn in Amerika war ich, Gott sei Dank, nicht, darum will ich mit Ihnen nicht streiten. Mag dort das hundertprozentige Paradies sein und bei uns die tatsächliche Hölle. Ich bin mit dieser Voraussetzung einverstanden, und ich will dennoch dorthin zurück.

Ich erzähle Ihnen eine Homelsche Geschichte, und dann wollen wir sehen, was für ein Lied Sie anstimmen. Sie haben sicherlich vom Zaddik in Rowno gehört. Der war weder jung noch töricht wie ich und dürfte für Sie eine unbedingte Autorität sein, wenn Sie nun einmal an dem vorgeschriebenen Gemurmel festhalten. Also, zu diesem Zaddik kommt eines Tages ein strenger Talmudist und macht ihm bittere Vorwürfe:

›Hören Sie mal, Rabbi, ich verstehe Sie gar nicht mehr. Alle sagen, daß Sie ein gottesfürchtiger Jude sind, und ich wohne nebenan, und Ihr Haus kommt mir vor wie das reinste Kabarett. Ich sitze und lese im Talmud, und Ihre Chassidim machen derweil weiß der Teufel was – sie singen und tanzen, sie lachen laut, als wäre das die Moskauer Operette.‹

Der Zaddik erwidert ihm seelenruhig:

›Nun ja, sie lachen wie Kinder, sie singen wie Vögel, und sie springen wie junge Geißlein. In ihrem Herzen ist ja keine schwarze Bosheit, sondern Freude und überströmende Liebe.‹

Der Talmudist wurde so böse, daß er fast ein Endchen seines Bartes verschluckt hätte: Er kaute immer an seinen Bartspitzen, wenn er nach einem gescheiten Wort suchte. Er fand denn auch keins und sagte nur:

›Das sind für einen Juden recht unanständige Reden. Sie wissen, Rabbi, wenn wir eine Stunde lang den Talmud studieren, machen wir einen Schritt zum Paradies. Demnach, wenn wir den Talmud nicht studieren, gleiten wir in die Hölle zurück. Ihre Chassidim singen wie idiotische Vögel, statt über dem heiligen Buch zu sitzen. Wohin stoßen Sie sie denn? In die Hölle! In der Hölle aber ist Furcht und Grausen. Dort werden die einen gesotten, die andern gebraten, die dritten an den Zungen aufgehängt. Gewiß, wenn Ihnen das gefällt, dürfen Sie vor dem Gekochtwerden noch eine Stunde tanzen. Ich aber werde den Talmud studieren, um gleich in das Paradies einzugehen. Dort ist es immer warm, nicht kalt und nicht heiß, ausgeglichene Temperatur, gute Gesellschaft, will sagen, überall nur Engel; alle sitzen mit goldenen Kronen da und lesen die Thora. Dort haben die Rosen keine Dornen, die Bäume keine Raupen, und am Weg liegt kein einziger Kettenhund. Ist es denn möglich, daß Sie nicht in dies Paradies gelangen wollen?‹

Der Zaddik lachte nur auf.

›Nein. Ich bin dir natürlich für deine klugen Ratschläge dankbar, aber ich will dies vollendete Paradies nicht. Ich finde, dort können nur Engel leben, denn sie sind keine Menschen, sie besitzen weder Herz noch Leber noch Leidenschaften. Der Mensch aber soll sich nie fürchten, selbst wenn er in die Tiefe fällt. Wie sollte er sich erheben, wenn er niemals fiele? Du hast mir von einem fremden Paradies hier erzählt. Das ist nicht mein Paradies, und mein Paradies gibt es überhaupt nicht, ich habe es noch nicht gemacht, aber auf hübsche Bildchen zu starren behagt mir nicht. Wenn ich viel lache und viel weine und viel liebe, wer weiß, vielleicht werde ich dann am Rande meines Grabes mein blutiges Paradies erblicken.‹

Das also erwiderte der Zaddik von Rowno diesem gelehrten Talmudisten. Ich fordere Sie auf zu fahren.

Gewiß, dort ist alles schlecht und schwierig. Dort gibt es keine ausgeglichene Temperatur, sondern nur tödliche Zugluft. Aber dort suchen die Menschen nach etwas. Sie irren bestimmt. Vielleicht fliegen sie nicht mal hinauf, sondern hinab, aber sie fliegen doch irgendwohin und gähnen nicht nur auf fertigen Kissen. Sie, Schenkel, sind natürlich schon hoch bei Jahren, Sie können hier bleiben, aber Sie, Broidek, und du, Selmann, ihr seid doch noch junge Springinsfelde, und so gebt mir rasch eure feurigen Unterschriften!«

»Was für Unterschriften? Was ist das für eine Ansammlung auf der heiligen Straße? Bist du am Ende der Hauptagitator? Na, komm nur mal her und hol dir eine saftige Unterschrift!«

Lasik wußte schon, daß Juden zu schlagen verstanden. Er ergriff die Flucht. Anfangs setzten sie ihm nach. Er lief mit angehaltenem Atem die Chaussee entlang aus der Stadt. Aber er konnte nicht laufen. Trübselig dachte er: Wie jener nackte Jude rund um Rom. Er fühlte, wie ihn die Kräfte verließen. Nein, er würde nicht in die Heimat zurückkommen!

Er blieb stehen. Niemand lief mehr hinter ihm drein. Ringsum waren nur schwarze Felder, vereinzelte Farmenlichter, Sterne, Stille.

»Wo ist denn mein Paradies? Oder habe ich es noch gar nicht zugeschnitten?«

Und er lief über seine Kräfte weiter.

40

Lasik ging die Chaussee entlang, wohin und wozu, wußte er selbst nicht. Er konnte nicht gehen, und er ging trotzdem. Es dünkte ihn, daß er schon tausend Werst gegangen wäre. Lag nicht gar Homel schon hinter jener Biegung?

Aber vom heißen, weißlichen Himmel hoben sich nach wie vor dunkel die Kuppeln und Minarette Jerusalems ab. Lasik ging immer weiter. Endlich trugen ihn die Füße nicht länger. Er lag nun im Staub der Straße.

»Hier könnte man wohl einen guten Schlußpunkt setzen.«

Doch nein, man wollte Lasik nicht in Ruhe lassen. Eine Autohupe heulte, der Chauffeur mußte den Wagen bremsen und schimpfte:

»Unverschämter Patron! Was unterstehst du dich, auf der Straße zu liegen?«

Lasik lächelte schuldbewußt: Gut, er würde nicht länger liegen. Er war ja ein Gelehrter, er wußte, daß ein zertretenes Insekt den Verkehr nicht aufhalten darf.

Was war das für eine alte Laube? Sicherlich wohnte niemand darin. Hier würde sein unanständiges Aussehen niemanden ärgern.

Lasik kroch zu dem steinernen Zelt. Innen war es dunkel und kühl. Er erblickte einen bärtigen Juden mit einer Schirmmütze auf dem Kopf und eine üppige Dame. Die Dame war von Brillanten so übersät, daß Lasik die Augen zukniff: gleich Sternen blitzten sie rund um die trübe Kerze. Und diese knisternde Seide! Und diese Feder am Hut! Vor Stolz und vom Asthma keuchend – Kunststück, die Fettmassen drängten nur so zu Boden – sprach die Dame zu dem bärtigen Juden:

»Sie werden die allerfeinsten Gebete lesen, denn ich habe, Gott sei Dank, genug Geld, um sie zu bezahlen. Ich bin aus New York hierher gekommen, und mein Mann hat dort das allerfeinste Restaurant. Ich bin hergereist, um das Land der Väter zu sehen; diese Patriarchen sollen wissen, daß durchaus nicht alle Juden unglückliche Bettler geworden sind, nein, einige haben es doch zu etwas gebracht. Ich möchte meinen Vätern eine Freude bereiten. Das ist doch was – die allerfeinste Jüdin von Angesicht zu sehen.«

Der bärtige Wächter liebedienerte:

»Ich will zehn solcher Gebete lesen, daß alle Patriarchen im Paradies vor Staunen nur so den Mund auftun. Aber nennen Sie mir Ihren werten Namen und vielleicht noch den Ihrer unvergeßlichen Frau Mutter. Ich will sie aufschreiben und das Papier hinter diesem Stein versenken, damit es zu Rahel selbst fällt.«

Die Dame öffnete ihr Täschchen.

»Ich kann sogar meine Visitenkarte dafür opfern. Befühlen Sie mal die Rückseite, das sind keine gedruckten Buchstaben, sondern geprägte, das sind die allerfeinsten Kärtchen. Ich heiße nach der letzten Mode ›Victoria‹, meine Frau Mutter aber hat noch mit Heringen gehandelt, und ich will Ihnen im Vertrauen sagen, daß sie einfach Chaja hieß.«

Der Wächter warf das Papier hinter den Stein, neigte sich vor und zurück und begann Gebete zu murmeln. Aber die Dame unterbrach ihn:

»Schluß mit den Vätern! Es ist Essenszeit, und mein Auto wartet.«

Kaum war sie weg, da sah der Wächter Lasik bei der Tür auf dem Boden liegen. Verächtlich schaute er auf seine Lumpen. Ja, der strahlte nicht von Brillanten.

»Was machst du denn hier, mit Verlaub?«

»Ich sterbe.«

Da begann der Wächter zu schreien:

»Hat man je einen so unverschämten Kerl gesehen? Weißt du auch, wo du dich befindest? Das ist nicht der richtige Ort für solches Bettelpack, das ist das Grab der Rahel. Verstehst du, was das für ein außerordentliches Heiligtum ist, oder bist du taub? Hier wird nicht gestorben, hier wird mir etwas Geld in die Hand gedrückt, und ich versenke die beschriebenen Zettel und spreche ein paar Gebete. Und dann wird wieder weggegangen. Hast du verstanden? Weshalb bewegst du dich nicht? Wie ist dein

Name und wie der deiner Mutter zum Beispiel? Gib rasch Antwort, solange niemand da ist, und ich will's dir zum billigsten Tarif berechnen.«

Lasik lächelte traurig.

»Sie regen sich ganz unnötig auf. Mein Name ist, sagen wir, ›Schmerz‹ und der meiner Mutter ›Trauer‹. Und weiter? Sie brauchen den Mund nicht zu bewegen. Sicherlich haben Sie schon Schwielen auf den Lippen. Ich bin keineswegs taubstumm, daß Sie für mich mit der Natur sprechen. Und ich bin auch nicht so ein amerikanisches Schwein und besitze keinen Pence, so daß Ihre Aufregung sich durchaus legen sollte. In einer Stunde bin ich sicherlich tot.«

»Unverschämter! Gotteslästerer! Hund! Mach, daß du rauskommst, sonst reiße ich dich in Stücke! Wenn jeder Bettler an solch heiliger Stätte sterben wollte, was würde das geben? Sterben kannst du auch in der Müllgrube! Dies Grab Rahels ist durchaus nicht für dich errichtet. Es ist für anständige Menschen errichtet.«

Lasik rührte sich nicht von der Stelle.

»Sie können schreien, soviel Sie Lust haben, aber ich gehe nicht weg; ich habe Ihnen doch gesagt, daß ich sterbe. Als ich noch leben konnte, hat alle Welt geschrien: ›Unverschämter Roitschwantz, was unterstehst du dich, hier zu leben?‹ und mich in Stücke gerissen. Und ich bin weggegangen, weil ich noch leben wollte. Jetzt aber ist es mir gleichgültig. Wollen Sie mich in Stücke reißen – reißen Sie nur. In der Tat, was für ein Skandal: Lasik Roitschwantz wagt es, auf so einer feinen Stelle zu sterben! Aber finden Sie sich mit der Tatsache ab. Ich habe mir auch bei Lebzeiten nicht die geeigneten Stellen ausgesucht. Nein, es wehte einfach der Wind, und ich nahm im grausamen Waggon Platz. So auch jetzt. Ich bin gekrochen, solange ich dazu imstande war, und bin hierhergekrochen. Meinen Sie, ich habe gewußt, daß hier das ›Grab der Rahel‹ wohnt? Nein, ich habe gedacht, hier wohnt niemand. Ich wollte höflich sterben, um niemanden mit meinem letzten Seufzer zu behelligen. Ich weiß ja, laut seufzen ist verboten. Und so bin ich bis zu dieser Stelle vorgekrochen, und da finde ich Sie. Also schreien Sie mich nicht an fünf Minuten vor dem Schlußpunkt. Seien Sie ein Original, sagen Sie mir: ›Bitte, herzlich willkommen.‹ Ich habe solche unerwarteten Laute noch nie vernommen!«

Der Wächter jedoch blieb hartnäckig:

»Hier zu sterben ist nicht üblich, und wer soll dein dummes Begräbnis bezahlen?«

Da sagte ihm Lasik in ganz unerwartet strengem Tone:

»Wissen Sie was, Sie Jude, ich habe genug von Ihnen. Sie stören mich beim Sterben. Ich muß in diesem Augenblick an etwas Hohes denken, und Sie kommen mir mit dem schmutzigen Geld. Ich habe kein Geld, und Sie dürfen meinen toten Körper meinetwegen in die Müllgrube werfen, das ist mir gleich. Aber jetzt, da alles in mir tönt, will ich nur noch an Erhabenes denken.«

Der Wächter brach in Lachen aus:

»Sieh mal an, was für ein hohes Tier! Ich verstehe noch, wenn gelehrte Zaddiks sterben oder Minister oder freigebige Herren mit großem Kapital, die haben doch etwas, worauf sie zurückblicken können, ein üppiges Leben liegt hinter ihnen. Aber worüber kannst du schon philosophieren, du trauriger Bettler, du Nichtswisser und Frechling von der Straße?«

»Ja, ich bin kein gelehrter Sekretär, und ich bin auch kein Rothschild. Ich bin nur ein Schneider aus Homel. Trotzdem muß ich vor dem Tode nachdenken. Mein ganzes bewegtes Leben ersteht jetzt vor meinen Augen. Es schäumt tief unten, wie unser Sosh. Ich muß selbst lachen, wenn ich mich an all die kläglichen Einzelheiten erinnere. Das sieht einem wirklichen Leben kaum noch ähnlich. Das ist einfach ein schlüpfriger Witz unseres Ljowka. Ich erinnere mich, und ich muß lächeln, vielleicht fünf Minuten nur vor meinem letzten Seufzer. Sicherlich sterben ehrenwerte Leute ganz anders. Sie zählen, wieviel Bücher sie geschrieben haben, wann sie stürmische Umwälzungen hervorgerufen oder zu welchem Preis sie bestimmte Waren verkauft haben. Sie haben recht, Herr Grabwächter, ich sterbe als aufrichtiger Dummkopf. Sie können Ihre kostspielige Kerze näher bringen, dann werden Sie sehen, daß meine Beine sich nicht mehr bewegen, mein Tod beginnt bei den Füßen, auf meinem Gesicht aber schwebt noch ganz offenbar ein Lächeln. Ich lächle, weil ich trotz allem an das Erhabenste denke, und obschon Sie ein grober Schreihals sind, will ich Ihnen meine allerletzte Geschichte erzählen. Es ist die Geschichte vom Pfeifchen.

Sie wissen natürlich, wer Bescht war. Er hat doch die Chassidim erfunden. Für Sie sind solche Sachen ein Kinderspiel, wenn Sie nun einmal Ihre Nahrung aus einer Totenstätte ziehen, für mich aber sind sie nur ein hübsches Vorurteil. Ich durchschaue Ihr Rauschgift vollkommen, aber ein kluger Mensch bleibt ein kluger Mensch, selbst wenn er Verstecken spielt. Keine Frage, Bescht war ein bedeutender Kopf, und alle Juden hatten Achtung vor ihm. Man brauchte nur einmal mit ihm zu sprechen, und schon war man ein Stückchen gewachsen. Ich rede nicht davon, was für ein Herz er besaß. Meiner Meinung nach war er bei weitem gerechter als selbst der erfundene Gott, denn von Bescht hat nie jemand Böses erfahren, von Gott dagegen ... Übrigens, ich will Sie zum Abschied nicht allzusehr betrüben.

So war denn die Stadt, in der dieser Bescht lebte, geradezu auserwählt, auch wenn es dort sicherlich keine bronzenen Statuen gab. Es war ein lächerliches Städtchen zwischen Homel und Berditschew, es war weder Paris noch Berlin. Dafür lebten darin die klügsten und gottesfürchtigsten Juden, unter ihnen dieser Bescht. Schön. Es kam Jom Kippur. Die Juden versammeln sich in der Synagoge. Sie müssen ihre Sünden bereuen. Sie bereuen. Natürlich hatten sie gar nicht gesündigt. Können solche anständigen Menschen überhaupt sündigen? Sie beichten vermutlich nur anstandshalber. Blicken Sie auf dieses Publikum! Da sind Ihre gelehrten Zaddiks und Ihre freigebigen Herren. Der da kennt den ganzen Talmud auswendig, jener hat dreihundert Rubel für eine neue Thorarolle gestiftet, dieser hier fastet ständig, der dort betet Tag und Nacht, kurz, alle die reinsten Engel.

Aber was geschieht da? Gott öffnet droben das Buch des Schicksals und wägt die einzelnen Sünden ab. Die frommen Juden möchten Gnade von ihm erflehen. Sie schlagen sich die Brust, sie weinen und schreien, aber sie empfinden nicht die geringste Erleichterung. Ein jeder spürt, daß ihm ein Stein im Herzen liegt, daß alle Tränen vergebens sind, daß nichts helfen kann, allzuviel der Sünden sind in dieser gerechten Stadt.

Sie können sich nicht vorstellen, welche Wehmut sie da ergriff! In der Synagoge erhob sich ein solches Wehklagen, daß selbst die Vögel, die über das Dach flogen, vor Jammer zu Boden fielen. Für einen Herbsttag war es sehr warm, die Wolken ballten sich, und der Donner wollte schon rollen, aber er konnte nicht. Voll Entsetzen dachten die Juden: Wir sind verloren, Gott will unsre Sünden nicht vergeben, schon setzt er die Feder an, schon schreibt er uns den bittersten Tod. Vielleicht kommt die Cholera über alle, oder ein neuer Pogrom steht bevor, man wird uns aufspießen und unsre Weiber vergewaltigen und unsre Kinderchen mit Füßen treten. Wehe uns! Es gibt keine Gnade! Womit haben wir uns so furchtbar vergangen?

Und alle diese klugen Leute begannen, die verschiedensten in Büchern gedruckten Sünden zu beichten, ihrer eigenen Sünden aber entsannen sie sich nicht, wie sollten sie sich auch all des menschlichen Kleinkrams entsinnen? Der den Talmud auswendig wußte, kannte nicht ein einziges einfaches Wörtchen. Er verstand nicht, einen Armen zu trösten, ein Kind zu kosen, am Feiertag mit Beladenen zu scherzen. Der die tausend Rubel hingelegt hatte für eine prächtige Thorarolle, wußte nicht, was ganz gewöhnliche Not hieß. Er pflegte den anerkannten Bettlern auf der Straße zwei Kopeken zu reichen, aber er brachte einem armen Schneider, der zum Schabbes weder Kerze noch Brot besaß, kein prächtiges Geschenk. Er glaubte, alle Leute kämen mit der schönen Thorarolle aus. Der immer betete, wußte nicht, wie man vergibt. Der immer fastete, verstand nicht, Hungrige zu speisen. Und ihre ganze Gerechtigkeit war für zwei Stunden. Sie stülpten sie über sich wie einen seidenen Talles. Aber jetzt hatte der erfundene Gott genug von solcher Maskerade. Die Juden schrien, aber da war kein Weg für ihre Schreie. Sie wandten sich an Bescht: ›Wenn Bescht mit uns ist, können wir nicht untergehen. Er steht ja Gott am nächsten, er wird uns völlige Vergebung erflehen!‹

Bescht steht da und betet. Aber eine schreckliche Trauer zeichnet sich auf seinem Antlitz ab, schmerzlich anzusehen. Er ist ja nicht nur ein kluger Mann, er blickt den Juden in die Herzen. Er nimmt ihre Sünden in die Hand, und seine Hände sinken herab: solche Sünden hält niemand aus. Er möchte weinen, aber er hat keine Tränen. Er ist wie dieser Himmel vor dem Gewitter: Geballt hängen die Wolken, man kann fast nicht mehr atmen, der Regen muß herabströmen, der Donnerschlag erdröhnen, aber nein, er kann nicht. Still und unheimlich ist es an solchen Tagen auf Erden. Der alte Bescht hat Angst. Er bittet den erfundenen Gott: ›Gib mir Tränen, und ich will von dir Vergebung für alle Juden erflehen.‹ Aber Gott ist taub. Er will ein gerechter Gott sein. Er hat sich die Ohren zugestopft, um sich nicht umstimmen zu lassen. Und Bescht bemüht sich vergebens.

Die Angst der Juden wächst immer mehr. Sie sehen, wie Bescht sich abquält. Sie sehen, daß selbst Bescht ihnen nicht helfen kann. Schon schreien sie nicht mehr. Schon sind sie alle heiser vom Schreien. Still ist es in der Synagoge, so still wie vor dem Tode selbst, so still, Wächter, wie in diesem Augenblick in meiner Seele. Die Juden scheinen Seiten rascheln zu hören: Dort oben blättert Gott das Buch des Schicksals um. Gleich wird der Donner losbrechen. Gleich wird er das schwere Buch zuschlagen, und aus, aus mit allem!

Plötzlich ereignet sich inmitten dieser trauervollen Stille etwas ganz Unerhörtes. Daß dies unverschämte Bettelvolk auch überall hereinkriechen muß! Ich bin ausgerechnet zum Grab der Rahel geraten, und in jene Synagoge, in der so viele reiche und berühmte Männer versammelt waren, war ebenfalls ein armes Schneiderlein hineingeschlüpft. Er hieß Schulim und war mit seinem drei oder höchstens vier Jahre alten Söhnchen gekommen, um zu beten, das Kind aber hatte natürlich keine Philosophie im Kopf, sondern vermutlich allerlei Kinderstreiche. In der Synagoge war's ihm langweilig. Alle stehen da und beten. Eine Stunde, zwei, da hat das Kind genug. Es zupft den Vater: ›Ich will zur Mama‹, aber der arme Schulim hat keine Zeit für das Knäblein; er will durchaus mit Gott sprechen. Das Kind weiß nicht, was es sich ausdenken soll, und da erinnert es sich, daß es ein blechernes Pfeifchen in der Tasche hat. Die Mama hat es ihm gestern für fünf Kopeken auf dem Markt gekauft, ein teures Geschenk. Es holt das Pfeifchen hervor und will hineinblasen, als es der Vater, Gott sei Dank, bemerkt:

›Joska, sofort tust du dies dumme Zeug fort! Heute ist Jom Kippur, und man muß weinen und nicht auf dem Pfeifchen blasen.‹

Aber dieser Joska ist dickköpfig. Er will nicht weinen. Er will unbedingt blasen. Schon sehen alle, was da für ein Skandal entsteht. Als ob sie nicht schon genug Sünden begangen hätten, nun noch diese Schweinerei in der Synagoge! Begreiflich, wenn Gott beleidigt ist ... Sie wurden einen Augenblick sogar froh. Vielleicht ging es gar nicht um ihre Sünden, sondern um diesen unverschämten Schneider? Wie konnte er überhaupt hier hereingeraten sein? Und sie jagen Schulim hinaus. Doch da mischt sich Bescht ein. Gewiß, während des Gebets darf man nicht miteinander sprechen, trotzdem sagt Bescht:

›Lasset dies Kind in Ruhe! Wenn es das Pfeifchen blasen will, soll es das tun!‹

Joska begann natürlich sofort zu blasen. Er blies zu seinem größten Vergnügen. Und da erdröhnte der Donner, und aus den Augen Beschts sprangen lebendige Tränen, und mit einem Schlage ward es allen Juden leicht ums Herz. Sie hatten sich noch kaum gefaßt, als es schon Abend war, die Sterne am Himmel aufzogen, das Fasten ein Ende hatte. Mit Freudentränen in den Augen umarmten sie einander. ›So hat uns Gott alle unsere Sünden vergeben. Nicht umsonst haben wir gebetet und nicht umsonst gefastet! Wenn Bescht mit uns ist, wie könnte Gott uns zürnen?‹ Und ehrfurchtsvoll treten sie zu Bescht hin.

›Rabbi, Ihr Gebet hat uns errettet.‹

Aber Bescht schüttelt den Kopf.

›Nein. Es war dunkel am Himmel, dort ist ein Kampf auf Tod und Leben ausgefochten worden. Eure Sünden wogen so schwer, daß die reuigsten Tränen sie nicht hätten überwiegen können. Gott hatte sein Ohr verschlossen. Gott hatte mir verboten zu weinen. Gott hörte meine Gebete nicht mehr. Aber da erscholl der Schrei dieses Kindes. Es blies sein Pfeifchen, und Gott hörte es. Gott hielt es nicht länger aus. Gott mußte lächeln. Es war ja so ein törichter Spaß, mit fünf Kopeken erkauft, und es war am hohen Fastentag so unerhört! Aber ich sage euch eines, ihr gescheiten Juden, keineswegs haben eure Vorhaltungen und meine Gebete unsere Stadt gerettet, nein, gerettet hat sie diese Blechpfeife, ein einziger lächerlicher Ton aus vollem kindlichen Herzen … Blickt rasch hin, wie dieser Joska lächelt!‹«

Lasik verstummte. Er hatte allzuviel gesprochen. Er atmete kaum noch. Unbegreiflich, wie er die Geschichte von der Pfeife hatte zu Ende erzählen können. Schweiß bedeckte seinen Körper. Der Wächter murrte:

»Aber trotzdem ist das keine Ordnung, an Jom Kippur sich derartige Ausschreitungen zu erlauben! Du hast dir das nur ausgedacht, um mich mundtot zu machen. Aber jetzt hast du geredet und kannst machen, daß du wegkommst. Hörst du?«

Lasik antwortete nicht. Er seufzte nicht einmal. Still und leicht verschied er.

Der Wächter schnupfte Tabak, kratzte seinen Bart, begriff nicht, was mit dem unverschämten Bettler geschehen war, nahm ein Licht und näherte es dem Gesicht Lasiks.

»Na, was ist das für ein Benehmen?«

Lasik lag unbeweglich da. Er atmete nicht mehr. Auf seinem toten Antlitz schwebte ein kindliches Lächeln. So hatte der kleine Joska gelächelt, als man ihm erlaubte, auf seiner Pfeife zu blasen. Und als der Wächter Lasiks Lächeln erblickte, erstarrte er. Er vergaß das Geld für das Begräbnis. Es kamen nicht die gewohnten Gebete über seine Lippen. Nein, er ließ die Kerze zu Boden fallen und weinte lebendige Tränen.

Ruhe in Frieden, armer Roitschwantz! Länger wirst du nicht von der großen Gerechtigkeit träumen, auch nicht von einem Scheibchen Wurst.

Paris
April–Oktober 1927

Die Deutsche Bibliothek – CIP-Einheitsaufnahme

Erenburg, Il'ja G.:
Das bewegte Leben des Lasik Roitschwanz:
Roman / Ilja Ehrenburg. [Aus dem Russ. von Waldemar Jollos]. –
Berlin: Verlag Volk und Welt, 1994
Einheitssacht.: Burnaja žizn' Lazika Rojtšvaneca <dt.>
ISBN 3-353-01000-9

Lektorat: Christina Links
Schutzumschlag-/Einbandgestaltung: Lothar Reher
Gesetzt aus der Garamond, Linotype
Satz: deutsch-türkischer fotosatz, Berlin
Druck und Bindearbeiten: Graphischer Großbetrieb Pößneck GmbH
Printed in Germany
ISBN 3-353-01000-9